BASTEI
LÜBBE

Von Dieter Zimmer sind bei BASTEI-LÜBBE erschienen:

10183 Für'n Groschen Brause
11181 Wunder dauern etwas länger
11281 Wenn der Mensch zum Vater wird
11711 Das Mädchen vom Alex
12211 Das Hochzeitsfoto
71504 Kalifornisches Quartett

Dieter Zimmer

Bitte rechts ranfahren

BASTEI
LÜBBE

BASTEI-LÜBBE-TASCHENBUCH
Band 12 440

Lizenzausgabe Gustav Lübbe Verlag GmbH,
Bergisch Gladbach
Printed in Germany, Januar 1996
Einbandgestaltung: K.K.K.
Titelbild: BAVARIA – Nelly Rau-Häring
Satz: Textverarbeitung Alessandra Schwarz, Köln
Druck und Bindung: Elsnerdruck, Berlin
ISBN 3-404-12440-5

1

Die CD mit dem Hochzeitsmarsch hatten die Gäste spendiert und den neuen CD-Player dazu. Man solle bei der Heirat guter Freunde nicht geizkrägeln, hatte Gesine geraten, irgendwann schlage Spendabilität auf die Großzügigen zurück.
»Halt! Du willst dich reinschleichen!« rief Juri: »Eine Braut wird seit alters her über die Schwelle getragen!«
Die anderen klatschten.
Der Bräutigam ließ demonstrativ die Muskeln spielen, als brauche er Bärenkräfte, um seine Braut hochzuheben. Sie blickte demonstrativ beleidigt. Aber dann tänzelte er betont leichtfüßig. Die Gäste warfen Reiskörner und sangen den Marsch mit, ohne Text die meisten.
»Ich kriege jetzt feuchte Augen«, kündigte Gesine an, aber dann kriegte sie doch keine, sie hatte das Ganze hier auch schon einige Zeit hinter sich.
Juri spielte, obwohl er Gast war, den Haushofmeister und entkorkte Sekt. Sie hatten auf Rotkäppchen bestanden, aus alter Anhänglichkeit an den Edelstoff der Zone, der damals Beziehungen erfordert hatte, jedenfalls der trockene. Unterdessen war Rotkäppchen von der Treuhand privatisiert und auf dem Weg zum Geheimtip bundesdeutscher Partys. Die Gäste stießen schwappend an und ließen hochleben.
»Sach doch was!« drängte Gesine.
Tom, der Gedrängte, schlug feierlich mit einem greifbaren Gegenstand ans Glas, bis alle lauschten.
»Wenn uns einer gesagt hätte«, sagte Tom und machte eine Pause.
»Na, den hätten wir vielleicht aber!« rief Juri, und alle klatschten Beifall.
»Es hat aber keiner«, fuhr Tom fort. »Es konnte auch keiner. Wie hätte er denn!«

»Sehr richtig, sehr richtig!« murmelten die Gäste.
»Aber im Ernst! Diese beiden jungen Menschen«, Tom zog das Wort feierlich in die Länge und zeigte auf das Hochzeitspaar, »sind wie ein Spiegelbild unserer Zeit. Geprüft in den Jahren der deutschen Teilung, gereift in den Tagen der Revolution, nunmehr vereint wie unser Vaterland.«
»Dieses unser«, verbesserte Juri.
»Jetzt aber wirklich im Ernst: Diese beiden aus Ost und West, sie könnten altersmäßig meine Kinder sein, sind für mich ein wunderbares Beispiel dafür, wie zusammenwächst, was gar nicht zusammengehört. Ein deutsches Paar!«
Wieder Beifall. Tom hätte weitergeredet, hatte auch noch den Faden, aber Gesine rief: »Jetzt das Hochzeitsfoto!«
Juri machte den Apparat klar: »Jawoll, nachher sind bloß alle betrunken.«
Das Brautpaar in der Mitte, die wortkargen Bräutigameltern links, die Brauteltern waren leider noch nicht eingetroffen, Gesine und Jürchn rechts außen, Tom links außen. Juri löste den Selbstauslöser aus und eilte hinzu. Viermal, sicherheitshalber.
Es klingelte an der Tür. Juri machte auf und brachte Carla herein. Sie warf Tom eine Kußhand zu und stürzte auf das Brautpaar, um es stürmisch zu umarmen.
»Tut mir wahnsinnig leid«, keuchte sie danach, »aber im Rosental lungerten drei von den Typen, denen man nicht so gern begegnet. Ich denke, die wollten was von mir, da habe ich mehrere Haken geschlagen.«
Juri mit der Rotkäppchenflasche: »Was sollen die denn von dir schon gewollt haben?«
Carla warf einen vernichtenden Blick.
»Ich meine«, sagte Juri, »Geld hast du doch nie bei dir.«
Er wiederholte die Fotos, diesmal mit Carla, dann wurde endgültig richtig getrunken.
»Jaja, unsere großartige Revolution«, sagte Juri. »Damals haben wir der bewaffneten Macht von Staat und Partei auf dem

Leipziger Ring die Stirn geboten. Heute schlagen wir in unserer Heldenstadt Haken wie die Hasen, um nicht den Straßenräubern in die Hände zu fallen.«
»Auf die Helden von damals!« rief Tom, und sie stießen schon wieder an.
»Apropos drei Typen im Rosental«, fragte Juri: »Woran erinnert uns das?«
»Logo!« rief Rolf, »da fällt es uns wie die Schuppen vom Kopf!«
»Wann war das noch?« fragte Gesine.
»Vor tausend Jahren! Und auf einem anderen Planeten.«
Der dritte Rotkäppchenkorken schnalzte, obwohl noch Vormittag war.

2

Auf der Brücke über das schmutzstarrende Rinnsal Parthe, dort wo der Weg ins Rosental und zum Scherbelberg führt, wurden sie von drei Volkspolizisten aufgehalten. Zwei hatten die Hand am Pistolenhalfter, als seien sie in Gefahr. Tom fühlte sich an einen schlechten Western erinnert, Hollywood B-Picture vielleicht mit Ronald Reagan.
»Bitte rechts ranfahren! Absteigen! Ausweise!«
Nicht: Guten Tag! Nicht: Bitte absteigen! Oder: Bitte die Ausweise! Sondern: Absteigen, Ausweise. Deutsch in vereinfachter Form.
Sie hatten alle ihr Identitätspapier eingesteckt. Waren mit ihren Rädern penibelst korrekt gefahren, auf keinem Fußweg, in Entenformation, bloß nicht freihändig. Auch die Beleuchtungseinrichtungen waren intakt, die Rückstrahler geputzt, die Klingeln konnten klingeln. Keinen Anlaß geben!

Der oberste Vopo studierte die Papiere, die rangniedrigeren prüften die Fahrräder. Tom mußte an die vielen Vopo-Witze denken: Einer schien also lesen zu können. Sie nahmen sich Zeit. Die Staatsgewalt, auch ihre geringsten Vertreter, verstanden sich aufs Einschüchtern. Zeit lassen. Nichts erklären. Keine Miene zeigen. Immer wieder prüfend schauen vom Bürger zu seinem Papier und zurück. Ein paar Jahre früher noch hätten sie garantiert gesagt: Könnse mal das rechte Ohr freimachen! Früher, als die modisch langen Haare die Ohren zudeckten. Die Aufgeforderten hatten sich durch die angeordnete Bloßlegung ihres Ohres immer absichtlich entwürdigt gefühlt. Heute trug man aber kurz. Am liebsten hätten die Vopos nun vielleicht gesagt: Könnse mal die Zunge raus und Aaah!

»Wer ist hier der Anführer?« fragte der durch Schulterklappen ausgewiesene Anführer.

Die Radfahrer, etwa vierzehn an der Zahl, schauten ihn neugierig an.

»Keiner?« fragte der Anführer.

»Keiner«, bestätigte Juri. »In unserem Freizeitkollektiv herrscht Gleichberechtigung. Das ist so 'ne Art grundsätzliches Prinzip.«

»Und wo wollten Sie hin?«

Juri schaute seine Freunde auffordernd an. Es war verabredet, daß reihum jemand anderes antworte, damit keiner als Anführer erschien. Rolf übernahm es, wortlos in die Richtung zu weisen, in die sie gefahren wären, hätte man sie nicht gestoppt.

»Wo Sie hinwollen, meine ich.«

»Rüber nach Leutzsch. In den Georg-Schwarz-Sportpark. Zu Chemie.«

»Chemie spielt heute aber auswärts«, bemerkte einer der unterstellten Vopos.

»Da könn' Sie mal sehen, was wir für Fans sind«, sagte Gesine.
Die Kontrolliererei war bei Tom angelangt: »Aha, BRD-Bürger!«
Immer sagten sie das gleiche, wenn ihnen der grüne Paß gereicht wurde: Aha, BRD-Bürger. Es klang wie: Aha, vorbestraft! Oder: Aha, HIV-positiv! Tom wußte über BRD-Bürger, die an dieser Stelle anfingen zu zittern und bereit waren, alles zuzugeben, um zu Hause zu dröhnen, wie sie es den Schweinen gegeben hätten.
Der Vopo hatte an Tom keine weiteren Fragen, das Visum war in Ordnung wie die Aufenthaltsgenehmigung.
»Warum werden wir hier eigentlich festgehalten?« fragte Juri.
»Was verstehen Sie unter festhalten?«
»Diese Maßnahme hier. Diese widerrechtliche. Diese ungesetzliche.«
Rolf und Gesine und Carla und die anderen schüttelten ärgerlich den Kopf. Es gehörte zum Spiel, keine Angriffsfläche zu bieten. Korrektheit und Gelassenheit waren die Waffen, mit denen bei diesen kleinen Spielchen die Staatsgewalt zu entwaffnen war.
»Sie könn' sich ja beschweren«, meinte der Ober-Vopo, ohne zu dem Fragesteller aufzuschauen.
Tom sah, wie Juri der Kamm schwoll, die Halsschlagader genauer, und er kräftig die Lippen aufeinanderpreßte. Das hatten sie manchen Abend beredet: die arrogante Selbstsicherheit der Organe. Sie könn' sich ja beschweren! Sie wissen ja, was dabei rauskommt. Nichts erkläre ihm die DDR besser, sagte Juri, als dieser Satz: Sie könn' sich ja beschweren.
Der Ober-Vopo wandte sich an Rolf: »Mal die Satteltasche da auf!«

Rolf folgte dem Befehl mit angemessenen Bewegungen. In der Tasche war Sand.
»Was ist da drin?«
»Sand.«
»Das sehe ich. Aber was unter dem Sand ist.«
»Sand.«
»Sie können mich hier nicht verarschen. Wozu ist der Sand?«
»Für alle Fälle.«
»Auskippen!«
Rolf bereitete die angeordnete Auskippung sorgfältig vor, damit kein Sand unvorschriftsmäßig mitten auf den Weg fiel. Über die Brücke, von einem Auto, das dort gewartet hatte, kam ein Mann in Zivil. Vielleicht sahen solche Männer in Zivil immer aus, als ob sie einen Ledermantel trügen.
»Und?« fragte der Zivilist den Vor-Vopo.
»Alle Personen ausgewiesen.«
Mehrere gluckten heiter bei diesem zweideutigen Wort.
»Ich meine, alle Personen sich ausgewiesen habend.«
»Irgendwas sichergestellt?«
»Sand«, sagte Rolf und kippte den Rest ins Gras am Rand des Weges.
Der Zivilist schüttelte den Kopf: »Die haben garantiert nichts bei sich. Oder ich freß 'n Besen.«
Er wandte sich an die angehaltenen Radfahrer: »Wir wissen genau Bescheid. Sie fahren nicht zufällig mit dem Rad hier lang. Sie wollen provozieren.«
»Wen?« fragte Gesine.
»Uns.«
»Wer ist ›uns‹?«
»Den Staat. Sie wollen uns provozieren. Es ist ja nicht das erstemal. Wir observieren Sie seit geraumer Zeit. Wir wissen genug über Sie und Ihre feindlich-negative Einstellung. Wir kennen einige ihrer illegalen Schriften. Wir

werden Ihnen auch noch nachweisen, daß sie von Ihnen verfaßt und vervielfältigt sind. Wir wissen, daß Ihre gruppenbildenden Radfahrten Tarnung und Ablenkung sind. Wir warnen Sie. Bitte fahren Sie jetzt weiter!«

»Eine Frage noch«, sagte Juri: »Wo spielt denn Chemie heute?«

Er bekam keine Antwort.

Die Radfahrer schauten der Staatsgewalt spöttisch lächelnd nach.

»Sie sind gar nicht so blöd«, bemerkte Carla, »unsere Kundschafter des Friedens.«

»Und sie sind der Staat. Nicht wir.«

»Eines möchte ich aber wissen«, fragte Juri: »Woher wußten die, daß wir heute ins Rosental fahren? Bei einem von uns muß die undichte Stelle sein.«

Sie schauten sich reihum an.

»Ja, einer ist es«, bestätigte Gesine. »Oder eine. Aber was hat es ihnen genützt?«

3

»Ihr reitet euch bloß in was rein«, prophezeite Tom. »Wir wollen uns endlich aus was rausreiten«, widersprach Gesine heftig.

»Ihr im Westen wünscht doch bloß im Osten nichts Neues«, schimpfte Juri.

Rolf nickte heftige Zustimmung, so daß sein Bier schwappte, Carla nickte nur angedeutet, wie es ihre ruhige Art war.

»Dem kann ich jedenfalls nicht frontal widersprechen«, gab Tom zu. »Solange es die DDR gibt, haben wir unsere Ruhe.«

Die fünf Köpfe steckten über dem Tisch und den Biergläsern zusammen, die Stimmen waren gedämpft. So ein Benehmen konnte zwar immer Verdacht erregen, aber laut hätte sich jedem Lauscherohr sogleich offenbart, daß hier nicht gemäß den Beschlüssen des letzten Parteitags gedacht wurde. Andererseits wäre es ihnen unwürdig erschienen, immer und immer wieder nur auf offener Wiese im Park, fernab von denkbaren Wanzenverstecken, das Eigentliche zu bereden. Was das Publikum des Lokals anging, wußte man nicht so recht. Das Etablissement in der Ostberliner Waisenstraße war Jahrhunderte alt, hieß schon seit Jahrzehnten »Letzte Instanz« und war einer der Geheimtips der hauptstädtischen Gastronomie. Daß hier manche kleine Gesellschaft hereinbrach, die nebenan vor dem Obersten Gericht der DDR einen Erfolg oder wenigsten ein mildes Urteil erstritten hatte, verlieh dem Lokal noch nicht den Ruf eines Widerstandsnestes. Und im Zweifel hatte der Staat überall Ohren, elektronische oder normale Kellnerohren.

»Wir sind nicht zu diesem Kirchentag angereist«, erklärte Juri entschieden, »um mit Betschwestern fromme Lieder zu nölen.«

»Sondern?«

»Wir wollen uns ein Forum schaffen«, verkündete Gesine theatralisch, »und unsere Meinung artikulieren.«

»Und die Kirche dabei mit reinreiten«, stellte Tom fest.

»Der Kirche passiert nichts«, winkte Rolf ab, »die ist für die Partei tabu.«

Tom war zum Berichten herübergekommen. Für die West-Medien war grundsätzlich alles von »drüben« ein Thema, wenn es auch nur entfernt nach Abweichen von der Parteilinie roch. Bei der Kombination »DDR« und »Kirche« gab es jedoch diese Diskrepanz: Die meisten Seher in West mieden das Thema wie der Teufel das Weihwasser und griffen schnell zur Fernbedienung oder zum Stationsknopf. Die journalistische Zunft sprang dennoch darauf wie elektrisiert. Sie wußte: Wenn es in der DDR knisterte, dann dort. Tom hatte über diesen Kirchentag drei Redaktionen über die Tage insgesamt sieben Berichte verkauft.

»Zahlt ihr denn«, fragte Tom süffisant, da er die Antwort wußte, »wenigstens eure Kirchenspenden?«

Gesine und Juri, Rolf und Carla schauten sich überrascht an, als sei ihnen ein unsittlicher Antrag gemacht worden.

»Manchmal denke ich«, fuhr Tom fort, »fast alle DDR-Bürger sind Trittbrettfahrer, nur auf unterschiedlichen Straßenbahnen: Partei, Kirche, BRD, internationale Solidarität ...«

Gesines Gesichtsausdruck kündigte Widerspruch an.

»Wenn ihr schon keine Kirchenglieder seid«, fuhr Tom rasch fort, »schmeißt ihr hoffentlich ab und zu was in den Klingelbeutel. Dafür, daß die dauernd eure Kastanien aus dem Feuer fischen.«

»Die kriegen genug aus der BRD«, stellte Juri kühl fest.

»Außerdem«, blaffte Gesine, »kapierst du mal wieder von keiner Sache überhaupt gar nichts.«

»Das ist bei mir eine Berufskrankheit«, gab Tom zu.

Tom lebte im Westen, jawohl, zum Glück! Mehr als ein halbes Leben schon. Aber er war im Osten aufgewachsen, hatte sogar noch, wenn er wollte, sein Sächsisch von der heimatlichen Gasse akzentfrei drauf. Jedoch: Konnte man als Gast, selbst als häufiger, das richtige »DDR-Feeling« bekommen, wenn man stets das Visum für die Wiederausreise in der Brieftasche trug?

»Ach, Onkel Tom!« neckte Gesine, als mache sie sich über ein Gebrechen lustig, und stieß mit ihm an.

»Wie geht's eigentlich meiner Cousine?« fragte er.

»Mama? Angepaßt.«

Tom kannte Gesine von Anfang, denn sie war seine Nichte. Er kannte Juri schon Jahre, denn er war seit der POS ein Schulfreund von Gesine. Rolf hatten die beiden an der Karl-Marx-Universität kennengelernt, die schweigsame Carla bei einem Konzert in der Thomaskirche. Tom hatte ihnen vor einiger Zeit den Namen »Viererbande« gegeben. Wenn er mit ihnen diskutierte, ging es immer um die Frage der Fragen: Wie aus ihrem verkorksten Staat noch was werden könne. Stets war Gesine am radikalsten der Meinung, sie selbst müßten die DDR von unten und von hinten und von der Seite her umkrempeln, während Tom dafür hielt und Juri ihm teilweise zustimmte, das müsse von oben oder aus der Mitte kommen, also aus der Partei, die dazu zu bewegen sei. In der SED gebe es höchstens zehn Prozent Verkalkte und Naive, die noch an den Bärtigen aus Trier glaubten, vor allem aber Hunderttausende fähige Köpfinnen und Köpfe, die, wenn es bloß jemand endlich anpackte, nicht mehr opportunistisch ein marodes System stützen, sondern was Besseres in Angriff nehmen wollten. Bei dieser Einlassung deutete Gesine stets ein herzhaftes Gähnen an.
»Gut, ich verstehe wieder mal nichts«, gab Tom zu, »laß uns in drei Jahren nochmals drüber reden. Und dann in sechs Jahren und in neun Jahren und zur Jahrtausendwende. Wir werden ja sehen.«
Der Ober brachte fünf neue Biere und fünf Erbsensuppen. Nicht, daß sie den Ober konkret verdächtigten, aber solange er am Tisch war, schauten sie sich ihr Bier und ihre Suppe genau an und diskutierten nicht.
»Wir sind eben naiv«, erläuterte danach Juri, Erbsen kauend. »Wir tun so, als hätten wir ein Recht auf die Rechte, auf die wir gemäß unserer Verfassung ein Recht haben.«
»Drüben bei euch«, ergänzte Rolf, »darf man lauthals einen völlig anderen Staat fordern, ohne abgeführt zu werden,

was ja eigentlich ziemlich langweilig sein muß. Wir können nur versuchen, unseren versprochenen einzuklagen.«
»Versteht mich bitte nicht falsch«, bat Tom, »ihr habt meine volle Sympathie. Und wenn ihr Mumm habt, könnt ihr morgen bei euerm ›Kirchentag von unten‹ was Staatsgefährdendes in mein Mikrofon sagen. Die Redaktionen sind heiß auf Widerspruch, solange er von drüben kommt. Ich bezweifle bloß den Nutzen eures Tuns. Das ist es.«
»Weißt du, worauf es euch im Westen ankommt?« fragte Gesine barsch und beantwortete es sofort: »Daß wir nicht stören. Daß alles bleibt. Daß wir Zonis schön stillhalten. Daß wir die deutsch-deutschen Beziehungen nicht stören. Vor allem nicht die Wirtschaftsbeziehungen, wie bei euch die Ausbeutung der DDR vornehm umschrieben wird.«
Gesine war jetzt in Rage: »Daß eure Geschäftemacher unsere billigen Hemden mit unanständigem Gewinn verhökern können. Daß sie unsere Kühlschränke verramschen können, auf die wir hier Jahre warten müssen. Nicht mal Weihnachtspyramiden aus unserem Erzgebirge kriegen wir. Daß sich eure Schweinebarone an unserem spottbilligen Fleisch eine goldene Nase verdienen. Ihr seid soooo zufrieden mit dem Status quo, und jetzt kommen wir und wollen was ändern. Gemein, was?«
»Mit dir kann man nicht diskutieren«, sagte Tom. »Du hast nämlich recht.«
»Dann sag das doch mal in deinen Sendungen! Ihr traut euch doch nichts. Ihr Westjournalisten seid doch bloß Kollaborateure der SED und eurer eigenen Geschäftemacher.«
Nicht schon wieder dieses Thema! dachte Tom. Wem sollte es denn helfen, wenn sie Journalismus nach dem Prinzip der verbrannten Erde machten? Die mühsam aufgebauten Beziehungen torpedierten? Sie hatten die

DDR nicht erfunden und nicht gewollt, aber nun mußte man eben mit ihr leben. Außerdem gab es fürs Schneidige bestimmte Sendungen, deren Moderatoren sich nicht der DDR aussetzten, aber aus dem warmen Studio ihre Breitseiten abfeuerten.
Tom fand es anregend, beim Bier in der Sonne zu sitzen und jungen Leuten zuzuhören, die Widerborstiges dachten und morgen vielleicht sogar zu tun versuchten. Er konnte sich das anhören und einiges davon sogar öffentlich machen, damit es zurückstrahlte in die DDR. Er hatte bloß darauf zu achten, daß sich Leute wie seine »Viererbande« nicht um Kopf und Kragen redeten. Das war seine Verantwortung.
Gesine, fiel ihm auf, hatte ihre Hand auf Rolfs Arm gelegt, wie zufällig und nebenher, aber doch eindeutig für einen Beobachter, der das Leben schon ein paar Jahre kannte. Aha! dachte Tom bei sich.
»Warum heißt du eigentlich Juri?« fragte er, weil er das in all den Jahren noch nie gefragt hatte.
»War doch damals gerade Mode bei überzeugten SED-Leuten: Jurij Gagarin, der erste Fliegerkosmonaut der SU.«
Gesine hieß Gesine, wußte Tom, weil ihre Eltern von Anbeginn nicht in die DDR gepaßt hatten, und ihrer Tochter den ausgefallenen Namen Gesine zu geben, war damals, im Jahr 1961, zwar kein Akt des Widerstands gewesen, aber wenigstens eine sympathievolle Anspielung auf die Romanfigur von Uwe Johnson, dem DDR-Dichter, der sich kurz zuvor, als der Grenzübertritt noch einfach war, schweren Herzens zur Flucht entschlossen hatte. »Und wie kamen sie auf Carla?« fragte Tom.
»Rühre nicht an ihren wunden Punkt!« rief Gesine.
Carla erklärte es aber ganz ruhig: »Weil meine Eltern sich nicht trauten, mich nach Clara Schumann Clara zu nen-

nen, obwohl sie entschlossen waren, aus mir eine fast ebenso große Pianistin zu machen.«
Carla war für Tom ein Rätsel. Eine hübsche junge Frau, die jedoch alles tat, um ihre unbestreitbare erotische Ausstrahlung zu verbergen. Um diesen Reiz zu bemerken, mußte man schon ein wenig erfahren in den Dingen des Lebens sein. Irgendeiner würde Carla irgendwann entschlüsseln.
Tom zahlte die billige Zeche. Sie überquerten die wüste Schneise, die Stadtplaner durch Berlin-Mitte geschlagen hatten, nicht anders, als Stadtplaner in der BRD und anderswo Städte verwüstet hatten, und bummelten auf dem jenseitigen Ufer zum neuen Nikolaiviertel, dem ältesten Teil der Stadt. Tom fand sich merkwürdig in der Rolle des Stadtführers, des »Stadtbilderklärers«, wie auf DDR-Deutsch die inkriminierte Vokabel ersetzt wurde. Tom war nun mal, trotz des grünen Reisepasses, mehr in der »Hauptstadt der DDR« zu Hause als die Provinzler vom »Welthandelsplatz« Leipzig.
Gesine monierte das Konzept des zur 750-Jahr-Feier Berlins neugestalteten Viertels. »Der Gißke«, wie sie DDR-untypisch den Generaldirektor der Baudirektion Berlin titulierte, habe bloß ein bißchen Historisches rekonstruiert oder kopiert, ungekonnt gemixt mit auf alt getrimmter Plattenbauweise. Schlechte Verarbeitung, beschädigte Kanten, farblose Farben. Gesine verstand etwas davon, hatte Architektur studiert, arbeitete in der Rekonstruktion.
»Wir Provinzler kriegen hier immer 'n dicken Hals«, moserte sie: »Alles geht in die Hauptstadt. Der Rest vergammelt. Sieh dir unsere Leninstraße an! Oder Dresden-Neustadt. Und dann bauen sie für das viele Geld hier so einen gottverdammten Scheiß!«
»Gesine! Du bist hier zum Kirchentag, also bitte fluche nicht! Außerdem: Mir gefällt's. Jedenfalls besser als Ber-

lin-Marzahn oder Leipzig-Grünau oder Halle-Neustadt. Und immer noch besser als unser Märkisches Viertel.«
»Ihr seid immer so relativ«, schimpfte Gesine, »ihr müßtet mal irgendwas richtig unmögen.«
»Nicht unmögen«, verbesserte Juri: »Beschissen finden.«
Die vier wollten los. Müßten noch ein paar Gleichgesinnte treffen. Taktische Besprechung wegen morgen. Tom fragte, wo sie denn eigentlich ihre Bleibe hätten. Auf Schlafsäcken bei guten Bekannten: »Alles ganz subversiv. Damit uns die wachsamen Organe nicht finden.«
»Apropos: Hat unsere Radfahrt ein Nachspiel gehabt?«
»Kein erkennbares«, sagte Juri. »Aber ich würde mich nicht wundern, wenn uns die Leipziger Stasi auch in Berlin nicht aus den Augen ließe.«
»Ich hätte euch ja gern zu mir nach Hause eingeladen«, sagte Tom.
»Ha. Ha. Ha«, machten sie.
»Wir können ja auf unseren Fernsehturm am Alex und mit feuchten Augen zu euerm drehenden Mercedesstern glotzen.«
»Eigentlich muß es doch stinklangweilig sein mit so einem grünen Paß«, vermutete Carla: »Einfach über die Grenze fahren, wann man will.«
Sie winkten ihm zu. Er dachte, er müsse sie doch etwas ernster nehmen. Nicht ihre naiven Vorstellungen vom Wandel, aber ihren Widerspruch. Vor allem ihre Hoffnung.
Tom ging hinüber in die Neue Grünstraße, ins Büro der Kirche, um nach Neuigkeiten beim Kirchentag zu fragen. Stolpe war da und führte das Wort, es ging gerade um das übermorgige Krawczyk-Konzert in der Samariterkirche. Die Partei verlangte, daß Krawczyk ausgeladen würde. Mit seinen widerborstigen, kessen Liedern hatte er sich schon ein Auftrittsverbot in der ganzen DDR eingehandelt.

»Bei uns wird keiner wieder ausgeladen«, stellte Stolpe kategorisch fest. Staatliche Auftrittsverbote gälten für die Kirche nicht.
»Wie wollen Sie das durchhalten?« fragte Tom.
»Indem wir das Konzert nicht absagen.«
Ihr habt Nerven, dachte Tom.

4

Herrenlos auf dem Bahnsteig ein einsamer Koffer, da denkt der moderne medienerfahrene Mensch an Sprengstoffanschlag. Tom machte automatisch einen Bogen bis zur gegenüberliegenden Bahnsteigkante und beobachtete aus den Augenwinkeln. Die Treppe herauf kam ihm eine junge Frau entgegen und griff nach ihrem Gepäckstück. Sie schleppte schwer. Tom, nun ohne Verdacht, bot ihr Hilfe an, sie lächelte dankbar. Zwei Koffer hatte sie schon drunten in der Halle unbewacht abgestellt zwischen all den verdächtig ausschauenden Lungernden.
»Unvorsichtig«, rügte Tom. »Hier ist jede Menge Gesindel.«
Sie hob die Schultern: Wie denn sonst?
»Und wo wollen Sie nun hin mit Ihrem Hausstand?« fragte er, als sie vor dem Bahnhof Zoo in den Frühsommerspätabend und die Lichter der Großstadt schauten.
Sie lächelte: »Nach Berlin.«
»Glückwunsch! Sie haben sich nicht verfahren. Und wohin weiter?«
»Keine Ahnung. Ich bin das erstemal hier. Ab morgen habe ich einen Job, aber heute habe ich noch keine Bleibe.«

Genauso, dachte Tom, beginnen im Roman Geschichten, aber wir sind im Leben, da bringen die Geschichten meistens nur Verdruß. Die junge Frau war nicht sehr groß und ansehnlich schlank, darüber hinaus konnte Tom im Laternenlicht nur erkennen, daß sie schulterlanges braunes Haar hatte.
Sie lächelte wieder: »Jetzt denken Sie, daß ich denke, daß Sie mir behilflich sein sollten.«
»Das würde ich nie annehmen. Ich dränge mich auch fremden Frauen nicht auf.«
»Schade. Hatte ich gehofft. Ist denn hier ein Park mit Bänken in der Nähe?«
»Der Tiergarten. Nehmen Sie da drüben den hinteren Bus bis zum Großen Stern.«
Sie setzte sich auf einen ihrer drei Koffer, atmete hörbar aus und machte Anstalten zu weinen. Tom hatte sich oft über sein viel zu weiches Herz geärgert. Es endet auch diesmal, wie es muß, dachte er und griff zwei Koffer. Die junge Frau hob den dritten auf und folgte zum Taxi. Auf der Fahrt sprachen sie nicht.
Toms Wohnung war viel zu groß und eigentlich auch zu teuer für eine einzelne Person. Er öffnete nacheinander drei Zimmertüren: »Sie können sich nachher eins aussuchen, zufällig sind gerade alle frei. Aber erst mal trinken wir einen. Ich heiße übrigens Tom«, stellte er sich endlich vor, »der Rest steht an der Wohnungstür. Ich nehme an, Sie heißen Babsi oder so.«
»Genau«, nickte sie, »ich heiße Tina. Der Rest steht auf dem Kofferanhänger.«
»Man kann es sich sowieso nicht jedesmal merken. Prost!«
Da nun der Streß von ihr gewichen war, wirkte Tina viel hübscher als am Bahnhof Zoo. Sie lehnte sich im Sessel zurück und schlug ein schönes Bein über

ein anderes schönes Bein. Mit dem stets interessierten Blick stellte Tom fest, daß sie keinen zu kleinen Busen hatte.
Sie lächelte Tom an.
»Haben Sie Hunger?« fragte er.
»Mords«, nickte sie.
Tom brachte, was er so im Haus hatte, Käse und Oliven, Weißbrot und Rotwein. Er aß aus Geselligkeit mit, kriegte sogar ein wenig Hunger dabei, die Erbsensuppe aus der »Letzten Instanz« hatte doch nicht bis Mitternacht vorgehalten.
Tom fragte sich durch und erfuhr, daß Tina aus Düsseldorf stammte und in Berlin einen Job als Anwaltsgehilfin antreten wollte. In Kreuzberg, aber nicht bei Liebling. Man sei hier sogar in Kreuzberg, erklärte Tom, die Straße mit ihrem Anwalt sei nur zwei U-Bahn-Stationen entfernt.
»Wahrscheinlich denken Sie, ich will bloß morgen, wenn Sie weg sind, die Wohnung ausräumen.«
»Es würde mich nicht wundern.«
»Ich zeige Ihnen meinen Ausweis.«
»Der kann gefälscht sein. Aber ich habe kaum Wertsachen in der Wohnung. Im Schreibtisch rechts oben ist ein grauer Umschlag mit zwölfhundert Mark in bar, irgendein Schwarzgeld von einem Verlag. Wenn der Umschlag morgen abend leer ist, weiß ich Bescheid.«
Tina nahm das mittlere Zimmer, obwohl es kleiner war als die anderen. Es mußte etwas Besonderes haben, denn zum drittenmal entschied sich eine Frau für dieses Zimmer. Tom machte einen Schlüsselbund fertig und kramte einen Stadtplan hervor. Während sich Tina abschminken ging, trank er die Flasche Rotwein zu Ende. Ich werde unruhig schlafen, dachte er, Wand an Wand mit einer Frau wie dieser.

5

»Wenn ich mir überlege«, sagte der junge Mann mit dem Mikrofon in der Hand, »unser Herr käme jetzt hier rein, also Christus: Wo würde der sich hinsetzen? Zu Ihnen rüber? Oder zu uns? Oder würde er wieder gehen?«
Lautes Gelächter. Erlösender Beifall. Bischof Gottfried Forck, der Angesprochene, machte gute Miene.
Das Mikrofon wanderte zu einer jungen Frau: »Die Kirche ist doch heutzutage schon jemand in der DDR. Bischofs Geburtstag wird auf der zweiten Seite vom Neuen Deutschland bekanntgegeben.«
Wieder Beifall und Gelächter im überfüllten Saal. Der Bischof behielt die Fassung.
Das Mikrofon war wieder ein Stück weiter: »Ich sehe übrigens nicht, daß die Kirche die erste Pflicht hätte, den Staat zu verändern. Erst mal sollte ihr größtes Anliegen sein, ihr eigenes Wesen zu behalten. Und das hat sie meiner Meinung nach in den letzten Jahren zugunsten einer Geheimdiplomatie verraten.«
Langer Beifall.
Tom hatte mit Andreas, seinem Kameramann, verabredet, daß er mitdrehte, solange nur jemand den Mund aufmachte. Bei einer derartigen Veranstaltung gab es nichts anderes als Draufhalten, denn wer wußte, ob man in der DDR jemals wieder so offene Worte hören würde?
Mit der tagelangen unerschütterten Drohung, eine Kirche zu besetzen, hatten die paar hundert jungen Leute aus allen Teilen der Republik am Ende erreicht, daß ihnen das Gemeindehaus der Pfingstkirche im Friedrichshain zur Verfügung gestellt wurde für diesen alternativen »Kirchentag von unten«, auf dem sie Tacheles reden wollten, wie in der DDR sonst nicht geredet wurde. Seit

zwei Stunden diskutierten sie nun, mit dem Herzen auf der Zunge, aber mit eiserner Disziplin: Alle hielten sich an die freiwillige Verabredung, daß ihr Thema die Kirche und der Glaube seien und nicht der Staat und die Partei. Wenn sich jemand in Attacken zu verheddern drohte, führten ihn die selbsternannten Diskussionsleiter auf den vereinbarten Pfad zurück.

»Hey, Onkel Tom!« Es war Gesine, die ihm strahlend auf die Schulter klopfte. »Hättste nicht gedacht, was hier abgeht!«

»Hätt ich nicht gedacht«, gab Tom zu.

Juri, Rolf und Carla tauchten ebenfalls aus dem Gewühl. Tom fand alle vier merkbar verändert. Er kannte sie eine lange Zeit, hatte Dutzende von Diskussionen am runden Küchentisch mitgemacht, hatte oft und oft mit Bedauern blauäugige Hoffnungen durchkreuzt. Doch diesmal fühlte er sich angesteckt von ihrer Begeisterung. Im proppenvollen Pfingstgemeindehaus kam ihm unvermeidlich die Vokabel Pfingsterlebnis in die Quere.

»Ich muß euch mal was zeigen«, sagte Juri und lotste die anderen durch das Haus in einen Saal, wo ebenfalls diskutiert wurde. Er zog sie zu einem offenen Fenster, das Sommerluft herein- und Zigarettenrauch hinausließ. Am Rahmen lehnte ein Mann, der nicht beglückt wie die anderen wirkte.

»Guten Tag«, sagte Juri zu dem Mann.

»Kennen Sie wenigstens meine Akte?«

»Ich weiß nicht, wovon Sie reden.«

»Sie wissen genau, mit wem Sie reden. Sie sind uns doch auf den Fersen. Sie parken doch vor unserer Wohnung, wenn man die Bruchbude so nennen will. Sie sitzen doch montags hinter uns in der Nikolaikirche und notieren. Sie stehen doch plötzlich im Rosental vor uns, wenn wir sonntags eine Radtour machen.«

Der Mann tat, als seien ihm Schuppen von den Augen gefallen: »Natürlich! Ich erinnere mich. Was führt Sie denn hierher?«
»Wir wollten nicht, daß Sie Ihre Schnüffeltour in die Hauptstadt umsonst machen.«
Tom hatte ihn auch wiedererkannt: Dieser wachsame Kämpfer an der unsichtbaren Front ließ die ihm zur Observation anvertrauten feindlich-negativen Kräfte auch hier nicht aus den Augen. Dieser Mann, mittleren Alters und auch sonst unauffällig mittelmäßig, mußte doch mal Feierabend haben, Wochenende in der Datsche an der Mulde, Ferien in Bad Doberan, Kur in Bad Elster, Fortbildung an geheimem Ort. Er mußte sich also, wenn es aufgehen sollte, mindestens mit zwei Kollegen abwechseln. Welch ein Aufwand! Wovon wurde der bezahlt? Was hätte man mit dem Geld alles machen können: Häuser rekonstruieren, Autobahnen grunderneuern, Kläranlagen modernisieren, Telefonkabel ersetzen. Welch ein ökonomischer Wahnsinn! Abgesehen von allem anderen.
Juri schien sich in dieser Umgebung unverwundbar zu fühlen:
»Wie finden Sie diese Veranstaltung? Haben Sie schon etwas gelernt?«
Der Mann schien keine Lust zu haben, durch einen Wortwechsel aufzufallen. Er nickte Juri freundlich zu und lauschte weiter den Ausführungen der Redner.
Juri stichelte: »Müssen Sie nichts protokollieren? Sie sind doch im Dienst. Wofür bezahlen wir Sie eigentlich?«
Tom und die anderen wechselten ihren Gesichtsausdruck von Amüsement zu Besorgtheit.
»Man sollte«, sagte Juri, »den Teilnehmern dieser Versammlung demonstrieren, daß sie bespitzelt werden.«
»Das wissen die auch so«, sagte der Mann ungerührt.

»Man sollte ihnen aber den Spitzel vorführen. Man sollte einen Scheinwerfer auf den Spitzel richten und sagen: So sehen die aus. Wie der da am Fenster. Haben Sie schon mal vom Prager Fenstersturz gehört?«

Rolf zog Juri am Ärmel, Gesine legte ihren Arm um seine Schulter, Carla machte eine Kopfbewegung: Laß uns gehen!

Aber Juri sagte: »Diese Veranstaltung ist endlich mal unsere. Hier hat die Firma nichts verloren.«

Der Mann schaute ihn gelangweilt an: »Als gebildeter Mensch kennen Sie ja nicht nur den Fenstersturz, sondern auch die Hebelgesetze. Also wissen Sie auch, wer am längeren sitzt.«

Den anderen gelang es, Juri wegzuziehen.

»Nie provozieren!«, sagte Rolf heftig, »das predigst du uns dauernd: nie provozieren! Keine Angriffsfläche bieten. Aber schon beim Radfahren bist du ausgerastet. Und hier erst!«

Juri schnaubte wütend: »Diese Visage hier mitten unter Gesichtern!«

Tom sah sein Kamerateam, das er im Gewühl aus den Augen verloren hatte, und winkte es für ein Interview heran. Er stellte nicht Juri, der sich mühsam beruhigte, sondern Gesine auf dem Hof vor die Kamera: »Wenn Sie vom Kirchentag nach Hause fahren: Was hat sich dann geändert?«

»Warum sagst du denn ›Sie‹ zu mir?«

»Wenn ich dich interviewe, sind Sie für mich eine Fremde, verstehst du? Das machen wir immer so. Also noch mal von vorn, die Kamera läuft noch, kleine Pause … Wenn Sie vom Kirchentag nach Hause fahren: Was hat sich dann geändert?«

Gesine dachte kurz nach und sagte: »Dann haben wir eine Erfahrung gemacht: Die Partei wollte nicht, daß wir das heute hier machen. Die Kirche wollte nicht, daß wir das heute hier machen. Und die Leute, auch die aus dem

Westen, sagten, so was wie wir vorhätten gebe es in der DDR nicht. Wir haben's trotzdem gemacht. Und sie haben's am Ende nicht verhindern können. Mehr ist nicht passiert. Aber für mich ist die DDR heute nicht mehr dieselbe wie gestern.«
Tom ließ das Mikrofon sinken und die Kamera abschalten: »Das war's. Besser kann man's nicht sagen. Sollen wir das senden, oder hast du jetzt Muffe?«
»Mach mal ruhig! Deine Zuschauer kapieren es sowieso nicht.«
Tom mußte mit den Kassetten rüber nach West-Berlin, um die berühmten Einsdreißig zusammenzuschneiden. Auf dem Weg zum Grenzübergang hatte auch er das Gefühl, heute sei etwas Unglaubliches passiert. Aber trotzdem würden die Zuschauer bei seinem Bericht wieder fragen, ob noch ein Bier im Kühlschrank sei oder jemand in den Keller müsse.

6

Tina saß, als Tom nach Hause kam, mit einer Flasche Rotwein vor einem Fernsehkrimi und feilte ihre Fingernägel, ein Geräusch, das er nicht ausstehen konnte.
»Ich hab Sie vorhin gesehen«, rief sie aufgeregt, »Sie haben so ein Interview mit so einer überzeugten DDR-Bürgerin gemacht.«
»Da hatten Sie einen anderen Sender eingeschaltet.«
»Nix da! Die hat doch gesagt, sie wollen ihre DDR behalten, bloß ein bißchen anders.«
»Wir müssen damit leben«, resignierte Tom, mehr bei sich, »daß unsere Zuschauer uns nicht verstehen. An wem das bloß liegt?«

Tina schien sich rasch eingewöhnt zu haben. Sie hatte es sich in der Sofaecke bequem gemacht, ihre Schuhe lagen unterm Tisch. Eigentlich, dachte Tom, wollte sie doch ab heute woanders wohnen.
»Sind Sie denn richtig beim Fernsehen?« fragte sie.
»Wie war der erste Tag?« fragte er.
Tina hatte ihre Stelle angetreten, wußte noch nicht so recht, wie sollte sie auch nach so kurzer Zeit, war aber entschlossen, es zu packen. Den Anwalt fand sie nicht aufregend, allenfalls nett, die Büroleiterin ziemlich biestig, wie ältere Frauen über dreißig eben waren.
Tom fühlte sich noch nicht müde, vielmehr etwas aufgekratzt von den Erlebnissen in der Pfingstgemeinde, und schlug für den langen Juni-Abend noch einen Bummel vor. Wohin? Berlin hatte tausend Adressen, gute, schlechte und miserable. Interessante vor allem, das türkische Berlin vor der Haustür oder die vielen bunten oder farbigen Ecken im Schatten der Mauer. Aber Berlin für Anfänger bedeutete wohl Gedächtniskirche und den unvermeidlichen Touristen-Nepp auf dem unvermeidlichen Ku'damm.
»Das erstemal auf dem Ku'damm«, erzählte Tom, als sie endlich einen Tisch erkämpft hatten, »war ich am ersten Mai dreiundfünfzig.«
»Was! Da waren Sie schon geboren?«
Wie sollte er das auffassen? Sie hätte auch fragen können: Mit Frau und Kindern? Er bekam auf die schnelle keine witzige Antwort auf die Lippen.
»Wir waren mittags mit dem D-Zug aus Leipzig am Berliner Ost-Bahnhof angekommen und dann mit der S-Bahn über die Grenze in den Westen geflüchtet.«
»Und die Mauer?« fragte Tina.
Tom seufzte innerlich und fragte lieber: »Gefällt Ihnen Berlin?«
»Noch finde ich die Kö aufregender.«

Zwei Weiße mit Schuß, Tina rot, Tom grün. Wenn schon Ku'damm, dann schon dieses berühmte ungenießbare Zeug. Vielleicht war Tina vom ersten Schluck kuriert.
»Schmeckt gewöhnungsbedürftig«, fand sie.
»Wie alt sind Sie eigentlich?«
Tina war fünfundzwanzig, Tom hätte auf achtundzwanzig getippt. Er hatte keine Tochter, auch keinen Sohn, und war schon seit etwa zehn Jahren in der reifen Phase, da Männer in Gegenwart einer jungen Frau zu rechnen beginnen, ob sie ihre Tochter sein könnte. Mit seinem guten Erhaltungszustand zu kokettieren, kam ihm immer altmännerhaft vor. Seine Reife, umgekehrt, mit Goldkettchen unterm offenen Hemd und mit wehenden Haaren im offenen Porsche zu überspielen, kam ihm albern und unwürdig vor, wobei er sich das Goldkettchen ohne weiteres hätte leisten können.
»Ich werde Ihnen die Tage ein bißchen was von Berlin zeigen«, versprach er.
»O ja«, lächelte sie ihn an, »das ist sehr lieb von Ihnen.«
Er spürte, sie hatte ihm ins Herz gelächelt. Wo würde sie hingehen, morgen oder übermorgen, sobald sie eine Bleibe gefunden hätte?
»Wenn Sie heute meinen Bericht gesehen haben: Morgen abend ist drüben eine wahnsinnig spannende Veranstaltung. Ein Konzert. Da wird es knacken. Die Partei will verbieten, die Kirche will nicht verbieten lassen. Wenn Sie Zeit haben ...«
»Was denn: ich in diese DDR? Weder lebendig noch tot! Ich bin doch nicht ...«
»Das ist doch albern!«
»Dann bin ich eben albern. Mir reicht's, daß ich gestern von Deutschland nach Berlin durch die DDR fahren mußte. Ich hatte bloß kein Geld für den Flieger. Freiwillig bringen mich keine hundert Pferde da hin.«

»Wetten, daß Sie das keine fünfzig Jahre durchhalten?«
»Ich trinke noch so 'ne scheußliche rote Plempe.«
Tom bestellte, dann führte er das Thema fort: »Sie haben recht, es ist wirklich zu gefährlich. Drüben, hinterm Grenzübergang, stehen an jeder Ecke echte Kommunisten mit Messern zwischen den Zähnen und rauben jungen Frauen aus dem Westen das wertvollste.«
»Verarschen kann ich mich selbst«, brummte Tina. »Ich weiß auch, daß sie scharf auf Westgeld sind. Aber mich interessiert das da drüben nicht. Mir reicht es, daß wir von unseren Verwandten, die ich nie gesehen habe, jedes Jahr Bettelbriefe bekommen. Jedesmal werden die Wünsche teurer, sie kennen ja alles aus der Fernsehwerbung. Jacobs Krönung! Und nicht einfach Turnschuhe, sondern die und die Marke, und bitte nicht in der verkehrten Farbe, wir können ja bei uns nicht umtauschen! Zu Weihnachten schicken sie dafür irgendwelchen kunsthandwerklichen Ramsch, den wir bloß aus Pietät nicht in den Müll tun, sondern im Keller stapeln. Und der beigefügte Klagebrief wird jedes Jahr eine Seite länger.«
»Und wenn's ihnen nun wirklich schlecht geht?«
»Das ist doch nicht mein Problem! Da sollen sie halt was dagegen tun.«
»Haben Sie wenigsten einen Tip, wie sie die Revolution durchführen sollen?«
Tina funkelte Tom an: »Wissen Sie, Ihren Überlegenheitskomplex verstehe ich ja, den haben alte Männer gegenüber intelligenten, attraktiven Frauen manchmal an sich. Aber die guten lassen ihn nicht so raushängen.«
Patsch! dachte Tom.
Den Ku'damm raufgeschoben, an der Komödie vorbei, an der neuen Schaubühne, am Lehniner Platz, der nichts mit Lenin zu tun hat, umgedreht Richtung Gedächtniskirche, mit den Touristenscharen zurückgeströmt, aufgehalten von

fliegenden Händlern und Straßenkünstlern. Ob sich Tina in Kohle konterfeien lassen wollte? Höchstens als Pflastermalerei, drei mal fünf Meter, mit Jesuskind. Die Strichmädchen vorm BMW-Pavillon taxierte sie nach Körperbau.
»Wer weiß«, überlegte sie: »Wenn es bei meinem Anwalt nicht hinhaut ...«
»Das ist hier nicht der richtige Laufsteg für Sie«, erklärte Tom, »hier stehen nur die jüngeren.«
Tina lächelte Tom an, zum zweitenmal an diesem Abend. Er begann zu erzählen, wie sie damals, an besagtem ersten Mai dreiundfünfzig, als frisch geflüchtete Ostzonale mit aufgerissenen Augen über den Ku'damm flaniert waren, fassungslos vor Staunen über Läden und Auslagen, Autos und Cafés, Menschen, Menschen. Diesmal hörte Tina sogar zu.
Zu Hause am Wohnzimmertisch, beim letzten Glas Wein, kam sie mit ihrer Idee heraus: »Wenn ich nun erst mal hier wohnen bleibe? Gegen Geld natürlich. Ich würde dann das hintere Zimmer nehmen.«
Tom schaute Tina interessiert an.
»Ich sehe schon, Sie wollen nicht«, sagte sie. »Es wäre ja bloß, bis ich mich in Berlin eingelebt habe. Und diese Wohnung ist schon verdammt groß für einen alleinstehenden Herrn. Eigentlich unsozial.«
»Aber das Badezimmer«, sagte Tom. »Ich teile nicht gern mein Badezimmer mit einer fremden Person.«
»Ich kann das eigentlich auch nicht haben, aber man kann sich ja arrangieren. Ich stehe immer ziemlich früh auf.«
Tom zögerte gebührend, indessen er sich den Zustand gern ausmalte. Bisher hatten manchmal Freundinnen bei ihm gewohnt. Geliebte, Lebensgefährtinnen. Nun eine hübsche Fremde. O doch!
»So richtig überzeugt bin ich noch nicht. Aber versuchen wir's mal. Zwei Monatsmieten Kaution.«
»Ich glaube, üblich ist eine.«

7

Tom stieß Gesine an: »Toll, ich hab' dich gestern im Fernsehen gesehen.«
»Alle haben mich gesehen. Es ist ätzend: Wenn du in dieser DDR was loswerden willst, mußt du in euer Scheiß-Westfernsehen.«
Sie standen vor der Samariterkirche im Friedrichshain mit Hunderten junger Leute Schlange. Sie wurden unübersehbar unauffällig beobachtet, die Staatsgewalt versteckte sich nicht. Aber im Unterschied zu früher versteckten sich auch die jungen Leute nicht. Keiner zog eine Mütze in die Stirn, keiner hielt ein Neues Deutschland vors Gesicht. Sie wußten, daß sie Minuspunkte sammelten, die in der Schule oder am Arbeitsplatz zählten, aber sie nahmen sich ihr Recht, hier zu sein.
Am Eingang wurde auf jeder Seite ein Hut hingehalten, Münzen klimperten hinein. Das war, wußte Tom, der Kompromiß, auf den sich die Kirche gerade noch eingelassen hatte: Krawczyk trat nicht öffentlich auf, sondern in einer geschlossenen Veranstaltung.
Toms Kameramann Andreas war mitsamt seinem Stativ im Mittelgang einbetoniert, er konnte sich weder vor noch zurück oder seitwärts bewegen. Wahrscheinlich war dieser Raum noch nie so überfüllt gewesen, nicht mal bei der Einweihung zu Kaisers Zeiten. Vor dem Altar stand einsam ein Mann mit Gitarre und sang Vorprogramm. Tom hatte ihn schon einige Male in der DDR getroffen, Karl-Heinz Bomberg, den Arzt aus der Hauptstadt, der nebenher mit eigenen Liedern auftrat, wie sie die Partei nicht mochte, und der deshalb immer wieder mal »einbestellt« wurde. Warum reiste er für so gut wie kein Geld durch die Republik und sang vor Gleichgesinnten und Stasispitzeln? Weil man

etwas tun müsse, hatte er Tom schlicht erklärt, sonst könne man eines Tages sich selbst nicht mehr ertragen. Nach ihm trat der Gemeindepfarrer Eppelmann ans Mikrofon, der Tom äußerlich an den jungen Lenin erinnerte, und sprach eine Begrüßung, die aber im erwartungsvollen Beifall unterging, als er den Sänger des Abends ankündigte. Tom auf der Empore konnte sich mit seinem Kamerateam im Mittelgang nur noch durch Handzeichen verständigen. Stephan Krawczyk sang sich in die vollen. Es schien, als ließen ihn die Mauern der Kirche und die Barriere aus Menschen jede Vorsicht vergessen. Er sang das Publikum aus dem Häuschen mit seinem respektlosen Lied zur 750-Jahr-Feier der Hauptstadt:

»Auch 'ne Amnestie wär nobel, um
letztendlich zu befrein unsre hohen
Staatsbanausen, ja, ich würd ihnen verzeihn.
Einen Vorteil hätt die Sache jedenfalls am 1. Mai:
Wenn sie leer ist, die Tribüne, muß auch keiner
dran vorbei.«

Lachen, Beifall, jeder wußte.

»Wenn sie das nicht gehört haben«, sagte der Sänger nebenbei ins Mikrofon, »dann weiß ich auch nicht.«

Weiter im Lied:

»Ja, ich würde mächtig feiern, wenn ich
Grund zum Feiern hätt.
Wenn die Zeitung nicht so öd wär, spräng ich
zeitig aus dem Bett.
Wenn die Kinder ost- und westseits unsern
Dreck beiseiteräumn,
feiern sie vielleicht 'ne Fete, wovon ich heut
manchmal träum.«

Tom gab seinem einbetonierten Team Handzeichen: Drehen, drehen, drehen! Das kam nicht wieder. War es nicht ein völlig neues DDR-Feeling?

Krawczyk sang sein Jubiläumslied zu Ende:

»Ach Berlin, du alte Tante, wirst auf
Feiertag getrimmt.
Und dein Riß wird zwar gepudert, doch es
bleibt der alte Grind.
Nach der Orgie werden hoffentlich
die Leute dieser Stadt, aus dem Rausch
erwacht, bemerken, was sich nicht
geändert hat.«

Für die Spätsendung, dachte Tom, könnten wir es mit Mühe und Not schaffen. Er gab nach unten Zeichen, man solle sich mit den Kassetten am Ausgang treffen.

Jemand zupfte Tom am Hemd. Es war Gesine, sie hatte den Arm um Rolf gelegt.

»Wie findest du uns?« fragte sie.

»Unglaublich«, gab Tom zu. »Aber heute ist Ausnahmezustand.«

»Oller Miesepeter!«

»Sag mal, ist was mit euch beiden?« fragte Tom.

»Ja«, antwortete Gesine. »Daß du so was in deinem Alter noch mitkriegst!«

»Immer dieselben Witze«, sagte Tom. »Ich muß los. Wenn wir uns morgen bei der Abschlußveranstaltung nicht sehen, dann irgendwann in Leipzig. Treibt's nicht zu weit, ich meine politisch, ihr werdet beobachtet.«

Tom fuhr eilig zur Grenze und stürzte in die erste Telefonzelle, er kannte sie schon von hundert ähnlichen Anlässen.

Er rief die Redaktion an: »Das war eine Irrsinnsveranstaltung«, sprudelte er heraus, »eine Wahnsinnsstimmung, so was habe ich noch nie erlebt in der DDR.«

»Die Sendung ist aber schon voll.«

»Dann schmeißt irgendwas raus!«

»Ist aber alles wichtig.«

»Ihr habt doch sicher ein Schlußstück mit Stau oder irgendwelchem Käse.«
»Stau wollen die Leute sehen. Aus Schadenfreude.«
»Also?«
»Sorry. Kriegst ja dein Ausfallhonorar.«
»Wenn ich jetzt vor Wut diese Telefonzelle demoliere, bin ich dann vom Sender versichert?«
Tom fuhr in seine Wohnung. Dort saß Tina vor dem Fernseher. Sie schaute nur kurz auf, grüßte mit den Wimpern und hob das Glas. Tom fand, sie wirke schon ziemlich wie zu Hause. Er holte auch für sich einen Wein.
»Waren Sie heute wieder im Fernsehen?« fragte Tina.
»Heute war leider nur Unwichtiges los«, sagte er.
»Wer entscheidet das eigentlich?«
»Da haben wir kompetente Fachleute in den Redaktionen.«
»Aha.«
Tom schaute noch bis zu den Spätnachrichten, dann küßte er Tina beiläufig aufs Haar und ging hinaus.

8

Das Emailleschild mit der Hausnummer war weg, nur an den Bohrlöchern sah man, wo es festgeschraubt gewesen war. Tom konnte aber das Haus nicht verwechseln, denn er war hier aufgewachsen.
Er hatte sich vorsichtig genähert bei diesem ersten Besuch des Hauses seit fast zwanzig Jahren. Damals, beim bisher letztenmal, hatte es ihn betrübt, sogar geschmerzt, den unaufhaltsamen Zerfall zu betrachten. Die Hoffnung auf Änderung, Besserung war in jenem Jahr allgemein auf einem Tiefpunkt angelangt, dem Jahr, als der Prager

Frühling zertreten worden war. Jetzt, im Spätsommer 1987, hatte Tom das Gefühl, der Anblick des Hauses, in dem er seine Kindheit verbracht hatte, könne ihn nicht mehr verletzen. War nicht ohnehin alles am Ende? War nicht jede Hoffnung begraben, jede Initiative eingeschlafen? Es ging niemanden mehr irgend etwas an, es kümmerte sich keiner mehr in Leipzig.
Tom nahm das Haus unter genaueren Augenschein. Der Torpfeiler aus gelben Ziegeln, der damals noch die Hausnummer getragen hatte, war in den Boden gesackt und stand schief. Da das Tor sich also ohnehin nicht mehr öffnen und schließen ließ, hatte man es ausgehängt und an die Seite gelegt. Der Zaun, Schmiedeeisen mit Jugendstilranken, war so weit verrostet, daß sich nur noch kleinste Placken verblaßter grüner Farbe festklammerten. Gestrüpp im Vorgarten schien schon vor Jahren verdorrt. Tom betrat den Hof, auf dem sie damals Elfmeterschießen trainiert hatten. War damals das Pflaster schon so huckelig gewesen? Putz, von der hohen Hauswand gebröckelt, lag auf dem Weg, von niemandem zusammengefegt. Die Mülltonnen, verbeult wie Autos nach einem Zusammenstoß, waren anscheinend noch dieselben wie früher. Aschentonnen hatten sie dazu gesagt, als außer Asche nicht viel Müll angefallen war. Im Garten hinterm Haus wurde kein Gemüse mehr angebaut, es gab ja längst im HO zu kaufen, wofür man damals selbst hatte sorgen müssen. Tom trat ins Treppenhaus. Vom Keller her wehte es ihn altvertraut muffig an. Welche Angst hatte er als Kind gehabt, da unten dem schwarzen Mann in die Hände zu fallen! Die Haustafel mit den Namen der Bewohner. Einer davon, in der dritten Etage, kam ihm noch bekannt vor. Im Parterre und in der ersten Etage standen keine Namen mehr angeschrieben. Tom stieg hinauf. Im Treppenhausfenster, erinnerte er sich, waren

damals noch zwei bunte Scheiben gewesen, Reste von früher, sie waren nun durch Pappe ersetzt. Das schwere gedrechselte Treppengeländer, auf dem er immer rückwärts hinuntergerutscht war, hatte jemand aus der Verankerung gerissen und abtransportiert. Tom ging automatisch nah an der Wand, wie ein Bergwanderer sich zum Felsen hin hält.

Die Wohnungstür in der ersten, in »ihrer« Etage war angelehnt. Tom klopfte trotzdem, aber niemand antwortete. Er mußte vorsichtig treten, denn die Dielen im Korridor waren herausgerissen. Die Flügeltüren zum Wohnzimmer lehnten an der Wand, wie zum Abtransport bereitgestellt. Tom schaute sich in dem Zimmer um, das sich in seiner Erinnerung meist mit einem geschmückten Weihnachtsbaum verband. In der Ecke lagen die Trümmer des grünen Kachelofens. Jenes Ofens, den Tom an vielen Wintermorgen angefeuert hatte, wenn die Eltern schon früh zur Arbeit waren. Die grünen Kacheln lagen jetzt auf einem unordentlichen Haufen, nicht zum Abtransport gestapelt, sondern mutwillig zerschlagen.

Tom spürte, wie seine Kehle eng wurde. Er ärgerte sich darüber. Was ging ihn diese alte Bruchbude noch an?

Er klingelte in der dritten Etage. Die Frau, die ihn fragend anschaute, kam ihm bekannt vor.

»Guten Tag! Ich hab hier mal gewohnt, unten in der ersten.«

»Ach, der kleine Thomas?« fragte sie.

»Sie kennen mich noch?«

»Ich seh Sie doch manchmal im Fernsehen. Warum sind Sie denn nicht in Bonn, da wird doch die Tage unser Honecker empfangen.«

Sie bat ihn herein und führte ihn auf den Balkon. Dort saß eine sehr alte Frau in einem Korbsessel, auch an sie glaubte Tom sich zu erinnern.

»Mutter, das ist der kleine Thomas aus der ersten.«
»Der immer den Klingelknopf mit Streichhölzern festgeklemmt hat?«
»Das muß ein anderer gewesen sein«, sagte Tom.
Die alte Dame schien nicht verwundert über den unangekündigten Besuch. Tom mußte daran denken, daß manchmal sehr alte Menschen, genau wie sehr junge, ohne Begriff von der Zeit lebten, weil in ihrem gleichförmigen Tagesablauf die Jahre zu Monaten und Wochen schrumpften und die kleinen Ereignisse wie gerade gewesen schienen.
»Wie geht es dem Haus?« fragte er.
»Sie sehen's ja«, antwortete die alte Dame. »Es geht zu Ende. Ich wohne seit vierunddreißig hier, seitdem ist nichts gemacht worden. Die alte Frau Drescher, als sie noch lebte, hat sich, so gut sie konnte, um ihr Haus gekümmert. Aber seit sie tot ist, gehört es der Wohnungsverwaltung, und das ist wie ein Todesurteil.«
»Und die Wohnung unten?« fragte Tom.
»Ihre? Leer. Seit zwei Jahren leer. Sie haben gesagt, sie brauchen den Wohnraum zum Umsiedeln, wenn anderswo in der Stadt rekonstruiert wird. Aber es klappt ja nichts hier. Inzwischen haben die Diebe rausgeschleppt, was sie brauchten, und zerschlagen, was sie nicht brauchten. Es ist wie im Krieg mit den Plünderern.«
Die Tochter brachte Limonade und Kekse und sagte: »In Ihrer Küche haben sie das Fallrohr rausgerissen. So ein Bleirohr kriegt man ja nicht zu kaufen. Jetzt läuft unser Dreckwasser einfach bei Ihnen auf den Fußboden. Aber was sollen wir machen?«
Sie sagte ganz selbstverständlich »bei Ihnen«, und Tom rechnete, daß es mehr als vierunddreißig Jahre her war, daß sie ausgezogen waren. Nein, nicht ausgezogen: geflüchtet, heimlich »weggemacht« in den Westen.

»Wie geht es Ihnen selbst denn?« fragte Tom die alte Dame.
»Na ja, ich bin nicht mehr so gut zu Fuß.«
»Nicht mehr so gut zu Fuß!« rief ihre Tochter: »Mutter ist seit acht Jahren nicht mehr aus ihren vier Wänden. Wie denn auch, die drei Treppen ohne Aufzug.«
»Und wenn Sie ins Parterre ziehen?«
»Haben wir ja beantragt, aber die Wohnungsverwaltung brauchte das Parterre dringend für was anderes. Sie sehen's ja: für die Vandalen. Ach, es ist sowieso alles zu Ende.«
Die alte Dame lächelte: »Wissen Sie, wenn einer sagte, ich sollte noch mal nach Berlin, wo ich aufgewachsen bin: ja! Gar zum Brandenburger Tor! Aber da darf man ja nicht ran. Ansonsten hab ich meinen Balkon im Sommer, das ist mein Italien-Ersatz. Und ich hab meinen Fernseher. Wenn bloß der Empfang nicht so schlecht wäre! Dieses Gegrießel und Gerausche. Können Sie da nichts machen? Aber sonst geht es mir ja gut.«
»Aber so eingesperrt«, sagte Tom.
»Ich bin alt. Ich bin siebenundachtzig. Sie brauchen nicht zu sagen, man sähe es mir nicht an. Stellen Sie sich einfach vor, die alte Frau ist in ihrer Wohnung eingeschlossen wie die DDR-Bürger in ihrem Land.«
»Das ist aber kein Vergleich«, sagte Tom.
»Nein, da haben Sie recht, das ist kein Vergleich. Für die jungen Leute ist es viel schlimmer.«
Tom mußte erzählen, ob seine Mutter noch lebe, warum er nicht verheiratet sei, wie es beim Fernsehen sei und allgemein drüben, ob sich noch jemand für die Menschen hier interessiere.
»O ja«, antwortete er, »unsere Sendungen über die DDR sind immer ganz gut eingeschaltet.«
»Ganz gut« ist nie ganz falsch, dachte er. Sollte er die alte Dame mit der Erkenntnis beunruhigen, daß die meisten

Bundesbürger sich einen Kehricht um ihre Brüder und Schwestern drüben scherten? Daß die Mehrzahl nichts wußte und nichts wissen wollte über diese entsetzliche DDR?

Früher, fiel ihm ein, waren zu dieser Jahreszeit immer ungezählte Mauersegler kreischend ums Haus geflogen. Oder waren die im September schon wieder abgereist? Und auf dem Balkon hatten sie aus Pudding und mit gestoßenem Stangeneis in der alten handgekurbelten Maschine Vanilleeis gemacht. Tom hatte plötzlich nicht nur das Gefühl, alles sei endlos lange her, sondern es sei auch endlos weit weg.

Er verabschiedete sich mit dem Versprechen, mal wiederzukommen. Aber er glaubte nicht daran, daß es vor Ablauf der nächsten zwanzig Jahre geschähe.

9

Auf dem Bürgersteig stand ein offener Lieferwagen, beladen mit ein paar Möbelstücken, die Tom bekannt vorkamen, einem Kleiderschrank, einem Vertiko, einer Flurgarderobe. Er trat durch die schmutzige Hauseinfahrt in den Hinterhof. Juri und Rolf kamen ihm entgegen, ein Bettgestell nach draußen schleppend.

»Zieht ihr um?« fragte Tom verwundert.

»Frag nicht! Pack an!«

Tom half das Bett auf den Wagen hieven und hochkant zu kippen, so daß Platz für weitere Möbel blieb.

»Wir ziehen um«, schnaufte Juri. »Komm, hilf uns!«

»Abends um zehn?«

Tom sah ein, daß zur Zeit keine Einzelheiten zu erfahren waren. Auf dem Weg ins Hinterhaus begegneten ihm

Gesine und Carla, die den Küchentisch trugen, an dem sie oft gesessen und darüber diskutiert hatten, ob die DDR noch irgendeine Zukunft habe.
»Hey, Onkel Tom! Nett von dir, daß du helfen kommst.«
Tom fragte wieder nicht, sondern packte an, was zum Abtransport in der Diele stand, und trug es hinaus.
Er kannte diese Wohnung von Juri und Rolf hier draußen in Connewitz. Wohnung war freilich ein Begriff, der in die Irre führte. Tom war bei seinen Besuchen jedesmal der Gedanke an Brooklyn gekommen: Dort konnte man Touren durch die heruntergekommensten Viertel New Yorks buchen, wo nur noch unterschieden wurde zwischen unbewohnten Ruinen und bewohnten Ruinen. »Slumming« nannte man zynisch diese touristische Attraktion. Seinen Freunden im Westen, die das mal erleben wollten, riet er immer, die Kosten einer Atlantiküberquerung zu sparen und für wenig Geld das gleiche Feeling in Leipzig-Connewitz zu erleben: »Ausgewohnte« Häuser mit zerschlagenen Fenstern und eingesunkenen Dächern und vermüllten Hinterhöfen. Tom dachte an »sein« Haus, das er heute mittag besucht hatte und das auf dem schlechtesten Weg zum gleichen Zustand war. Die Nachbarn von Juri und Rolf, wußte er, waren letztes Jahr ausgezogen, nachdem zum zweitenmal Ratten ihren Säugling gebissen hatten. Die Gebliebenen halfen sich mit ihrer besonderen Art von Sarkasmus, wohl schon eher Zynismus. An die Hauswand hatten sie die geläufige DDR-Losung gepinselt: »Mach mit – schöner unsere Städte und Gemeinden!« Und natürlich das verballhornte Motto, das längst landläufig war: »Ruinen schaffen ohne Waffen!«
Langsam leerte sich die Wohnung und füllte sich der Lieferwagen. Die letzten Kartons mit Büchern und Küchenkram, die auf der Pritsche keinen Platz mehr fanden, wurden ungefragt in Toms Auto verstaut.

Nach dem letzten Gang setzte sich Juri auf den Fußboden des verwaisten Wohnzimmers, entkorkte eine Flasche bulgarischen Weißwein und ließ sie mangels Gläsern von Mund zu Mund kreisen: »Auf die Aktion!«
»Jetzt erklär endlich!« verlangte Tom. »Wenn ich hier schon Überstunden machen muß.«
»Wir besetzen eine Wohnung«, wiederholte Juri mit Nachdruck.
»Natürlich. Und zum Einzug bringt auch Margot Honekker einen Blumenstrauß, blaßlila Tulpen, passend zur Haarfarbe.«
Juri winkte ab: »Du kapierst wieder mal nichts.«
»Mensch, hier ist nicht Kreuzberg«, fuhr ihn Tom an, »wo sie höflich drum bitten, beim Hausbesetzen nicht alles kaputtzumachen. Ihr seid in der DDR, da kriegt ihr einen Tritt in den Hintern.«
»Wart's ab!«
Es war fast Mitternacht, Juri blies zum Aufbruch. Eigentlich, sagte er, müßte man die Bruchbude anzünden, aber sie sei ja noch von anderen bewohnt. Gesine und Carla kletterten zu Tom ins Auto, die Zweierkolonne fuhr die Karl-Liebknecht-Straße hinauf Richtung Innenstadt, dann am Neuen Rathaus vorbei zum Rosental.
»Mal im Ernst«, fragte Tom: »Was wird hier gespielt? Ich meine, ich bin Ausländer für euch und werde hier in was reingezogen.«
»Wir bringen dir Freßpakete, wenn sie dich einbuchten.«
»Ganz gut, daß du dabei bist«, ergänzte Carla. »So ein ausländischer Journalist ist ein gewisser Schutz für uns.«
»Jetzt aber!« drängte Tom ärgerlich.
Gesine nahm ihn endlich ernst: »Wir besetzen eine Wohnung. Das hat Juri doch gesagt. Wir hatten die Schnauze voll. Wir sind alle vier sechsundzwanzig Jahre alt und müssen noch zu Hause bei den Eltern unterkriechen oder

müssen vegetieren in dieser Ruine in Connewitz. Wir haben uns eine gute Gegend ausgesucht und eine Etage ohne Gardinen ausgekuckt, wo abends kein Licht brannte. Wir haben rumgefragt und rausgekriegt, daß die Leute im Hause stinksauer sind über den leerstehenden Wohnraum. Einer hat uns den Schlüssel besorgt, aber wir durften ihn nicht fragen, woher er ihn hatte. So einfach geht das.«

»In einer Stunde«, ergänzte Carla, »sind wir einfach drin.«

»Ihr seid bekloppt«, stellte Tom fest: »Hausbesetzung in der DDR!«

Hinaufgeschleppt wurde schweigend, zügig und im Dunkeln. Tom spürte seine Jahre, ließ sich aber nicht lumpen. Das große, einst vornehme Haus wirkte auch ohne entlarvendes Licht abgewirtschaftet, im Treppenhaus rieselte Putz und blätterte Farbe. Der Braunkohlegestank drückte nicht anders als überall in der DDR. Die Fuhre war in einer guten halben Stunde lautlos nach oben getragen und erst mal aufs Geratewohl abgestellt.

»Wir fahren jetzt zu Gesine, dann zu Carla und holen ihr Zeug«, erklärte Juri. »Du bleibst hier und hältst die Stellung. Wir dürfen die Wohnung die erste Zeit keine Minute alleinlassen.«

Tom ergab sich widerspruchslos der Anweisung und schloß die Wohnungstür von innen ab. Er suchte und fand eine neue Flasche bulgarischen Wein, gab die Suche nach dem Korkenzieher bald auf und drückte den Korken in den Hals. Im Schein einer Straßenlaterne, der durch die gardinenlosen Fenster drang, versuchte sich Tom erst mal zurechtzufinden. Er zählte vier Zimmer, Küche, Bad und Toilette. Kein Balkon. Die Augen gewöhnten sich langsam an das Dämmerlicht, Tom fielen die Kachelöfen auf, der Küchenherd, der Stuck, die altertümlichen Lichtschalter und Steckdosen, die Kette mit

dem Porzellangriff für die Klospülung. Die passenden Möbel und Gardinen rein, dachte er, und die Kulisse ist fertig für einen Spielfilm aus der Kaiserzeit. Aber drin leben? Er erinnerte sich an die Kindheit und an die Eimer mit Briketts und die Eimer mit Asche. Eigentlich, dachte Tom, war die Wohnung ja viel zu groß für vier junge Leute. Doch dann fiel ihm seine eigene, ähnliche Wohnung in Kreuzberg ein, die er nur vorübergehend mit Tina teilte. Warum lebte man stets in der Vorstellung, die im Osten müßten in allem bescheidener sein? Schon ein vielgebrauchter Mercedes mit DDR-Kennzeichen wirkte immer, als habe er sich verfahren.
Es klopfte leise an der Wohnungstür, die Freunde konnten so rasch nicht zurück sein. Tom öffnete vorsichtig einen Spalt.
»Ich bin der Nachbar, der euch den Schlüssel besorgt hat.«
Tom ließ ihn ein.
»Alles klar?«
Tom nickte: »Hm.«
»Was meinst du, was passieren wird?« fragte der Nachbar.
»Sie werden versuchen, uns rauszuschmeißen.«
»Dann macht ihr Putz.«
»Meinst du, das beeindruckt sie?«
»Die wollen doch bloß kein Aufsehen«, vermutete der Nachbar. »Damit nicht noch mehr auf die Idee kommen.«
Der Nachbar verabschiedete sich mit einem festen Händedruck und einem herzhaften Toi-toi-toi.
Früh gegen vier war alles unter Dach und Fach. Sie hatten im größten Zimmer ihren größten Teppich ausgerollt und Sitzmöbel im Kreis aufgestellt. Sie tranken den zu warmen bulgarischen Weißwein wieder aus der kreisenden Flasche.

»Was wäre eigentlich passiert«, fragte Juri, »wenn du über so eine Wohnungsbesetzung berichtet hättest?«
»Ohne Genehmigung? Was euch passiert wäre, weiß ich nicht. Mir wäre passiert, daß ich dann zum letztenmal aus der DDR berichtet hätte.«
»Na und? Dann macht ein anderer weiter.«
»Der Bannstrahl trifft meistens nicht nur den Täter, sondern die Institution.«
»Na und? Dann macht es ein anderer Sender.«
»Und in zwei Wochen hat es jeder einmal probiert und alle sind rausgeflogen.«
»Na und? Wir haben doch beim Kirchentag auch ausprobiert, ob uns was passiert. Und? Nichts ist uns passiert! Wir wurden nicht einbestellt, wir haben nicht unsere Arbeit verloren, Gesine wurde nicht gerügt für ihr Statement vor eurer Kamera. Jetzt haben wir eine Wohnung besetzt, und du wirst sehen: Wir werden nicht verhaftet, wir verlieren nicht unsere Arbeitsstelle, wir werden nicht mal auf die Straße gesetzt. Alles das geht. Die eigentlichen Feiglinge seid doch ihr.«
»Es wäre einfach«, verteidigte sich Tom, »hier ein Feuer anzuzünden und dann unter Hinterlassung der verbrannten Erde abzuhauen über die Grenze.«
Gesine schaltete sich ein: »Ihr seid wie unsere Oldies. Die haben den größten Horror davor, daß irgend jemand irgendwas macht. Und komischerweise treffen sich dabei höchst unterschiedliche Interessen: Juris Eltern als Parteifunktionäre wollen, daß sich ja nichts verändert, was die DDR in Frage stellt. Meine Eltern als stille Dulder seit Jahrzehnten haben eine Heidenangst, daß alles so chaotisch wird wie in Polen durch die Solidarnośč. Deswegen beschwören uns alle unisono: Haltet bloß still!«
»Damit«, erklärte Rolf, »haben sie uns sehr darin bestärkt, etwas zu machen.«

Carla gähnte herzhaft und verabschiedete sich, auch Juri machte sich auf in sein uneingeräumtes Zimmer, da er in drei Stunden zum Dienst in die Klinik müsse. Gesine hatte sich freigenommen und stellte die Stallwache für den Tag. Rolf setzte sich zu ihren Füßen und legte den Kopf in ihren Schoß.
»Richtig herzerwärmend, so ein junges Paar«, lächelte Tom milde.
»Sag lieber was über unsere Aktion!«
»Einwandfrei! Aber ich wette eine Flasche Wilthener Weinbrand, daß ihr wieder rausfliegt.«
»Wette bitte was Anständiges!«
Tom beschloß, noch für zwei Stunden sein Hotelbett in Anspruch zu nehmen. Bei den Wucherpreisen im »Merkur« hätte er sich für den Rest seines Lebens geärgert, das Geld nicht abgeschlafen zu haben.

10

Eine Anstandsviertelstunde wartete Tom vor der Haustür auf seinen »Betreuer«, der ihn bei den Vorbereitungen seines Films begleiten sollte, dann stieg er die Treppe hinauf in die erste Etage und klingelte beim Thomaskantor.
Der öffnete: »Der Vertreter des Klassenfeindes, vermute ich? Treten Sie ein!«
Er führte seinen Gast ins Wohnzimmer, wo Kaffee und Kuchen aufgebaut waren, wie es Sitte in Sachsen war. Tom schaute sich um mit dem Blick eines Reporters, der beim Vorgespräch schon automatisch die Positionen für den Interviewpartner und die Kamera suchte. Der Kantor am Flügel sitzend, würde am besten sein.

»Haben Sie denn keinen Aufpasser mitgebracht?« fragte der Kantor.
»Er scheint sich verspätet zu haben. Wir könnten so lange unter uns reden.«
Der Kantor schaute ihn an, als erwarte er die erste Frage.
»Können wir denn bei unserem Interview auch darüber reden«, fragte Tom, »wie man den Thomanerchor so über die Runden bringt? Ich meine, er ist eine städtische Institution, also de facto der Partei unterstellt, aber von Herkommen und Charakter ist er kirchlich, religiös. Wie laviert man da?«
»Sie sagen es: Man laviert. Aber man redet nicht darüber.«
»Denken Sie noch mal drüber nach, ob wir das ansprechen können?«
»Ich denke gern drüber nach. Aber das Ergebnis kann ich mir vorstellen.«
Er schenkte Kaffee ein und bot Milch und Zucker an.
Also ein Film über Leipzig, beginnend mit den Thomanern, endend vielleicht mit einem Stück Gewandhaus, den beiden großen Traditionen der Stadt, dazwischen viel Alltag, Fußball, Kneipe, auch eine Fabrik, die alte Baumwollspinnerei. Warum gerade diese? Weil sie typisch sei, hatte Tom bei der Antragstellung gesagt, ein traditionsreicher Betrieb in einem exportorientierten Industriezweig. Aber die Baumwollspinnerei sei nicht repräsentativ, hatten sie gefunden. »Repräsentativ« hieß im BRD-Deutsch soviel wie »typisch«, im DDR-Deutsch jedoch soviel wie »auf Weltniveau«. Das Sachsenring-Werk in Zwickau zum Beispiel hatten sie nicht filmen dürfen, da es »nicht repräsentativ« sei. Unter der Hand hatte sogar einer gestanden, die »alte Bruchbude« sei beim besten Willen nicht mehr herzeigbar. Insofern, hatte Tom geantwortet, sei sie nach westlichem Verständnis reprä-

sentativ, aber die ironische Bemerkung war nicht angekommen.
Tom und der Kantor zückten ihre Taschenkalender, um einen Termin für die Aufnahmen zu suchen: Unterricht in der Thomasschule, Alltag im »Alumnat«, wie das Internat genannt wurde, Chorprobe, Interview mit dem Kantor, freitags Motette in der Thomaskirche. Zwei Drehtage mußten reichen. Originell war das vielleicht nicht, aber was sollte man sonst drehen, zumal anderes von vornherein nicht genehmigt worden war? Nicht mal Interviews mit Thomaner-Eltern, die man hätte fragen können, ob man im Sozialismus sein Kind nur wegen der Stimmbildung in diesen Chor schickte. Wiederum hätte dies, wenn Eltern vorsichtig mit Nein geantwortet hätten, den ganzen Thomanerchor in Schwulitäten bringen können. Also wieder mal ein Film wie x andere, die sich damit rechtfertigten, daß diese DDR kein völlig weißer Fleck auf der Landkarte werden dürfe. Über das Honorar war zum Glück nicht zu reden, das wurde auf anderer Ebene festgelegt, war in der Regel nicht verhandelbar und immer viel zu hoch. Die DDR hatte nun mal ein Monopol auf die DDR und brauchte Devisen.
Tom überlegte, ob er dem Kantor an dieser Stelle mitteilen sollte, daß er ihn von früher kannte. Von ganz frühen Vor fünfunddreißig Jahren: die Friedensgemeinde in Leipzig-Gohlis, Tom im Kindergottesdienst, Rotzsch an der Orgel, Tom am Blasebalg. Vorsichtige Gespräche damals. Auch über den haßerfüllten Feldzug der SED gegen die Junge Gemeinde, in die Tom eintreten wollte, sobald er nur alt genug wäre. Er hatte von damals den Eindruck behalten, Rotzsch sei, wie alle anständigen Menschen, der richtigen Meinung. Sollte er ihn heute nach damals fragen? Ich stamme auch von hier: Das sollte doch immer bedeuten, der DDR-Bürger müsse kein Blatt vor den

Mund nehmen, könne mal Tacheles reden. Vertrauensvorschuß für den grünen Reisepaß. Und wenn der BRD-Bürger sich verabschiedet hatte, kamen die Skrupel: Bin ich zu weit gegangen? Habe ich etwas rausgelassen, das besser dringeblieben wäre? Woher kenne ich diesen Menschen überhaupt?

Es klingelte an der Tür, der Kantor ging den Betreuer reinlassen.

»Was denn!« rief Tom: »Knut?«

Der nickte und lächelte verschmitzt, als sei ihm ein Coup gelungen: »Da staunste, was?«

Tom hatte das Gefühl, dem Kantor eine Erklärung schuldig zu sein: »Wir waren mal Klassenkameraden hier in Leipzig. Und jetzt soll er mein Aufpasser sein.«

»Betreuer«, verbesserte Knut. »Auf dein verdattertes Gesicht habe ich mich die ganze Zeit gefreut. Habt ihr schon alles geklärt?«

»Im wesentlichen«, bestätigte Tom.

»Hat er dir seine Modelleisenbahn gezeigt?«

»Bloß nicht schon wieder!« stöhnte der Kantor, aber er mußte sie den Gästen vorführen.

»Was denn, hundert Lokomotiven?« staunte Tom.

»Ja, und ein paar hundert Waggons.«

»Und alle funktionieren?«

»Alle funktionieren.«

»Demnach sind wir nicht bei der Reichsbahn«, stellte Tom fest.

»Das haben Sie gesagt«, antwortete der Kantor.

Den Film, dachte Tom, fangen wir an mit einer Märklin-Dampflok in Großeinstellung. Ein guter Film fing immer mit einer kleinen Überraschung an, mit einem Bild, das die Zuschauer nicht erwarteten, das sie neugierig machte, den Finger von der umschaltbereiten Fernbedienung nehmen ließ. Nur Anfänger zeigten als erstes ein Haus von außen oder gar ein startendes Flugzeug. Also Dampflok groß durchs Bild, ein paar Anhänger hinterher, die Kamera zieht auf, leichter Hochschwenk auf die riesige Modellanlage, die fast das große Altbauzimmer ausfüllte, schließlich Zufahrt auf den Mann an den Schalthebeln: der Thomaskantor! Dazu bloß keine Wortspielerei wie: Er stellt die Weichen für den ältesten deutschen Chor. Lieber lapidar: Das ist der Nachfolger von Johann Sebastian Bach.

»Aber filmen wollen wir das hier nicht«, sagte der Kantor, »die Leute halten mich sonst für infantil: Thomaskantor spielt mit Eisenbahn! Außerdem setzt meine Frau uns beide an die frische Luft.«

Wir werden das filmen, dachte Tom, aber eine der ersten Regeln bei der Ausbildung junger Reporter hieß: Nie mit der Tür ins Haus fallen!

Zum Mittagessen in die Innenstadt, Tom nahm Knut im Auto mit.

»Steht dein Wartburg schon wieder mal?« fragte er. Knut sagte dazu nichts.

»Sag mal«, fragte Tom, »was hat dich bloß auf diese blöde Idee gebracht, mich zu betreuen?«

»Ich dachte, du freust dich«, schmollte Knut zum Schein.

»Du setzt unsere alte Freundschaft aufs Spiel«, warnte Tom: »Deine Aufgabe ist, mich zu behindern, wo es geht, und ich muß dich austricksen, so gut ich kann. Wir werden uns in die Haare kriegen.«

»Warum arbeitest du auch für den elektronischen Klassenfeind?« spottete Knut.

Tom und Knut waren zusammen in die Grundschule gegangen, sonntags auf den Fußballplatz zu »Chemie« Leipzig und sommers zum Baden im Elster-Saale-Kanal, der vor dem Krieg nicht mehr fertig geworden war und

nun als Freizeitparadies, wo keine Lastkähne störten, beliebt war. Als Tom mit dreizehn in den Westen geflüchtet worden war, wie er es nannte, weil er gar nicht weggewollt hatte, war der Kontakt mit vorsichtig tastenden Briefen gehalten worden. Solange es noch keine Mauer gab, war Knut in den Sommerferien ein paarmal mit Tom im Westen von Jugendherberge zu Jugendherberge geradelt, an der Mosel und am Rhein, und Tom hatte den Freund von drüben sogar in die Höhle des Löwen geführt und mit ihm das Bundeshaus in Bonn besichtigt. Seit einundsechzig hatte es ausschließlich Besuche in östlicher Richtung gegeben. Knut war zwar SED-Genosse geworden und hatte einen niemals näher definierten, aber offenbar nicht völlig einflußlosen Posten im weiteren Umfeld der Volksarmee, aber bis zum »Reisekader« hatte er es noch nicht gebracht.
Sie suchten in der Innenstadt eine Parklücke, was von Jahr zu Jahr schwerer wurde. Platz war immer noch genug, allein auf den vielen freien Flächen, die immer noch nicht wieder bebaut waren. Aber die vielen unsinnigen Verkehrsverbote ließen nur die Erklärung zu, daß Autofahren als westlich dekadente Erscheinung mit allen Mitteln unterbunden werden sollte.
»Es muß doch spannend sein, in unserer Republik Filme zu drehen«, vermutete Knut, als sie endlich im Spezialitätenrestaurant »Kiew« saßen und schon einen Juice vor sich hatten: »Du weißt nie, was genehmigt und was abgelehnt wird, wer dich zu leimen versucht, wo Potemkinsche Dörfer aufgebaut werden. Wir sind da ja findig.«
»Deswegen nehme ich dir ja übel, daß du dieses hinterhältige Geschäft mitmachst. Meine Hauptaufgabe ist jedenfalls, mich nicht leimen zu lassen. Die meisten eurer Leute sind übrigens dafür nicht schlau genug. Wie es bei dir ist, werden wir sehen.«

Sie stießen mit Juice an.
Das Essen war nicht mehr sehr warm und brachte das Tischgespräch auf die Gastronomiekultur der DDR.
»Ich war kürzlich«, berichtete Tom, »in euerm berühmten Ermeler-Haus in der Hauptstadt. Angeblich Weltniveau. Eure Bürger verdrehen jedenfalls die Augen, wenn man den Namen auf der Zunge rollen läßt. Das Steak war hart, das Gemüse zu weich, die Soße zu kalt, der Wein zu warm. Aber sonst einwandfrei.«
»Wir arbeiten uns hoch. Unsere Gastronomen verfolgen aufmerksam die internationalen Fachzeitschriften, um den Anschluß zu gewinnen.«
»Apropos: Wann darfst du endlich reisen? Irgendwas muß doch gegen dich vorliegen.«
»Ich nehme an, es ist der Besuch im Bundeshaus neunzehnhundertsechsundfünfzig.«
Tom liebte die Frotzeleien und nahm keine Blätter vor den Mund. Allerdings hielt er sich auch gegenüber dem alten Kumpel an seinen Grundsatz: Keine verwertbaren Informationen! Nichts, was man als Journalist hier und da erfuhr und was noch nicht öffentlich war. Dafür alles, was schon mal in der Zeitung gestanden hatte. Tom kannte die gespannte Aufmerksamkeit gewisser DDR-Gesprächspartner, die sich hinter gespielter Gleichgültigkeit zu verbergen suchte. Die scheinbar beiläufig, aber genau gezielten Fragen. Es machte Spaß, dann mit gedämpfter Stimme und verschwörerischem Gehabe Geheimnisse auszuplaudern, die den Sammlern in Mielkes Apparat längst bekannt sein mußten. Sich die Enttäuschung auszumalen, wenn der eifrige Kundschafter hören mußte, daß er mal wieder bloß Altbackenes aufgetrieben hatte.
»Du weißt also nicht«, fragte Tom weiter, »warum dein Staat dir mißtraut?«

»Es wird der Westkontakt mit einem Journalisten sein.«
»Aber du bist doch auf mich angesetzt.«
Sie lachten und unterhielten sich zur ukrainischen Spezialiät darüber, warum der 1. FC Lok einfach auf keinen grünen Zweig kam.
Pünktlich um vierzehn Uhr meldeten sie sich bei der nächsten Station der Recherchenrunde. Der Pförtner prüfte den grünen Reisepaß. Eigentlich waren Pförtner zu dieser hoheitlichen Handlung gar nicht befugt, aber es hatte sich als nervtötend erwiesen, sie jedesmal davon überzeugen zu wollen. Sie verstanden es einfach nicht, weil in der DDR in der Regel niemand irgend jemandem widersprach.
Der Betriebsleiter der Baumwollspinnerei in seinem altmodisch getäfelten Büro mit den unpassenden Einheitsrohrstühlen und den unvermeidlichen Grünpflanzen hörte sich Toms Begehr lächelnd an. Aufnahmen aus der Produktion, Gespräche mit den Werktätigen über Arbeitsbedingungen und soziale Leistungen, mit dem Betriebsleiter über Planerfüllung und Erwirtschaftung von Devisen.
»Wie kamen Sie ausgerechnet auf unseren Betrieb?«
»Weil er typisch ist. Oder repräsentativ. Zweieinhalbtausend Werktätige, modernes Produktionsprofil, Absatzmarkt im NSW.«
Um halbwegs ernst genommen zu werden, mußte man beiläufig DDR-Kürzel einstreuen: Nichtsozialistisches Wirtschaftsgebiet. Der Betriebsleiter zog auch fast unmerklich eine Augenbraue anerkennend hoch.
»Aber es hätte auch jeder andere Betrieb sein können?«
»Nicht jeder«, antwortete Tom mit dezentem Schmeichel.
»Woher kennen Sie denn unseren Betrieb?«
Also wußte er Bescheid. Tom hätte jeden anderen Betrieb in der Stadt auswählen können, aber er wollte diesen

hier. Er wollte ihn wiedersehen. Er hatte hier viele Monate seiner ersten Jahre verbracht, als sein Großvater der Technik der »Baumwolle«, wie die Leute kurz sagten, vorgestanden hatte.
»Ich habe eine Akte heraussuchen lassen«, sagte der Betriebsleiter und reichte sie über den Tisch: »Die Personalakte Ihres Großvaters.«
»Na, dann wissen Sie ja, warum ich mir diesen Betrieb ausgesucht habe.«
Tom überflog die Akte, Datum der Einstellung 1909, Datum des Ausscheidens 1945. Stand irgendwo: Mitglied der NSDAP? Auf die schnelle fand es Tom nicht. Aber sie mußten auch das wissen.
»Wollen Sie einen Rundgang machen?«
Es war eine ambivalente Stimmung eingezogen, der stumme Vorwurf war zu spüren, Tom habe sich unter falschem Vorwand eingeschlichen. Der Fabrikhof mit dem alten ölverschmierten Kopfsteinpflaster und den blankgefahrenen Eisenbahnschienen, die ziegelroten Fabrikgebäude mit den Jahreszahlen ihrer Erbauung am Giebel, alle vor dem Ersten Weltkrieg. Es war gerade Schichtwechsel, aus den Türen eilten Hunderte Frauen und einige Männer zum Haupttor, um auf dem Heimweg, wie man ja wußte, in irgendeinem Geschäft noch diese Ware oder jenes Teil zu erwischen.
»Wie viele Werktätige beschäftigen Sie?«
Der Betriebsleiter wiegte den Kopf: »Das sind so Zahlen, die sich immer wieder ändern.«
Ich brauchte bloß einen Werktätigen anzuhalten und zu fragen, dachte Tom: Wozu jedesmal diese Geheimnistuerei, als handele es sich um die atomare Bewaffnung des Warschauer Pakts!
»Zur Zeit meines Großvaters sollen es fast fünftausend gewesen sein.«

»Das kann für damals hinkommen.«
In den alten Maschinensälen wurde auf neuen Anlagen aus dem Westen Baumwollgewebe für den Weltmarkt hergestellt. Tom verkniff sich Fragen nach Dumpingpreisen und erkundigte sich nach Unverfänglichem. Erst vor der Kamera sprach man das eine oder andere an, in der Hoffnung, der Interviewpartner verlasse den engen Rahmen, der ihm vorgegeben war.
Zum Schluß erbat er einen kurzen Gang durch die ehemalige Werkswohnung seiner Großeltern. Keine Nostalgie, bitte! Man hatte ein Geschäft vorzubereiten. Für Sekunden sah er den kleinen Thomas am Fenster sitzen und beeindruckt zuschauen, wie im Fabrikhof Waggons rangiert wurden. Der Betriebsleiter schaute von der Seite, als erwarte er eine Erinnerung, aber Tom nickte nur zum Aufbruch.
Er war sich beim Abschied ziemlich sicher, daß die Dreharbeiten in der Baumwolle abgelehnt würden. Es genügte, wenn Korrespondenten des Klassenfeinds ihre Schnüffelnase überall hineinsteckten, um ihre antisozialistischen Vorurteile zu bestätigen. Mußten sie auch noch »persönliche Betroffenheit« zum Vehikel ihrer Propaganda machen?
Wie wär's eigentlich, fiel Tom ein, mit dem heruntergekommenen Haus, »seinem« Haus, das er gestern besucht hatte: Das konnte er ruhig nachträglich beantragen für die Dreharbeiten, das würde in keinem Fall genehmigt.
Für heute waren die Recherchen beendet, es ging hier nicht so hektisch bis zur letzten Minute wie im Westen.
»Mach's gut bis morgen!« verabschiedete sich Tom an der Straßenbahnhaltestelle.
»Mach's selber gut!« antwortete Knut, ehe er einstieg. »Und grüß schön zu Hause!«
Erst als die Straßenbahn abgefahren war, dachte Tom, woher Knut denn wisse, daß zu Hause in Berlin-Kreuz-

berg überhaupt jemand war. Was wußte er von Tina? Wußten sie wieder mal alles, oder war das bloß so dahingesagt: Grüß zu Hause?

Nun war Zeit. Was tun damit? Immer die alten Pfade gehen? Immer die nostalgischen Wanderungen machen durch die eigene Vergangenheit? Tom fuhr ein paar Schleifen durch Plagwitz, den Vorort, der als ein Kind der rasanten Industrialisierung des vorigen Jahrhunderts eine fast einmalige Mischung darstellte aus Fabriken und Werkstätten, Mietskasernen und Unternehmervillen, alles Wand an Wand oder zumindest Zaun an Zaun. Mitten hindurch floß träge ein schmutzstarrendes Rinnsal, jener Kanal, der die Verbindung der Stadt zu den sieben Weltmeeren herstellen sollte, der aber regelrecht steckengeblieben war schon auf dem Wege zur ersten Station, der Saale. Am Rande des Kanals eine Kirche, ein mächtiger Bau mit hohem Turm, grauschwarz von der berühmten Leipziger Braunkohleluft, bis auf die Stellen, wo der Putz in großen Placken abgefallen war und das Ziegelwerk freigab. In dieser Kirche, fiel Tom ein, mußten »die Jungs« konfirmiert worden sein, sein Vater und dessen Brüder. Schon wieder auf Nostalgie-Trip, dachte er ein bißchen ärgerlich.
Er drückte die Klinke der Kirchentür herunter, es war geschlossen, wie nicht anders zu erwarten werktags bei den Evangelischen. Er betrat das Gemeindehaus und klingelte an einer Tür. Ein Mann jüngeren Alters im Pullover öffnete und bat Tom herein. Er hörte sich nickend die kürzestgefaßte Familiengeschichte an und bat den unangemeldeten Gast in den Kirchenraum.
»Sie sehen ja selbst«, sagte der Pfarrer mit einem Blick zur Decke.
Man sah. Auch innen hatte sich der Putz in großen Plakken von Wand und Decke gelöst. Bräunliche Wasserflek-

ken breiteten sich häßlich aus. Der Pfarrer erklärte die baugeschichtliche Bedeutung des ungewöhnlichen und weithin seltenen Kirchenraums, nach dem Konzept einer Gemeinde, die um den Altar herum versammelt war und nicht vis-à-vis saß.
»Aber da sitzt sonntags kaum noch jemand«, sagte er, nicht mal traurig, höchstens resignierend.
Nach den derzeit geltenden Planungen sei frühestens im ersten Quartal 1990 eine Baukapazität frei für eine erste Sanierungsmaßnahme. Diese Stadt, dachte Tom, verfällt so unaufhaltsam wie ein alter Mensch. Nichts hält es mehr auf!
»Letzten Endes«, sagte der Pfarrer, der vielleicht den gleichen Gedanken dachte, »gibt's auch Wichtigeres zu tun. Sehen Sie sich doch überall um!«
Wieder einmal, wie so oft, wunderte sich Tom über die Offenherzigkeit, da sich doch niemand anhand des Reisepasses vergewissert hatte, ob Tom tatsächlich jener Westbesucher war, als der er sich ausgab. Früher, erinnerte er sich, sagte man denen von drüben nach, sie seien nicht nur an der Kleidung, sondern auch am selbstbewußteren Auftreten zu erkennen, aber bei den vielen Tests, die Tom für sich selbst machte, langte er oft daneben. Vielleicht war es einfach nur so, daß immer mehr DDR-Bürger es leid wurden, ein Leben lang vorsichtig zu sein.
»Ich bereite einen Film über Leipzig vor und könnte diese Kirche darin zeigen. Wären Sie einverstanden?«
Der Pfarrer hob die Schultern: »Von mir aus. Vielleicht kommt dann der große Wohltäter, der hier getauft wurde und heute Millionär in Amerika ist.«

Abends bei den »academixern«, der Keller in der Kupfergasse rammelvoll wie immer. Kabarett in der DDR, fand Tom, war viel spannender als im Westen: Was trauten sie sich? Was hatten sie durch die Zensur gebracht? Mindestens eine besonders scharfe Nummer schrieben sie immer speziell für den Zensor, damit er was Gestrichenes nach oben melden konnte. Wie reagierte das Publikum auf den Rest? Baff vor Staunen, daß so was in ihrem Lande gesagt werden durfte. Befreit jubelnd, daß sie so was mit eigenen Ohren hören durften. Den Sozialismus beim eigenen Wort nehmen, war der einfachste, raffinierteste Weg. Tom erinnerte sich an einen Monolog auf der Bühne, der in härtester Form die Privilegien der hohen Parteifunktionäre geißelte. Die Zuhörenden waren atemlos vor Schreck.

Der Kabarettist, am Ende seiner Philippika, nach einer kunstvollen Pause: »Das sagte Lenin neunzehnhundertdreiundzwanzig. Ich hätte es nicht sagen können.«

Befreiter Jubel im Saal.

Beim Bier nach der Vorstellung der »academixer« brachte Tom sich mit Bernd-Lutz Lange ins Gespräch, einem der Begründer der Truppe.

»Kein Wort über Honeckers in Bonn«, fragte er: »Ist das tabu?«

»Wie soll der heißen?« fragte Lange zurück.

»Honecker, Erich. Aus Wiebelskirchen. Verheiratet mit Margot, geborene Feist.«

»Den kennen wir nicht. Der ist in unseren Programmen noch nie vorgekommen.«

Ob es denn mal eine klitzekleine Chance gebe, mit der Kamera reinzukommen? Das war noch nie gelungen. Kabarett in der DDR war das wohlberechnete Ventil zum Dampfablassen für die Wenigen im Saal, nicht für die Vielen vor dem Fernseher.

Sie beschlossen, trotz Toms Null-Promille-Skrupeln noch ein bodenständiges Bier miteinander zu trinken, anstatt den schönen Abend mit Utopien zu vergeuden.

»Verlassen Sie sich darauf«, sagte Lange beim Abschied: »Unser Sozialismus wird seinen Weg bis zu Ende gehen.« Auf dem Weg zum Parkplatz ließ sich Tom den Satz auf der Zunge zergehen. Einfach klassisch, dachte er beschwingt. Ein Satz wie aus einem Guß. Unangreifbar.

Spät auf einen Sprung bei den Freunden in ihrer neuen Wohnung, die noch nicht geräumt worden war, berichtete Tom von seinen zähen Verhandlungen, von den Hürden und Finten und den Knüppelwürfen zwischen die Beine.

»Ich hätte noch ein gutes Thema für deinen Film«, sagte Juri: »Unser Krankenhaus. Das ist das pralle Leben. Das ist real existierender Sozialismus pur. Das würde deine Zuschauer wirklich beeindrucken. Allein die Vorstellung, in so einem Krankenhaus krank zu sein!«

»Da kommen wir nicht rein«, winkte Tom ab. »Gesundheitswesen, Volksbildung, Umwelt und natürlich Militär: Tausendmal probiert, aber nichts passiert.«

»Anschauen solltest du dir's. Ich fahre jetzt zum Nachtdienst. Kommst du mit?«

»Ich hatte einen langen Tag.«

Juri akzeptierte das Argument nicht, Tom fuhr nach kurzem Sträuben mit. Das Krankenhaus hatte er zum letztenmal vor vielleicht vierzig Jahren betreten, als sein Großvater dort wochenlang gelegen hatte. Tom erinnerte sich undeutlich an einen großen Saal mit zehn oder zwölf Betten, aus denen es stöhnte, schnaufte und schnarchte. Das schönste an den Besuchen war immer der Abschied gewesen, die frische Luft vor dem Haus, der Weg zur Straßenbahn.

Juri nickte dem Pförtner zu und bedeutete ihm, er habe einen Begleiter bei sich. In der schummerig beleuchteten Eingangshalle kündete der übliche Schrein den Sieg des Sozialismus an. Wer las das eigentlich? Einen Gang hin-

unter und eine Treppe hinauf ins Arztzimmer. Hier soll man ja bloß Dienst tun, dachte Tom, wohlfühlen kann man sich zu Hause. Juri studierte ein paar Unterlagen und zog seinen Kittel über. Er reichte auch Tom einen.
»Komm mit!«
Der Krankensaal. War er zufällig derselbe wie damals? Oder nur ein ähnlicher? Oder sahen alle gleich aus? Alle Betten belegt, aus allen Richtungen die vertrauten Geräusche. Juri schaute in Gesichter, fühlte Puls, sprach ein paar Worte, wenn jemand aufgewacht war.
»Du kennst ja BRD-Krankenhäuser«, sagte er draußen auf dem Flur. »Dieses hier ist aus der Kaiserzeit, und wenn du ein paar Dinge beiseite räumst, die nicht ins Bild passen, hast du eine Originalkulisse für einen DEFA-Film über Sauerbruch oder gar über Virchow.«
Juri öffnete eine Tür, aus der Uringeruch drang. Tom fühlte sich an den Abort seiner alten Volksschule in Gohlis erinnert oder an Bahnhofspissoirs. Aus dem Heizkörper unterm angelehnten Fenster drang ein feiner Dampfstrahl.
»Es gibt keine neuen Ventile«, erklärte Juri. »In der DDR wird die Energiefrage gelöst, indem man die Fenster öffnet oder schließt.«
Zurück im Arztzimmer, stellte Juri Kaffeewasser auf.
»Es wäre nicht so schlimm, wenn wir nicht medizinisch so hinterm Mond wären. Zur Zeit wieder keine Einwegspritzen. Also rammen wir den Patienten die x-mal ausgekochten dicken Nadeln in die Venen. Von modernen Apparaten nur zu träumen. Von Ultraschall schon mal gelesen, doch, doch. Vielleicht wird man mal abgeordnet ins Regierungskrankenhaus nach Buch und darf zuschauen, wie moderne Medizin funktioniert. Hier mußt du froh sein, wenn du bloß krank bist und nicht behindert.«

»Unsere jungen Progressiven«, warf Tom ein, »vertreten aber strikt den Standpunkt, das Gesundheitswesen der DDR sei vorbildlich.«

»Schick sie alle her!« Juri überbrühte den Kaffee. »Der Sozialismus hat mal auf seine Fahne geschrieben, es solle allen gleich gut gehen. Aber in der DDR geht es nicht mal allen gleich schlecht.«

Tom hatte genug gesehen.

»Also kein Film über was Wichtiges?« fragte Juri zum Abschied.

Auf dem Weg ins Hotel grübelte Tom einmal wieder über den Sinn.

11

Den Kampfeslärm vernahm Tom schon unten im Parterre, mit jeder Etage wurde er lauter. Die Wohnungstür stand offen, der Eintritt war jedem frei: Einweihungsparty in der besetzten Wohnung.

Tom wurde von seiner Nichte mit offenen Armen empfangen und geknuddelt, Juri gab dem unfreiwilligen Verbündeten des Umzugs einen Wangenkuß, Rolf einen herzhaften Händedruck, Carla winkte von weitem. Gesine zog Tom ins größte und vollste Zimmer der Wohnung und erklärte so laut, daß es wenigstens die Umstehenden verstanden: »Das ist mein Onkel Tom, unser Westkontakt mit Stasiakte. Da stehen wir schon seit langem drin, und jetzt kommen auch alle Gäste von heute abend rein.«

Die Gäste klatschten. Tom besah sie sich erst mal näher: durch die Bank junge, intelligente Gesichter. Die Frauen ohne Schick und Schminke, viele Männer hinter dschungeldichten Bärten versteckt, so daß nur von intelligenten

Augen die Rede sein konnte. Tom fiel der böse Spruch ein: Wer ein Gesicht hat, braucht keinen Bart. Waren diese Leute anders als ihre Alters- und Berufsgenossen im Westen? Waren sie in dieser schrecklich konventionellen DDR-Gesellschaft noch verkrampfter um Anderssein bemüht als ihresgleichen im Westen? Er brachte die Überlegung nicht zu Ende, da ihm Carla ein Bier anbot. Kein Radeberger und kein Wernesgrüner, keines der beiden Statussymbole also, die DDR-Gastgeber mit List und Geduld oder Vitamin B organisierten, vielleicht von Dienstreisen aus dem Mitropa-Speisewagen mitbrachten. Nein, hier trank man Ur-Krostitzer, den Geheimtip des Großraums.

Jemand drehte den Fernseher laut, in dem die DDR-Hymne ertönte. Die Gespräche verebbten. Schmächtig stand Erich Honecker neben dem Menschgebirge des Kanzlers vor dessen Bonner Amt und war sichtlich beeindruckt vom großen Tag seiner politischen Laufbahn. Schwarz-rot-gold mit dem so lange geschmähten »Spalterwappen« wehte buchstäblich vor der Höhle des Löwen.

»Mir wird ganz schlecht, wenn ich das sehe«, würgte Juri.

Auch Gesine zeigte Anzeichen von Übelkeit: »Könnt ihr nicht die Glotze ausmachen? Es war gerade so nett.«

Tom befürchtete eine der sich häufenden fruchtlosen Diskussionen und schon ging es los: »Da stehen nun eure Demokraten und hofieren unsere Politgangster. Sogar euer oberster Kommunistenfresser aus Bayern hat inzwischen entdeckt, was für nette Brüder das sind. Kennst du das Foto, wo sie alle feixend auf der Leipziger Messe stehen, dezent im Hintergrund Schalck-Golodkowski? Wahrscheinlich freuen sie sich, daß sie gerade wieder ein Geschäft gemacht haben, einen Milliardenkredit ohne Ge-

genleistung. Wenn ich das sehe, möchte ich in die Ecke brechen.«
Gesine hinterher: »Dann dürfen sie einen Zettel mit Namen abgeben, und ein paar DDR-Bürger können ausreisen, die man sowieso loswerden wollte. Bei so einem Kredit kann man auch leicht auf das bißchen Kopfgeld verzichten.«
»Eines Tages«, prophezeite Juri, »werdet ihr gefragt, warum ihr mit diesen Bonzen kollaboriert habt, anstatt mal mit uns zu reden. Dann wird's peinlich.«
Tom war froh, als der Fernseher endlich ausgeschaltet und das Thema aufgegeben wurde. Er war es leid, immer und immer wieder zu erklären, daß es eben so einfach nicht sei und in der Politik der Kopf nicht durch die Wand passe. Daß man in der DDR mit den Oppositionellen zwar nett reden konnte, verhandeln aber leider mit der SED mußte.
»Noch 'n Bier«, fragte Carla. »Oder lieber 'n Juice?«
Er nahm einen.
»Was ist das eigentlich für ein elendes Kauderwelsch: Juice!«
»Wir sind weltoffen«, erklärte Carla, »wir lassen zwar niemand raus, aber alles Moderne rein.«
Umstehende mischten sich ein. In ihrem polyglotten Land gebe es keineswegs nur den immer wieder breitgetretenen Broiler, sondern auch hochqualifizierte internationale Anleihen wie die Kombine oder originelle Eigenschöpfungen wie die Grilletta, gegen die ein Hamburger saft- und geschmacklos klinge. Einer schlug eine Abstimmung darüber vor, welches typische DDR-Wort das typischste aller DDR-Wörter sei. Es hagelte Vorschläge: die Komplexannahmestelle und den Abschnittsbevollmächtigten, die Naßzelle und das Winkelement. Die Rotlichtbestrahlung als Synonym für politische Schulung

wurde als abgeklappert verworfen. Die Bezeichnung Berufsjugendlicher für die ergrauenden Blauhemden von Honecker über Krenz bis Aurich war der Mehrheit nicht witzig genug. Zettelfalten für den Urnengang bei DDR-Wahlen kam diskussionslos in die engere Wahl. Pappe für Trabant sei nicht weniger abgeklappert als ein Trabant vor der Zuteilung des nächsten.
Gesine war hinzugekommen und präsentierte ihren Vorschlag: »Grenzmündigkeit. Das ist es doch. Das beschreibt unser kollektives Lebensgefühl. Wenn wir uns bis zur Rente einwandfrei führen und der Partei keinen Anlaß zum Zweifeln geben, erlaubt sie uns, die in der Verfassung und in der KSZE-Schlußakte garantierte Reisefreiheit in Anspruch zu nehmen. Grenzmündigkeit: eine exquisite Wortschöpfung.«
Alle klatschten. Einer fragte, ob Tom keinen Vorschlag habe.
»Doch, aber den findet ihr nicht so witzig wie ich. Mein Lieblingswort ist Sättigungsbeilage. Es macht mir deutlich, daß es nicht um Essen als dekadenten Genuß geht, sondern um Nahrungsaufnahme, die die Werktätigen kräftigen soll für den Kampf um die Planerfüllung und den Sieg des Sozialismus.«
Das Kurzplädoyer wurde ebenfalls beklatscht, bei der Abstimmung siegte aber die Grenzmündigkeit. Die Sättigungsbeilage wurde ehrenvoller Zweiter, vielleicht aus Höflichkeit gegenüber dem Gast.
Jemand schlug einen Wettbewerb um den besten DDR-Witz vor, und einer erzählte ungefragt den ersten: »Sagt der Volkspolizist zum Straßenbahnfahrer: Bitte mal rechts ranfahren!« Aber es gab sogleich Widerspruch, denn keiner wollte die ewig gleichen Geschichten über Trabanten und Volkspolizisten und die Gerontologen im Politbüro hören. Juri als Gastgeber erkämpfte sich die Erlaubnis,

einen einzigen Witz zu erzählen, den endgültigen DDR-Witz, wie er ihn bezeichnete. Er bekam den Zuschlag, falls er sich kurz fasse.
»Also: Schulungsabend. Rotlichtbestrahlung. Frage an den Referenten: Ist der Sozialismus eigentlich eine wissenschaftliche Lehre oder eine politische Weltanschauung? Der Referent, nicht sattelfest, entscheidet sich für die Politik. Dachte ich mir, sagt der Frager: Wenn es Wissenschaft wäre, hätte man's zuerst an Ratten ausprobiert.«
Knapp die Hälfte schien den Witz noch nicht zu kennen, es gab Heiterkeit, Au-weia-Rufe und Beifall.
»Ich hoffe, es hat jemand mitgeschrieben«, sagte Juri.
»Habt ihr wirklich keine Angst«, fragte Tom später, als die Party sich gelichtet hatte.
»Nee. Wir wissen, daß wir bespitzelt werden, wissen bloß noch nicht, von wem, und haben vor, denjenigen eines Tages mit Genuß zu vermöbeln.«
»Und die besetzte Wohnung«, fragte Tom: »Gibt es schon eine Reaktion?«
»Eine blitzartige«, bestätigte Rolf, der sich hinzugesellt hatte: »Heute kam schon ein Brief mit dem Angebot, einen Mietvertrag zu unterschreiben.«
»Na prima! Dann habt ihr ja gewonnen.«
»Schön wär's. In dem Mietvertrag steht, die Kommunale Wohnungsverwaltung habe uns die Wohnung vermittelt.«
»Aha!«
Tom mußte schmunzeln. Diese Bürokraten waren erstaunlich einfallsreich. Eine Wohnungsbesetzung konnten sie sich nicht bieten lassen. In der DDR konnte nicht sein, was nicht sein durfte, Leipzig war nicht Kreuzberg! Wenn über den peinlichen Vorfall auch nichts in die wasserdichte Leipziger Volkszeitung geriete, würde die Mund-

propaganda für Verbreitung sorgen und zum Nachahmen anregen. Also mußte der Vorgang nachträglich legalisiert werden: Bitte sehr, die KWV hat den Mietern die Wohnung vermittelt, alle gegenteiligen Behauptungen sind aus der Luft gegriffen, wir haben es schwarz auf weiß.
»Und was macht ihr?« fragte Tom.
»Darüber streiten wir seit heute mittag.«
Tom fragte, wer wofür plädiere.
Juri: »Ich bin für Unterschreiben. Hauptsache wir haben gewonnen.«
Gesine dagegen: »Ich will nicht zu Kreuze kriechen, lieber ziehe ich zurück zu meinen Eltern.«
Rolf: »Genau!«
Carla: »Schon Lenin hat gesagt, der Erfolg heiligt die Mittel.«
»Also zwei zu zwei. Warum verhandelt ihr nicht über den Vertrag?«
»Ach, du nun wieder!« spottete Gesine. »Ihr mit euerm kompromißlerischen Gequatsche.«
Jemand hatte schon wieder den Fernseher eingeschaltet, aus Bonn wurde der Staatsempfang für Honecker übertragen. Erneut verstummten die Gespräche, versammelte sich die Gesellschaft vor dem Bildschirm.
Wieder kommentierte Juri mit Gift in der Stimme: »Schau sie dir an, wie sie Bücklinge machen und Kratzfüße! Wie sie sich drängen, dem Staatsgast die Hand zu schütteln. Wie sie sich sonnen in seinem Glanz. Die Crème de la crème einer demokratischen Gesellschaft. Da, der Herr Ministerpräsident! Von welcher Partei ist er? Na, macht nichts, alles eine Soße. Wie er schäkert! Wie er seine Frau vorschiebt. Natürlich alles für den Großauftrag, alles für die heimische Industrie. Und ein bißchen für den persönlichen Ruhm.«

»Weißt du, was mir Spaß macht?« fragte Gesine und antwortete sich selbst: »Daß sie endlich auch mal Schlange stehen!«
Rolf drückte energisch auf den Knopf: »Beim nächstenmal fliegt die Kiste aus dem Fenster!«
Tom wollte sich auf die Socken machen. Als er seine Jacke vom Haken nahm, steckte in der Außentasche ein gefaltetes Bündel hektografierter Seiten. Er warf einen Blick auf einen Zettel, der mit einer Büroklammer angeheftet war: Bitte mitnehmen und ggf. verbreiten!
»Kommst du noch mal vorbei?« fragte Gesine beim Abschied.
Er nickte und gab ihr die Hand: »Übrigens schätze ich, ihr werdet den Mietvertrag unterschreiben.«

12

Das Gehoppel über die zerfahrene DDR-Autobahn. Wie hatte Juri gesagt: Diese Nazis haben die Autobahnen gebaut und seit 45 einfach nichts mehr daran getan! Irgendwann mußte Bonn wohl auch für diese Strecke harte Währung lockermachen.
Tom fuhr immer knapp 120, weil er es mit 100 nicht erträglich fand. Ein bißchen sportlicher Ehrgeiz war auch dabei: Sein aufmerksamer Blick nach vorn hatte, toi-toi-toi!, bislang noch jede Radarfalle rechtzeitig entdeckt. Sie waren auch meistens sehr einfallslos versteckt, zum Beispiel hinter einer Gruppe verwelkter Kiefernbäumchen, die fremd und verloren am Fahrbahnrand stand, wie bestellt und nicht abgeholt. Tom war übrigens bei all seinen Fahrten durch die DDR, was ihm kaum jemand abnehmen wollte, noch nie nach der Grenzabfertigung nach

seinen Papieren gefragt worden – außer bei jener konspirativen Radfahrt damals im Rosental.
Kurz vor dem Berliner Ring fiel Tom das hektografierte Schriftstück ein, das er in seiner Jacke gefunden und auf den Rücksitz geworfen hatte. Er steuerte einen Parkplatz an.
»Für eine andere DDR«, stand in schwungvoller Handschrift oben drüber. Der Rest war mit Maschine geschrieben.
»Sozialismus siegt! Die Sowjetunion wird in diesem Jahr 70 Jahre alt, die DDR in zwei Jahren 40. Auch in 50 Jahren werden wir und in hundert Jahren unsere Enkel diesen Glauben weitertragen: Sozialismus siegt!«
Ob die Stasi Ironie verstand, überlegte Tom. Im Fernsehen zum Beispiel galt die eiserne Regel, Ironie zu vermeiden, da sie kaum ein Zuschauer bemerke.
»Im Sozialismus gehört die Zukunft der Jugend. Unter Führung der Partei der Arbeiterklasse verfolgt sie eisern und diszipliniert das Ziel aller Mühen: die Grenzmündigkeit.
Im Sozialismus sind alle Menschen gleichgestellt. Das ist auf bestimmten Gebieten schon vollkommen erreicht. Die führenden Genossen in Bitterfeld, Leuna oder Espenhain atmen solidarisch die gleiche Luft wie die Werktätigen und ihre Kinder. Auf diesem Weg müssen wir fortschreiten.
Der Sozialismus beseitigt die Überbleibsel der untergegangenen Gesellschaftsformen. Auch äußerlich. In einigen Jahren wird im Bild unserer Städte nichts mehr erinnern an die dekadente Zeit vor Einführung der Plattenbauweise.«
Tom schaute sich unwillkürlich um. Die Parkplätze der Transitautobahnen wurden bekanntlich aus Verstecken überwacht. Konnte einer plötzlich an die Scheibe klopfen: Washamsenda?

»Der wichtigste Grundsatz des Sozialismus ist in bestimmten Bereichen erfüllt: Jeder arbeitet nach seinen Fähigkeiten und lebt nach seinen Bedürfnissen. Für das Politbüro der SED trifft das bereits zu.
Im Sozialismus wird das Geld, diese Geißel der Menschheit, überflüssig. Die DDR hat auf diesem Weg einen großen Schritt vorwärts getan: Die DDR-Mark spielt keine Rolle mehr und könnte ohne weiteres abgeschafft werden.«
»Mann o Mann!« murmelte Tom anerkennend. Als er, mit ganz leicht feuchten Fingern, das Schriftstück zusammenrollte, um es im Handschuhfach zu verstecken, sah er auf der Rückseite Gesines Namen und Anschrift mit Bleistift in Blockbuchstaben. Bißchen dußlig von ihr, dachte er.
In der Hauptstadt angekommen, steuerte Tom das Internationale Pressezentrum in der Mohrenstraße an, um über seine Recherchen in Leipzig zu berichten, sich über abgelehnte Drehtermine und Interviews zu beschweren und ein paar zusätzliche Vorschläge zu machen. Wie immer, fand die Besprechung in der Kantine statt, die Büros schienen tabu zu sein für den Klassenfeind.
»Waren Sie zufrieden mit der Recherche?« fragte Toms langjähriger Verhandlungspartner, von dem er immer noch nicht mehr als den Namen und schon gar nicht die genaue Dienstbezeichnung kannte, während ihm die Parteizugehörigkeit auch ohne Bonbon am Revers klar war.
»Es ist wieder viel abgeschmettert worden.«
Tom zählte auf, was alles nicht klappen würde wie gewünscht und beantragt: keine Sportstudenten in der DHfK, keine Montagsandacht in der Nikolaikirche, höchstens ein normaler Gottesdienst, keine rekonstruktionsbedürftigen Straßenzüge in Connewitz oder Reudnitz.

»Schade«, bedauerte sein Gegenüber, »wir haben ja an sich nichts zu verbergen. Und wir haben die Leipziger so gedrängt, großzügig zu sein.«
»Die Leipziger sagen, die Berliner erlauben das meiste nicht.«
»Das kann ich mir gar nicht vorstellen.«
»Immer das alte Getrickse«, bemerkte Tom resigniert.
Er beantragte noch ein paar zusätzliche Drehs, auch in seiner alten, ausgewohnten und verwüsteten Wohnung. Er wußte, daß es aussichtslos war, höchstens die Chancen an anderer Stelle erhöhte, weil sie ja mit Rücksicht auf ihre Reputation nicht alles ablehnen wollten.
»Ich hätte noch etwas«, fiel ihm plötzlich ein: »Ich würde gern in einer besetzten Wohnung drehen.«
Sein Gegenüber schaute, als habe er freischwimmende Wale in der Oberelbe beantragt: »Da müssen Sie schon bei sich in Kreuzberg drehen, damit können wir Ihnen nicht dienen.«
»Und wenn ich Ihnen die Adresse zur Verfügung stelle?«
Es half nichts, der Vorschlag wurde nicht als ernsthaft akzeptiert.
Auf dem kurzen Weg zum Grenzübergang Heinrich-Heine-Straße dachte Tom an das Schriftstück in seinem Handschuhfach. Er folgte dem, was man gemeinhin eine Eingebung nennt, und wendete, um zu seinen Kollegen in die Korrespondentenstelle zu fahren. »Auslandsstudio« durfte es nicht genannt werden, obwohl die DDR darauf drängte, aber Bonn hatte darauf bestanden, Auslandsstudios dürfe es nur im Ausland geben.
»Wie war's?« wurde Tom beiläufig gefragt.
Er ließ lauten Unmut darüber ab, daß »die Leipziger« und »die Berliner« wieder mal abgekartet tricksten und daß man über diese Hintergründe mal einen Beitrag machen müsse. Manchmal funktionierte es nämlich, daß

solche gezielten Beschwerden und Drohungen überraschendes Einlenken zur Folge hatten, denn es wurde natürlich jedes Wort abgehört, das in den Büros oder am Telefon gesprochen wurde.
Tom bat, das hektografierte Pamphlet für ihn aufzubewahren, riet den Kollegen, auch mal hineinzuschauen, es sei ein interessantes Stück DDR-Opposition. Er machte sich auf den Weg zum Grenzübergang.
Das Personal dort, das taubenblaue vom Zoll und das olivgrüne der Grenztruppe, kannte er seit Jahren, man begrüßte sich nicht vertraulich, aber mit einer gewissen vertrauten Freundlichkeit. Heute kontrollierte ihn der hagere Zöllner, der vermutlich auf die Pensionierung zuging und den Tom, da er keinerlei Namen kannte und erfuhr, in seiner persönlichen Personenkartei den Honekker-Verschnitt nannte. Wie stets, wurde nach Waffen und Funkgeräten gefragt, wie stets verneinte Tom gelangweilt.
»Druckerzeugnisse?«
»Leipziger Volkszeitung. Ich hoffe, die wird mir im Westen nicht abgenommen.«
Der Zöllner lächelte nicht: »Sonst noch was?«
Tom schüttelte den Kopf: »Erstens reise ich nicht ein, sondern aus, und zweitens bin ich auf Dienstreise und darf, wie Sie wissen, Druckerzeugnisse mitführen. Journalistenverordnung, Paragraph sowieso.«
Der Zöllner antwortete nicht, sondern stellte fest: »Unter Druckerzeugnissen sind auch hektografierte Texte zu verstehen.«
Aha! dachte Tom.
Im ersten Augenblick dachte er wirklich nur: Aha! Dann überlegte er blitzschnell, ob er irgend etwas mit sich führte, womit er irgend jemanden kompromittieren konnte. Ihm fiel nichts ein.

»Sie dürfen mich überhaupt nicht kontrollieren«, behauptete er kühn, obwohl er sich nicht sicher war.
»Wir kennen unsere Vorschriften«, wurde er belehrt. »Also nichts?«
»Wenn Sie was finden, gebe ich einen aus. Eine Flasche Wilthener Weinbrand.«
Der Zöllner, der sonst schon mal zu einem unpolitischen Scherz aufgelegt war, wirkte konzentriert und angespannt.
»Öffnen Sie bitte mal den Kofferraum und legen Sie alle Gepäckstücke auf die Bank da drüben.«
Tom predigte seinen Leuten in der DDR immer, sie sollten nicht zusammenklappen wie ein Taschenmesser, wenn eine Uniform sie streng anschaute. Auch sie hätten nämlich ein paar Rechte und die Uniform keineswegs alle. Er habe gut reden, sagten sie dann, und er solle sich mal an seine Kindheit in Leipzig erinnern, da er sich lieber kilometerweit verlaufen habe, ehe er einen Volkspolizisten angesprochen und nach dem Weg gefragt hätte.
Er drapierte seine Gepäckstücke auf der eigens dafür vorgesehenen Holzbank, weigerte sich jedoch, den Inhalt auszupacken, und kündigte eine Beschwerde an. Gleichzeitig betrachtete er sich selbst und sein Verhalten und fand, er solle den Mann seine Pflicht tun und sich in aller Ruhe blamieren lassen.
Der Zöllner suchte eine Viertelstunde lang, dann holte er einen Offizier, den Tom schon gelegentlich mit Papieren wichtig über das Gelände des Grenzkontrollpunkts hatte schreiten sehen.
»Nichts?« fragte der Offizier.
»Nichts.«
»Haben Sie weitere Druckerzeugnisse bei sich?« wurde Tom gefragt.

Er schüttelte den Kopf, dann zählte er mögliche Verstekke auf, in denen noch zu suchen wäre: Radkappen, Fußmatten, Sonnenblende. Der Offizier beendete mit einer ungeduldigen Handbewegung die Kontrolle.
Tom räumte, um seinen Sieg nicht über Gebühr auszukosten, sein Gepäck selbst wieder ein und verzichtete auf eine schriftliche Bestätigung der Kontrolle.
»Diese Sausäcke!« murmelte er, auf der Kreuzberger Seite angekommen. »Schlau eingefädelt, bloß nicht schlau genug.«

13

»Die wollten Sie doch leimen«, erkannte Tina empört.
»Glauben Sie wirklich?« fragte Tom.
»Logo! Jemand hat Ihnen dieses Schriftstück untergeschoben, und an der Grenze sollten Sie damit hochgehen.«
Tom tat ungläubig und wiegte stirnrunzelnd den Kopf.
»Ist doch klar«, rief sie, »überlegen Sie mal!«
Tom lächelte anerkennend: »Man merkt, daß Sie in einer Anwaltskanzlei arbeiten. Sie haben detektivischen Spürsinn.«
Tina musterte Tom mit einem vernichtenden Blick: »Wissen Sie, Ironie ist Glückssache, und Sie haben Pech. Übrigens bin ich seit heute Büroleiterin. Danke für den Glückwunsch, die Blumen kaufe ich mir selber.«
»Und was macht die alte?«
»Die alte Büroleiterin? Hat gekündigt. Jetzt habe ich natürlich einen Schuldkomplex.«
»Lassen Sie mal, bald sind Sie auch an der Reihe und werden von einer besseren an die Wand gedrängt.«

Tina schaute ihn ernst an: »Das steckt man nicht so einfach weg, oder?«
Warum bloß, dachte Tom, habe ich mir so was Aufmüpfiges, Flugsmäuliges, Widerborstiges in meine vier Wände geholt? War es nicht so angenehm gewesen bis vor ein paar Monaten? Obendrein benahm sie sich längst, als sei sie in dieser Wohnung geboren und aufgewachsen. Ihre Schuhe lagen wieder mal unordentlich unterm Tisch, die Beine baumelten über der Sessellehne. Wie zu Hause! Freilich hatte Tom seinen Eindruck vom ersten Abend nicht revidieren müssen: schöne Beine. Und überhaupt!
Tina verließ das Zimmer und kam zurück mit einer Flasche Sekt und zwei Gläsern: »Ich hab mir immer ausgemalt, wenn ich so einen Karrieresprung mache, stoße ich mit irgend jemandem darauf an. Wer gerade so rumsteht. Können Sie mal die Flasche aufmachen?«
»Sorry! Sekt ist ungewohnt, wenn man gerade aus einem Arbeiter- und Bauernstaat kommt.«
Er fand, während er den Draht vom Korken pulte, seine scherzhafte Einlassung ausgesprochen schwach und stellte die Flasche wieder auf den Tisch: »Kommen Sie, wir gehen schön essen!«
Sie willigte sofort ein.
Das »Exil« am Paul-Lincke-Ufer war zu bekannt, um ein Geheimtip zu sein, aber keines der Lokale, in denen man sah und gesehen wurde. Küche und Stil waren gediegen k. u. k.
»Auf die Karriere!«
»Karriere ist, wenn man in der Zeitung steht.«
»Ohne das letzte Wort fehlt Ihnen was oder?«
Tina schaute Tom fest in die Augen, preßte die Lippen aufeinander und schüttelte heftig den Kopf. Tom nutzte die Gelegenheit, um einen längeren Satz zu sprechen:

»Wenn ich mal wieder eine feste Freundin haben sollte, müßte es eine sein, die nicht aus Prinzip widerspricht.«
»Dann nehmen Sie sich doch eine abgeklärte. Ich denke einfach nicht immer daran, daß Leute wie Sie alles schon tausendmal gehört haben.«
»Prost!«
Zwischen Vorspeise und Hauptgang, sie hatten sich für den obligaten Tafelspitz entschieden, kam Tom noch mal auf die Grenzkontrolle zu sprechen.
»Die haben nun versucht, Gesine in die Pfanne zu hauen. Was kann sie ihnen anhaben? Soll sie den Keim der Revolution säen? Mit ihren Freunden den Staat aus den Angeln heben? Ein paar querdenkende junge Leute, deren gewagteste Tat die Besetzung einer leerstehenden Altbauwohnung war. Sie werden übrigens unterschreiben, daß man ihnen die Wohnung zugewiesen hat. Gegen diese paar Leutchen wird der gewaltige Staatsapparat tätig. Verfolgt sie beim Radfahren im Rosental und beim Diskutieren beim Kirchentag. Hat dieser Staat wirklich nichts Wichtigeres zu tun?«
Tom schaute Tina fragend an, aber sie schaute noch fragender zurück.
»Überlegen Sie doch mal, was das kostet! Da holen sie Vietnamesen und Mosambikaner ins Land, Fidschis und Schoko-Crossies, wie sie liebenswürdig oder rassistisch genannt werden, auch polnische und ungarische Gastarbeiter, damit die viele Arbeit geschafft wird. Aber Tausende befassen sich berufsmäßig gegen Entgelt und Rentenanspruch damit, harmlose Bürger auszuforschen und dicke Akten darüber anzulegen. Dieser Staat wird eines Tages nicht durch eine Revolution hinweggefegt, er wird an Papier ersticken.«
»Es wird gewiß so kommen«, sagte Tina, »aber wir sind jetzt hier, weil ich heute Büroleiterin geworden bin.«

»Tut mir leid, aber ich lasse den Kopf immer ein paar Tage drüben.«
»Vielleicht können Sie Ihre ganze DDR einfach heiraten.«
Tom sah Tina erstaunt an: »Ist es wirklich so schlimm?«
Sie nickte: »Entsetzlich ist es. Nervtötend. Immer dasselbe Thema. Es interessiert nun mal keinen. Sie sind schlimmer als ein Briefmarkensammler, der einem dauernd seine bunten Fetzchen erklären will. Sie gehen total auf den Geist.«
»Und was mache ich dagegen?«
»Erzählen Sie doch mal was über zwischenmenschliche Beziehungen.«
Tom dachte kurz nach: »Zum Beispiel Gesine und Rolf. Irgendwie sind die beiden merkwürdig. Sie können ihre Verliebtheit, an der ich nicht zweifle, nicht richtig zeigen. Sie können nicht zärtlich zueinander sein. Jedenfalls nicht vor den Augen anderer. Ohne ihre Intimsphäre verletzen zu wollen, möchte ich manchmal dabei sein, wenn sie ihre Zimmertüre hinter sich zugezogen haben.«
Tina hob die Schultern und widmete sich ihrem Powidldatschi, der gerade aufgetragen wurde.
»Manchmal glaube ich«, bemerkte sie betont beiläufig, »daß Sie auch ein Problem haben. Warum laden Sie nicht mal eine nette Frau schick zum Essen ein? Ein schönes, originelles Lokal, ein gutes Menü, ein paar Rosen, ein zweites Fläschchen Wein. Und so weiter. Es ist doch wirklich nicht so schwer. Die meisten Frauen sind doch aus Erfahrung anspruchslos.«
Tom winkte dem Kellner und bestellte noch eine Flasche Grünen Veltliner, der gut und nicht mal zu teuer war und nach dem Glykolskandal garantiert auf Jahre hinaus sauber.
Er nahm Tinas Hand und küßte sie.

»Statt Blumen«, sagte er. »Die kommen morgen. Versprochen.«
Nach dem Essen machten sie einen Spaziergang.
Hand in Hand.
Sie zog ihre nicht weg.
Sie redeten wenig. Tom dachte darüber nach, ob er sich wieder mal in ein Abenteuer mit ungewissem Ausgang stürzen solle. Oder vielmehr mit absehbarem Ausgang, denn er war fast fünfzig und Tina nicht mal dreißig. Das Wort Zählkandidat fiel ihm ein, aber er verscheuchte es wieder. Irgendwann wollte er noch mal eine Frau fürs Leben kennenlernen, für den Rest des Lebens. Aber das Leben spielte seit Jahren irgendwie anders. Zwölf Jahre hatte er schon mal durchgehalten. Genauer: Zwölf Jahre hatten sie zu zweit durchgehalten. Wann hatte sich das abgespielt? Vor tausend Jahren, schien es ihm.
Vor der Haustüre raunte Tina ihm ins Ohr: »Darf ich Sie noch zu einem Pfefferminztee einladen?«
»Es gehört sich nicht«, zögerte er.
»Ich würde mich sehr freuen.«
Tom folgte ihr leise. Sie bedeutete ihm, keinen Lärm zu machen, als sie seine Wohnungstür aufschloß. Sie hielt den Zeigefinger an seine Lippen: »Mein Wirt ist ein bißchen merkwürdig.«
Sie zog ihn auf Zehenspitzen an der Küchentür und am Wohnzimmer vorbei. Jetzt, dachte Tom, entscheidet es sich. Er war schon oft bis zu diesem Punkt gekommen, aber manchmal hatte die Damen hier der Mut verlassen oder sie hatten ein grausames Spiel höhnisch beendet.
»Moment«, flüsterte Tina, »ich hole uns noch was zu trinken.«
»Vielleicht doch lieber Hagebuttentee«, rief ihr Tom nach.
»Pssst!« machte sie und schob ihn in ihr Zimmer.

Da saß er am Ziel seiner Wünsche seit Monaten. Warum hatte er selbst nie die Initiative ergriffen, die Sache in die Hand genommen? Nur weil er sein Alter eine Zumutung fand für ihr Alter?
Als sie nach weniger als einer Minute wieder da war, ohne Tee, aber mit dem Rest Rotwein vom Nachmittag, hatte sie ihren schicken dunkelgrünen Morgenmantel an. Obwohl ja Abend war. Er hatte ihr schon oft sagen wollen, sie möge den Mantel in ihrem Schrank aufbewahren, da das Badezimmer etwas eng war.
Aber es war ein schöner, besonders schöner Mantel!

14

Etwa alle zehn Minuten ging die Klingel an der Wohnungstür, obwohl diese für die Hochzeitsgäste offenstand. Das Fest war viel lauter und fröhlicher als zu Anfang, da der Bräutigam seine Braut über die Schwelle getragen hatte, aber es war nicht, vielleicht noch nicht, lärmend und trunken. Etwa fünfundzwanzig Gäste inzwischen, außer Tom und den Eltern des Bräutigams alle Mitte Zwanzig bis Mitte Dreißig. Darunter fast die gesamte »Radfahrerkampfgruppe«, wie Tom die Widerborstigen aus DDR-Zeiten in Erinnerung an die aufgehaltene Tour durchs Rosental immer noch nannte.
Der Geschenktisch auf dem Korridor fing an sich zu biegen, bildlich gesprochen. Viel Nützliches immer noch für so ein frischvermähltes Paar, obwohl es ja schon seit drei Jahren in einem Haushalt »ohne Segen« zusammenlebte, wie Tom stets rügte, um daraufhin seinerseits wegen des gleichen Verstoßes gegen die Sitten gerügt zu werden. Unter den Gaben aber vor allem nostalgischer Krempel aus der untergegangenen Zeit.

Eine blaue FDJ-Fahne war darunter, etwas zerschlissen vom jubelnden Schwenken, ausweislich eines Pappschildchens an der Stange war sie sogar beim elften Parteitag auf dem Marx-Engels-Platz im Einsatz gewesen. Ein gerahmtes Honecker-Porträt, das berühmte offizielle, Jugendlichkeit vortäuschende Foto, das bis zuletzt die Besucher von Amtsstuben gegrüßt hatte; um den Wandel anzuzeigen, war die Öse so angebracht, daß das Bild auf dem Kopf hing. Ein echtes Straßenschild der Leipziger »Leninstraße«, das besonders schwer zu ergattern gewesen sein mußte, denn auf den Kilometern vom Johannisplatz an der Technischen Messe und dem Völkerschlachtdenkmal vorbei bis zur Stadtgrenze bei Meusdorf hatten weitsichtige Souvenirjäger rechtzeitig Beute gemacht, lange bevor die Leninstraße in Prager Straße umbenannt wurde. Weiterhin zwei Flaschen »Kristall«-Wodka, der im Volksmund der DDR als »blauer Würger« bekannt war. Ein Karton »Schlemmerküsse« aus Berlin-Pankow – als »Bruderküsse« wären sie vermutlich nicht verkäuflich gewesen –, nach Überzeugung von DDR-Bürgern ein Produkt, das den westlichen Negerküssen weit überlegen war und das weiterhin erfolgreich produziert wurde. Ein Gast hatte drei Rollen des berüchtigten reibeisenartigen DDR-Klopapiers und drei Bände Hermann Kant mitgebracht. Eterna-Schallplatten mit Kampfliedern der Arbeiterklasse, deren mitreißende Melodien jeder DDR-Bürger gelernt hatte und mancher noch gern sang. Ein ganzer Block Straßenbahnfahrscheine des VEB Leipziger Verkehrsbetriebe mit jeweils sechs Fahrten für zusammen eine Mark. Und so weiter.

»Und ich schwöre dir, ihr wollt doch eure olle DDR wiederhaben«, sagte Tom, als Carla zu ihm trat.

»Klar wollen wir sie wiederhaben«, nickte sie, »mit Recht auf wenig, aber gutbezahlte Arbeit, Pflicht zu hohem, aber billigem Konsum, mit offenen Grenzen für Reisen in alle Welt, aber strengen Einreisekontrollen für Gauner, Betrüger und Halsab-

schneider. Und natürlich Zwangszugehörigkeit des VfB Leipzig zur Ersten Bundesliga.«

Tom hatte das Gefühl, er müsse den Eltern des Bräutigams, die er vor dem Standesamt nur kurz begrüßt hatte, seine Aufwartung machen. Sie saßen etwas abseits und beteiligten sich nicht am allgemeinen Palaver.

»Erzählen Sie mal aus Zittau«, bat er.

Tom kannte Zittau ganz gut, die wunderschöne, aber verfallene alte Stadt im Dreiländereck. Zu Zeiten der DDR hatte er, wie fast alle, nur die Gerüchte gekannt über den geplanten Braunkohleabbau, der eines Tages Zittau zu einer kleinen Insel in einem riesigen staubigen Loch gemacht hätte, belästigt von Tag und Nacht kreischenden Baggerungetümen. Er kannte das malerische Oybin, das man flink mit dem Auto oder in einer Dreiviertelstunde mit der Schmalspurdampfeisenbahn erreichte, die ebenfalls dem Tagebau hatte weichen sollen. Den Felsen und die gotische Kirchenruine, die schon die Maler der Dresdner Romantik begeistert hatten. Tom hatte Stoff zum Fragen.

»Nu ja, wie soll's gehen«, erzählte der Vater des Bräutigams. »Es geht eben immer noch ein Stückl bergab.«

»Wir haben's uns eben ein bißl anders vorgestellt«, ergänzte seine Frau.

Oje! dachte Tom: Wieder mal eines der vielen Gespräche, an deren Ende eigentlich stehen müßte: Baut die Mauer wieder auf!

»Aber wie wäre es denn weitergegangen?« fragte er, »wenn nicht neunundachtzig Schluß gewesen wäre?«

»Nu, es wäre schon noch ein Stückl weitergegangen, mit Reformen natürlich. Es war ja nicht alles schlecht bei uns.«

»Jedenfalls konnte man leben«, ergänzte wieder seine Frau, »es gab ja meistens alles, was zum Leben gebraucht wurde, und es war vor allem billig.«

Jetzt müßte man wieder argumentieren wie schon tausendmal, dachte Tom: Warum hatte es alles so »billig« gegeben? Nicht weil es so billig gewesen war, sondern weil es so gnadenlos heruntersubventioniert worden war, daß das Geld an allen anderen Ecken und Enden gefehlt hatte und das Land rapide in Trümmer versunken war. Es war ja »nicht alles schlecht«? Was war denn gut gewesen? Ja, die Kinderkrippen, die kriegte die reiche BRD nicht hin. Ja, die null Promille, dafür reichte in Bonn die Vernunft nicht. Ja, die Kulturförderung, das Geld fürs Gewandhausorchester, und die DEFA hatte aus dem vollen schöpfen können. Aber was da verpulvert worden war, hatten die maroden Fabriken längst nicht mehr erwirtschaften können mit ihren Dumpingpreisen, mit denen sie Devisen, Devisen, Devisen hatten anschaffen müssen. Ach, der ganze alte Kram! Auch im Westen verstanden die meisten nicht viel von Wirtschaft, Tom nahm sich da nicht aus, aber die Zonis waren auf diesem Gebiet mit System unbedarft gehalten worden.

»Jedenfalls haben wir die Revolution nicht dafür gemacht«, stellte Rolfs Vater fest.

Sein Sohn war hinzugetreten: »Sagtest du: ›Wir haben die Revolution gemacht‹?«

»Ich meine: wir alle.«

»Wir alle? Ist das wirklich schon so lange her, daß ihr uns beschworen habt: Macht nicht solche Sachen! Ihr bringt nur alles in Unordnung. Die warten doch nur auf einen Anlaß zum Zuschlagen. Denkt an die Solidarität in Polen und das Kriegsrecht! So habt ihr geredet. Und heute höre ich: Wir haben die Revolution gemacht. Früher wurde Geschichte wenigstens erst gefälscht, wenn die Beteiligten tot waren.«

»Das ist alles normal«, versuchte Tom einen aufkeimenden Familienzwist zu dämpfen, »daß man sich einen Erfolg mit an die eigene Fahne heftet.«

Juri war hinzugetreten, und es war sein Thema: »Den Erfolg an den Hut stecken, wäre besser. Wenn ich heute höre, wer alles am entscheidenden Montag in Leipzig mitdemonstriert haben will, dann kommt das Mehrfache der Bevölkerung zu-

sammen. Aber ich erinnere mich dummerweise überwiegend an Leute, die an jenem Tag einen ehrenwerten Grund hatten, zu Hause zu bleiben.«

»Hört auf zu politisieren!« bat Tom in die Runde. »Sag mir lieber, wie du dich fühlst als Bräutigam.«

»Ich fühle mich geehrt, daß ich deine abgelegte Lebensgefährtin ehelichen durfte.«

»Das war kein guter Spruch«, antwortete Tom, »und du weißt es auch.«

»Tut mir leid, sollte komisch sein.«

Sie stießen mit den Biergläsern an, die sie bei sich führten, dann umarmten sie sich kurz nach Männerart.

»Und daß Juri von so weit her gekommen ist«, fand Tom, »ehrt uns und adelt unser Fest.«

»Trotzdem noch was Politisches«, wollte Juri erfahren: »Hast du inzwischen deine Stasiakte eingesehen?«

Tom schüttelte den Kopf.

»Aber du hast eine. Wer als Journalist in der DDR arbeitete, war per se ein Agent des Klassenfeindes. Willst du zum Beispiel nicht wissen, warum sie damals deinen Film abgeblasen haben?«

Tom schüttelte wieder den Kopf: »Muß ich nicht wissen. Kann ich mir denken.«

»Aber wer dich bespitzelt hat und so.«

»Ich weiß, daß mein Schulfreund Knut auf mich angesetzt war, denn er hat es mir selbst gestanden. Ich hatte es vermutet. Ich weiß, daß ich ihm keine Geheimnisse verraten habe, sondern gemeinerweise mit Verschwörerblick immer nur Sachen erzählt habe, die schon mal in der Zeitung gestanden hatten. Muß frustrierend für ihn und seine Auftraggeber gewesen sein. Ich wußte außerdem immer, daß alle, die mit mir zu tun hatten, bei Dreharbeiten oder Interviews, im Zweifel hinterher berichten mußten. Ich weiß, daß die Stasi natürlich wußte, daß ich damals Pfarrer Eggert in seinem Pfarrhaus in Oybin besucht

habe, aber Pfarrer Eggert redete mit Besuchern wie mir nur im Garten, wo nicht abgehört werden konnte. Also, was soll sonst noch sein? Meine Akte interessiert mich nicht.«

»Ich stimme dir ja zu«, nickte Juri. »Ich denke manchmal, wir alle hätten in unsere Akte nicht reinschauen sollen. Vielleicht lebte dann einer noch, der jetzt tot ist.«

»Aber es war nicht Gesines Schuld. Er hat euch bespitzelt, nicht ihr ihn.«

»Aber solange sie Erich laufenlassen«, stellte Juri mit einem angewiderten Unterton fest, »müßten wir eigentlich erst recht jeden kleinen Spitzel laufenlassen.«

»Du weißt doch, warum sie Erich haben laufenlassen.«

Juri lachte: »Mann, hätte das in Bonn und sonstwo ein Köpferollen gegeben!«

Unruhe auf dem Korridor kündigte besondere Gäste an, es waren die Brauteltern.

»Warum kommt ihr so spät?« fragte die Tochter vorwurfsvoll.

»Stau, Stau, Stau.«

»Von Düsseldorf nach Leipzig hättet ihr auch fliegen können.«

»Außerdem haben wir uns an diesem Berliner Ring gnadenlos verfahren«, erläuterte die Brautmutter, »und sind einmal ganz rum.«

»Das solltest du nun gerade nicht erzählen«, giftete der Brautvater.

Das wird bestimmt noch ein lustiges Fest, dachte Tom.

15

»Wir könnten zusammen verreisen«, sagte Tom beim Abendessen und schenkte Wein ein.

»Im Sommer«, nickte Tina.

»Ich meine aber: jetzt. Nächste Woche.«

»Ich denke, du mußt deinen komischen Film drehen.«
»Abgesagt«, erklärte Tom.
Fast hatte er es geahnt nach den Vorgesprächen in Leipzig und dem monatelangen Gezerre mit dem DDR-Außenministerium, Abteilung Journalistische Beziehungen. Noch eine Nachfrage, noch eine Bitte um Präzisierung des Antrags, noch ein Aufschub des Drehtermins. Toms Erfahrung war, daß, wenn den Verantwortlichen im Territorium die ganze Geschichte nicht paßte, wenn sie den Verdacht hatten, ihre Stadt könne auf dem Bildschirm etwas anders aussehen, als es ihren engen Begriffen von einer »repräsentativen« Darstellung entsprach, wenn also in einem Vorhaben von Anfang an der Wurm steckte, es nur so enden konnte, wie es jetzt geendet hatte. Neu für Tom war allenfalls, daß ihn erst heute, genau eine Woche vor Beginn der verabredeten Dreharbeiten, ein lapidares Telex ohne Anrede und Gruß erreicht hatte: »Betr: Leipzig. An dem Vorhaben besteht kein Interesse.«
Punktum.
»Das können die doch nicht machen«, fand Tina.
»Nein, können sie natürlich nicht. Wir hatten sogar einen unterschriebenen Vertrag. Und eine Anzahlung geleistet. Sie können nicht einfach absagen.«
»Aber?«
»Aber sie haben abgesagt.«
»Wenn ihr eben so bescheuert seid, mit der DDR Verträge zu schließen.«
»Unsere Regierung tut das auch.«
»Eben.«
»Wollen wir nun verreisen?« fragte Tom. »Von meinem Ausfallhonorar können wir uns eine Woche leisten.«
Tina arbeitete seit acht Monaten in ihrer Anwaltskanzlei, hatte noch keinen Tag gefehlt, war auch »zwischen den

Jahren« an Deck gewesen. Sie hielt es für möglich, kurzfristig eine Woche frei zu bekommen.
»Und wohin?« fragte Tom.
»Du bist das Männchen«, erwiderte sie.
»Aber du bist emanzipiert.«
»Bloß raus aus Berlin«, wünschte sie sich.
Sie sprach seit einiger Zeit immer öfter von ihrem »Insel-Koller«, von dem Tom behauptete, sie rede ihn sich nur ein und er sei noch nicht mal richtig psychosomatisch wie eine anständige Migräne. Außer bei einem kurzen Pflichtbesuch am Brandenburger Tor, wo schließlich auch der Queen und anderen Staatsgästen der Beton vorgeführt wurde, der die Welt teilte, war Tina noch nie an der Mauer gewesen. Nicht mal in Kreuzberg, wo es von der eigenen Haustür bloß ein paar hundert Meter weit gewesen wäre. Man konnte in Berlin leben und die Mauer einfach nicht zur Kenntnis nehmen. Ungezählte taten das, viele bewußt und aus Prinzip, und wenn sie von Tegel abflogen, schauten sie mit Absicht nicht aus dem Fenster oder ließen sich von vornherein Gangplätze geben.
»Ich war noch nie im Winter in Venedig«, sagte Tom.

Venedig in Niesel und Nebel. Die Spitze des Campanile nur zu ahnen. Der Markusplatz spiegelnd vor Nässe, aber ohne Gummistiefel zu begehen. Die Tauben unter Gesimsen verkrochen. Die Gondeln vor sich hindümpelnd, als warteten sie vor dem Frühling nicht auf Touristen. Unverdrossen dennoch hinter jeder Brücke die Frage: Gondola? Auch über den Winter mußten Gondoliere-Kinder ernährt werden.
»Und trotzdem ist es schöner als im Sommer«, beharrte Tom über dem fünften Espresso des Vormittags, zu dem sie sich in die Trockenheit der dritten Bar geflüchtet hatten.
»Warum?«

»Stell dir bitte diesen Markusplatz im Sommer vor! Eines der Gesamtkunstwerke von Weltrang. Geschaffen in Jahrhunderten, vielleicht zum Untergang verurteilt, aber noch voller Schönheit und Zauber. Die Fassade des Markusdoms: Manche sagen, er sehe aus wie ein zu protzig geratener orientalischer Männerpuff. Das mag ja sein. Aber in sich ist er einmalig und vollendet. Der Dogenpalast: ein Bauwerk von eigenartiger Harmonie. Jeder sagt, er müsse eigentlich auf dem Kopf stehen, weil normalerweise das Filigrane nach oben gehört und das Massige nach unten. Wenn sie es aber normal gemacht hätten, wäre der Dogenpalast nicht aufregender als der Stuttgarter Hauptbahnhof. Der Campanile: Ich stehe ungern in seiner Nähe, weil er schon mal im Jahr nullzwo aus heiterem Himmel eingestürzt ist. Aber diese hohe Vertikale in ihrer Relation zu den ...«
»Komm mal zum Thema! Das sieht doch im Sommer genauso aus.«
»Eben nicht! Im Sommer befinden sich auf diesem Platz mehrere tausend Touristen, offenbar zu einem Wettbewerb angetreten um die lächerlichste Verkleidung. Der normale sommerliche Venedig-Tourist, ich rede mal bloß von den Männern, trägt nämlich über seinem kugelförmigen Bauch ein enggespanntes buntes Leibchen mit Schwitzflecken und irgendeinem blödsinnigen Aufdruck. Dazu eine kurze Hose, die farblich exakt so abgestimmt ist, daß sie auf keinen Fall zum Leibchen paßt. Auf dem Kopf hat er einen schlappen Sonnenhut, der die Debilität des Gesichtsausdrucks kongenial unterstützt. Im Mund einen Trinkhalm, der in einer Blechdose endet. Die Beine stecken in braunen Söckchen, diese wiederum in beigefarbenen Sandalen. Wenn es heiß ist, entledigen sich die ersten ihrer Leibchen, so daß man gespannt darauf wartet, daß ihnen auch die Hose zu eng wird. Um den Balg

hängt eine Videokamera. Die nimmt der Tourist von Zeit zu Zeit zur Hand und vollführt einige rasante Schwenks mit gleichzeitigem Zoom, so daß es dir schon bei der Vorstellung, du müßtest das anschauen, schier den Kopf abreißt. Die beschriebene Horde drängt mit ihren Getränkedosen in den Markusdom. Davor stehen im Sommer Türwächter, die mit gelangweiltem Blick wenigstens die am schamlosesten Entblößten zurückweisen, die das natürlich nicht verstehen, weil sie sich ja schön finden. Es ist ein Segen, daß nicht auch die Zonis in ihren Ripsunterhemden hier rumlaufen können! Ich sage: Alle rausschmeißen! Mit einem großen eisernen Besen über den Platz Richtung Wasser und hinein mit Schmackes!«

»Du hast was gegen die Menschen!«

»Ja. Habe ich. Vor dieser Kulisse bedeuten sie nichts anderes als eine optische Umweltverschmutzung. Und deswegen liebe ich Venedig im Winter, denn da müssen sie sich aus klimatischen Gründen etwas Wärmendes anziehen.«

»Es könnte trotzdem mal die Sonne rauskriechen«, bemerkte Tina, ihren Espresso rührend und durch die Scheibe starrend.

Es war der vierte Tag, davon vier im Nebel. Sie waren in sechs Museen und vierzehn Kirchen gewesen. Waren viermal mit dem Vaporetto den Canal Grande hin- und zurückgefahren, waren ungezählte Gassen gegangen und hatten vielleicht schon die Mehrzahl der Brücken überquert.

Venedig starb bekanntlich, und das Geld zu seiner Rettung versickerte, hieß es, in irgendwelchen Kanälen. Aber es war ein ausgesprochen schöner Tod, den Venedig starb, und der Gedanke beruhigte, daß das Sterben noch lange genug dauere, um es immer wieder zu besichtigen.

»Leipzig-Connewitz stirbt auch«, sagte Tom, als sie wieder über Brücken wanderten, »aber einfach nicht so zauberhaft.«
»Du könntest wenigstens in Venedig mal deine blöde Ostzone vergessen«, erwiderte Tina, gar nicht scherzhaft, aber gereizt.
»Aber warum gefällt es uns hier und in Connewitz nicht?«
»Interessiert mich nicht.«
»Ich sag's dir: Weil das hier für uns ein Freilichtmuseum ist und Connewitz eine geschlossene Anstalt.«
Tom hatte den Weg nach Il Ghetto gesucht und gefunden. Er war, oft zum Leidwesen seiner Lebensgefährtinnen, stets jemand gewesen, der seine Reisen vorbereitete und seine Begleitung damit nervte, daß er möglichst nichts übersehen und versäumen wollte. Das Inselchen Il Ghetto, wo einst Venedigs Juden untergebracht und bei Nacht eingesperrt wurden, hatte der Welt diesen Namen beschert, der so grauenhafte Bedeutung angenommen hatte. Tina fand es informativ, drängte jedoch, mit dem Motorboot nach Murano zu fahren, wo Tom sie mit Mühe hinderte, einen glasgeblasenen Leuchter zu kaufen, den sie im Flugzeug nie heil nach Hause gebracht und über dessen weitere Verwendung in der Wohnung es einen nicht zu schlichtenden Streit gegeben hätte.
Tina wollte ins Hotel.
»Und was machen?«
Sie schaute ihm tief in die Augen: »Lassen wir es einfach auf uns zukommen!«
Sie hakte sich unter und schmiegte sich an und sagte lange nichts.
»Dieser Glockenturm da drüben«, erklärte ihr Tom, beim Heimweg wieder auf dem Markusplatz, »ist in den

zwanziger Jahren in Deutschland ganz ähnlich nachgebaut worden, mitsamt den Glockenmännern aus Bronze auf dem Dach.«
»Laß mich raten, wo das war.«
»Ich weiß, ich weiß. Das Thema nervt dich.«
»Ich weiß auch was«, sagte sie: »Du solltest umziehen nach Leipzig. Dann bist du endlich glücklich.«
»Ich in die DDR? Sag mal, verträgst du nicht so viel Kaffee?«
Auf dem letzten Stück des Weges nahm er sich aber vor, keinen Gedanken und kein Wort mehr in diese Richtung zu verschwenden.
Vier Monate waren sie nun zusammen. Wenn ihn jemand gefragt hätte, ob es die große Liebe sei, hätte er den Kopf geschüttelt, nicht heftig, aber ohne zu zögern. Die große Liebe: War das Sonja gewesen, mit der er vor fast fünfundzwanzig Jahren Venedig besucht hatte, unter der hochsommerlichen Hitzeglocke? Vielleicht war sie es gewesen. Manchmal streifte einen ja das Schicksal wie ein Luftzug und wurde erst erkannt, wenn es wieder still war und die Blätter sich nicht mehr bewegten. Vielleicht kam aber die große Liebe erst noch. Als eine Art Altersglück.
Mit Tina ließ sich gut leben. Sie war meistens fröhlich, war außerhalb ihres Berufes ein bißchen faul, aber im Unterschied zu manchen faulen Menschen nicht sehr anspruchsvoll. Dieser Alltag auf Zuruf, wo man mal essen ging und mal ein Weißbrot auftaute, mal eine wichtige Sendung aufzeichnete, um am Abend ins Kino zu gehen, kam Tom und den Unregelmäßigkeiten seines Jobs entgegen. Er hatte im übrigen das Gefühl, daß Tina die angenehme, aber nicht erstickende Wärme seines Nestes schätzte, in das sie schon am Tag ihrer Ankunft geschlüpft war.
»Die Italiener«, sagte sie, sich in den Kissen streckend, »sollen gar nicht so feurige Liebhaber sein. Ich bin froh,

dich mitgenommen zu haben. Gegen Entzugserscheinungen.«
»Außerdem sind erfahrene Liebhaber sowieso besser«, gab er zu bedenken, »denn die jungen sind viel zu sehr mit sich selbst und ihrer noch ungeklärten Sexualität beschäftigt.«
Tina schaute ihm tief in die Augen: »Eigentlich schade, daß es mit uns beiden nichts auf die Dauer ist.«
»Und warum nicht?«
»Ach, du hältst das nicht mit mir aus. In ein, zwei Jahren fange ich an zu drängen, daß ich Kinder will.«
»Auch Charlie Chaplin«, erinnerte Tom.
»Du hältst das nervlich nicht durch.«
»Wir können ja trotzdem schon mal üben.«
Zum Abendessen in einem kleinen Ristorante am Campo Morosini hatten sie sich beide ein bißchen herausgeputzt. Dafür gab es keinen Anlaß, nur das Gefühl, daß es trotz des Niesels und trotz der ungeklärten Zukunft schön sei zusammen in Venedig.

16

»Da staunste, Onkel Tom!«
Tom klammerte sich an die Klinke seiner Wohnungstür und schaute die Besucherin entgeistert an: »Gesine?«
»Hast mich ja noch erkannt.«
»Mensch, weißt du überhaupt, wo du hier bist? In West-Berlin! Beim Klassenfeind! Hier kommst du gar nicht hin. Hier kannst du gar nicht sein.«
»Haste mein Telegramm nicht bekommen?«
Tina war gerade dabei, das Abendessen aufzutragen, das Tom gern mochte, Pellkartoffeln mit Quark und Leinöl.

Sie blieb mit dem Tablett auf dem Korridor stehen und schaute Gesine neugierig entgegen.
»Gesine«, stellte Tom vor, »meine Nichte aus der anderen Welt. Ich habe dir erzählt, und das ist Tina, meine Lebensabschnittsgefährtin.«
Als sie zu dritt bei Tisch saßen, mußte Gesine die erste Frage klären: wie sie hierher gekommen sei. Von Beginn im einzelnen erzählen, mit vollem Mund, denn sie war hungrig, aber ihre Gastgeber neugierig.
»Ich hatte schon ein paarmal beantragt, du weißt, Onkels Geburtstag, Tantes Geburtstag, sogar 'ne Beerdigung, auch ein paar fingierte Sachen, man kennt das ja. Immer abgelehnt. Kein Wunder bei meinem Alter. Diesmal: Achtzigster von Großtante Laura in Hamburg, wir lieben sie. Bis gestern, wie üblich, keine Reaktion. Sie werden benachrichtigt. Heute morgen den blauen Paß in der Hand. Für eine Woche. Gepackt war schon. Ab durch die Mitte!«
»Die DDR-Bürger«, erklärte Tom auf den fragenden Blick von Tina, »sind besonders spontane Menschen. Sie reisen, wenn sie plötzlich dürfen. Sie kaufen, wenn's überraschend was gibt. Auch wenn sie's überhaupt nicht brauchen. Sie gucken ZDF, wenn gerade mal 'ne Überreichweite ist und halbwegs Empfang. Bloß beim Autokauf entscheiden sie sich schon fünfzehn Jahre vorher, ohne zu wissen, welches Modell dann gebaut wird.«
»Also nach Berlin«, machte Gesine weiter. »Vorhin über die Grenze. Kam mir vor wie ein Flüchtling. Fahnenflüchtling. Herzklopfen. Dabei hatte ich nichts verbrochen. Aber du fühlst dich, als wenn du was Verbotenes tust. Sag mal, eßt ihr eigentlich immer so bescheiden?«
Tom schüttelte den Kopf: »Tina hat heute bloß im KaDeWe den Kaviar vergessen. Und Austern hingen uns zum Halse raus. Möchtest du ein Glas Champagner?«
Gesine nickte heftig.

Es sprudelte weiter aus ihr heraus: »Fünfzehn Mark durfte ich umtauschen, damit kann dich ja jeder West-Hund anpinkeln. Erst mal habe ich mich am Bahnhof Zoo erkundigt, was bei euch 'ne U-Bahn-Fahrt kostet. Erster Schock! Dafür fahre ich bei uns eine ganze Woche Straßenbahn. Vor Schreck habe ich gefragt, ob ich auch zu Fuß zu euch komme. Wir haben doch keine Ahnung von West-Berlin, kriegen ja nicht mal 'n Stadtplan. Also dann doch U-Bahn. Sag, die Typen die da mitfahren! Habt ihr da keine Angst? Ich habe mir übrigens ausgerechnet, ich kann von meinem umgetauschten Geld ungefähr achtmal U-Bahn fahren, dann ist es futsch. Kann ich eigentlich heute bei euch umsonst übernachten?«
»Hast du uns was mitgebracht? Was aus Batik?«
»Das schmeißt ihr doch sowieso weg.«

Gesine wollte den Ku'damm sehen. Also mußte Tom wieder mal als Bärenführer in den Abendrummel. Gesine blieb an jedem zweiten Schaufenster stehen und verstrickte Tina in Gespräche über Moden, die ihr aus dem Fernsehen und dem Intershop bekannt waren. Ihre Fachsimpelei hatte spürbar begehrliche Untertöne. Wenn sie auf der Rückreise vorbeikommt, dachte Tom, schenke ich ihr was Nettes, schließlich ist sie meine Nichte.
»Waren Sie schon mal bei uns in der DDR?« fragte Gesine beim Bier.
»Ich? Um Gottes willen!« Tina schüttelte sich: »Keine hundert Pferde, sage ich immer.«
»Warum?« fragte Gesine streng.
»Das ist kein Land für mich.«
»Wir haben ja Glück mit dem Wetter«, warf Tom ein.
Aber Gesine wollte sich nicht abbringen lassen: »Haben Sie Angst vor der DDR?«
»Angst? Wovor denn? Sie langweilt mich. Das ist es.«

»Dann kommen Sie mal zu uns!«
»Willst du denn überhaupt zurück?« fragte Tom.
Gesine schaute ihn mit aufgerissenen Augen an, dann schüttelte sie verständnislos den Kopf: »Meinst du, jeder arme Zoni ist so hin und weg von eurer Leuchtreklame, daß er seinen blauen Paß feierlich aufißt und zu euch überläuft?«
»Du wärst nicht die erste.«
»Aber ich wäre die letzte.«
»Vielleicht wollen sie dich ja loswerden.«
Gesine schaute aufmerksam, als sei ihr dieser Gedanke noch nicht gekommen. Nach einer Weile schüttelte sie den Kopf.
»Aber warum lassen sie dich reisen, wenn sie dich behalten wollen?«
»Ich bin doch unwichtig. Außerdem denkt ihr immer, in der DDR müsse jede rechte Hand wissen, was jede linke Hand tut. Die DDR ist vielleicht ein schlimmeres Chaos als die BRD.«
Noch mal den Ku'damm rauf und wieder runter, rund um die Gedächtniskirche, das bunte Volk auf den Stufen, ein paar Bettler, von Gesine besonders sorgfältig beäugt. Gegen elf hatte sie einen zweiten Hunger, der beim Griechen gestillt wurde, besser bei der Griechin, bei Foffi in der Fasanenstraße. Gesine schaute aufmerksam auf die Gäste, ließ sich kein Urteil entlocken, insbesondere keine Ausdrücke der Begeisterung, nicht mal der Anerkennung.
»Wie finden Sie's denn?« fragte Tina geradeheraus.
»Neu«, wich Gesine geschickt aus.
Um eins waren sie zu Hause, Gesine immer noch aufgekratzt, dann mit einem Schlag todmüde, so daß sie ihr Zahnputzzeug nicht mehr auspacken wollte. Einen frühen Zug nach Hamburg werde sie morgen nehmen.

»Diese DDR-Bürger«, mokierte sich Tom, »hassen Frühaufstehen genau wie richtige Menschen, aber sie wollen ums Verrecken nicht eine Stunde später aus dem Bett. Das empfinden sie als Verrat am Sozialismus.«
»Ach, Onkel Tom!« gähnte Gesine mit letzter Kraft.
Als Gesine im Bett war, gab Tina ihr Urteil ab: »Die ist nicht blöd. Die fährt nicht zurück.«
»Aber sie hat doch alles dort«, entgegnete Tom: »ihren Rolf, ihren Job, ihre Familie.«
»Aber blöd scheint sie mir nicht.«

17

»Ihr könnt machen, was ihr wollt, ich fahre rüber!«
Tom hatte eine halbe Stunde lang Tina und Jürchn zu überreden versucht, mit ihm zusammen den Empfang in der Bonner Ständigen Vertretung in Ost-Berlin zu besuchen. Da komme nicht jeder rein, hatte er erklärt, nicht mal jeder Journalist, aber er könne sie mitnehmen. Dort treffe man, neben Diplomaten und Journalisten, eine interessante Mischung aus DDR-Offiziellen und DDR-Oppositionellen, die sich sonst nie begegneten und deren einzige Berührung allenfalls über die Stasi abgewickelt werde. Dort könne man auch mal die berühmte »Laube« besichtigen, den abhörsicheren Konferenzraum. Vielleicht bekomme man in dem Haus an der Hannoverschen Straße sogar den einen oder anderen der Flüchtlinge zu Gesicht, die im obersten Geschoß in großer Enge darauf warteten, daß Rechtsanwalt Vogel die Modalitäten ihrer Ausreise klärte. Wahrscheinlich sei Vogel sogar selbst dort, der beiderseits geachtete Vermittler in diesem heiklen und lausigen Geschäft.

»Von mir aus«, sagte Tom, »könnt ihr euch ja einen schönen Abend auf dem unvermeidlichen Ku'damm machen, wenn euch die wirklich interessanten Dinge nicht interessieren.«

»Sollen wir beide«, fragte Jürchn mit neckischem Blick zu Tina, »uns einen schönen Abend machen und einfach zu Hause bleiben?«

Jürchn hieß natürlich Jürgen, wurde aber seit seiner Flucht aus Leipzig vor ungefähr dreißig Jahren überall »Jürchn« genannt, weil es ihm nie gelungen war, den Dialekt seiner Heimatstadt abzulegen. Das wurmte ihn, und das hörbare Bemühen um die vornehme Aussprache seiner Wahlheimat Hamburg verschlimmerte nur alles. Wenn Jürchn, der eine Versicherungsagentur aufgebaut hatte, in Berlin zu tun hatte, meldete er sich stets bei seinem Jugendfreund Tom zum Übernachten an, um die Hotelkosten zu sparen. Man werde nicht reich durch das Geld, das man verdiene, predigte Jürchn jedesmal, sondern durch jenes, das man nicht ausgebe. Tom ärgerte sich, nicht endlich einmal nein gesagt zu haben.

»Also, vielleicht hast du ja recht«, begann Tina schwankend. »Das Essen, sagst du, sei drüben auch manierlich?«

»Mir schwillt der Kamm«, drohte Jürchn an, »wenn ich mit diesen Kommis reden soll. Ich war auch seit der Flucht nie mehr drüben.«

»Das macht denen alles überhaupt nichts aus«, stellte Tom fest. »Sie fühlen sich als Sieger der Geschichte.«

Bei der Einreise am Bahnhof Friedrichstraße waren Toms beiden Begleiter sehr still. Sie hielten ihren grünen Bundespaß mit bleichen Knöcheln umklammert und schoben ihn nur widerwillig durch den schmalen Schlitz in die Hände des Grenzoffiziers, der ihnen das Tagesvisum erteilte. Das Phänomen, das Tom in- und auswendig und

seit Jahrzehnten kannte. Er versuchte durch Lockerheit die Beklemmung zu lösen, aber Tina und Jürchn widersetzten sich seinem Bemühen.
»Der Tränenpalast«, erklärte Tom, als sie auf die Friedrichstraße traten und nicht mehr belauscht werden konnten: »Tragödien über Tragödien, die im Westen keinen interessieren.«
Wieder war er Bärenführer auf den paar hundert Metern Fußweg: der Admiralspalast, wo die SED zwangsgegründet worden war; die Brücke mit dem schmiedeeisernen »Preußischen Ikarus«, den Biermann besungen hatte; das Theater am Schiffbauerdamm, wo die antiquierten Brecht-Inszenierungen lange unverdrossen gespielt worden waren. Brechts Denkmal davor, das dazu einlud, sich neben ihn zu setzen; das Restaurant »Ganymed«, von dem keiner genau wußte, ob es wirklich ein Stasi-Nest war; der neue Friedrichstadtpalast, mit dem Honecker beweisen ließ, daß seine DDR mit äußerster Anstrengung auch einen Abklatsch von Las Vegas schaffe; das Haus, in dessen Hinterhaus seit ewigen Zeiten die große Gisela May wohnte; die Ecke Oranienburger, wo es rechts zu der immer noch nicht ganz wieder aufgebauten Synagoge ging; die Ständige Vertretung.
Davor die obligaten Volkspolizisten. Sie hatten mit geübtem Blick in Sekundenschnelle zu beurteilen, ob da ein BRD-Bürger seine Vertretung besuchen oder ob sich ein DDR-Bürger Zutritt verschaffen wollte, um möglicherweise erst mit der Hilfe von Rechtsanwalt Vogel wieder herauszukommen. Dazwischen jene DDR-Bürger, die, wie heute, offiziell eingeladen waren. Strenggenommen durften die Posten gar niemanden kontrollieren, aber daran hielten sie sich trotz aller Proteste nicht. Tom beneidete sie im übrigen nicht um ihren Job, wenngleich er immer wieder sagen mußte, daß er, in der DDR geblie-

ben, lieber ehrlicher Müllkutscher als Volkspolizist geworden wäre.

Der Empfang war in vollem Gange, Toms beiden Begleiter hielten sich anfangs eng auf seinen Fersen, er machte sie hier und da bekannt. Auch mit Staatssekretär Bräutigam, dem Ständigen Vertreter, von dem die meisten West-Korrespondenten in Ost meinten, er sei bisher der beste Mann auf dem schwierigen Posten.

Ein Mensch, den Tom nur vom Sehen kannte, drängte sich dazwischen und sprach Bräutigam an: »Haben Sie wieder die Bude voll?«

Der Staatssekretär schaute den Frager lächelnd an, ohne ihm zu antworten. Es gab eine Art Kodex, der den Journalisten verbot, die schwierigen Ausreiseverhandlungen durch Veröffentlichungen noch schwieriger zu machen, aber nicht jede Zeitung hielt sich daran.

»Es ist doch überall rum«, fuhr der Frager fort, »daß Sie Leute unterm Dach haben, die rauswollen.«

»Wenn Sie durch einschlägige Organe informiert sind«, sagte Bräutigam und verabschiedete sich, um sich anderen Gästen zuzuwenden.

Tom entdeckte einen Leitenden Mitarbeiter des Außenministeriums, Abteilung Journalistische Beziehungen, und sprach ihn an: »Das war nicht fair, die Dreharbeiten in Leipzig so Knall auf Fall abzusagen.«

»Tut mir wirklich leid, aber die Leipziger waren so strikt dagegen.«

»Ich weiß«, nickte Tom teilnahmsvoll, »und Sie haben sich den Mund fusselig geredet, um sie umzustimmen. Wissen Sie, was wir machen? Wir geben eine Pressemeldung heraus: DDR sagt vertraglich vereinbarte und gegen Geld genehmigte Dreharbeiten kurzfristig ohne Begründung ab. Das drucken unsere Zeitungen mit Wonne, vor allem BILD.«

»Das halte ich nicht für dienlich.«
»Wenn die Dreharbeiten doch noch zustande kommen«, widersprach Tom, »dann ist es dienlich gewesen.«
»Lassen Sie uns noch mal in Ruhe darüber telefonieren.«
Tom und Tina hatten Jürchn vorübergehend aus den Augen verloren und fanden ihn in eine heftige Diskussion verstrickt.
»Kann ja sein«, sagte sein Gegenüber, der ein SED-Abzeichen trug, »daß Sie uns nicht mögen. Aber der Kapitalismus lebt davon, daß er käuflich ist. Wenn Sie Geschäfte mit uns machen können, dann tun auch Sie's, nicht anders als die Fleischhändler und tausend andere Käufliche.«
»Ich nicht«, widersprach Jürchn, »weil mir jede Mark bitter leid täte, die ich hierher überwiese. Sie können mich ja verhaften lassen, aber ich sage Ihnen: Wer die DDR unterstützt, wird sich eines Tages dafür rechtfertigen müssen. Und wenn es in fünfzig Jahren ist.«
»Legen Sie ruhig noch hundert Jahre drauf«, antwortete der andere mit dem milden Spott des Überlegenen.
Tina zog Tom beiseite: »Mensch, der redet uns noch um Kopf und Kragen!«
»Ja, ich nehme auch an, wir kriegen Schwierigkeiten. Aber solange wir in der Ständigen Vertretung sind, kann uns nichts passieren. Das ist so eine Art diplomatische Exklave.«
Jürchn trat zu ihnen, echauffiert, aber befriedigt von seinem Einsatz an der ideologischen Front. Er war jetzt bereit, die Flüchtlinge im Obergeschoß zu besuchen und ihnen Mut zuzusprechen, aber Tom hielt ihn ab.
»Das ist hier kein Zoo«, sagte er, »das ist eine ernste Sache. Außerdem möchte ich nach Hause, damit Gesine nicht vor der Tür steht, wenn sie auf dem Heimweg bei uns Station macht.«

Ein paar Meter vor dem Bahnhof Friedrichstraße schlug Jürchn vor, noch einen Bummel Unter den Linden zu machen, wo er ebenfalls seit der Flucht nie wieder gewesen sei.
»Du bist aber sehr schnell süchtig geworden«, stellte Tom fest. Tina drängte zum Übergang.
»Du mußt aber keine Angst haben«, flüsterte Tom, »daß wir festgenommen werden. Die Meldung über Jürchns staatsfeindliche Äußerungen ist bestimmt so schnell nicht durch.«
»Quatsch! Aber wohl fühlen tue ich mich nicht in dieser blöden DDR.«

18

Gesine saß tatsächlich schon auf ihrem Koffer vor der Haustür. Erleichtert fiel sie Tom um den Hals und begrüßte Tina schon mit einer gewissen Vertrautheit.
Tom machte sie mit Jürchn bekannt: »Leipziger, am Dialekt erkennbar, Flüchtling, heute in Hamburg, wo du gerade herkommst, betrügt Versicherungskunden, ernährt sich von Kommunisten, die er mit Haut und Haaren frißt.«
Gesine schaute ihn spöttisch lächelnd an, er lächelte gewinnend zurück, ehe sie alle vier die Treppe hinaufstiegen.
»Hamburg hat mir gut gefallen«, gestand Gesine, was Jürchns Augen leuchten ließ.
»Es erinnert mich irgendwie an Rostock«, fügte sie hinzu, worauf Jürchns Lächeln gefror.
Gesines elbabwärtigen Eindrücke sprudelten heraus: »Die vielen Bettler sind mir immer wieder aufgefallen. Ich konnte ihnen ja nichts geben.«

»Die fallen einem bloß am Anfang auf«, erklärte Jürchn, »und außerdem muß man bei uns nicht Bettler werden.«
»Und dann die vielen Ausländer«, fuhr Gesine fort. »Ich habe ja nichts gegen Ausländer, wir sind ja Internationalisten und haben selbst unsere Fidschis und unsere Schoko-Crossies ...«
»Wen, bitte?«
»Unsere Freunde aus den Volksrepubliken Vietnam und Mosambik. Die haben wir also bei uns. Aber ihr habt so viele. Und die benehmen sich, als wären sie zu Hause.«
»Ich verstehe Sie«, nickte Jürchn: »Ihre DDR ist wenigstens noch richtig deutsch. Nicht rassisch durchmischt, sondern wie sich's gehört.«
Gesine wandte sich an ihren Onkel: »Sag mal, ist der immer so unverschämt?«
»Überhaupt nicht. Er ist durchaus tolerant und im Rahmen seiner Kinderstube auch höflich. Mir scheint, du beeindruckst ihn, das will er kompensieren.«
»Was fiel Ihnen denn sonst noch auf in Hamburg«, fragte Jürchn.
»Die vielen überflüssigen Sachen in den Schaufenstern. Dieses unsinnige Überangebot an Produkten, die man überhaupt nicht braucht. Bloß um den Kunden das Geld aus der Tasche zu locken. Das müßte einfach eingeschränkt werden.«
Tom forderte Jürchn auf: »Du verstehst etwas von Marktwirtschaft, du erklärst ihr jetzt, warum wir das brauchen.«
Aber Jürchn wollte lieber fragen: »Haben Sie auch was Positives bemerkt? Zum Beispiel, daß das Rauschgift doch vergleichsweise erschwinglich gehandelt wird?«
Gesine wandte sich heftiger an Tom: »Der soll aufhören, mich anzumachen! Wenn er jemanden braucht, der ihm nach dem Mund redet, soll er heiraten.«

Tina trug ein Abendessen auf. Sie hatte zusammengestellt, was zu finden gewesen war. Tom ärgerte sich ein wenig, daß sie kein schnuckeliges Menü vorbereitet hatten, rettete sich aber in die Überlegung, Ostbesuch müsse möglichst normalen Alltag erleben, um nicht zu glauben, Westverwandtschaft könne sich alles leisten.
»Sie wollen ja wohl nicht zurück«, fragte Jürchn oder stellte es vielmehr fest.
»Natürlich will ich nach Hause«, sagte Gesine.
Ihre Antwort kam so prompt und ohne Überlegung, daß kein Zweifel möglich war: Gesine hatte über die Frage nachgedacht.
»Ich kann mir keinen intelligenten Menschen vorstellen«, gestand Jürchn, »der in die DDR zurückfährt, wenn er einmal draußen ist. Es sei denn, er ist drüben ein Bonze oder kann gut singen oder schnell rennen.«
»Kann ich alles nicht. Ich muß wohl einfach unintelligent sein.«
Jürchn bestätigte ihr das nicht ausdrücklich, hob nur die Schultern und zog die Mundwinkel nach unten.
Es war nach dieser Einlassung schwierig, das Gespräch wieder aufzunehmen. Tom machte einen Versuch.
»Auf Besuch ist die BRD verlockend«, sagte er, »aber hier seinen Weg zu machen, ist verdammt hart.«
»Denkst du«, trumpfte Gesine auf, »wir trödeln nur so vor uns hin?«
Jürchn griff an: »Was richtig arbeiten heißt, wissen Sie jedenfalls nicht. Deswegen scheint es mir auch besser, Sie gehen wieder rüber.«
»Jajaja! Sie haben die Arbeit erfunden. Sie können ja auch nichts anderes, außer geordnet einer Tätigkeit nachzugehen. Wissen Sie, das können wir auch, acht Stunden irgendwas erledigen. Aber danach! Nach Feierabend. Ich möchte Sie mal erleben, wenn Sie ein Knierohr für einen

Abfluß organisieren müßten. Oder bloß eine Zylinderkopfdichtung für einen Lada. Oder aber einen Sack Zement für Ihre Datsche. Da fängt das Leben an, mein Lieber! Da beginnt der Kampf mit den Windmühlenflügeln eines Wirtschaftssystems. Da zeigt sich, ob einer dem Sozialismus gewachsen ist oder bloß im Kapitalismus dahinvegetieren kann.«

Jürchn war nicht beeindruckt: »Es ist völlig unökonomisch, im Keller Kloschüsseln zu horten, obwohl man nie fließend Wasser kriegen wird. Ihr Gemauschel ist eine Fähigkeit, die man in einem vernünftigen System nicht braucht. Damit gewinnen Sie hier keinen Blumentopp. Deswegen meine ich ja, Sie sollten zurückgehen in Ihren Schrebergarten und Zylinderkopfdichtungen sammeln.«

Tina, die mit dem restlichen Abendessen hereinkam, schaltete sich ein: »Zurückgehen? Da müßte sie ja mit dem Klammerbeutel gepudert sein. Wer wieder dorthin zurückfährt, gehört in eine geschlossene Anstalt.«

»Dann sucht mir mal eine! Ihr habt ja keine Ahnung«, verteidigte sich Gesine.

Tom hatte das Gefühl, Gesines Widerstand sei nicht von großer innerer Überzeugung getragen. Ihm schien, als warte sie auf Argumente fürs Bleiben. Auf gute Argumente, nicht so platte, materialistische, wie sie Jürchn parat hatte. Sie mußte in den paar Tagen eine Menge darüber nachgedacht haben. Vor dreißig Jahren, dachte er, war der Entschluß einfacher gewesen, da hatten die meisten zu Hause nicht so viel aufzugeben. Und sie wechselten noch von einem Teil Deutschlands in einen anderen Teil Deutschlands. Heute war es wie Auswandern. Nichts paßte zusammen auf beiden Seiten. Es wurde anders gedacht und gesprochen hüben und drüben, anderes getrunken und geraucht, anders gearbeitet und ge-

feiert. Obwohl die meisten abends dasselbe Fernsehprogramm schön fanden.
»Du hast völlig recht, daß du zurückgehst«, sagte Tom, um seine Nichte zu prüfen, »denn hier bist du arbeitslos und liegst uns auf der Tasche.«
»Ich wäre keine zwei Wochen arbeitslos«, widersprach Gesine trotzig. »Was die hier können, kann ich auch.«
»Aber du hättest keine Bleibe. Zu Hause habt ihr zu viert eine Super-Wohnung.«
»Ich wette, in einem Vierteljahr hätte ich hier eine einwandfreie Zweiraumwohnung.«
»Aber du kämst mit der Gesellschaft nicht klar. Hier denkt doch jeder nur an sich.«
»Während wir alle nur an uns denken, ich weiß. Onkel Tom, du hast bloß Angst, ich liege dir auf der Tasche.«
»Nein, ich würde dich nach zwei Wochen rausschmeißen.«
Während Tom einen neuen Wein entkorkte, teilte Jürchn noch einmal sein Entsetzen darüber mit, daß jemand, ohne mit vorgehaltener Waffe und Handschellen gezwungen zu werden, die Grenze in verkehrter Richtung überschreiten wolle. Überall auf der Welt, von China bis Chile, seien alle halbwegs intelligenten Menschen bestrebt, mit heiler Haut zu entkommen. Zurückgehen müßte, so Jürchn, mindestens mit der Aberkennung der Reifeprüfung geahndet werden.
»Und was soll dann mit Rolf sein?« fragte Gesine.
»Was für'n Ralf?« fragte Jürchn.
»Rolf. Meiner. Soll ich den da hängen lassen?«
»Wenn er Sie liebt, versteht er es.«
»Sehn Sie! Weil Sie hier so denken, will ich morgen nach Hause.«
»Das ist aber auch der einzige Grund, den man durchgehen lassen kann«, stellte Tina, wieder am Tisch, fest.

19

»Allenfalls einen Badeanzug könnte ich dir schenken«, sagte Tom, »aber keine Unterwäsche. Vergiß bitte nicht: Ich bin dein Onkel.«

»Brauchst ja nicht zuzuschauen beim Anprobieren«, strahlte ihn Gesine an.

»Also gut«, gab Tom klein bei.

Sie schickte ihn für zwanzig Minuten weg.

Ein wenig ärgerte sich Tom, daß er für Gesines Einkauf vor der Abreise das übliche KaDeWe ausgesucht hatte, den Konsumtempel, der jedem Besuch von drüben zwecks Beeindruckung vorgeführt wurde. Aber Tom kaufte so selten und so ungern ein, daß er sich für die Sicherheit entschieden hatte, alles unter einem Dach in verläßlicher Qualität auf Kreditkarte zu erhalten. Die berühmte Lebensmittelabteilung im obersten Stockwerk, im Volksmund Freßtempel, nahm er sich vor auszusparen, weil es zu leicht war, denen von drüben angesichts von vierzig Sorten Salami ein Ah und Oh zu entlocken und das deprimierte Geständnis, man schaffe es einfach nicht.

Indes Gesine anprobierte, suchte Tom nach einem Parfüm für ihre Mutter, seine Cousine, und endete beim bewährten Chanel.

Den gestrigen Abend lang bis in den heutigen frühen Morgen, als Tina längst schlief, um ausgeschlafen zum Dienst zu kommen, und Jürchn mit schwerer Zunge abgezogen war, stundenlang also hatte Tom mit Gesine argumentiert. Natürlich war er der Ansicht, sie müsse die einmalige Chance nutzen und im Westen bleiben. Rolf hin, Rolf her, man würde ihn irgendwie rüberholen, oder Gesine würde ihn nach einer Zeit des Schmerzes vergessen. Aber damit sie sich ernsthaft prüfe, hatte Tom wie-

der und wieder alle Argumente aufgeführt, die gegen das Bleiben sprachen, von Arbeitslosigkeit über Rechtsradikalismus und Straßenkriminalität bis zur berühmten Ellbogengesellschaft, die er freilich im Osten ebenso oder ebensowenig sah wie im Westen. Nun war er einfach gespannt, was heute passieren würde.
Gesine hatte eine Kollektion zauberhafter Unterwäsche zusammengestellt, obendrauf einen einteiligen Badeanzug mit abgrundtiefem Ausschnitt, der versprach, am Kulkwitzer See der Renner der Saison zu werden.
Tom hielt ihr zugute, daß sie keine genaue Vorstellung davon hatte, wieviel er eigentlich verdiente oder auch wie wenig. Er lobte ihren Geschmack.
»Haben wir noch Zeit fürs Brandenburger Tor?« fragte sie.
Tom fuhr mit ihr hin. Sie stiegen auf die Aussichtsplattform mit Touristenblick mitten hinein ins sozialistische Lager. Gesine war lange stumm.
»Das da drüben war auch mal Deutschland«, hörten sie eine Stimme sagen.
»Wird auch mal wieder«, antwortete eine andere Stimme.
»Auf die Vopos müßte man eigentlich schießen dürfen«, meldete sich die erste Stimme wieder.
»Es müßte sogar vorgeschrieben sein«, die zweite.
Gesine schüttelte den Kopf und begann, als studierte Architektin, Tom in die kulturgeschichtliche Bedeutung des Brandenburger Tors einzuweihen. Klassizismus als Überwindung des Barocks und damit des friderizianischen Zeitalters, Vorbild im republikanischen Athen, die Friedensgöttin in ihrem Wagen, die rasch zur preußischen Siegesgöttin umgedeutet wurde, solange Preußen noch ab und zu unter den Gewinnern war. Tom dachte an diesem Ort mehr an fünfundvierzig und die Fahne der Roten Armee, an den 17. Juni 1953 und die Demonstranten,

die die rote Fahne durch eine schwarz-rot-goldene ersetzt hatten. Damit wußte wieder Gesine wenig anzufangen, nicht nur, weil sie noch jung war, sondern weil in der DDR wenige etwas damit anfangen konnten, daß das Gedenken ihrer Niederlage beim Arbeiteraufstand für die Arbeitnehmer in der BRD Anlaß für Picknicks im Grünen war.
»Von unserer Seite aus«, stellte Gesine fest, »sieht das Tor praktisch genauso aus. Bloß sehen wir von den Pferden die Mäuler und ihr die Ärsche.«
»Ihr müßt auch mal den besseren Teil abkriegen.«
»Ich gehe ja nie an die Mauer, man soll schließlich nicht mutwillig in einer Wunde herumstochern. Aber wenn ich das nächstemal auf der anderen Seite steh ...«
»Ja?« fragte Tom.
»Du hast recht, eigentlich hat sich dann nichts geändert.«
Gesine erklärte noch, daß schon vor zweihundert Jahren eine Mauer hier gestanden habe, eine Zollmauer nämlich, aber Tom hatte das Gefühl, sie wolle nur reden, um nicht auf das Eigentliche zu kommen. Er war sicher, sie würde bleiben. Als sie eine längere Pause machte, sprach er von Ronald Reagan, der vor knapp einem Jahr genau hier vor dem Brandenburger Tor, mit einer schußsicheren Scheibe im Rücken, seine vielzitierten utopischen Worte gesprochen hatte: »Mr. Gorbatshev, open this gate! Tear down this wall!« Bravo, alter Cowboy! Aber hier war nicht der Wilde Westen.
»Ach, weißt du«, sagte Gesine, »bei uns klammern sich manche auch an den größten Blödsinn.«
Noch mal zur Gedächtniskirche. Auf dem Bahnsteig des Bahnhofs Zoo dann begann die Verabschiedung. Tom trug Grüße an ihre Eltern in Leipzig und an die restliche »Viererbande« auf und nahm gute Wünsche für Tina und, mit Einschränkungen, für Jürchn entgegen. Er

dachte soeben noch an das Parfüm für seine Cousine und steckte es Gesine zu. Er werde bald mal wieder drüben sein, versprach Tom, denn er hoffe, seinen Film über Leipzig nun doch noch genehmigt zu bekommen. Er bemerkte, wie Gesine immer unruhiger wurde. Als endlich die S-Bahn Richtung Friedrichstraße anhielt, schob er Gesine samt ihrem Koffer hinein und winkte ihr kurz zu.

Tom eilte zum Parkplatz und warf sein Auto an. Zwischen hier und der Grenze hielt die S-Bahn dreimal. Tom entschied sich für die letzte Station in West, für den Lehrter Stadtbahnhof. Er drückte auf die Tube, aber vor der Moltkebrücke stand er in einem Stau. Am Lehrter Bahnhof stellte er sein Auto im Halteverbot ab und rannte die Treppe hinauf zum Bahnsteig.

Gesine saß auf ihrem Koffer und heulte wie ein Schloßhund.

20

Diesmal war die Besprechung in »Auerbachs Keller«. Tom hätte endlich mal gern ein Büro kennengelernt, aber für die Verantwortlichen in der Hauptstadt wie hier in Leipzig hatte der Umgang mit dem Klassenfeind offenbar einen Anstrich von Konspiration, so daß verwunderlich war, warum der Pressesprecher des Rates des Bezirks für dieses Treffen keinen falschen Bart angeklebt hatte. Aber vielleicht, überlegte Tom, hatte er sich ja den richtigen heute morgen eigens abrasiert.

»Das war ein Mißverständnis damals mit der Absage Ihrer Dreharbeiten«, beteuerte der Pressesprecher und bestellte zum bulgarischen Rotwein sowjetischen Wodka.

»Ich weiß«, nickte Tom. »Wir im Westen glauben immer, die DDR sei ein monolithischer Block und alles sei von oben nach unten durchgestellt. Wenn die wüßten, welches Chaos hier herrscht, wäre ihnen die DDR viel sympathischer.«

Der Pressesprecher schaute durch seinen Zigarettenqualm Tom prüfend an, als könne er dessen treuherzigem Blick nicht vertrauen.

»Also, wir ziehen das Vorhaben durch«, erklärte er energisch. »Ein paar Sachen gehen bloß nicht. Die Baumwollspinnerei ist zur Zeit in einer Produktionsumstellung, da bringen wir bloß Unruhe rein. Sie kriegen dafür wahrscheinlich 'ne Klavierfabrik, ich nehme an, es wird VEB Blüthner sein. Die alte Bruchbude in Gohlis, wo Sie mal gewohnt haben, ist einfach nicht repräsentativ. Wir haben dafür ein Objekt in Connewitz ausgewählt, das war in der Komplexrekonstruktion, das wird Ihnen gefallen.«

»Warum machen Sie unseren Film nicht gleich selbst?«

Der Pressesprecher lachte: »Würden wir am liebsten auch, aber wir sind ja ein weltoffener Staat, der nichts zu verbergen hat. Ein Bonbon habe ich noch für Sie: Vielleicht kriegen wir ein Interview mit dem OBM hin. Sie müßten mir nur die Fragen einreichen.«

»Der interessiert mich aber nicht«, rutschte Tom heraus.

»Mensch, den müssen Sie nehmen, das wäre sein erstes Interview in Ihrem Fernsehen!«

Drehen heißt noch nicht senden, dachte Tom und notierte sich Namen und Vornamen des Oberbürgermeisters.

Er hatte plötzlich einen Einfall: »Eine Straßenumfrage über Gorbatschow würde ich gern noch einschieben. Ganz allgemein. Was halten die Leipziger von seiner Politik?«

»Das kann Ihnen auch der OBM sagen.«

»Ich will's aber von den Bürgern wissen.«

»Ich weiß nicht, ob wir das in Berlin durchkriegen.«
Tom wollte jetzt nicht lockerlassen: »Verstehen Sie, es geht nicht um den neuen Präsidenten Bush. Es geht auch nicht um Lech Walesa und die Solidarność. Es geht um den führenden Mann Ihres sozialistischen Lagers. Wie wird er von den Leipzigern eingeschätzt? Was erwarten sie von seiner Politik?«
»Die kennen den Genossen ja kaum.«
»Wieso? Die sehen ihn doch dauernd im Westfernsehen.«
Der Pressesprecher lachte schallend, als habe Tom einen besonders guten Witz gemacht. Er winkte der Bedienung, um noch zwei Wodka zu bestellen, aber Tom lehnte dankend ab, er müsse noch fahren und habe schon zuviel intus. Der Pressesprecher kannte das Problem nicht, denn er hatte, wie alle auch nur ein wenig herausgehobenen Funktionäre in der DDR, einen Dienstwagen mit Fahrer.
»Also, wir schreiben Ihren Wunsch mal mit rein, aber ich glaube nicht, daß wir ihn in Berlin durchkriegen.«

21

Rolf öffnete auf Toms Klingeln die Wohnungstür mit einem Blick, der an gotische Darstellungen des Schmerzensmannes erinnerte. Tom war versucht, ihn tröstend in die Arme zu schließen, aber dann hielt er es für besser, ihm nur beiläufig auf die Schulter zu klopfen und durchzuschreiten ins vertraute Wohnzimmer.
»Hattest du gewußt, daß sie drüben bleibt?« fragte er unverblümt und ohne Tremolo, um das Gespräch von Beginn an auf eine sachliche Ebene zu leiten.
Rolf nahm auch sofort einen anderen Gesichtsausdruck an, einen ärgerlichen: »Woher denn! Ich habe sie natür-

lich danach gefragt. Jeder fragt das, wenn ein DDR-Bürger eine Besuchserlaubnis kriegt. Aber sie war tausendprozentig sicher zurückzukommen.«
»Jaja, wenn Frauen ganz sicher sind«, bemerkte Tom, nach wie vor um erträgliche Lockerheit bemüht.
»Aber was hat sie denn bei euch?« fragte Rolf, trotzdem in einem Ton der Verzweiflung, als hätte er seit Gesines Nichtheimkehr vor zwei Wochen keinen anderen Gedanken mehr im Kopf bewegt. »Hat sie einen Kerl drüben?«
Tom mußte lachen: »Sie liegt zwar die meiste Zeit im Bett, aber mutterseelenallein.«
»Hat sie dir was aufgetragen?«
»Entschuldige, daß ich es nicht als erstes gesagt habe: Sie denkt an dich, sie liebt dich, sie will dich wiedersehen.«
»Dann muß sie zurückkommen«, stellte Rolf barsch fest.
»Dazu ist es zu spät.«
»Quatsch! Sie kann sich ein Attest geben lassen, daß sie nicht reisefähig war. Kreislauf. Bandscheibe. Irgendwas. Jeder zweite DDR-Rentner auf Westbesuch holt sich so ein Attest. Unsere Organe wundern sich schon, wenn jemand mal pünktlich zurück ist. Wo liegt das Problem?«
»Verlaß dich drauf, sie kommt nicht wieder. Wir müssen überlegen, wie du nach drüben kommst.«
Nun war Tom wieder mitten in einer deutsch-deutschen Geschichte gelandet. Nun sollte er Ratschläge erteilen, Nachrichten überbringen, Hilfe organisieren. Warum, dachte er, stamme ich eigentlich nicht aus Düsseldorf wie Tina und habe mit dem ganzen Schlamassel nichts zu tun? Kein Problem, wenn mal eine Kupplungsscheibe für den Lada gebraucht wurde und nicht zu kriegen war, die ließ sich rasch bei FIAT besorgen und in ein Paket stekken: Geschenksendungen, keine Handelsware! Die paar Mark, die das kostete, waren der persönliche Beitrag zur Linderung der Teilungsfolgen. Aber daß man in alle Tra-

gödien hineingezogen wurde und ständig die Ohren vollgenölt bekam! Tom hatte doch die Teilung nicht erfunden und die DDR nicht installiert. Er war nicht dafür verantwortlich, daß seine Cousine und Tausende andere versäumt hatten, beizeiten zu flüchten, als die Grenze noch offen war. Oder daß sie nicht später den Mut gefaßt hatten, einen Ausreiseantrag zu stellen. Daß sie sich statt dessen für das entschieden hatten, was Wolf Biermann so treffend als »gesichertes Dahinsiechen« bezeichnet hatte.
»Haben sie dich verhört?« fragte Tom also, um sich in die Sache einzuarbeiten.
»Dreimal. In der ›Runden Ecke‹. Du kennst ja den Bau am Ring. Ich kannte ihn bisher auch nur vom Vorbeifahren. Wer ging schon freiwillig zur Stasi? Dort müßtet ihr mal einen Film drehen. Aber ihr dreht ja immer nur Folklore. Sorbische Ostereier und so'n Kram.«
»Was wollten sie von dir wissen?«
»Das übliche. Ich sei natürlich eingeweiht gewesen, daß sie die Begehung der Republikflucht geplant hatte.«
»Wenn du mich fragst: hatte sie nicht. Es überkam sie, und am Ende war Panik dabei, daß sie keine zweite Chance bekäme.«
Rolf schien an Gesines Motiven nicht sehr interessiert zu sein: »Übrigens war auch wieder der Typ dabei«, erzählte er, »der uns beim Radfahren im Rosental gestellt und bis nach Berlin zum Kirchentag verfolgt hat. Er sagte, wir wären sowieso alle feindlich-negativ und würden schon noch sehen.«
»Aber was willst du jetzt machen?«
Rolf wußte es nicht.
»Willst du einen Ausreiseantrag stellen?«
Rolf hob die Schultern.
Als besonders entscheidungsfreudig hatte Tom seinen Freund Rolf noch nie empfunden. Als einen Durchwur-

steler eher. Als Tom ihn vor längerem mal gebeten hatte, ihn zu seiner Arbeitsstelle mitzunehmen, zu der Gießerei in Zschocher, hatte Rolf tausend Ausflüchte gefunden, ehe er eingestanden hatte, es sei ihm einfach zu heiß, einen Klassenfeind in den Betrieb einzuschmuggeln.
»Wir werden das für dich klären«, verschob Tom die Entscheidung erst mal.
Carla und Juri kamen ungefähr gleichzeitig nach Hause und begrüßten Tom wie jemanden, der zur Wohngemeinschaft gehörte. Tom war sicher, daß die Freunde schon mehrmals seiner Besuche wegen einbestellt und ausgefragt worden waren. Sie redeten aber nicht darüber. Ein West-Journalist war von vornherein ein Klassenfeind, denn ein anderer als ein konspirativer Umgang war für die Organe wahrscheinlich nicht vorstellbar. Fast alles sprach dafür, daß sie auch in dieser Minute wußten, daß Tom in dieser Wohnung am Tisch saß. Gab es auf Dauer eine andere Möglichkeit, als diese Bespitzelung einfach zu ignorieren? So wie Pfarrer Eggert in Oybin, der Ratgeber der Regimegegner und der Ausreisewilligen, der der Partei als Staatsfeind galt und der Tom erklärt hatte, er versuche sich nicht zu verstellen und rede, wenn sie im Pfarrhaus unter sich seien, wie ihm der Schnabel gewachsen sei. Anderenfalls schnappe man ja eines Tages noch über.
»Ist das hier 'ne Art Kondolenzbesuch?« fragte Juri.
»Ganz tot ist Gesine noch nicht«, entgegnete Tom.
»Für mich schon«, sagte Juri hart. »Weißt du, wir wollen hier was verändern, aber durch Wegrennen veränderst du nichts.«
»Es sei denn«, widersprach Tom, »es rennen so viele weg, daß es an die Substanz geht.«
Juri machte eine wegwerfende Handbewegung: »Unsinn! Du gehörst doch selbst zu den Hunderttausenden, die dreiundfünfzig weggerannt sind. Hat sich was verän-

dert? Höchstens zum Negativen. Einundsechzig sind sie wieder getürmt wie verrückt. Hat sich was geändert? Ja, die Mauer kam. Also, ich stelle fest: Gesine hat um persönlicher Vorteile willen unsere Absichten verraten.«

»Sie hat in Gottes Namen den leichten Weg gewählt. Aber das ist ihre Sache.«

Wieder mitten im Thema, dachte Tom ärgerlich. In dem Thema, das vor Jahrzehnten Christa Wolf in ihrem »Geteilten Himmel« schon abschließend beschrieben hatte: Weggehen und ein gutes Leben suchen oder bleiben und für ein besseres Leben kämpfen? Aber das hatte sie 1963 geschrieben, zu einer Zeit also, da man vielleicht gerade noch an diese Alternative hatte glauben können.

»Wie soll das außerdem gehen«, fragte Tom: »Was verändern?«

»Genau weiß ich das auch nicht«, gab Juri zu. »Rechte in Anspruch nehmen und Aufmerksamkeit erregen. Tausend kleine Aktionen.«

»Apropos«, fragte Tom: »Dieses Pamphlet ›Für eine andere DDR‹, ist das von dir?«

Juri nickte. Tom erzählte, was er noch nicht erzählt hatte: wie es ihm hier untergeschoben worden war und wie die Grenzer an der Heinrich-Heine-Straße fieberhaft, aber erfolglos danach gesucht hatten.

»Jaja, wir haben ein U-Boot unter uns«, nickte Juri gelassen, »aber irgendwann bringen wir es zum Auftauchen, und dann setzen wir irgendeinen Torpedo an.«

»Und was machst du sonst noch?«

»Viel Kleinkram. Kindisches zum Teil. Parolen an Hauswände. Oder hier dieses Zeug.«

Juri zog einen winzigen Aufkleber aus der Brieftasche: »Wir wünschen Ihnen viel Freude mit diesem alten Stück, das einem DDR-Bürger für wenig Geld abgenommen und Ihnen für teure Devisen verkauft wurde.«

»Die klebe ich manchmal beim staatlichen Antiquitätenhandel heimlich auf die Sachen, innendrin oder untendrunter, damit sie nicht gleich bemerkt werden. Manche werden vielleicht im Westen entdeckt, und ein paar Leute denken dann vielleicht drüber nach. Peanuts, würdet ihr sagen, aber was sollst du schon machen? Du kannst dich ja nicht organisieren, mußt was als Einzelkämpfer machen. Es sollen nur möglichst viele merken: Das geht! So wie der alte Stefan Heym mit seiner Widerborstigkeit gegen die Organe beweist: Es geht! Bei euch sagen sie: Ach, der Alte hat ja nichts begriffen, ist immer noch Kommunist! Gut. Aber was sie bei euch nicht begreifen: Er macht uns Jüngeren was vor! Pathetisch würde ich sagen: Er macht uns Mut.«

»Und du?« wandte sich Tom unvermittelt an Carla, von der er immer den Eindruck hatte, sie laufe nur mit.

»Carla«, antwortete Juri für sie, »hat sich um die Aufnahme in die SED beworben.«

Tom schien ein besonders dummes Gesicht zu machen, denn Carla lachte laut: »Jawohl! Ich will ins Politbüro, damit dort endlich eine vernünftige Frau sitzt.«

»Ich finde, sie spinnt«, urteilte Juri.

Carla lächelte: »Stell dir vor, ich habe wirklich mal politisch gedacht.«

»Aber falsch«, beharrte Juri.

Tom konnte es sich denken: Man müsse erst die Partei verändern, damit diese die DDR verändere, denn die Straße könne das nicht. Der alte Streit.

»Aber ich schätze, die nehmen mich gar nicht«, gestand Carla. »Die brauchen keine Künstlerin und Intelligenzler, die brauchen Werktätige, Proletarier, Arbeiter der Faust, aber gerade die husten ihnen was.«

Juri bekräftigte noch mal: »Aus der Partei kommt nichts. Null. Meine Alten zum Beispiel sind, wie ihr wißt, große

SED-Bonzen. Sie sind sechsundvierzig nach der Vereinigung in die Partei, weil sie alles verändern wollten. Heute kämpfen sie verbissen dafür, daß sich nichts verändert. Warum? Weil sie sich sonst selbst in Frage stellen würden. Und so ist die ganze SED. Aber laß uns dieses politologische Proseminar beenden und ein Bier trinken gehen!«

Sie fuhren mit der Straßenbahn, um alle ausreichend trinken zu können, nach Gohlis in die Menckestraße. Dort war vor einigen Jahren ein traditionsreiches Bierlokal mit einem ungewöhnlichen Namen wiedereröffnet worden: Cajeris Gosenschenke »Ohne Bedenken«. Im Unterschied zu den meisten gastronomischen Einrichtungen, in denen man sich auch fühlte wie in einer gastronomischen Einrichtung, war Cajeri eine richtige Kneipe, eine Beize, ein Stammlokal für Stammgäste. Die berühmte Gose, jenes säuerlich schmeckende trübe Bier, das nach dem dritten Glas fast unweigerlich zur Toilette trieb, diese alte Spezialität gab es aber nicht mehr.

Die Gosenstube ohne Gose war rappelvoll, die vier zwängten sich irgendwo hinzu und bestellten, auf Juris Empfehlung, Fettbemmchen mit Stangenkäse Harzer Art, der im Sächsischen als Leichenfinger bekannt war. Am Piano begann bald darauf ein junger Mann, sich selbst begleitend, eigene Texte zu singen, in denen die DDR nicht besonders gut dastand. Das Publikum klatschte auch mitten hinein und amüsierte sich. Tom mußte an Bernd-Lutz Lange und die »academixer« denken, aber noch mehr an Stephan Krawczyk und sein Konzert beim Berliner Kirchentag. Krawczyk war bald darauf in den Westen, hatte sich abschieben lassen, viel zu schnell und widerstandslos, wie viele meinten, die seine mutigen Auftritte miterlebt hatten. Auch der Sänger bei Cajeri, dachte Tom, machte sich höheren Orts keine Freunde.

Das war doch etwas ganz anderes als Kabarett in der BRD, wo jeder durfte, wie er wollte.
Der Wirt, den Juri kannte, setzte sich an den Tisch. Er schaute Tom prüfend an, mit dem DDR-typischen Blick: Ist er koscher oder nicht? Juri machte bekannt. Der Wirt, erfuhr Tom rasch, war kein gelernter Kneipier, sondern hatte eine untypische DDR-Karriere hinter sich: Wissenschaftler an der Karl-Marx-Universität, nicht linientreu, kein Parteimitglied, deswegen in dauerhafter Warteschleife, keine Aufstiegschance, keine Westreisekader, keine internationalen Kongresse, Schnauze voll, ausgestiegen, Wirt geworden.
»Ihr Kabarettist«, sagte Tom, »hat aber ein freches Maul.«
»Das weiß er.«
»Keine Probleme ?«
»Es ist alles geprüft und genehmigt. In der DDR kann man viel machen, wenn man sich an ein paar Rituale hält.
Der Wirt lächelte: »Unsere volkseigene Braukultur hat schon vor längerer Zeit festgestellt, daß die Werktätigen keine Gose brauchen. Und richtig: Nachdem sie abgeschafft war, ging tatsächlich die Nachfrage zurück.«
Carla und Rolf hatten den Abend kaum etwas gesagt, was für Carla normal war und bei Rolf derzeit verständlich. Auf dem Heimweg fiel Tom ein, daß Gesine ihm etwas mitgegeben hatte. Er zögerte aber, Rolf das Mitbringsel zu überreichen: eine Locke, mit einem Schleifchen zusammengebunden. Geschmacksache. Aber dies zu beurteilen, war andererseits nicht Sache des Überbringers. Rolf schien tatsächlich gerührt.
»Ich sollte dir auch einen Brief mitbringen, aber nach den Erfahrungen mit Juris Pamphlet transportiere ich ungern Schriftstücke über die Grenze.«

»Sie soll mir ganz normal schreiben«, sagte Rolf. »Nach ihrer Flucht ist für mich hier sowieso der Ofen aus. Sie soll alles schreiben, was sie will.«
»Und was soll ich ihr ausrichten? Ich meine: Wie geht's jetzt weiter?«
Rolf dachte nach, kam aber zu keinem Ergebnis.
Tom fühlte unwiderstehlichen Unmut aufsteigen: »Nun sitzt du wieder da wie ein DDR-Bürger, der auf eine Anweisung wartet. Jetzt ist mal was außer der Reihe passiert, jetzt kannst du kein Organ fragen, nach welcher Vorschrift vorzugehen ist. Jetzt ist so was Fürchterliches wie eine eigene Entscheidung verlangt. Ich weiß, das ist für euch hier der ultimative Horror. Und du guckst mich an, als wolltest du sagen: Kannst du das nicht mal in die Hand nehmen?«
»Es kam so plötzlich«, verteidigte sich Rolf.
»Wenn im Leben mal was los ist, kommt es eben meistens plötzlich. Hör zu, mein Junge: Mir wäre es am liebsten, ich hätte mit eurer verqueren Geschichte überhaupt nichts zu tun. Aber ich kann es mir ja nicht aussuchen. Ich mach auch was. Aber ein bißchen müßt ihr euern verdammten Hintern hochkriegen.«
Tom hatte einen leeren Koffer mitgebracht, den packten sie voll mit Gesines Sachen.
Heute hast du wieder mal verdammt viel gelernt, dachte Tom dabei.

22

Vor dem Besuch bei Gesines Familie graute Tom. Waltraut, seine Cousine, und ihr Mann Gernot würden dreinschauen wie das Leiden Christi: Wie konnte unsere

Tochter uns so was antun? Uns so rücksichtslos in die Bredouille bringen! Sie mußte doch wissen! Keine Frage, warum sie ... Tom selbst würden die beiden zwar keine Vorwürfe machen, das trauten sie sich nicht, aber unausgesprochen würde den ganzen Abend im Raum schweben: Warum mußtest du denn das Mädel zur Flucht überreden? Sie wäre doch auf jeden Fall wieder nach Hause gefahren!
Ein paar Stunden waren noch Zeit, bis die Verwandten vom Dienst kamen. Wäre Freitagnachmittag gewesen, hätte Tom nicht gezögert, in die Thomaskirche zu gehen, zur wöchentlichen Motette der Thomaner. Aber so entschied er sich für eine Spazierfahrt, ohne bestimmtes Ziel zuerst. Die Leninstraße am Messegelände vorbei zum Völkerschlachtdenkmal und weiter hinaus nach Probstheida.
Links vor dem Ort, fiel ihm ein, war die ehemalige Kiesgrube, wohin 1968 die Trümmer der gesprengten gotischen Universitätskirche gekippt worden waren. Laster auf Laster tagelang, wie Augenzeugen berichteten, die gesperrte Leninstraße hinaus. Es war die schlimmste Kulturbarbarei, die sich Ulbricht und seine Paladine erlaubt hatten. Wenige, sehr wenige in Leipzig hatten dagegen zu protestieren versucht, ohne Aussicht auf Erfolg, aber aus der Überzeugung, anders nie wieder ein ruhiges Gewissen zu finden. Die übrigen hatten stumm die Fäuste geballt oder sich abgewandt – oder die Tat bejubelt, aus Überzeugung oder Berechnung. Das Erlebnis rumorte seither in vielen Köpfen: Das vergessen wir denen nie! Paul Fröhlich, der SED-Bezirkschef, der schlimme Scharfmacher und Banause, war bald darauf elend zugrunde gegangen, so daß auch Nichtgläubige versucht waren, darin einen Wink des Schicksals zu sehen. Die Trümmer der Kirche aber ruhten nun seit zwanzig Jahren, fast auf

den Tag sogar, hier draußen unter weiterem Schutt und gewuchertem Gestrüpp.
Tom stieg den glitschigen Weg hügelauf und war oben allein mit dem Wind. Er schaute zur Stadt, auf den beherrschenden Turmbau der neuen Universität, um deretwillen sie die alte Kirche mit Preßluftbohrern durchlöchert und mit Dynamit vollgestopft hatten. Am 30. Mai 1968 um 10.00 Uhr war in Sekunden gefallen, was sieben Jahrhunderte gestanden hatte. Ja, über dieses Tabuthema eine Sendung zu machen! Aber der Antrag ans Außenministerium würde vermutlich nicht mal abgelehnt, sondern einfach nicht beantwortet. Und auf Nachfrage: Der Vorgang ist dieserorts nicht bekannt.
Ein paar Kilometer weiter endete die alte Fernstraße, die nach Chemnitz geführt hatte, am Rand einer tiefen Grube. Tom stieg aus. Bis zum Horizont war die Erde aufgerissen, umgewälzt, abgekippt, liegengelassen. Weggeschmissene Landschaft. Rückseite des Mondes, fiel Tom automatisch ein, aber seit der Landung von Armstrong und Aldrin wußte man, daß es dort oben weniger unwirtlich war als im südlichen Vorland Leipzigs. In dem ausgekohlten Loch hatte sich Wasser in Lachen, beinahe kleine Seen gesammelt, Abfälle, Schutt, Sperrmüll waren hineingekippt. Rostige, verbeulte Autowracks. Konnte in der DDR ein Auto so alt werden, daß man es nicht mehr brauchte?
Tom suchte eine Straße nach Süden, wand sich zwischen Tagebaugruben hindurch, zählte die Riesenbagger und die Kohlezüge. Ein Schild wies nach Mölbis, drei Kilometer, Mölbis, das sich mit verzweifeltem Zynismus das dreckigste Dorf Europas nannte. Tom schlug die Straße ein. Mölbis thronte wie auf einem Sockel über den tiefen Löchern der Tagebaue, als verteidige sich eine Anhöhe gegen den Ansturm der Feinde. Wie ein Straßenköter,

der sich ständig im Schmutz wälzt, hatte das ganze Dorf eine bräunliche Färbung angenommen. Häuser standen leer, Vorgärten waren überwuchert. Der Pfarrer von Mölbis, hatte Juri immer erzählt, ein vollbärtiger junger Jeans- und Pullovertyp ohne jeden pastoralen Zug, kämpfe mutig für das Recht seiner Schäfchen, in ihren eigenen Häusern nicht vergiftet zu werden, gegen lungenzerfressende Luft und schlafzerstörenden Baggerlärm.
Tom klingelte unangemeldet am Pfarrhaus und hatte Glück. Der Pfarrer sah aus wie von Juri beschrieben und schaute fragend, nicht mißtrauisch. Tom stellte sich vor und war wieder einmal erstaunt, gleich hineingebeten zu werden, ohne Erkundigungen, ohne sich ausweisen zu sollen, ohne den Verdacht offenbar, daß er ein »agent provocateur« sei.
»Die Leute wandern ab«, erklärte Pfarrer Dallmann, »ich kann's ihnen nicht verdenken. Worauf sollen sie warten? Daß die Tagebaue ausgekohlt und rekultiviert sind? In dreißig Jahren, wenn überhaupt.«
»Mölbis im kleinen«, fiel Tom ein, »wie die DDR im großen: Die Geduld ist zu Ende?«
Der Pfarrer bestätigte es und zählte auf: Die Abgase vom Braunkohleveredelungswerk Espenhain, in Sichtweite des Dorfes, es sei denn, der Smog verwehrte die Sicht. Schwefeldioxid, Schwefelwasserstoff, Asche, Staub. Vor allem bei den Kindern: Pseudokrupp, Erstickungsanfälle, chronischer Husten bis zur Atemnot.
»Zweitberuf Chemiker oder Mediziner?« fragte Tom.
Der Schwefeldioxidgehalt sei an manchen Tagen dreizehnmal so hoch wie erlaubt. Dieser Zustand sei also eindeutig ungesetzlich, aber dagegen vorzugehen, sei völlig aussichtslos und werde kriminalisiert. Die DDR-Wirtschaft in ihrer chronischen und systembedingten Ineffektivität könne einfach nicht anders.

»Aber manche unserer Progressiven im Westen«, sagte Tom »vertreten strikt die Auffassung, wirksamer Umweltschutz sei nur in einem nichtkapitalistischen System möglich. Und sie verweisen auf die niedrigen Grenzwerte in der DDR.«
Der Pfarrer nickte: »Einen Film über uns bei Ihnen, das wär's! Aber ...«
Tom dachte zu Ende: Das trauen sie sich ja nicht, sie wollen's ja mit der DDR nicht verderben, die deutschdeutschen Beziehungen dürfen nicht gestört werden. Vielleicht, dachte Tom, mußte man noch viel öfter Aussichtsloses beantragen, Druck ausüben, öffentlich lächerlich machen.
»Unsere Kollegen von der schreibenden Zunft«, sagte er, »brauchen nur zwei Augen, zwei Ohren und ein Gedächtnis, nicht mal einen Kugelschreiber. Wir brauchen leider immer eine Kamera und ein Mikrofon.«
Der Pfarrer verabschiedete Tom mit Schulterklopfen, das wie ein Vertrauensbeweis wirkte.
Nebenan also Espenhain: ein Name, der an Frühlingsgrün und säuselnden Sommerwind erinnerte. Doch über Espenhain verdunkelte sich der Himmel mit dem Qualm aus Dutzenden Schloten. Es war, als höre man den Ruß niederrieseln. »Eine Mark für Espenhain« sammelten sie in den Leipziger Kirchen, wieder so eine feindlich-negative Aktion.
Tom hielt an und stieg aus. Er fotografierte das Inferno. Ein paar wenige Menschen strebten vorbei, auf dem Weg von der Arbeit vielleicht zur Kaufhalle. Gingen sie nun geduckter als andere? Tom überlegte, mit welchen Prämien und Zuschlägen sie geködert waren, um sich Espenhain auszusetzen. Volkspolizei hielt neben Tom, er hatte den Wagen nicht kommen sehen.
»Darf ich mal fragen, was Sie hier machen?«

Irgendeine witzige Antwort, dachte Tom, etwas mit Kohlezeichnung, aber andererseits: wozu?
»Presse«, erklärte Tom und holte seine Akkreditierung aus der Brieftasche.
»Und warum gerade hier?«
»Eine eindrucksvolle Anlage. Finden Sie sonst nirgends.«
»Aber wozu sie fotografieren?«
»Falls Sie an Industriespionage denken: Kein Mensch will diese Anlage nachbauen.«
Der Volkspolizist schien sicher, auf Ironie gestoßen zu sein, konnte es aber nicht festmachen.
»Wenn Sie an militärische Spionage denken«, fügte Tom hinzu: »Der amerikanische Geheimdienst hat von der ganzen Welt Satellitenaufnahmen, an die komme ich mit meiner Pocket nicht ran.«
»Aber Halteverbot«, sagte der Volkspolizist. »Mit zwanzig D-Mark einverstanden?«
Tom zahlte.
Über Borna und Zwenkau zurück nach Leipzig. Aber Toms Straßenkarte war schon sieben oder acht Jahre alt und kannte die neueren Tagebaue noch nicht. Die Straße, die er meinte, gab es nicht mehr: Ende, Sackgasse, Umleitung.
Viel später als geplant stand er vor dem Haus, in dem seine Verwandten auf ihn warteten.

23

»Wo hast du geparkt?« fragte Waltraut anstelle einer Begrüßung.
»Du brauchst keine Angst zu haben«, beruhigte Tom, »ich stehe zwei Straßen weiter. Niemand vermutet mich bei euch.«

»Du ahnst ja nicht, was bei uns los war nach Gesines Republikflucht.«
»Ich kann es mir vorstellen.«
»Kannst du nicht.«
Tom entschuldigte sich für sein Zuspätkommen, gab dafür wahrheitswidrig dienstliche Gründe an, Besprechung beim Rat des Kreises, letzte Einzelheiten für die Dreharbeiten. Gernot, erfuhr er, bringe hinten am Haus mit Birger die Dachrinne an, die er endlich habe organisieren können.
»So'n Stück Blech hätte ich euch doch mitgebracht«, sagte Tom vorwurfsvoll und großzügig.
»Wir wollen nicht jedesmal betteln«, erwiderte Waltraut reserviert.
Sie begann den Abendbrottisch zu decken, brachte Tom schon mal ein Bier und erzählte: »Viermal waren wir einbestellt, jedesmal über zwei Stunden Verhör. Einmal mußte auch Birger mit, als ob der kleine Bruder irgendwas dazu sagen konnte. Haben Sie gewußt? Sie müssen doch gewußt haben! Sie bleibt doch nicht Knall auf Fall weg. Was hat sie mitgenommen auf die Reise? Haben Sie Kontakt mit ihr? Wissen Sie, wo Sie sich aufhält? Hat sie Kontakt mit diesem Verwandten, dem Journalisten? Hat er sie beeinflußt?«
»Ihr werdet es überleben«, prophezeite Tom.
»Hilfreich ist es jedenfalls nicht. Gernot an seiner POS ist ohnehin nicht gut gelitten, weil sein gesellschaftliches Engagement seit je zu wünschen übrig läßt. Der Direktor weiß natürlich Bescheid, die meisten Kollegen auch, im Lehrerzimmer ist es wie Spießrutenlaufen, alle schauen ihn scheel an. Und bei mir im Büro nicht anders. Nein, sie hätte uns das nicht antun dürfen!«
Waltraut schluchzte ein wenig bei diesen Worten.
Was nun? dachte Tom. Gesine hatte hart mit sich gerungen, das konnte er beurteilen, und hatte am Ende eine

egoistische Entscheidung getroffen, so wie es ihr Recht war mit ihren siebenundzwanzig Jahren und ihrer Lust, endlich anders zu leben. Ihre Eltern grämten sich egoistisch um die Nachteile, die ihnen daraus entstanden. Vorgeladen? Na schön! Da ging man eben hin, stand Rede und Antwort und ging wieder nach Hause: Die Zeiten, da man im Fließbandverfahren zu fünfundzwanzig Jahren Sibirien verknackt wurde, waren zum Glück lange vorbei, aber die Angst schien die gleiche geblieben zu sein. Was sollte ihnen geschehen? Ein ganzes DDR-Leben lang hatten sie sich ehrenwert rausgehalten aus allen irgendwie vermeidbaren gesellschaftlichen Aktivitäten. Volksbildungsminister würde Gernot sowieso nicht mehr. Und Waltrauts Bürojob war auch kein Sprungbrett in eine Karriere, sondern bot vor allem die Gelegenheit, über Mittag in Ruhe einkaufen zu gehen.
»Was ist euch denn effektiv geschehen?« fragte Tom.
Waltraut schaute ihn an, als verstünde er die selbstverständlichsten Dinge des Lebens nicht.
»Wir wurden vorgeladen«, sagte sie mit Nachdruck.
»Wurdet ihr verhaftet? Kamt ihr in Einzelhaft? Wurdet ihr entlassen? Wurdet ihr aus der Wohnung geworfen? Ich meine: Was ist jetzt anders als vorher?«
»Das verstehst du nicht.«
Jetzt müßte man streiten, dachte Tom. Jetzt müßte man ihr pantomimisch vormachen, wie sie das Vernehmungszimmer betreten haben: mit gesenktem Kopf und hängenden Schultern, angelegten Unterarmen und zusammengekniffenen Arschbacken. Wir geben ja alles zu! Warum konnten sie nicht sagen: Weiß ich nicht, warum sie drüben geblieben ist, sie ist erwachsen, vielleicht hat es ihr bei uns nicht mehr gefallen. Warum mußten sie sagen: Es tut uns wahnsinnig leid, wir haben sie bestimmt nicht in diese Richtung beeinflußt, vielleicht haben wir

unbewußt etwas in der Erziehung versäumt, wir sind selber ganz von den Socken und menschlich enttäuscht. So was Ähnliches hatten sie gewiß gesagt.
»Jetzt haben wir natürlich keine Aussicht mehr, vor der Rente noch mal eine Besuchsreise zu kriegen.«
»Interessiert euch eigentlich, wie es Gesine geht?«
»Es scheint ihr gut zu gehen. Heute kam schon ein erstes Päckchen von ihr, ein Taschenrechner für Papa und ein Strickheft für mich. Sie hatte einen falschen Absender angegeben.«
Vergiß es! dachte Tom.
Gernot und Birger kamen vom Dach. Gesines jüngerer Bruder murmelte einen Gruß und verzog sich in sein Zimmer. Wenigstens, dachte Tom, hätte er sich für die Michael-Jackson-Kassette zu Weihnachten bedanken können; andererseits war inzwischen Mai und das Geschenk wahrscheinlich vergessen.
Waltraut schaute ihm nach: »Der Junge hat natürlich auch Probleme, so kurz vor dem Abitur. Das hat sie alles nicht bedacht.«
Tom konnte es nicht mehr hören und schnitt ein anderes Thema an, das ebenfalls Reizstoff barg: »Was macht eigentlich die Sache mit euerm Haus?«
Gernot zog geräuschvoll die Luft ein und winkte heftig ab: »Mit meinem Bruder kannst du überhaupt nicht mehr reden. Völlig verbohrt!«
Tom kannte das Haus hier seit Jahrzehnten. Er wußte, Gernots Eltern hatten es in den dreißiger Jahren gebaut. Nach ihrem Tod war Gernot mit seiner Familie eingezogen. Das Haus, hatte Tom seit Jahren mitgekriegt, war ein ständiger Zankapfel zwischen Gernot und seinem Bruder Sieghart. Nicht mal mehr zu Weihnachten, hatte Gesine erzählt, besuchten die Familien sich noch gegenseitig, und die Ehefrauen, aus lauter Solidarität, hatten längst

aufgehört, die Modezeitschriften von drüben untereinander auszutauschen.
»Das Dach muß repariert werden«, berichtete Gernot, »es regnet rein, es ist höchste Eisenbahn. Ich bin bereit, es selbst zu machen. Hier mußt du ja alles selber können, und es ist ja bekannt, daß Lehrer endlos viel Zeit haben. Aber es kostet trotzdem, und Sieghart will keinen Pfennig beisteuern.«
»Warum sollte er? Er wohnt ja nicht drin und wird auch nicht naß.«
»Das stimmt. Es ist aber zur Hälfte sein Haus, also ist er mit verantwortlich. Nun sagt er: Aber du wohnst doch darin, und ich verlange noch nicht mal Miete von dir. Sage ich: Wenn du dich nicht beteiligen willst, dann steig doch aus und gib deine Hälfte ab. Sagt er: Das kann ich gern tun, wenn du mich ausbezahlst. Sag ich: Das Geld brauche ich aber, um das Dach zu decken, sonst bricht die Bude bald zusammen. Sagt er: Dann lassen wir einfach alles beim alten. An dieser Stelle knallt immer einer von uns den Hörer auf.«
»Was sagst du denn dazu?« fragte Waltraut.
Tom überlegte nicht: »Ihr habt beide recht.«
Fürs ›heute-journal‹ drehte Gernot den Fernseher lauter, dennoch hörte niemand zu. Die familiären Probleme lagen näher als die Weltpolitik. Tom konnte sich nicht enthalten, seinen Verwandten noch etwas Kritisches zu sagen, betreffend ihrer Reaktion auf Gesines Flucht.
»Ihr sollt ja keine Revolution machen, aber warum müßt ihr bloß so hundertfünfzigprozentig angepaßt sein? Warum könnt ihr nicht sagen: Es war ihre Entscheidung, wir stehen zu ihr, ihr könnt uns alle mal kreuzweise! Statt dessen starrt ihr ständig wie die Kaninchen auf die Stelle, wo eine Schlange versteckt sein könnte.«
»Lebe du mal hier!« beschied ihn Gernot.

»Warum seid ihr gegen jeden, der sich rührt? Der abhaut? Warum wettert ihr gegen die Polen und ihre Solidarność? Die machen euch vor, wie man sich Schritt für Schritt befreit, aber ihr habt nur Angst, es könnte irgendwas in Bewegung geraten.«
»Weil es dann bloß noch schlimmer werden kann«, rief Gernot ärgerlich. »Außerdem: Ihr habt gut reden! Zu euch kommen die Polacken zum Spargelstechen und Weinlesen, damit ihr nicht verhungert und verdurstet. Sie dürfen durch die DDR nach Westen, verdienen dicke Kohle, kommen mit vollgepackten Autos zurück, kaufen rasch noch unsere Kaufhallen leer und verschwinden über die Neiße. Sollen wir vielleicht am Straßenrand stehen und Beifall klatschen, wenn sie vorbeifahren?«
»Sagtest du: Polen?« fragte Tom.
Er machte Anstalten zum Aufbrechen und wurde auch nicht energisch aufgehalten. Er fragte Waltraut, ob er etwas für Gesine mitnehmen solle. Sie hob die Schultern.
Gernot ging schon nach unten voraus, so daß Waltraut unter vier Augen mit Tom war: »Kannst du mir was tauschen? Gernot mag es nicht, wenn ich dich frage.«
»Wieviel?«
»Zweihundert? Ich tausche eins zu sechs.«
»Entweder du gibst mir einen anständigen Kurs, oder ich tausche eins zu eins.«
Die alte Geschichte: Eins zu acht, eins zu neun, sogar zweistellig konnte man tauschen. Tom wußte, daß er hinter seinem Rücken kopfschüttelnd ein Trottel genannt wurde, aber er tauschte den Leuten ihre kärglich verdiente DDR-Mark gegen die lebensnotwendig gewordenen D-Mark nun mal eins zu eins. Er hatte nicht zuviel, aber genug. Er empfand eine tiefe Verachtung für die Montagearbeiter aus dem Westen, die sich am Biertisch brüsteten, für wie wenig Geld sie sich einen DDR-Rausch ange-

soffen oder eine devisengeile DDR-Bürgerin gebumst hatten. Diese Form von Kolonialismus, dachte er, wird sich eines Tages mit tiefer Verachtung rächen.
Er gab Waltraut zwei »blaue Fliesen«, wie die Hunderter im Volksmund genannt wurden, und bat, den Gegenwert bei seinem nächsten Besuch ausbezahlt zu bekommen.
»Ich richte eurer Tochter aus«, sagte Tom, »daß ihre Eltern Verständnis für sie haben und voll hinter ihr stehen.«
Gernot wartete unten bei Toms Auto: »Was ihr mal besorgen könntet, ist eine Zylinderkopfdichtung für meinen Zastava. Die kriegst du bei FIAT, ich hab es dir genau aufgeschrieben. Aber sag Waltraut nicht, daß ich dich schon wieder eingespannt habe.«
Tom versprach, die Dichtung zu besorgen und dichtzuhalten.

24

»Was haben sie gesagt?« fragte Gesine aufgeregt.
»Sie sind erschüttert«, erzählte Tom, »aber sie stehen voll hinter dir und haben Verständnis für dich.«
»Wirklich? Das paßt aber gar nicht zu Mama und Papa.«
Warum sollte Tom über den deprimierenden Besuch bei seiner Cousine und ihrem Mann wahrheitsgemäß berichten? Wem schadete es, wenn er schönfärbte? Die Wahrheit würde Gesine nie erfahren, ihre Eltern würden nie wagen, im Brief oder am Telefon überhaupt den Gedanken aufkommen zu lassen, ihre Tochter sei einmal DDR-Bürgerin gewesen. Also!
»Ehrlich! Sie sind verhört worden, aber sie haben sich nicht die Butter vom Brot nehmen lassen.«

Gesine atmete auf. Sie packte den Koffer aus, den Rolf mit ihren Sachen gepackt hatte, und wunderte sich ab und zu über den alten Krempel, den sie noch im Schrank gehabt hatte. Zwischen ihren Kleidern stieß sie auf ein Päckchen, das sie hastig aufriß.
»Mensch, die Kassette!« rief sie. »Wißt ihr, was das ist? Das Krawczyk-Konzert! Weißt du noch, Onkel Tom?«
Natürlich wußte Tom noch und erklärte es Tina: Das freche Konzert in der völlig überfüllten Kirche, der befreiende Jubel aus Tausenden jungen Kehlen, die noch frischen zarten Bande zwischen Gesine und Rolf.
Sie ließ die Kassette viel zu laut dröhnen. Es war eine echte Amateuraufnahme, völlig falsch ausgesteuert auf Rolfs klapprigem Recorder, aber der Sänger war unverkennbar mit seiner aggressiven Stimme und seinem wütenden Gitarrenspiel:

»Wenn die Kinder ost- und westseits
unsern Dreck beiseiteräumn
feiern sie vielleicht 'ne Fete, wovon ich
heut manchmal träum.«

Gesine hatte Tränen in den Augen, während Tina dem Gesang eher ratlos zuhörte.
»Hattest du keine Angst, daß sie dich filzen?« fragte Gesine.
»Und wenn?« fragte Tom.
»Nun spiel nicht den Helden!«
»Ich meine: Was wäre denn geschehen? Verweis. Im schlimmsten Fall kein Einreisen mehr. Jedenfalls kein Kopfabreißen. Es gibt so verdammt vieles, wofür man kein Held sein muß.«
»Das frage ich mich sowieso immer«, mischte sich Tina ein: »Warum lassen sich alle alles gefallen?«
»Wir nicht!« trumpfte Gesine auf. Sie schrie es fast, weil sie die Musik nicht leiser stellen mochte.

Tom widersprach ihr: »Mal ganz ehrlich, ihr habt so zart wider den Stachel gelöckt, daß ihr euch dabei nicht verletzen konntet. Allerdings muß ich ...«
»Und ihr?« rief Gesine.
»Allerdings, wollte ich sagen, aber ich wurde unterbrochen: Allerdings sind wir im freien Westen keinen Deut mutiger.«
Die Musik erschlug das Gespräch. Tom fühlte sich zurückversetzt in die überfüllte Kirche, Tina hörte, soweit man es ihrem Gesicht ansah, von Lied zu Lied interessierter zu.
»Was habt ihr denn nun beschlossen«, fragte sie zwischendurch.
»Wir werden etwas unternehmen«, erklärte Tom in einem Brustton. »Wir müssen es in Ruhe planen, aber Rolf ist wild entschlossen.«
»Wozu?« fragte Tina rücksichtslos.
Tom bedeutete Gesine, den Krawczyk endlich etwas leiser zu stellen: »Die Frage ist unangenehm, aber unumgänglich: Was willst du tun?«
Gesine tat, als lausche sie intensiv Krawczyk, aber hinter ihrer Stirn, da war Tom sicher, suchte es nach einer Entschuldigung.
»Es ist alles so plötzlich gekommen«, entschuldigte sich Gesine. »Ich muß erst mal Luft schnappen.«
Wahrscheinlich, dachte Tom, bist du ein hundsmiserabler Psychologe und solltest jetzt erst mal nichts weiter sagen.
»Ich werde dich mal mit einer Bekannten zusammenbringen«, kündigte er an, »die das gleiche Problem wie du hat. Das heißt, sie hat sogar ein schwierigeres, denn ihr Alex sitzt drüben in Rummelsburg ein, wegen Fluchtversuchs.«
»Kann Rolf nicht im Kofferraum kommen?« fragte Tina.

Tom schüttelte den Kopf und hätte fast gesagt: Zuviel Fernsehen gekuckt? Diese Goldgräberzeiten waren längst vorbei. Fluchthilfe! Anfangs, nach der Mauer, hatten Idealisten Tunnel gegraben und Menschen geschleust. Dann waren die Geschäftemacher gekommen, die obskuren Typen, die es gegen Vorkasse betrieben und bedauerten, wenn es nicht geklappt hatte. Da war so mancher naive Schleuser mitsamt den zu Schleusenden in die Falle getappt und nach Rummelsburg oder in sonst einen Knast gewandert. Eingeweihte wußten, daß und wie Mausefallen aufgebaut waren, die Horch- und Guckposten auf den Transitparkplätzen, wo die Flüchtlinge unbeachtet in den Kofferraum zu schlüpfen glaubten.
»Ich sehe nur zwei Möglichkeiten«, erklärte Tom: »Rolf stellt Ausreiseantrag und hält bis zur Genehmigung durch ...«
»Oder ?«
»Oder wir schicken ihm eine Frau rüber, die ihn zum Schein heiratet.«
»Heiratet?« fragte Tina entgeistert: »Das ist doch pervers!«
»Die Verhältnisse sind pervers«, antwortete Tom.

25

Es war wohl nur eine Kneipe, allerhöchstens ein Lokal, keinesfalls ein Restaurant, in dem Birgit kellnerte. Sie hatte, wie jeden Abend, beide Hände voll zu tun und blieb nur kurz am Tisch stehen, als Tom ihr Gesine vorstellte; Tina kannte sie bereits.
»Eine hübsche Maus«, sagte Gesine anerkennend, als Birgit die Bestellung aufgenommen hatte. »Und ihr Freund sitzt also bei uns im Knast?«

Gesine sagte noch ungefähr jedes zweitemal »bei uns«, wenn sie meinte: in der DDR.
Tom machte die Geschichte so kurz wie möglich. Birgit hatte im Urlaub am Schwarzen Meer Alex kennengelernt. Was gab es Schöneres für zwei junge Leute, als sich am Strand zu verlieben und obendrein festzustellen, daß man in ein und derselben Stadt zu Hause war! Nur ein paar hundert Meter voneinander entfernt wohnte. Aber die Geschichte von Alex und Birgit war eine deutsche Liebesgeschichte, und zwischen den beiden stand leider die Mauer.
»Da hätte ich aber sofort die Finger davon gelassen«, erklärte Gesine.
»Aber logo!« pflichtete Tina bei. »Da ist der Kuddelmuddel ja vorprogrammiert.«
»Zum Glück«, sagte Tom, »haben auch weiland Romeo und Julia nicht gedacht wie ihr. Die Weltliteratur braucht andere Kaliber als euch.«
Birgit also hatte gegen alle vernünftigen Ratschläge die Tortur auf sich genommen, so oft wie möglich mit der S-Bahn auf Tagesvisum über die Grenze zu fahren, um eine Liebe am Leben zu erhalten, für die niemand außer den Liebenden einen roten Heller gab. Die Eltern beiderseits drängten ungeduldig, das aussichtslose Experiment rasch abzubrechen, das nur Schwulitäten brächte. Jawohl, nicht nur die Staatssicherheit in Ost, auch der Verfassungsschutz in West hatte seine Erkundigungen eingezogen, hatte Birgits Vater in seiner Firma bespitzelt; augenscheinlich war für beide die Erklärung unerklärlich, daß Birgit einfach Alex liebte und Alex einfach Birgit liebte.
»Was Neues aus Rummelsburg?« fragte Tom, als Birgit die Weine und das Bier auf den Tisch stellte.
Sie schüttelte den Kopf: »Aber wir haben ja Zeit.«

Birgit war unglaublich stark mit ihren nicht ganz zwanzig Jahren. Tom bewunderte sie. Sie hatte sich auf ein Ziel ausgerichtet: Warten auf Alex. Unterdessen hatte sie begonnen, tagsüber Jura zu studieren und verdiente abends Geld mit Kellnern. Von zu Hause war sie ausgezogen, geflohen vor der Verständnislosigkeit und dem ewigen Drängen.
»Wieso ist denn dieser Alex in Rummelsburg?« fragte Gesine, die sich allmählich interessierte.
Tom versuchte es wieder kurz zu machen: Alex hatte einen völlig unsinnigen Fluchtversuch unternommen, war einfach gegen die Mauer gerannt, wie ein Maikäfer gegen die Fensterscheibe, sagte Birgit immer. Wahrscheinlich eine Kurzschlußhandlung, denn am nächsten Morgen hätte er seinen Dienst bei der Fahne antreten müssen, bei der Volksarmee. Es war für ihn schwer genug zu ertragen gewesen, daß seine Birgit immer vor Mitternacht durch diese Mauer schlüpfte und damit aus seinem Blickfeld verschwand. Nun aber: er in der Kaserne im Erzgebirge, sie in der Freiheit in West-Berlin. Eifersucht. Minderwertigkeitsgefühle. Kurzschluß. Man konnte ihn nicht danach fragen, solange er in Rummelsburg einsaß.
Zwischendurch hatte Birgit ein wenig Luft und setzte sich an den Tisch, sozusagen sprungbereit und mit aufmerksamem Blick über die Tische.
»Gesine hat ein ähnliches Problem wie du«, erläuterte Tom und beschrieb es in kurzen Zügen.
»Wenn du weißt, was du willst«, sagte Birgit, »ist es nicht schwer. Dann bringen sie euch nicht auseinander. Wenn du es nicht weißt, dann laß es lieber gleich.«
Nach ein paar Sekunden fragte sie: »Weißt du's denn?«
»Doch, doch«, antwortete Gesine.
Birgit ging eine Bestellung aufnehmen. Tom bewunderte auch, wie sie Abend für Abend bis in die Puppen bedien-

te und Morgen für Morgen pünktlich in der Uni erschien. Im Augenblick, hatte sie ihm erklärt, ginge das ganz gut, weil sie durch nichts Drittes abgelenkt sei, vor allem nicht durch Männer. Dabei habe sie den Eindruck, ihre Abstinenz auf diesem Gebiet mache sie besonders attraktiv.

»Ein Vorteil ist allerdings«, sagte Tom, »daß Birgit erwarten kann, daß ihr Alex in absehbarer Zeit abgeschoben wird. Wir haben ihn auf die Liste gebracht. Irgendwann wird er aus Gießen anrufen: Ich bin da! Im Unterschied dazu müssen sich Gesine und Rolf selbst was einfallen lassen.«

»Aber was?«

»Ich kann ihn ja nicht heiraten und rausholen«, stellte Tom bedauernd fest.

»Aber ich!« sagte Tina.

26

Mit jedem Schild, mit dem sich Leipzig auf den blauen Schildern an der Autobahn näher ankündigte, wurde Tina schweigsamer. Seit Dessau hatte sie überhaupt kein Wort mehr gesagt. Am Schkeuditzer Kreuz bogen sie ab. Welch ein Durcheinander, bis Tom mit Tina diese Reise hatte antreten können! Hundertneunundsiebzig Kilometer von einer deutschen Stadt zu einer anderen deutschen Stadt, von Berlin nach Leipzig, aber acht Wochen Telefonate bis zu einem Visum. Tina kannte niemanden in Leipzig, der sie hätte einladen können. Rolf die Aufenthaltsgenehmigung beantragen zu lassen oder Juri oder Carla, schien im Hinblick auf den Endzweck der Reise nicht ratsam. Gesines Eltern in ihrer ängstlichen Abwehr waren vollends der falsche Partner für solch eine subversive Aktion. Die Leipziger Messe, die eine unbürokratische und unkomplizierte Einreise erlaubte, war noch lange hin. Also eine Touristenreise! Auch die war in der Regel Monate vorher zu buchen, denn die paar anbietbaren Hotels waren ständig ausgebucht. Aber manchmal hatte eben ein Journalist die eine oder andere nützliche Beziehung.

»Soll ich dir was erklären?« fragte Tom, als sie über die Straße der Deutsch-Sowjetischen Freundschaft in die Stadt hineinfuhren.

Tina nickte stumm, aber in Wahrheit wollte sie jetzt nichts wissen. Als sie am Stadtbad vorbeifuhren, erzählte Tom dennoch, daß er und seine Schulklasse hier Spalier gestanden hatten, um mit Fähnchen Wilhelm Pieck zuzujubeln, der gekommen war, um die Leipziger Messe zu eröffnen.

»Wilhelm wer?« fragte Tina, und Tom erklärte.

Er steuerte auf direktem Weg das Hotel »Merkur« an. Sie wohnten in der 24. Etage, nach vorn. Tom hätte gern das Panorama der Innenstadt erklärt, die geliebte Thomaskirche, das geliebte Alte Rathaus, die ungeliebte neue Universität, aber Tina war nicht ansprechbar.

»Muß ganz schön aufregend sein«, versuchte Tom zu scherzen, »wenn man seinen Bräutigam kennenlernen soll.«

Sie schaute ihn giftig an: »Das mache ich doch alles nur für euch! Ich könnte mir auch was Lustigeres vorstellen.«

»Stadtbummel?« fragte er versöhnlich.

Tina schüttelte den Kopf: »Muß mich ein Stündchen langmachen.«

Tom sagte nichts dazu. Migräne, davon war er überzeugt, war eine psychosomatische Erkrankung, hervorgerufen durch Angst und Aufregung, und wie sollte Tina nicht aufgeregt sein!

Wieder die Frage: Warum bürden wir uns das auf? Aus Abenteuerlust? Oder weil wir uns beweisen wollen, daß wir gute Menschen sind? Wenn der Plan mißlang, war Tom der Hauptschuldige und Tina die Mittäterin. Ging die Sache allerdings glücklich aus, würden Gesine und Rolf noch ihren Enkeln Bewunderung abnötigen mit der dramatischen Schilderung, wie sie furchtlos und zu allem entschlossen den Riß durch die Erde überwunden hatten. Du bist ein Schafskopf, sagte Tom zu sich.
Spazierengehen? Tom war nicht danach. Von Besuch zu Besuch war ihm weniger danach. Er kannte das Alte, es gab nichts Neues, manchmal fragte er sich, ob nicht Jürchn doch im Recht war, der »die Zone« einfach abgeschrieben hatte. Tolle Voraussetzungen für unser Vorhaben, dachte Tom und legte sich auch ein Stündchen hin.
Zwei Stunden später stiegen sie die Treppe des einst gutbürgerlichen, wenn nicht großbürgerlichen Hauses empor, und Tina schüttelte den Kopf. Tom wußte ihre Gedanken: die blätternde Farbe an der Wand, der bröckelnde Putz, die Spinnweben unter der Decke, die schmutzstarrenden Fenster zum Hof, die stumpfen Wohnungstüren, die Kohleeimer davor.
»Ja, so ist das hier«, sagte er, »jeder ist seine eigene Nische und kümmert sich ums Eigene. Schon die Außenseite der Wohnungstür ist öffentlich, und das Öffentliche geht einen nichts an.«
Rolf öffnete, begrüßte Tom freundlich, schaute Tina fragend an.
»Tina«, stellte Tom vor, »vertrauenswürdig.«
Diese Szene, dachte er, mußt du dir gut einprägen: das erste Kennenlernen eines seltsamen Paares. Tina kannte den Zweck ihres Hierseins, Rolf noch nicht. In einem Fernsehspiel ließe sich das prachtvoll inszenieren.

»Zum erstenmal hier?« fragte Rolf, als sie bei einem Glas Juice am Tisch saßen. »Wie findest du unseren sozialistischen Staat?«
»Schmutzig«, antwortete Tina.
»Wir haben eben die engstirnig-kleinbürgerliche Putzsucht überwunden und konzentrieren uns auf das große Ziel.«
»Ich könnte hier nicht leben. Ich bin Ästhetin.«
»Ist es wirklich so schlimm?« fragte Rolf erschrocken.
»Noch viel schlimmer.«
Tom mußte schmunzeln: Über die Möglichkeit einer Heirat war noch kein Wort gesprochen, aber die Brautleute fetzten sich bereits.
»Ehe die anderen nach Hause kommen«, begann er, »habe ich dir eine wesentliche Mitteilung zu machen. Laßt uns auf den Balkon gehen!«
»Warum denn das?« fragte Tina verwundert.
»Wegen der frischen Luft.«
Draußen, nachdem die Balkontür angelehnt war, erklärte er Tina: »In dieser Wohnung wohnen feindlich-negative Subjekte, da ist nicht auszuschließen, daß irgendwo in der Steckdose kleine Tierchen mit großen Ohren verborgen sind.«
»Jetzt sag schon!« drängte Rolf.
»Tina wird dich heiraten.«
Rolf reagierte wie erwartet: fassungslos.
»Oder du wirst Tina heiraten. Ihr werdet euch kennenlernen, liebenlernen, die Heirat beantragen und ein gemeinsames Leben in der BRD beginnen. Pro forma. Ihr werdet einen Vertrag unterschreiben, daß ihr euch drüben sofort scheiden laßt. Der riskanteste Teil der Aktion scheint mir zu sein, den Vertrag über die Grenze zu schmuggeln. Aber er muß sein, damit Tina nicht reingelegt wird und drüben für den Unterhalt ihres Eheman-

nes aufzukommen hat. So was hat es alles schon gegeben. Die ganze Aktion wird, denke ich, ein halbes bis ein dreiviertel Jahr dauern. So lange müßt ihr Nerven bewahren.«
»Aber«, antwortete Rolf, »aber ...«
Tom zog das Thema nun durch: »Ich weiß, was du sagen willst: Aber das geht doch nicht! Das ist in der Tat das erste Argument, das einem einfällt. Außerdem enthebt es einen der Notwendigkeit, sich dafür zu entscheiden. Beispiele beweisen jedoch: Es geht! Hast du eine bessere Idee?«
Rolf schaute ihn an.
»Überleg's dir«, verlangte Tom. »Wir sind drei Tage hier, am Ende müssen wir Nägel mit Köpfen machen.«
Die Wohnungstür ging, Juri und Carla kamen gleichzeitig nach Hause.
»Sag ihnen aber nichts«, flüsterte Rolf, »sie hetzen immer noch gegen Gesine, weil sie drüben geblieben ist. Sag überhaupt keiner Menschenseele auch nur ein Sterbenswörtchen!«
Leben in der DDR, dachte Tom, ist ein immerwährender Mummenschanz, ein Versteckspiel reihum. Nicht nur, daß jeder sein Innerstes vor den Organen der Staatsgewalt zu verbergen trachtete: Auch untereinander konnten nur die wenigsten aufrichtig sein. Irgendwo saß der Spitzel, gut getarnt hinter seinem Bierglas und seinem breiten Feixen, mit dem er Honecker-Witze erzählte. Fast jeder mußte sich vor fast jedem verstecken.
Carla und Juri begrüßten den Freund und fragten Tina aus nach ihrer Meinung über die DDR. Sie beharrte auf ihrer strikten Ablehnung, auch wenn sie sie nicht mit Tatsachen untermauern konnte. Tom beobachtete, was ihm oft aufgefallen war: DDR-Bürger zogen, wenn sie Vertrauen gefaßt hatten, hemmungslos über ihren Staat her,

mokierten sich genüßlich über seine Unzulänglichkeiten und Krankheiten; aber wehe, wenn Bundis in die gleiche Kerbe hieben! Dann bildete sich rasch eine Phalanx der Solidarität: Viele unserer Errungenschaften würden wir mit Zähnen und Klauen gegen euch verteidigen! Und überhaupt: Was bei euch so alles abläuft!
»Bist du inzwischen in der Partei?« fragte Tom.
»Die wollten mich nicht«, antwortete Carla. »Es war genau, wie wir vermutet haben. Sie brauchen keine Intelligenzler und keine suspekten Subjekte aus der Kulturszene. Sie haben schon genug, von denen sie sicher sind, daß sie aus purem Opportunismus zu ihnen kommen. Sie lechzen nach der schwieligen Arbeiterfaust, aber die dreht ihnen eine Nase.«
»Druckreif!« lobte Juri.
Sie sprachen über Alltäglichkeiten des Ostens, während Tom immer mehr spürte, daß sowohl Tina als auch Rolf ihre Gedanken ganz woanders hatten. Tom beobachtete, wie seine beiden Brautleute sich verstohlen anschauten. Blödsinnige Assoziationen kamen ihm: Wie viele Fürstenkinder waren ungefragt in Vermählungen geschubst worden, um Dynastien zu bewahren oder Territorien zusammenzufügen. Eine Heirat zum Zweck der Ausreise, schien ihm, war weit weniger unmoralisch.
»Laß uns aufbrechen«, schlug Tom ziemlich zeitig vor, »wir hatten eine harte Woche und eine lange Fahrt.«
Im Hotelbett nahm er Tina fest in die Arme. Es war nichts zu sagen. Sie hatte Angst vor der Aktion, die sie ungedrängt und unbedacht selbst vorgeschlagen hatte. Sie konnte noch nein sagen, das Recht auf Irrtum in Anspruch nehmen, keiner hätte sie verurteilt. Aber so gut kannte Tom seine Tina inzwischen: Das ziehen wir durch!
»Gefällt er dir wenigstens?« versuchte Tom zu scherzen.

»Dem muß ich erst mal ein bißchen Schick beibringen. Diese Sandalen! So zieht sich doch kein Stadtmensch an.«
»Ob er dir menschlich gefällt, meine ich.«
»Bißchen lahm.«
»Du sollst ihn ja auch bloß rausholen.«

27

»Darf ich ergebenst um Ihre Hand anhalten?« Tina reichte sie ihm huldvoll.
Wenigstens bemühte sich Rolf um Witz und Lockerheit, als sie sich am Samstagmittag zu dritt trafen. Tina spielte die Braut sehr begabt und hauchte ihrem potentiellen Ehemann einen flüchtigen Kuß auf die Nasenspitze.
»Erklär Tina mal«, sagte Tom, »warum du uns nicht im Hotel abholen, sondern vor der Tür erwarten wolltest.«
Rolf zog eine angewiderte Grimasse: »Weil das ›Merkur‹ ein Devisenhotel ist. Weil es uns normalen DDR-Bürgern mit unserem Spielgeld in der Tasche passieren kann, daß wir vom Portier von der Schwelle gewiesen werden. Und weil mich das, mit Verlaub, ankotzt.«
»Stell dir ein Hotel in Düsseldorf vor, wo du nur mit Dollar rein darfst.«
»Nach fünfundvierzig gab's dort mal so was«, sagte Tina.
Tom schlug eine kleine gemeinsame Stadtbesichtigung vor, aber Tina war nicht begeistert. Sie wollte lieber an einen Ort, wo man in Ruhe und unbeobachtet reden könne. Der nahegelegene Zoo fiel Rolf ein.
Sie schwiegen auf dem Weg dorthin. Sie schwiegen so lange, bis es eigentlich zu spät war, überhaupt noch etwas zu sagen. Tom fügte sich absichtlich in das Schweigen und wartete. Rolf in diesem Alter, dachte er, mußte

in der Lage sein, die ungewohnte Situation zu meistern und etwas zu unternehmen. Tom hatte den Plan geschmiedet, die Braut sich bereit erklärt: Nun also!
Vor dem Eingang des Zoos brach Tom endlich das eingerostete Schweigen: »In unserer Volksschule in Leipzig hatten wir einen alten Lehrer, er hieß Herr Hasenbein, der bestand darauf, daß wir nicht ›Zoo‹ sagten, sondern ›Zo – o‹. Weil es nämlich eine Abkürzung von ›Zoologischer Garten‹ sei. Wenn wir ›Zoo‹ sagten, kriegten wir eine Strafarbeit.«
»Sehr komisch«, bemerkte Tina. »Ich meine den Lehrer.«
Das Eingangstor des Zoos mit dem Löwenkopf, Pforte zum Kinderparadies. Davor wurde Schlange gestanden: Samstagvormittag. Nichts mit der Einsamkeit. Die Eintrittspreise friedensmäßig, davon konnte kein Zoo der Welt seine Viecher füttern. Auf den ersten Schritten schon die Beobachtung, was alles verlottert war, trotz der großen Kraftanstrengung zum Hundertsten vor nicht langer Zeit. Das Flüßchen quer durch den Zoo, die Parthe, trübe wie eine Jauchegrube, weil in der Mästerei flußaufwärts Zehntausende von LPG-Schweinen ihre Blasen entleerten. Die Käfige der Löwen und Hyänen – »Hygienen« hatten sie als Kinder gesagt –, düstere Gemäuer aus dem vorigen Jahrhundert, rostige Gitter, tränentreibender Gestank. Apathische Tiere dösten vor sich hin.
»Damals hatten wir hier ein Nilpferd«, unterbrach Tom erneut das angestrengte Schweigen, »es war mehr eine Nilstute, sie hieß Grete, wenn ich mich recht erinnere, jedenfalls ein ältlicher Name, und sie hatte einen Geliebten im West-Berliner Zoo, der hieß Knautschke. Der wurde manchmal, ohne Rücksicht auf politische Systeme, hierher gebracht zum Zwecke der Begattung. Mindestens einmal, erinnere ich mich, hat es auch geklappt, das Pro-

dukt der Beziehung wurde Schwabbel getauft. Ja, so war das.«
»Ist dir eigentlich aufgefallen«, fragte Tina, »daß deine Geschichte Parallelen aufweist zu unserer?«
»Nein«, sagte Tom wahrheitsgemäß.
Vor dem Elefantenfreigehege, über das Tom auch etwas hätte erzählen können, nämlich über den bösen Bullen Omar mit dem »abben« Stoßzahn und über den totgetrampelten Wärter, vor den Elefanten also fing Rolf an, endlich.
»Wie sollen wir das denn nun einfädeln?« fragte er.
Tom antwortete: »Tina wird dich öfters besuchen, damit glaubwürdig wird, daß ihr eine Beziehung habt. Und dann beantragt ihr die Heirat. So einfach ist das. Theoretisch.«
»Ich weiß nicht«, zögerte Rolf.
»Die andere Möglichkeit ist«, sagte Tom, »daß du einen Fluchtversuch machst und erschossen wirst.«
»Danke.«
»Oder daß du festgenommen und nach ein paar Jahren freigekauft wirst.«
Er erzählte die Geschichte von Birgit, die in West-Berlin gelassen und geduldig auf ihren Alex wartet.
»Oder du beantragst die Ausreise. Dann fliegst du raus aus der Gießerei und hast eine Durststrecke vor dir. Aber irgendwas mußt du nun, verdammt noch mal, tun!«
»Ist ja gut!«
»Jetzt müßt ihr euch ein bißchen kennenlernen. Ich habe Tina eine Menge über dich erzählt, jetzt erzählt sie dir was über sich.«
Wie ein Kuppler kam sich Tom vor, während er mit den Brautleuten durch den Zoo schlich und sie immer wieder antrieb, ihre Lebensgeschichte zu offenbaren, wenngleich anzunehmen war, daß sie sich überhaupt nicht dafür in-

teressierten. Aber sie mußten darauf gefaßt sein, daß irgendein Organ die Braut oder den Bräutigam fragte: Wer ist das eigentlich, den sie da heiraten wollen?
Rings um das neue Affenhaus standen Hunderte von Menschen und sahen nicht aus, als seien sie wegen der Affen gekommen. Sie hielten alles Mögliche feil, stangenweise Filterzigaretten, stapelweise bedruckte T-Shirts, packenweise Nylonstrümpfe.
»Unser Polenmarkt«, verkündete Rolf, fast ein wenig stolz, »er heißt so, weil hier lauter Vietnamesen sind.«
Tina war nicht beeindruckt: »So was haben wir in West-Berlin auch.«
»Solange ich mit dir nicht verheiratet bin, gebe ich noch Widerworte: In euerm dekadenten System ist so ein ungeordneter Markt ohne festgelegte EVP, ich meine Einzelverkaufspreise, das normale. Für uns ist es ein erstes Indiz dafür, daß wir in den Sog eures Niedergangs gerissen werden. Deswegen findet das Ganze auch symbolträchtig vor dem Affenhaus statt. Übrigens brauchen wir gerade, das ist kein Witz, eine sprichwörtliche Mischbatterie für unsere Badewanne. Laß mich mal nachschauen.«
Es gab auch Mischbatterien, aber Tom riet vehement vom Kauf ab: »Die sind Ramsch. Ich schicke dir eine einwandfreie fürs halbe Geld!«
»Siehst du, das können wir uns eben nicht vorstellen: EVP ist EVP.«
»Und das dürfen die hier so einfach?« wunderte sich Tina.
»Das dürfen die natürlich nicht«, erklärte ihr Rolf. »Aber in der DDR tun immer mehr Bürger Dinge, die sie nicht tun dürfen. Manchmal hat man schon Angst, daß der Partei bestimmte Entwicklungen aus der Hand gleiten.«
Tom wollte am Nachmittag zur Motette der Thomaner. Tina willigte ein, weil es ihr gleichgültig schien, wo in dieser furchtbaren Stadt sie sich aufhielt; Rolf war offen-

sichtlich erleichtert, nicht mit Tina alleingelassen zu werden.
Während sie gegenüber der Kanzel saßen und der Bach-Musik lauschten, versuchte sich Tom die Gedanken der beiden vorzustellen. Tina vielleicht: Wenn ich das gewußt hätte! Rolf vielleicht: Wenn ich das bloß erst hinter mir hätte!
Nach der Motette warteten sie am Ausgang auf den Thomaskantor. Rotzsch erinnerte sich, Tom schon mal gesehen zu haben, konnte ihn aber nicht einordnen.
»Die Reportage«, erklärte ihm Tom, »die Dreharbeiten, die schon mal verabredet und dann abgesagt waren. Nun sollen sie im Herbst stattfinden. Sommer wäre mir lieber, wenn ich mir's aussuchen könnte.«
»Warum sollen ausgerechnet Sie sich was aussuchen können!«
Wieder so ein unangreifbarer Satz, dachte Tom.
»Darf ich Sie zu einem Kaffee einladen?«
Tom schickte sein unechtes Brautpaar los in die Stadt. Die zwei mußten endlich ein paar Stunden allein miteinander zurechtkommen. So als ob.

28

»Ungefähr an dieser Stelle muß es gewesen sein«, erklärte Birgit und zeigte von der Aussichtsplattform hinunter auf die Mauer. »Wenn sie ihn eines Tages rausgelassen haben, wird er es mir genau zeigen.«
»Aber hier schafft es doch kein Mensch über die Mauer«, wunderte sich Gesine.
»Wenn einer nüchtern ist, versucht er's auch nicht erst. Aber Alex muß voll wie tausend Mann gewesen sein. Er

sollte eben am nächsten Tag zur Fahne. Weit weg von Berlin. Das hieß, ich hätte ihn erst mal monatelang nicht besuchen können. Da hat er durchgedreht, sich die Birne vollgeschüttet und versucht, über die Mauer zu klettern. Ja, und nun warte ich.«

Tom wußte selbst nicht genau, warum er Gesine schon wieder mit Birgit zusammengebracht hatte, die so gelassen darauf wartete, daß ihr Alex freigekauft und abgeschoben wurde. Wahrscheinlich erhoffte sich Tom moralische Stärkung für Gesine, deren Nerven immer noch flatterten und die immer noch selten zu einem klaren Gedanken fähig schien. Sie wohnte nach wie vor bei Tom und Tina, obwohl sie doch vollmundig angekündigt hatte, sie werde innerhalb von zwei Wochen einen Job und in einem Vierteljahr eine eigene Wohnung haben. Für beides gab es bisher keine Anzeichen. Sie vertrödelte ihre Zeit und haderte mit der Welt. Sprach die eine Minute von Rückkehr, die andere von gewagten Befreiungsmanövern für Rolf. Tom hatte ihr ein ums andere Mal nüchtern den langwierigen Weg der Zusammenführung beschrieben, den Tina selbstlos unterstützen wollte, und ihr klargemacht, daß sie ihn wenigstens moralisch uneingeschränkt unterstützen müsse. Sie hatte, wenigstens, jedesmal am Ende eingewilligt.

Aber nicht einmal zu den vielfältigen Behördenwegen hatte Tom sie treiben können, damit sie die zahlreichen Hilfen und Vergünstigungen beantragte, die DDR-Bürgern nach ihrem Entschluß zum Bleiben gewährt wurden. Statt dessen schimpfte sie, daß sie hier im Westen ohnehin ein Mensch zweiter Klasse sei. Gerade gestern war Tom der Geduldsfaden gerissen und er hatte ihr vorgehalten, mit wie wenig Unterstützung die Millionen hatten auskommen müssen, die nach dem Krieg bis zum Bau der Mauer den Sprung ins kalte Wasser gewagt und sich bei den Flüchtlingsaufnahmestellen gemeldet hatten: Marienfelde oder Kuno-Fischer-Straße oder weiß der Teufel wo. Darüber konnte Tom aus eigenem Erleben berichten. Verglichen damit, hatte er geschimpft, kriegt ihr heute vorn und hinten Puderzucker reingeblasen! Gesine hatte Einsicht gelobt und zumindest heute noch nicht lamentiert.

»Bist du oft hier an der Mauer?« fragte Gesine.

»Ja«, antwortete Birgit.

»Aber das ist doch einer der häßlichsten Orte der Welt.«

»Das weiß ich nicht. Ich bin noch nicht viel rumgekommen.«

Tom war auch oft an der Mauer. Vor einem halben Jahr hatte er begonnen, an freien Tagen oder in freien Stunden vom Brandenburger Tor aus im Uhrzeigersinn die Mauer entlangzuwandern, etappenweise, mal fünf Kilometer, mal nur einen. Das letztemal war er im Südwesten von Albrechts Teerofen über Steinstücken bis zur Glienicker Brücke gewandert. Was ihn dorthin zog? Er konnte es nicht erklären. Immer wieder nur das Gefühl, diese verdammte Mauer sei für ihn wie für Millionen Teil der eigenen Biografie. Ja, die Mauer anzuschauen, war wie Stochern in einer Wunde, aber andererseits war da das Gefühl, nicht ausweichen zu sollen.

»Ich würde hier nicht hingehen«, befand Gesine. »Am allerwenigsten, wenn sie meinen Freund drüben eingebuchtet hätten.«

Tom wußte, daß Birgit jetzt vehement hätte widersprechen können, aber sie tat es nicht.

Der alte Mann war wieder da, der auf dieser Aussichtsplattform am Ende der Bernauer Straße halbe Tage damit zubrachte, laut das Schicksal der deutschen Teilung zu beklagen. Er wollte mit niemandem darüber diskutieren, niemanden überzeugen, nur seinen Schmerz hinausschreien. Die Touristen beobachteten ihn befremdet, manche tippten sich an die Stirn. Birgit begrüßte ihn mit Handschlag wie einen Bekannten, er schaute sie nur kurz an und lamentierte weiter.

»An dieser Ecke haben wir manchmal gestanden«, erzählte Birgit, »ich hier oben, Alex dort drüben, und uns Zeichen gemacht. Ich konnte ja nicht jeden Tag zu ihm, der Zwangsumtausch, soviel Geld hatte ich nicht. Aber sehen wollten wir uns wenigstens.«

»Und das Warten«, fragte Gesine, »nervt dich das nicht?«

»Anfangs ein bißchen. Aber ich habe doch Zeit. Nächstes Jahr, schätze ich, wird er freigekauft und abgeschoben. Was habe ich bis dahin versäumt?«

»Und wenn er dann doch der falsche ist?« stieß Gesine nach.

»Dann habe ich umsonst gewartet. Aber was habe ich in der Zeit versäumt?«

Gesine schwieg nachdenklich, und Tom lobte sich für seinen Einfall, die beiden miteinander bekannt gemacht und wieder zusammengebracht zu haben.

»Ich glaube, ich zieh das jetzt durch«, sagte Gesine fast grimmig, als sie von der Aussichtsplattform hinunterstieg auf die Bernauer Straße.

29

»Tut mir leid, wir haben keine Reservierung für Sie.«

»Hab ich's nicht gesagt?«

Da standen sie wieder mal an einer Interhotel-Rezeption, Tom und sein Team, vier Mann insgesamt, und schauten sich an, nicht mal empört, eher kopfschüttelnd, fast amüsiert. Jedes dritte Mal im Schnitt dieser Affenzauber!

Also Anruf beim »Betreuer«, der ab morgen die Dreharbeiten überwachen sollte – es war diesmal nicht Knut –: Wo, bitteschön, sollen wir übernachten? Ich werde mich sofort kümmern, versprach er, was sollte er sonst sagen? Sofort ist aber schon zu spät, drängte Tom. Verlassen Sie sich auf mich! bat der Betreuer. Aber bitte ein anständiges Hotel, sonst reisen wir ab!
Nach einer halben Stunde war der Betreuer da: »Ich habe was für den Übergang. Nur übers Wochenende. Ein Wohnheim. Zwei Zweibettzimmer.«
Tom schüttelte den Kopf: »Kennen wir. Wenn wir dort erst mal eingezogen sind, ist für Sie das Problem gelöst. Wir kriegen ab heute vier Einzelzimmer im Hotel, oder wir reisen ab.«
»Aber was soll ich denn machen?«
»Am besten tun Sie das, wofür wir im vorhinein eine Stange Valuta bezahlen mußten: Betreuen Sie uns!«
Man verabredete sich für den späten Nachmittag, früh genug, um im Fall des Mißerfolgs noch die Heimreise anzutreten. Tom und seine Kollegen schwärmten aus in die Stadt. Jeder hatte sein Ziel, die Mehring-Buchhandlung, das Schallplattengeschäft am Markt, vielleicht auch eine Freundin, man war ja diskret untereinander, und die deutschen Verhältnisse brachten es mit sich, daß die Ehefrauen zu Hause nach menschlichem Ermessen nie erfuhren, was die Ehemänner hinter dem Eisernen Vorhang trieben. Tom fuhr zu den Freunden.
»Wir machen was«, verkündete dort Juri. »Wir lassen uns nicht einfach beiseite schubsen.«
«Und was?« fragte Tina.
»Eine kleine Aktion. Wir können uns die Gelegenheit nicht entgehen lassen.«
Die Gelegenheit, das war der Auftrieb von Filmemachern und Journalisten aus aller Herren Länder, wie jedes Jahr

zur Dokumentarfilmwoche. Da gaben sich der Staat und die Stadt weltoffen, da war man großzügig, da spendierte man und lud zu Schnittchen und Wein. In den Zirkeln der Juroren waren auch weltoffene Worte erlaubt, kritische sogar, wenn sie nur nicht hinausdrangen zu den Bürgern auf den Straßen.

Um den großen runden Tisch in der »besetzten Wohnung«, die Tom mit einer gewissen Hochachtung immer noch so nannte, saßen Rolf und Juri und Carla und einige Freunde. Dazu Tina. Tom hatte seiner Lebensgefährtin eine Akkreditierung für das Festival besorgt, was nicht schwer war für eine Teilnehmerin, die nicht nur selbst bezahlte, sondern sogar Devisen ausgab.

»Wollt ihr wieder mal so eine Aktion machen, die keinem wehtut?« fragte Tom.

»Sie tut ihnen weh«, widersprach Juri, »und uns tut sie gut.«

»Ich habe mir überlegt, wir lassen vor dem Capitol, wenn die Festivalgäste strömen, Luftballons steigen mit Zetteln dran: Die Gedanken fliegen frei! Oder so. Was Unverfängliches, wo jeder gleich merkt, daß es verfänglich gemeint ist.«

»Sehr gut«, lobte Tom, »aber wo kriegt ihr die Luftballons her?«

»Ich hab noch. Letztes Jahr gab es welche.«

Die Aktion wurde diskutiert und, da keinem etwas Besseres einfiel, beschlossen und im einzelnen geplant. Juri kramte seine Luftballons heraus, Rolf blies auf, Tina band zu. Zettel wurden bemalt mit Losungen: »Die Gedanken fliegen frei!« »Nur der Wind weiß!« »Grenzen gibt es nur im Kopf!« Und so weiter. Tom fand das meiste zu literarisch.

»Das ist doch der Witz«, widersprach Juri: »Luftballons mit solchen Texten sind so unverfänglich wie radfahren im Rosental.«

»Ah ja! Und ihr laßt so lange Luftballons steigen, bis die DDR zusammenbricht?«
»Du bist ein Weichholzkopf und wirst nie etwas begreifen«, stellte Juri kategorisch fest.
Als Tom sich verabschiedete, um die Frage der Hotelzimmer für sich und sein Team zu klären, war das unbeabsichtigt das Zeichen zum allgemeinen Aufbruch. Auch Carla und Juri hatten noch etwas in der Stadt vor.
»Und ihr?« fragte Tom.
»Wir bleiben«, antwortete Tina und schaute Rolf an. »Wir müssen doch Liebespaar simulieren.«
Als Tom aus der Haustür trat, wurde er von zwei Zivilisten an beiden Handgelenken gepackt und zu einem Auto geführt, das man altmodisch als grüne Minna bezeichnet hätte. Dort kam er zwischen Carla und Juri zu sitzen, gegenüber die anderen, links und rechts der Tür je ein schweigsamer Zivilist. Auch die Freunde schwiegen. Tom erinnerte sich an Juris manchmal mißachtete Beschwörung, niemals handgreiflichen Widerstand zu leisten und auch keinen lautstarken, vielmehr durch sanfte Standhaftigkeit zu obsiegen.
Alles schwieg also. Da Tom sich in seiner ehemaligen Stadt immer noch blind auskannte, verrieten ihm die Bewegungen des Autos den Weg zum Ring bis zu jenem Gebäude der Stasi, das als die »runde Ecke« meistens Schauer und selten Spott verbreitete, je nachdem, wie groß die Angst oder die Selbstsicherheit der Bürger war. Ein paarmal schon war Tom in Ausübung seines Berufes vorübergehend festgenommen worden. Bei den ersten Gelegenheiten, das war im legendären Jahr '68 gewesen, hatte er sich noch gewaltig empört und mit Händen, Füßen und Worten zur Wehr gesetzt. Die Polizisten hatten derb geantwortet, Arme auf den Rücken gedreht und einmal Büschel Haare ausgerissen. Inzwischen sah Tom

nüchtern und gelassen die Aufgabenverteilung: Demonstranten hatten zu demonstrieren, Polizisten hatten zu verhindern, Reporter hatten zu berichten. Da kam man sich möglichst nicht ins Gehege. Hier fiel ihm auf, wie gelassen die »Organe« vorgingen, beinahe gelangweilt. Sie wirkten, als seien ihnen diese paar Widerborstigen in keiner Weise gefährlich, allenfalls lästig. Als sei deren eigentliches Vergehen nicht, daß sie dagegen waren und es demonstrierten. Sondern daß sie einen pünktlichen Feierabend verhinderten.
Tom wurde verhört. Sein Gegenüber musterte ihn mit vagen Anzeichen des Erkennens. Es war der permanente Schatten der Gruppe, der Mann aus dem Rosental, der Mann vom Kirchentag. »Kenne ich Sie?« fragte er. Ein wirklich guter Geheimdienstler, dachte Tom, dürfte so etwas nicht fragen. Das las man schon in billigen Romanen. Wofür würde man diesen Mann eines Tages noch verwenden können, wenn ... Tom hätte gern ein Versteckspiel getrieben, zumal er mit seiner Akkreditierung in der Brieftasche keinerlei Gefahr lief, aber er entschied sich, seinen sonst nie gefragten Paß und sein Papier vorzulegen, da im Hotel seit acht Minuten Andreas und das Team auf ihn warteten.
»Jaja, BRD-Bürger. Irgendwann legen wir auch Ihnen das Handwerk.«
Tom verbeugte sich höflich und durfte gehen.
»Wir haben Zimmer für Sie«, strahlte der Betreuer im Hotel.
»Einwandfrei«, lobte Tom, der ahnte, welche Widerstände zu brechen gewesen waren, während er selbst unbehelligt in der grünen Minna durch Leipzig gegondelt war.
Sie wohnten nebenan im »Astoria«, dem alten Kasten, der am 4. Dezember 1943 so lichterloh gebrannt hatte,

daß Tom die ganze Kindheit über die Erinnerung daran geblieben war.
Als er abends an der Tür der Freunde klingelte, öffnete lange niemand. Ihre »Einbestellung« mußte wohl etwas länger geraten sein. Endlich streckte Rolf die Nase durch den Spalt.
»Hattest du geahnt, daß sie vorm Haus stehen?« fragte Tom.
»Daß wer wo steht?«
Rolf schien wirklich nichts bemerkt zu haben.
»Wo ist Tina?«
»Hat sich ein bißchen hingelegt.«
Tom erzählte über den Vorfall und gab auch seinen Eindruck wieder, daß die Inhaber der Macht mit provozierender Gelassenheit ihre Selbstsicherheit zur Schau trugen.
»Deswegen versuchen wir ja, sie mit Blödsinn naßzumachen. Den offenen Schlagabtausch verlieren wir immer.«
Carla und Juri kamen nach Hause, sie aufgewühlt, er grimmig.
»Und jetzt erst recht«, schwor Juri. »Sie haben uns gedroht, diesmal ginge es ans Eingemachte. Es gebe keine Kavaliersdelikte mehr. Nadelstiche würden ab sofort mit der Keule beantwortet.«
»Also ?«
»Also machen wir was!«

30

»Irgendwas scheint sich doch zu verändern«, gestand Tom.
»Siehst du!« antwortete Juri mit etwas Triumph.
Es war weit nach Mitternacht. Sie saßen um den runden Tisch der Wohnung, die Freunde, die Gruppe, Tom und

sein Team, und redeten über den vergangenen Abend und die letzten Tage. Nur Tina war schon abgereist, sie hatte erste Probleme mit ihrem Chef, da sie so oft ein paar Tage frei nehmen wollte für ein langes Wochenende. Die festliche Veranstaltung letzten Abend im »Capitol«, der Abschluß der Dokumentarfilmwoche, hatte einen völlig ungewöhnlichen und unerwarteten Verlauf genommen. Das Publikum hatte nämlich gegen die Entscheidung der Jury lautstark protestiert, mit Pfiffen, Buhrufen und demonstrativem Gelächter. Tom hatte beobachtet, wie der Filmminister, selbstbewußt und selbstgefällig in der ersten Reihe lächelnd, kreidebleich erstarrte. Eine Szene, die man natürlich hätte filmen müssen, wenn Andreas nicht, wie verabredet, gerade die Preisträger auf der Bühne gedreht hätte. Es war aber auch mit einer solchen Reaktion des Publikums beim schlechtesten Willen nicht zu rechnen gewesen.
Was war geschehen? Ein Film hatte Furore gemacht, eine DDR-Produktion, wie es noch keine gegeben hatte. Ein Film über Frauen. Keine Heldinnen der Arbeit, allenfalls Heldinnen des Alltags, vielleicht nicht mal das. Jedenfalls Frauen ohne Schminke und Pathos. Die Arbeiterin zum Beispiel in der Brikettfabrik, die seit zehn Jahren im Dreischichtbetrieb achtmal pro Schicht einen Rundgang machte und mit ihrem Hammer auf Rohre schlug, um Staub zu lockern und Verpuffungen zu verhindern. Ein hübsches, aber müdes, braunkohleverschmiertes Gesicht unter dem Schutzhelm, nach Schichtende sah man sie duschen, im Publikum anzügliche Bemerkungen. Geschieden war sie, eine behinderte Tochter, keine Liebe. War das ein sozialistischer Mensch? Sah so eine Siegerin der Geschichte aus? Diesen Film, hatte Tom am Telefon geschwärmt, müssen wir kaufen und senden! Ach, ob das jemanden bei uns interessiert? Und auch noch in Schwarzweiß.

»Wie haben Sie es geschafft, diese Frau vor eine DEFA-Kamera zu kriegen?« hatte Tom die Filmemacherin gefragt, die Helke Misselwitz hieß.
»Das war nicht so schwer«, hatte sie geantwortet. »Schwieriger war es, die DEFA-Kamera vor die Frau zu bringen.«
Das hatte Tom an sich auch gemeint.
Dieser Film war die Sensation des Festivals. Aber er durfte nicht den ersten Preis bekommen, die Goldene Taube. Dafür war ein anderer vorgesehen, ein Machwerk des DDR-Fernsehens, in dem es um die heldenhafte Schaffung eines Computerchips durch eine Abteilung des VEB Carl Zeiss ging. Eine technische Leistung, die freilich schon überholt war, als die stolzen Werktätigen Erich Honecker Vollzug meldeten und er in seinem bekannt dürren Pathos den Erfolg würdigte. Die Zuschauer im »Capitol«, welch ungeheurer Vorgang, lachten sich beim Auftritt ihres Staatsratsvorsitzenden schier bucklig, während die Offiziellen in den vorderen Reihen sich irritiert umschauten und ihre Welt nicht mehr verstanden.
»So was habe ich noch nicht erlebt«, gestand Juri.
»So was gibt's auch in der DDR nicht«, stellte Rolf fest, »jedenfalls theoretisch.«
Ihre Protestaktion bei der Eröffnung des Festivals war leider glatt schiefgegangen. Tom und sein Team hatten, obwohl dieses Sujet nicht offiziell angemeldet war, vor dem Kino auf die Freunde gewartet. Die waren mit ihren Luftballons aus der Passage auf der gegenüberliegenden Straßenseite getreten, aber ehe sie die Aufmerksamkeit der Festivalgäste hatten erregen können, war der Spuk vorbei gewesen. Einige Zivilisten waren auf sie zugetreten und hatten mit glimmenden Zigaretten die Luftballons zum Platzen gebracht.
»Ich habe euch prophezeit, daß das ein Flop wird«, sagte Tom.

»Du hast ja recht«, gab Juri zu. »Nächstes Jahr machen wir auch was Richtiges.«
»Wissen möchte ich bloß«, überlegte Rolf, »woher die wieder mal alles vorher wußten. Wieso hatten die Typen alle glimmende Zigaretten parat? Ich wette, die Hälfte war Nichtraucher.«
»Ihr wißt doch, daß ihr ein U-Boot in der Gruppe habt.«
»Das wissen wir schon lange«, gab Juri zu, »aber was das Komische ist: Es macht uns immer weniger aus. Die meisten DDR-Bürger achten nach wie vor ängstlich darauf, bloß nicht aufzufallen. Aber immer mehr von uns sagen: Na und? Sollen sie uns doch! Und je mehr so denken, desto weniger können sie uns.«
Juri hatte recht. In den vergangenen paar Tagen hatte Tom manchmal das Gefühl gehabt, in einem anderen Land zu sein als dem, das er so lange kannte. Die Zeitungen waren immer noch so öde wie je, die »Aktuelle Kamera« immer noch die Karikatur einer Nachrichtensendung, die Sprüche auf den rot-weißen Transparenten zwar weniger geworden, aber immer noch so weltfremd wie zu Ulbrichts Zeiten. Und doch stieß man, wenn man an die richtigen Orte ging, immer öfter auf anderes.
Vor ein paar Tagen war Tom in der Michaeliskirche gewesen, bei einem Konzert des widerborstigen Liedermachers Bomberg, den er schon kannte. Was machte es, daß zwei Männer mit Notizblöcken die Texte mitschrieben und die Reaktion des Publikums registrierten?
»Laß sie doch!« hatte Juri laut gesagt und ihnen frech über die Schulter geschaut. »Sonst erfahren ihre Auftraggeber ja nie, was in ihrem Staat los ist.«
Im Seitenschiff der Michaeliskirche eine Ausstellung über Mölbis, das vergiftete Dorf mit dem unbequemen Pfarrer. Jeder kannte ihn. Man kannte sich untereinander. Man

fühlte sich, jedenfalls an solchen Orten, nicht mehr hilflos und schwach. Die Montagsandacht in der Nikolaikirche natürlich. Man ging hin, auch wenn man nicht ausreisen wollte. Man ging hin, auch damit die Späher melden konnten, daß es von Woche zu Woche mehr wurden.
Bernd-Lutz Lange, der Kabarettist, hatte Tom durch die Ausstellung über die Geschichte der jüdischen Leipziger geführt. Warum gerade jetzt und erstmals dieses Thema? Doch nicht wirklich, weil Honecker gut Wetter machen wollte bei den US-Juden für einen Besuch in Washington. Mit einemmal hatte die Stadt dieses Thema, das so lange totgeschwiegen war: Die Vernichtung der Juden war Sache der Nazis gewesen, die Nazis waren alle in der BRD, die DDR war ein antifaschistischer Staat, hier gab es keine Nazis. Basta. Der Kabarettist hatte das Thema erst für sich selbst und dann für die Stadt entdeckt. Sie hatten ihn gelassen. Sie hatten ihn sogar nach Israel reisen lassen, zu ehemaligen Leipzigern. »Wäre das vor fünf Jahren möglich gewesen?« hatte Tom gefragt.
Lange glaubte es nicht.
Und heute abend dann die Schlußfeier im Kino.
»Wahrscheinlich habt ihr recht«, gab Tom zu: »Es ändert sich was, wir merken's bloß noch nicht.«
»Ich sag's ja: Du machst den falschen Film.«
Tom war ohnehin nicht mit großer Lust bei der Arbeit. Sie hatten ihm die Hälfte seiner Wünsche gestrichen und dafür andere Schauplätze und Interviewpartner festgelegt. Wie erwartet: nicht das alte Wohnhaus, nicht die heruntergekommene Kirche, nicht die alte Fabrik. Tom hatte beschlossen, es sei das letztemal, aber er ahnte schon, er würde rückfällig.
Spät in der Nacht oder vielmehr früh am Morgen saß Tom mit Rolf allein.
»Ich muß dir was sagen«, gab sich Rolf einen Ruck.

»Erzähl mir aber nicht, du seist auch Kandidat der SED geworden.«
»Kein Blödsinn!«
»Die Gießerei hat dich gefeuert.«
»Es reicht, daß ich die Formen reinigen muß. Es geht um Tina. Und um mich.«
Ach, du kriegst die Motten! dachte Tom.
»Du warst ja immer den ganzen Tag zum Drehen und abends unterwegs. Da hast du's nicht mitkriegen können.«
»Sag mal, hast du noch 'n Wodka da?«
»Aber bloß einheimischen.«
»Das ist jetzt egal.«
Tom spülte zweimal kräftig die Kehle durch: »Also gut, was ist passiert?«
»Mensch, das normale! Wir sollten Liebe mimen, und nun ist es ernst geworden.«
»Kann man, verdammt noch mal, euch Youngster nicht ein paar Tage allein lassen?«
»Die Nächte waren es«, verbesserte Rolf.
»Ich will keine Einzelheiten wissen. Tina ist meine Frau. Lebensgefährtin, sagen wir mal. Wir wollten mit ihrer Hilfe eine Aktion starten. Wir wollten beweisen, daß du im Einzelfall mit Menschen die Politik austricksen kannst. Das ist eine wichtige Sache, verstehst du? Aber eine Sache für Erwachsene. Oder wenigstens für ernsthafte junge Leute wie meine Bekannte Birgit in West-Berlin. Aber was macht ihr? Wie die Teenager verknallt ihr euch und könnt mit euerm Hirn nicht gegen eure Hormone an. Das ist jämmerlich!«
»Sag mal: Daß du Tina los bist, scheint dich nicht zu beunruhigen?«
»Noch bin ich sie nicht ganz los. Aber zuallererst rege ich mich jetzt auf, und dabei solltest du mich nicht unterbre-

chen. Da haben sie euch nun jahrelang in der Schule eingebleut, daß ein Kommunist zuallererst für die Sache lebt und seine persönlichen Bedürfnisse hintanstellt. Aber nicht mal die zwei, drei vernünftigen Punkte eurer Ideologie habt ihr kapiert. Du wirst, solltest du jemals kommen, nahtlos in den Westen passen, da denkt auch jeder nur an seinen Bauch und umliegende Teile und läßt sich von seinem Kopf nicht irritieren.«

»Also, ganz so ist es ja nun nicht!«

»Genauso ist es. Hast du noch 'n Schnaps?«

Rolf hatte.

»Jedenfalls ist die Sache nun glaubwürdiger, als wenn wir bloß gemimt hätten.«

»Ach was! Um das zu erkennen, müßte euer Schatten von der Stasi mit im Bett liegen.«

»Mir war jedenfalls nicht wohl bei dieser fingierten Sache.«

»Hattest du Skrupel, deinen Staat hinters Licht zu führen?«

Rolf haute auf den Tisch: »Ich liebe sie. Sonst noch was?«

Liebst auch du sie eigentlich? fragte sich Tom. Wärst du ihr nachgelaufen, hättest du um sie gekämpft, wenn sie nicht zufällig in deiner Wohnung gewohnt hätte und zufällig keinen Mann gehabt und zufällig einen hätte haben wollen? Hatte er nicht oft gedacht, mit ihr sei das nichts fürs Leben, nichts für ihres und nichts für seins? War er jetzt getroffen oder nur beleidigt?

»Wir werden sehen«, sagte Tom. »Noch wohnt sie bei mir, und noch kommst du hier nicht raus. Und was mich angeht: Ich werde auch nichts mehr dafür tun, daß du rauskommst. Onkel Tom denkt jetzt mal an sich selbst.«

Erst als er am Fenster seines Hotelzimmers stand und auf den öden Bahnhofsvorplatz schaute, wo sich ein paar Straßenbahnen sammelten, erst dann spürte Tom den Stich, der ihn getroffen hatte. Er war wohl doch unter die Haut gegangen. Aber ins Herz?

31

»Schauen Sie sich diese Bruchbuden doch mal an! Hingeklatscht. Aber du mußt ja begeistert sein, daß du in dieser Arbeiterintensivhaltung sogar eine Dreiraumwohnung bekommen hast. Und daß sie sogar bis zum Parteitag fertiggeschludert war. Du mußt jubeln. Vor allem, wenn das Westfernsehen kommt.«

»Und warum«, fragte Tom, »haben Sie sich dann für das Interview zur Verfügung gestellt?«

»Zur Verfügung gestellt? Ich wurde dazu bestimmt. Vielleicht weil ich drei Sätze ohne Spickzettel sagen kann, ich weiß es nicht. Hätte ich ablehnen sollen: Ich möchte aber nicht die Wohnungsbaupolitik unseres Arbeiter- und Bauernstaates loben! Oder wie? Oder was?«

Andreas und die Kollegen räumten ihr Gerät zusammen, der Betreuer war schon vorausgegangen zum Auto, Tom war mit seinem Interviewpartner, den er sich nicht hatte aussuchen dürfen, unter vier Augen. Vor zwanzig Minuten hatte der junge Mann sich vor der Kamera glücklich gepriesen, diese fabelhafte Wohnung im Neubaugebiet Leipzig-Grünau zugeteilt bekommen zu haben, mit Fernwärme, ohne Brikettraufbuckeln und Ascheneimerrunterschleppen. Das verdanke er der Partei der Arbeiterklasse unter der Führung des Genossen Honecker, dem man eben anmerke, daß er auch ein einfacher Werktätiger sei.

»Hoffentlich können Sie mit dem Interview was anfangen«, sagte er zum Abschied skeptisch.

Nichts konnte man damit anfangen. Senden konnte man es natürlich, damit die Produktionskosten nicht vergeudet waren. Senden mit zusammengebissenen Zähnen und in der meist unbegründeten Hoffnung, die Zuschauer ver-

stünden Ironie, wenigstens in dem Satz über Honecker. Man konnte nicht mal darauf hinweisen, wollte man nicht den armen Kerl in die Pfanne hauen. Warum machst du eigentlich diesen blöden Job? fragte sich Tom wieder einmal. Damit nicht völlig vergessen wird, versuchte er sich zum achtzigstenmal einzureden, daß es diesen Landstrich noch gibt. Samt Menschen. Brüdern und Schwestern. Nichts war verräterischer als der um sich greifende Sprachgebrauch, man fahre »aus Deutschland in die DDR«.
Weiter zum Drehen, zum Kulkwitzer See. Es wurde Wert darauf gelegt, dieses gelungene Beispiel der Rekultivierung eines Braunkohletagebaus vorzuzeigen, mit künstlichem Strand und echten Badenden. Weit und breit aber das einzige Beispiel.
Nach Mölbis sollten wir fahren, dachte Tom, die bewohnten Ruinen zeigen, den Lärm der kreischenden Bagger hören lassen, zwei Minuten lang ohne einen Satz Text, entgegen jeglicher Gewohnheit des geschwätzigen Mediums. Dann den Pfarrer reden lassen. Statt dessen dieser alberne See. Thema verfehlt! hätte früher der Lehrer an den Rand geschrieben.
Man müßte, man sollte. Manche Kollegen sagten, man müßte nur jeden Abend fünf Minuten lang stumme Bilder von der Mauer zeigen, dann wäre die DDR ausreichend und zutreffend beschrieben. Müßte man, sollte man?
Als sie durch den Vorort Plagwitz Richtung Hotel fuhren, hielt Tom plötzlich an.
»Ich brauche ein paar Einstellungen von den Seitenstraßen«, sagte er.
»Wozu?« fragte der Betreuer mißtrauisch.
»Weil es typisch ist.«
»Aber nicht angemeldet.«

»Es heißt in den Bestimmungen«, korrigierte Tom, »allgemeine Stadt- und Landschaftsansichten sind nicht genehmigungspflichtig, sofern keine militärischen, verkehrstechnischen oder ähnliche Einrichtungen gezeigt werden.«
Der Betreuer zögerte. Tom stellte sich seine Gedanken vor: Wenn diese Plagwitzer Bruchbuden im Fernsehen des Klassenfeindes gezeigt werden, bestellen sie mich ein. Genosse, konntest du das nicht verhindern? Was hast du für eine Vorstellung von deinem Klassenauftrag? Außerdem mußt du doch wissen, daß so was im Zweifel rauf bis ganz nach oben geht, bis zu Kurt Hager.
»Also gut, zehn Minuten«, sagte der Betreuer.
Andreas schulterte bereits die Kamera und eilte um die nächste Straßenecke, während Tom den Betreuer in ein Gespräch über die Komplexrekonstruktion solcher Altbauviertel verstrickte. Zum Glück war Andreas einer von denen, die ohne detaillierte Absprache genau das drehten, was dem Film guttat. Mit Sicherheit suchte er jetzt in aller Eile Hinterhöfe voll Gerümpel, Fassaden ohne Putz, Fensterrahmen ohne Farbe, herunterhängende Dachrinnen, Rohbraunkohlehaufen vor Kellerluken. Und oben die Antenne für den Westempfang. Manchen vor dem Bildschirm würden diese Ansichten malerisch vorkommen wie Venedig, aber es war Hoffnung, daß einige verstanden. Was wollte man mehr?
Das war nun also das Erfolgserlebnis des Tages, dachte Tom im Hotelzimmer. Immerhin würden die Zuschauer den malerischen Verfall in den Hinterhöfen von Plagwitz eher verstehen als die Subtilitäten der Preisverleihung beim Festival. Er überlegte, ein Gespräch zu Tina anzumelden. Von Leipzig nach West-Berlin konnte man, mit etwas Glück und den Privilegien eines Interhotels, in zwei Stunden durchkommen. Aber was war am Telefon

zu bereden? Was mit Tina? Was mit Gesine? Wußte Tina, daß Tom schon wußte? Und wußte überhaupt Gesine schon? Oder spielten sie noch Versteck? Also hätte er mit der einen oder mit der anderen, je nachdem, welche sich meldete, über das Wetter reden können und über seinen DDR-Frust, aber nicht über das eigentliche Thema. Er ließ es sein.

Er stellte sich vor, die beiden Löwinnen in seinem Käfig zerfleischten sich seit Tinas Rückkehr. Kämpften mit Worten und vielleicht sogar mit ausgerissenen Haarbüscheln um einen Mann, der eine ganze Welt weiter untätig saß und nicht einmal zuhören konnte, geschweige denn mittun. Der Gedanke gefiel ihm mit einem gewissen Zynismus, zu dem er seit ein paar Tagen neigte. Aber dann fiel ihm ein, daß er selbst ja kein hämischer Beobachter sein konnte, er war ja, wenn es so was gab, das Opfer in diesem Spiel.

Kein Selbstmitleid! dachte er. Überhaupt kein Mitleid, mit niemandem! Nicht mal mit Gesine. Hatte sie nicht untätig gesessen und gewartet, daß jemand käme und ihr das Leben wieder in Ordnung brächte? So endet so was!

Zu dem Abendessen mit seinem Schulfreund Knut hatte Tom diesmal keine Lust, aber seine Erziehung verbot ihm, so kurzfristig abzusagen. Knut hatte diesmal eingeladen, ins »Stadtpfeifer« im neuen Gewandhaus, Geheimtip und für die Verhältnisse nicht ganz billig.

»Eure Kritiker werden wieder sagen«, prophezeite Knut, »du hättest die DDR zu positiv dargestellt. Ich weiß, da treffe ich euren wunden Punkt. Ihr müßt euch immer sagen, die DDR hat es nötig, daß nicht alles in grellstem Licht erscheint.«

Tom bedankte sich für das einleuchtende Argument und versprach, es bei der Beantwortung der Zuschauerbriefe einzusetzen. Aber der Sarkasmus seines Freundes ging ihm an diesem Abend auf die Nerven. Diese Knuts mit ihrer flapsigen Verachtung der Zustände waren doch die Schuldigen, die von dem System profitierten und es deshalb nicht ernsthaft in Frage stellten. Sie waren doch viel schlimmer als die Kalkriege im Politbüro, die wahrscheinlich noch einen Rest von Glauben an die Ideale ihrer Rotfrontkämpferzeit bewahrte.

»Warum änderst du eigentlich nichts?« fragte Tom.

Knut schaute ihn an, als habe er gegen die Regeln ihrer Gespräche verstoßen.

»Ja!« stieß Tom nach. »Wer denn, wenn nicht ihr, soll hier noch mal was zum Positiven wenden? Ihr sitzt doch bequem auf dem Karren, lästert über die Gäule, die sich plagen, und schaut ab und zu nach, ob vor lauter Schlamm noch die Achse zu sehen ist.«

»Und was ist daran anders als bei euch?« fragte Knut.

»Der Anspruch, mein Lieber! Churchill soll mal gesagt haben, die westliche Demokratie sei die schlechteste Gesellschaftsordnung, ausgenommen alle anderen. Ihr habt aber mal vor hundert Jahren versprochen, eure würde die beste. Jetzt ist sie bloß die zynischste.«

Knut lächelte: »Weißt du was? Ich glaube, dir geht bloß der Ärger mit deiner Freundin auf die Nerven.«

»Woher willst du wissen, daß ich eine Freundin habe?«

»Jeder hat eine Freundin. Und jeder hat Ärger mit ihr.«

»Nun mal Butter bei die Fische: Was weißt du von meiner Freundin?«

»Nichts. Ehrenwort! Oder darf man das bei euch nicht mehr sagen?«

Spät klingelte Tom bei Rolf, der überrascht war. Trotz alledem, erklärte Tom, vielleicht sogar wegen alledem könnten sie ja nicht einfach Funkstille halten und die Dinge treiben lassen.

»Morgen sind wir noch zum Drehen bei den Thomanern, dann fahre ich nach Hause. Wie es weitergeht, weiß ich nicht. Jedenfalls müßt ihr jetzt selbst schauen. Um es pathetisch auszudrücken: Mission erfüllt. Oder einfacher: Ihr könnt mich mal.«

32

Sie sollen bitte nicht in Tränen ausbrechen, hoffte Tom, als er die Treppe zu seiner Wohnung emporstieg. Zwei heulende Frauenzimmer ertrüge er nicht. Umkehren würde er auf dem Absatz, in irgendeine Kreuzberger Kneipe fahren, sich vollaufen lassen, sich die Nacht um die Ohren schlagen. Morgen ein Ultimatum stellen: Um vierzehn Uhr oder meinetwegen um sechzehn Uhr dreißig seid ihr beide verschwunden!

Tina brach aber nicht in Tränen aus. Sie gab Tom die Hand und fragte weder kühl noch neugierig: »Weißt du schon?«

»Und ob ich weiß.«

»Es ist eben passiert«, sagte sie.

»Das klingt aber nicht nach der großen Liebe.«

»Du weißt doch immer erst hinterher, ob es die große Liebe gewesen ist.«

»Und wo ist Gesine?« fragte Tom.

»In Hamburg. Bei Jürchn.«

»Ach so?«

»Wußtest du nicht?«

Das Telefon klingelte, zur Unzeit. Tom hätte es klingeln lassen, aber Tina hatte schon abgehoben, hörte kurz, gab den Hörer herüber.

»Birgit hier! Weißt du, wer da ist?«

»Wenn du so aufgeregt fragst: Boris Becker?«
»Quatsch! Alex natürlich. Schon seit drei Tagen. Wir sind heute ab acht im ›Bistroquet‹. Kommst du? Du mußt.«
Tom sah es ein.
»Wieso bei Jürchn?« fragte er, als er aufgelegt hatte.
»Sag bloß, du hast nichts gemerkt!«
Tom hatte gemerkt, daß Gesine nicht viel Energie und nicht viele Ideen in die Frage investierte, wie ihr Rolf in den Westen gelangen solle. Tom hatte das auf die anerzogene Antriebsarmut einer DDR-Bürgerin zurückgeführt. Nun wußte er.
»Du und Rolf. Gesine und Jürchn«, stellte Tom fest: »Dann hat ja jeder Topf seinen Deckel.«
»Bloß du armes Schwein nicht«, bedauerte ihn Tina.
Tom mußte lachen. Da hatte er nun gleich zweifach Beziehungen gestiftet, ohne es zu beabsichtigen, und war als fünftes Rad am Wagen übriggeblieben. Aber wahrscheinlich war es gut so. Tina war zu jung oder Tom zu alt, sie wollte Kinder, er wollte seine Ruhe, sie wollte trotz der Kinder Karriere machen, er wußte, daß das nicht gleichzeitig ging.
»Soll ich mir eine eigene Wohnung suchen?« fragte sie.
»Wenn du mir nicht mehr in mein Privatleben reinredest, kannst du bleiben.«
Tina, augenscheinlich erleichtert über den friedlichen Ausgang des Grundsatzgesprächs, ging mit, um Alex kennenzulernen.
»Das ist er«, strahlte Birgit.
Ein bißchen bleich war Alex unter dem dunklen Schopf, Haftblässe vermutlich, aber sportlich austrainiert wirkte er wie einer, der sich im Knast nicht hatte gehenlassen. Birgit hing an seinen Lippen. Tom hatte die flapsige Frage auf der Zunge, ob sich denn nun für Alex das Warten gelohnt habe, aber er war sich nicht sicher, wie einer

reagieren würde, der gerade erst wieder frische Luft zu schnappen lernte.
»Ich fand's toll«, sagte Tina, »welche Geduld ihr hattet.«
»Ich hatte keine Geduld«, widersprach Alex. »Deswegen habe ich ja versucht abzuhauen. Und im Knast hatte ich auch keine Geduld. Wenn es irgendeine Chance gegeben hätte ...«
»Aber was Birgit für eine Geduld hatte!«
Birgit lächelte: »Und nun stell dir vor, Alex wäre doch der falsche für mich.«
»Wenn mein Rolf rauskommt, sage ich euch, feiern wir alle zusammen ein Fest.«
Birgit schaute irritiert von Tina zu Tom und von Tom zu Tina: »Ich dachte immer, ihr beide ...«
»Es war ihr zu langweilig mit mir«, erklärte Tom: »So ein Mann, der einfach abends nach Hause kommt, nicht im Knast sitzt, nicht in der DDR sitzt ...«
Tina machte seinem Scherz ein Ende und erklärte ernsthaft die neue Situation. Birgit und Alex, Hand in Hand und immer wieder Küßchen austauschend, hörten ernsthaft zu und ließen sich alle Einzelheiten erklären. Dann meinte Alex, der Weg über Knast und Freikauf sei zwar nach seiner Einschätzung für Rolf der sicherste, aber auch der unangenehmste. Ein zweites Mal würde er selbst es nicht versuchen. Lieber ganz zivil über Ausreiseantrag. Das sei unter Umständen langwierig, dennoch trotz der Schikanen unvergleichlich angenehmer. Außerdem: Wenn Rolf schon wegen Gesines Flucht in seinem Betrieb degradiert sei, könne ihm nicht viel Schlimmeres passieren. Eine Heirat schätzte er als weniger aussichtsreich ein. Mit Sicherheit komme die Frage, warum das liebende Paar denn nicht auch in der DDR sein Nest bauen könne. Eine blöde Frage, klar, aber als Hinhaltetaktik nicht ungeschickt. Nein, man müsse konsequent und kompromißlos

die Ausreise verfolgen. Nicht wie seine Eltern, die nach Hin und Her und Hü und Hott schließlich aufgesteckt hatten hinter ihrer Mauer.
»Ach, ich beneide euch!« seufzte Tina. »Wenn ich bloß erst ganz entfernt einen Silberschein sähe!«
»Silberstreif«, verbesserte Tom.

33

»Komm doch mal am Sonntag her!« hatte Juri geraten. »Ich verspreche dir, es wird sehr aufschlußreich für euch.«
Er hatte, wie er sagte, in der Hauptpost am Karl-Marx-Platz vier Stunden auf das Blitzgespräch nach West-Berlin gewartet und, als er durch war, Glück gehabt, Tom zu Hause anzutreffen. Juri hatte ein bißchen verklausuliert, wie es DDR-Bürger quasi mit der Muttermilch eingesogen hatten. Aber am Sonntag mal fix rüberkommen: Wie stellt er sich das vor? Tom hatte als vielbeschäftigter Reisekorrespondent keine Probleme, innerhalb von Tagen ein Visum zu bekommen, sofern den Organen der Sinn der Reise einleuchtete; das begehrte Dauervisum zur beliebigen Ein- und Ausreise besaß er freilich nicht, was er irgendwie sogar als Auszeichnung ansah: Der Arbeiter- und Bauernstaat traute ihm offenbar nicht so ganz. Diesmal ging es jedenfalls mal wieder nur, indem er das Tagesvisum für die Hauptstadt mißbräuchlich für einen Ausflug in den Bezirk benutzte. Das Risiko war einigermaßen kalkulierbar, eine Kontrolle auf der Autobahn oder in der Stadt erfahrungsgemäß mehr als unwahrscheinlich. Andererseits war anzunehmen, daß Juri und seine Freunde an einem solchen Tag überwacht wurden,

da konnte man mit hineingeraten. Aber wo lag eigentlich das Risiko?
Tom war losgefahren.
»Wo hast du dein Kamerateam?« fragte Juri, als er aufmachte.
»Juri! Wo lebst du eigentlich? Denkst du, wir gondeln unangemeldet in die DDR und halten mal die Kamera drauf, wenn bei euch der demokratische Souverän zum Wahlakt schreitet?«
»Ihr traut euch rein gar nichts!« schimpfte Juri. »Dabei wird es verdammt spannend heute abend. Und alles völlig legal. Wir nehmen bloß unser Bürgerrecht wahr und beobachten die Auszählung. Niemand kann uns aus dem Wahllokal werfen.«
»Ach so?« spottete Tom: »Das ist zwar eine löbliche Aktion, aber wem wollt ihr eigentlich beweisen, daß euer Zettelfalten mit den vorhersehbaren neunundneunzig Komma acht Prozent ein ganz normaler Beschiß ist?«
Juri schaute Tom mitleidig an: »Du verstehst wieder mal null Komma null.«

Da noch lange Zeit war, bat Rolf Tom zu einem Spaziergang. Spaziergang, das hieß in der Regel, außer Reichweite fremder Ohren, auch elektronischer, etwas Wichtiges bereden zu wollen. Sie liefen, zunächst schweigend, durch den Clara-Zetkin-Park. Rolf fand nicht den Einstieg in sein Thema. Sie erreichten die Pferderennbahn im Scheibenholz, was wenigstens die einvernehmliche Feststellung auslöste, daß ihnen beiden völlig gleichgültig sei, welches Pferd schneller lief als die anderen. Das unverbindliche Gespräch über allerlei menschliche Leidenschaften führte fast zwangsläufig auf das Thema der Jagd, wobei sie wieder weitgehendes Einvernehmen erzielten. Daß der oberste Spießer und Ratsvorsitzende des

Staates mit Stolz seinen Gästen in Görings altem Jagdrevier vorführte, wie man auf herbeigetriebene Hirsche ballerte, war ihnen Beweis für die Hohlheit des Geredes von der Hege und der Pflege: Es ging um das angenehme Gefühl beim Töten. Tom widersprach allerdings Rolfs Meinung, man könne dies mit der Mentalität von Henkern und KZ-Wächtern gleichsetzen, als zu weitgehend. Immerhin, wenn er es recht bedachte, gab es unter den Menschen, die Tom in irgendeiner Weise für bedeutend hielt, keinen einzigen Jäger. Inzwischen hatten sie das Elsterflutbecken erreicht, ohne daß Rolf das Thema angeschnitten hatte, um das es ihm ohne jeden Zweifel ging.
»Wie läuft es eigentlich mit meiner früheren Lebensgefährtin?« fragte Tom rundheraus.
»Das mußt du doch von ihr selbst wissen. Du wohnst doch mit ihr unter einem Dach.«
»Aber ich frage sie nicht mehr danach.«
Das Thema schien zu scheitern.
Aber diesmal setzte Rolf neu an: »Die Situation ist ja ziemlich verfahren.«
»Findest du?« fragte Tom. »Eigentlich ist doch alles klar: Du suchst einen Weg, in den Westen zu kommen, und so weiter, und wenn sie nicht gestorben sind …«
»Du nimmst das nicht ernst«, stieß Rolf heftig hervor.
»Das stimmt«, bestätigte Tom unverhohlen ärgerlich. »Aber wenn du bitte mal auf dem Teppich bleiben willst: Ich reiße mir den Arsch auf, um für dich einen Weg zu Gesine in den Westen zu finden. Ich lasse sogar meine Lebensgefährtin für eine fingierte Hochzeit mißbrauchen. Und was passiert? Sie hopst mit dir in die Kiste, während Gesine mit meinem Freund Jürchn …«
»Wie bitte?« rief Rolf.
»Hat dir das noch niemand mitgeteilt? Dann tue ich es hiermit. Ja, mein Lieber: Saubere Verhältnisse, wohin man

auch schaut. Jedenfalls bleibe ich als Gelackmeierter und Gehörnter auf der Strecke. Und nun soll ich wahrscheinlich mal wieder etwas für euch einfädeln. Aber nichts tue ich! Am Ende gehe ich wegen versuchter Fluchthilfe noch in euern Ost-Knast, und ihr lebt herrlich und in Freuden in meiner West-Wohnung. Aus, Schluß, Sense!«

»Ich will ja auf was ganz anderes hinaus«, beschwichtigte Rolf.

»Nämlich?«

»Ich will, daß Tina zu mir zieht. Nicht umgekehrt.«

Tom blieb fast auf einem Bein stehen, jedenfalls mitten im Gehen und mit offenem Mund: »Wie bitte?«

»Tina soll nach Leipzig ziehen.«

»Sag mal, hast du zum Frühstück Blauen Würger getrunken? Ein Mensch soll freiwillig und ohne betäubt und verschleppt zu werden in diesen Scheißstaat umziehen?«

»Wenn sie mich liebt.«

Tom stand immer noch wie angewurzelt: »Was heißt hier: liebt? Schämst du dich nicht, einen Menschen mit diesem Argument zu bedrängen, sein ganzes bisheriges Leben aufzugeben und sich in Verhältnisse zu begeben, denen du gerade mit allen Mitteln zu entkommen versuchst?«

Rolf antwortete zunächst nicht, so daß sie endlich ihren Weg durch den Clara-Zetkin-Park wieder aufnahmen.

»Der Grund ist doch nur«, schimpfte Tom weiter, »daß du Schiß vor einer Entscheidung hast. Daß du Schiß vor dem neuen Leben hast. Daß du weiterwursteln willst. Mein Gott, wenn die drei Millionen, die vor der Mauer abgehauen sind, auch alle solche Drückeberger gewesen wären …«

»Wenn sie geblieben wären, sähe es hier besser aus«, widersprach Rolf. »Und das ist genau der Punkt, um den wir Montag für Montag in der Nikolaikirche streiten: Die

einen wollen alles stehen- und liegenlassen und nur raus, die anderen wollen bleiben und was verändern.«
Tom winkte heftig ab. »Ach, das kenne ich doch alles. Und alle klugen Menschen haben begriffen, daß es nicht funktioniert. Auch euer Erich Loest ist gegangen und Hunderte intelligenter Menschen, die mal dran geglaubt haben. Aber ihr meint, ihr müßt die Welt neu erfinden.«
»Du brauchst hier keine Vorlesung zu halten«, stieß Rolf ärgerlich hervor. »Die Problematik liegt uns näher als euch.«
»Kann ja sein. Aber du hast sie offenbar nicht verstanden.«
Sie gingen schweigend weiter. Tom war regelrecht aufgebracht über Rolfs Ansinnen. Leben in der DDR, hatte der rausgeworfene Wolf Biermann gesagt, sei ein »gesichertes Dahinsiechen«. Kaum irgendein Wort traf genauer den Kern. Das Leben war rundum geregelt und fast risikolos. Sogar die banale Gefahr, auf der Straße überfahren zu werden, war, verglichen mit dem Westen, verschwindend gering. Leben in der DDR war Käfighaltung mit regelmäßiger Fütterung. Und wenn man nichts anderes kannte, höchstens die noch schlimmeren Käfige im sogenannten sozialistischen Lager, konnte einem vielleicht sogar entgehen, worauf man da eingelassen wurde.
»Ich werde Tina vehement abraten hierherzukommen«, nahm Tom das Gespräch nochmal auf. »Von mir kriegst du da keine Unterstützung. Sieh lieber zu, daß du deinen Hintern aus den Daunen kriegst und einen Weg aus diesem Scheißstaat suchst! Entschuldige die harten Ausdrücke.«

Zu Haus bei den Freunden war gespannte Stimmung. So ähnlich, fiel Tom als Vergleich ein, mußte es bei den eng-

lischen Posträubern vor dem großen Coup stumm geknistert haben. Er dachte über die Perversion nach: Die Wahrnehmung eines verbrieften Bürgerrechts wurde vorbereitet wie eine Hochverratshandlung.
»Du findest also unsere Aktion witzlos?« fragte Juri.
Tom bestätigte: »Witzig: ja. Aber witzlos.«
»Und was sollten wir statt dessen tun? Nicht zur Wahl gehen? Dann wird eben nicht nur das Ergebnis gefälscht, sondern auch die Wahlbeteiligung.«
»Ich finde euch ja gut«, beteuerte Tom. »Aber ich frage immer wieder: Was bringt's? Solange hier neunzig Prozent in der Hüfte einknicken und schuldbewußt auf ihre Schuhspitzen starren, sobald ein Vopo an seine Mütze tippt, ist es doch schnurzpiepegal, ob das Wahlergebnis gefälscht ist oder nicht. Das Problem liegt darin, daß die meisten Menschen Schleimer und Kriecher sind, daß sie es mehr als notwendig sind und daß sie es mit Begeisterung sind.«
»Aber auch bei euch!« warf Juri ein.
»Deswegen«, bestätigte Tom, »sage ich ja: die meisten Menschen, und nicht: die meisten DDR-Bürger. Und ich nehme mich selbst ja gar nicht aus. Aber da liegt eben des Pudels Kern: ein Volk von Duckmäusern. Daran ändert eure neue Aktion heute abend nichts.«
»Wir werden sehen«, beendete Juri die Diskussion.
Im Wahllokal ab siebzehn Uhr wurden die Freunde zum erstenmal argwöhnisch beäugt, als sie nacheinander mit ihren Stimmzetteln die Kabine betraten. Die Wahlleiterin, beobachtete Tom, machte anhand der Wählerliste irgendeine Notiz. Als die Freunde anschließend das Wahllokal nicht verließen, sondern sich anteilnehmend umschauten, wurde die stumme Frage, was sie hier zu tun hätten, mehr und mehr zur stummen Aufforderung, endlich zu gehen. Tom hatte ersichtlich hier nichts zu su-

chen, jedenfalls nichts zu wählen, aber die Wahlleiterin sprach auch ihn nicht an.
Juri beendete die lauernde Unsicherheit: »Wir wollen die Auszählung ab achtzehn Uhr miterleben.«
Die Wahlleiterin schien erleichtert: »Das ist Ihr demokratisches Recht.«
Wahrscheinlich waren alle Wahlleiter auf das frivole Ansinnen vorbereitet, das ja mehrere Gruppen öffentlich angekündigt hatten. Die Wahlleiterin gab sich gesprächig und erläuterte den bevorstehenden Auszählvorgang, den sich die Freunde so oder so ähnlich vorgestellt hatten, weil es nicht viele verschiedene Arten des Zählens gab.
»Wie ist denn die Wahlbeteiligung?« fragte Rolf.
»Hoch. Praktisch alle Bürger sind ihrer demokratischen Pflicht nachgekommen. Aber genaue Zahlen kann ich Ihnen bis zur Stunde noch nicht geben.«
Warum nicht? müßte er jetzt fragen, dachte Tom. Aber das war vielleicht zu journalistisch gedacht. Außerdem durfte man nichts auf die Spitze treiben. Er war gespannt, ob die ungebetenen Gäste nicht doch um achtzehn Uhr hinausgebeten würden.
Sie durften bleiben.
Juri zählte die vielen Ja-Stimmen, machte auf seinem Notizzettel immer vier Striche und einen Querbalken, das erste Blatt füllte sich rasch, die nächsten ebenso. Rolf war für die Nein-Stimmen zuständig, Carla für die ungültigen. Tom begann sich zu wundern, daß sich auch das Nein-Blatt allmählich füllte und ausgetauscht werden mußte. Die Wahlleiterin tat routinemäßig geschäftig, außer dem tonlosen »Ja« und »Nein« und »Ungültig« fielen keine Worte.
Als die Auszählung beendet war, verabschiedeten sich die ungebetenen Beobachter mit höflichem Dank. Aber

das sei doch selbstverständlich gewesen, wurde ihnen entgegnet.
»Ich hatte wirklich gedacht«, gestand Carla vor der Tür, »die holen die Staatsmacht.«
»Unter Ulbricht hätten sie sie auch geholt«, stellte Tom fest. »Aber meine Frage bleibt: Wem nützt es?«
»Wir müssen sie Schritt für Schritt in die Defensive drängen«, erklärte Juri. »Wir müssen sie dauernd in Beweisnot bringen.«
»Bis sie euch freiwillig die Macht übergeben?«
»Wart's doch mal ab! Wie heißt es: Steter Tropfen höhlt die Leber.«
Zu Hause wurde sorgfältig zusammengerechnet. Juri kam überraschend auf rund vierundachtzig Prozent Ja-Stimmen. Er schlug Wetten vor, wie viele morgen für ihren Wahlbezirk in der Volkszeitung stehen würden. Er selbst tippte auf 97,2 Prozent, Rolf auf 98,3, Carla optimistisch auf 95 bis 96, Tom blieb hartnäckig bei seinen 99,8.

Unfall auf der Autobahn nach Berlin, Stau zur Unzeit, die Volkspolizei ließ warten, lenkte den Verkehr nicht dran vorbei. Auch die Westler im Transit warteten ergeben, meuterten nicht, wie sie es daheim getan hätten. Tom sah seine Felle davonschwimmen, Mitternacht am Übergang Heinrich-Heine-Straße zu sein.
»Na, hat die Dame Sie nicht weggelassen?« scherzte der namenlose Grenzer mit dem vertrauten Gesicht weit nach null Uhr.
Tom lächelte zurück. Wie man sich doch eingerichtet hatte! Es menschelte bisweilen sogar an der bekanntermaßen brutalsten Grenze der Welt.
»Was haben Sie denn heute gewählt?« Tom versuchte ebenfalls zu scherzen.

»Bei uns ist die Wahl geheim«, antwortete der Grenzer schlagfertig, wie Tom fand.
Zu Hause war natürlich schon alles dunkel. Tom hätte auch jetzt nicht mit Tina über Rolf reden mögen.

34

»Was hat er dir aufgetragen?« fragte Tina begierig.
»Bin ich Schalck-Golodkowski?« fragte Tom betont gleichgültig zurück. »Bin ich der Kurier zwischen den Welten?«
»Aber Rolf läßt dich doch nicht zurückfahren ohne was!«
Tom bemühte sich, noch gleichgültiger zu wirken: »Er lädt dich ein, zu ihm in die DDR überzusiedeln.«
Tina schaute ihn sekundenlang an, dann rief sie entgeistert: »Was macht er?«
»Er bietet dir an, bei ihm zu wohnen. In der Wohnung ist ja genug Platz seit Gesines Weggang. Ihre Möbel sind sogar noch vorhanden. Er würde sich auch um eine adäquate Beschäftigung für dich bemühen. Anwälte in unserem Sinne gibt es ja im dortigen Rechtssystem so gut wie nicht, und die wenigen können auch mit einer Kraft aus dem Westen nichts anfangen, dürften sie nicht mal einstellen. So daß du am wahrscheinlichsten in der Produktion ein Unterkommen fändest. Aber Rolf verdient ja.«
Tina hatte ihm immer fassungsloser zugehört: »Der hat ja ein Rad ab!«
»Wieso? Es steht doch nirgendwo geschrieben, wo zwei Liebende ihr Glück zu finden haben. Entscheidend ist doch, daß sie beieinander sind.«

Tina hatte sich ein wenig erholt: »Du scherzest, nicht wahr? Ich meine, wir könnten darüber reden, in Bangladesch zu leben oder im Tschad, aber ...«
Sie schüttelte heftig den Kopf und wirkte sogar etwas blaß. Tom blieb todernst und vermied peinlich satirische Wendungen, die ihm auf der Zunge lagen: »Rolf hat die vernünftige Vorstellung, er und seine Freunde sollten drüben bleiben und die Verhältnisse von innen heraus reformieren. Und da er dich liebt, möchte er dich dabei an seiner Seite wissen.«
»Die spinnen, die Zonis.«
»Dann scheint es mit deiner Liebe nicht weit her zu sein.«
Tina stand auf und wanderte durchs Zimmer. Tom war sicher, seine Rolle gut gespielt zu haben. Tina war, wie man flapsig sagte, voll darauf abgefahren und total von der Rolle. Der Liebe wegen den umgekehrten Weg nehmen? War das denn wirklich so eine abstruse Idee? Waren nicht Fälle bekannt? Wenn man allerdings darüber sprach, dann meistens mit dem mitleidigen Unterton: Da hat sich eine(r) verrannt, hat sich aufgegeben. Oder hatte er/sie nicht Dreck am Stecken und mußte sich absetzen? Konnte denn ein gesunder Mensch in geregelten Verhältnissen länger als einen Augenblick daran denken? Großen Erfolg erntete Tom stets mit der Schilderung, wie er sich als vorgeblicher westdeutscher Arbeitsloser um eine Stelle im Osten beworben hatte. Viermal. Dreimal ohne jede Reaktion. Beim viertenmal mit dem gereizten Bescheid, man lasse sich nicht veralbern und für fadenscheinige Propagandaeffekte mißbrauchen. Nein, in dieser Himmelsrichtung lief nichts!
»Ich meine: Wenn ich jederzeit raus und rein könnte«, dachte Tina laut.
Aha! dachte Tom lautlos.

»Nein, es wäre schon eine endgültige Entscheidung«, sagte er beiläufig. »Auf Westreisen müßtest du verzichten. Sie können ja keine Sonderrechte für Übersiedler einräumen, das gäbe Unruhe. Aber deine Eltern könnten dich wahrscheinlich jedes Jahr besuchen.«
»Danke schön!«
Tom war versucht, das grausame Spiel abzubrechen, aber es interessierte ihn jetzt quasi wissenschaftlich, das Experiment zu Ende zu führen.
»Wenn es bereits an solchen Fragen scheitert«, sagte er vorwurfsvoll, »dann kann die Leidenschaft nicht groß sein. Es kann doch nicht immer nur darum gehen, ob man im Supermarkt Bananen kriegt und im Urlaub nach Ibiza kann. Das macht doch ein Menschenleben nicht aus. Man muß sich doch auch noch einer Aufgabe stellen. Rolf will sein Land verändern. Das hat doch eine völlig andere Dimension als der nächste Ausverkauf in der Boutique. Ich verstehe nicht, daß die meisten Menschen nur die niedrigsten Ansprüche an sich selbst stellen.«
»Jetzt übertreibst du«, glaubte Tina zu erkennen. »Du wolltest mich testen.«
Tom schüttelte den Kopf: »Rolf meint es ernst.«
»Und was hast du ihm geantwortet?«
»Daß er recht hat.«
So, nun sollten die beiden mit sich ringen. Jeder allein. Erst bei Tinas nächstem Besuch würden sie klären, daß Tom gelogen hatte, aber das bedrückte ihn nicht. Wenn beide nicht einmal ernsthaft in Betracht zogen, für ihre Liebe Opfer zu bringen, dann sollten sie es doch, bitteschön, ganz lassen.
»Und sonst?« fragte Tina ein wenig hilflos.
»Sonst habe ich mir überlegt, zum vierzigsten Jahrestag der DDR eine Reportage zu machen: Vorbereitungen, Feiern, Stimmung. Zu versuchen, die Diskrepanz zwi-

schen offiziellem Jubel und tatsächlichem Leben herauszuarbeiten.«
Später hörte Tom aus Tinas Zimmer unterdrücktes Schluchzen. Er überlegte anzuklopfen und aufzuklären. Aber der noch nicht überwundene Gedanke, in dem ganzen Spiel der einzige Betrogene zu sein, hielt ihn davon ab.

35

Diese eintönige Autobahn! Die Magdeburger Börde, hatten sie in der Leipziger Volksschule vor einem halben Leben gelernt, sei einer der fruchtbarsten Landstriche Deutschlands, wenn nicht Europas. Schön für die LPGs! Aber das Gezockel mit Hundert in Richtung des rettenden Ufers bei Helmstedt ließ jedesmal Nerven absterben.
Freilich, Tom erinnerte sich auch noch an die Zeiten vor den Verträgen, als man, wenn's die östliche Weltmacht erlaubte, mal zwanzig Stunden vor dem Schlagbaum stand, weil große Politik auf dem Rücken wehrloser Geschäftsreisender ausgetragen wurde. An eine eiskalte Nacht, dachte Tom, da sie den Motor hatten laufen lassen bis zum letzten Tropfen Benzin und ein hilfsbereiter Fernfahrer sie eine Nacht später über die Grenze geschleppt hatte, vier PKW hinter seinem Anhänger. Das konnten sich heute viele nicht mehr vorstellen, die im geregelten Transit auf frisch asphaltierten Spuren einer zügigen Abfertigung zustrebten.
Die Brücke über die Elbe. BMWs und Daimlers mit Berliner Kennzeichen, Westberliner natürlich, zischten vorbei mit weit über Hundert. Tom paßte sich bis auf knapp 115 an und behielt den Fahrbahnrand im Auge.

Warum müssen wir der DDR eine Autobahn renovieren? hatten sie im Westen immer wieder gefragt. Für die Westberliner, hatte Tom immer wieder geduldig erklären geholfen. Denn nach Jahrzehnten genügte es den Insulanern nicht mehr, als Vorposten der Freiheit gerühmt und als Insel im roten Meer bestaunt zu werden, nun wollten sie endlich auch mal flink zu ihrer Datsche im Landkreis Lüchow-Dannenberg oder zu Geschäften nach Ost-Westfalen. Ja, wenn das so ist! Die Freunde in Oberbayern, noch ferner von allem, lästerten darüber, daß als Erfolg herausgestellt wurde, wenn in Berlin ein paar Dutzend Telefonleitungen unter der Mauer hindurch geschaltet wurden. Wieder geduldige Erklärung: Stellt euch vor, die Schwester aus Schwabing darf nicht den Bruder in Bogenhausen besuchen, und wenn sie telefonieren wollen, dann über Frankfurt am Main und mit Stunden Wartezeit. Und nun können sie plötzlich! Wenn man das so sieht, hatten die bayerischen Freunde zugegeben, die meisten jedenfalls.
Wenn man eben von Anfang an so drinsteckt in diesem zeitgeschichtlichen Schlamassel, dachte Tom. Der Ort und das Jahr der Geburt bestimmten die Prioritäten eines Lebens, von dieser »Zone« konnte man sich trotz Flucht nicht einfach lossagen. Was wäre aus dir geworden, hatte er tausendmal überlegt, wenn du damals geblieben wärst? Alle Möglichkeiten waren offen. Einer der Millionen angepaßten DDR-Bürger? Oder eines der zweieinhalb Millionen meistens nicht überzeugten SED-Mitglieder? Gar ein SED-Funktionär? Oder aber ein widerspenstiger DDR-Bürger? Einer wie Juri? Vielleicht aber ein »innerer Emigrant«, ein »Nischen-Zoni«? Oder ein »Ausreisewilliger«? Alles offen, mußte Tom zugeben. Wer da für sich die Hand ins Feuer legte, müßte sie sich gerechterweise verbrennen.

Eine Baustelle, zwanzig Stundenkilometer, überflüssigerweise. Primitive Menschenfallen zum Beutelschneiden. Dieser Staat gab sich, viel mehr als andere, ohne Hemmungen so schäbig, wie er war.
Dieses deutsche Verhältnis, überlegte Tom, war wirklich ein ganz besonderes. Zum Beispiel: Wenn man, im Urlaub oder von Berufs wegen, einen Sowjetbürger traf, einen Polen oder Tschechen, sogar einen Chinesen, redete man von Mensch zu Mensch über das Leben oder von Kollege zu Kollege über den Alltag. Wenn man aber einen DDR-Bürger traf, den man noch nicht kannte, begann das vorsichtige Abtasten: Was ist das für einer? Ein Linientreuer? Oder wenigstens ein Angepaßter? Vielleicht ein Kritischer, gar ein Oppositioneller? Oder ein »Agent provocateur«? Ein Spitzel? Wenigstens ein Wirtschaftsspion? Und um wieviel vorsichtiger mußte der DDR-Bürger sein, um seine Akte sauberzuhalten? Deutsche Krankheit: Mißtrauen. Ob ich eines Tages mal erfahren werde, dachte Tom, wer außer meinem Schulfreund Knut auf mich angesetzt war und was sie sich aus den Fingern gesogen haben, um nach oben Eindruck zu schinden?
Warum, überlegte Tom, haben sie Gesine rausgelassen? Eine junge Frau, alleinstehend, ohne Mann und Kind, zu keiner Rücksicht gezwungen, also auch nicht zur Rückkehr, bekannt als halbwegs kritischer Geist, Mitglied einer losen Gruppe, die nicht parteikonform dachte. Wollten sie sie loswerden? Da gäbe es viele, die sie dringender loswerden wollen müßten. Wollten sie die Gruppe sprengen, die nun wirklich nicht die Existenz der DDR bedrohte? Oder war sie gar … Tom zögerte, den Gedanken zu Ende zu denken: War Gesine eine Agentin? Als U-Boot in die BRD eingeschleust wie weiland Guillaume ins Kanzleramt?
Jetzt fängst du an zu spinnen, dachte Tom. Kann man in Deutschland nicht mehr normal denken?

Eine Kelle streckte sich ihm entgegen. Er bog in den Parkplatz ein und kurbelte das Fenster herunter.
»Bitte rechts ranfahren!« sagte der Volkspolizist.
Tom kramte seine Papiere heraus.
»Sie sind hundertvierzehn gefahren«, sagte der Volkspolizist. »Sind Sie mit einer gebührenpflichtigen Verwarnung einverstanden?«
»Und wenn nicht?« fragte Tom.
»Dann müssen wir bis zur Klärung den Wagen aus dem Verkehr ziehen.«
»Und wer klärt?«
»Normalerweise wir.«
Diese Hilflosigkeit kannte Tom seit Kindesbeinen. Vielleicht war er hundertneun gefahren, vielleicht hundertneunzehn, so präzis war das Gerät sicher nicht. Entscheidend war die Unmöglichkeit, etwas in Frage zu stellen. Das Sich-fügen-Müssen. Und da erzählte er seinen Freunden etwas über den aufrechten Gang!
»Eigentlich sollte ich Sie beglückwünschen«, flüchtete er sich in einen Scherz: »Ich fahre seit Jahrzehnten Transit und immer über hundert, aber Sie sind der erste, der mich erwischt hat.«
Wider Erwarten hatte der Volkspolizist Humor: »Dann kriegen Sie Mengenrabatt. Sind Sie mit hundert Prozent Aufschlag einverstanden?«
Alle haben sich daran gewöhnt, dachte Tom auf der Weiterfahrt, daß es diese DDR gibt und daß sie ist, wie sie ist. Was, wenn es sie plötzlich nicht mehr gäbe? Alles käme in Unordnung. Die Geschäftemacher, die »drüben« billig ihre Textilien und ihre Schweinehälften abgriffen, um alles mit Gewinn zu verhökern, hätten herbe Einbußen. Arbeitsplätze und Bilanzen im Westen wären gefährdet. Das merkwürdige System der Ausbeutung einer maroden Volkswirtschaft bei gleichzeitiger Stützung eines maroden

Staats würde nicht mehr funktionieren. Und wenn es zusammenbräche: Würden dann nicht die Zonis plötzlich frech und wollten gerecht teilhaben? Wären nicht mehr abzuspeisen mit den Gaben aus dem Intershop und den Kleiderspenden aus dem Schrank im Keller. Sie würden das schädliche Anspruchsdenken entwickeln, das schon der freien Welt soviel Kopfzerbrechen bereitete.

Nein, dachte Tom, als sich die Grenze bei Marienborn ankündigte: Laßt es mal, wie es ist!

Marienborn! Der überfüllte Interzonenzug damals zu Weihnachten. Bei Nacht und Kälte alle raus mit dem Gepäck und auf dem Bahnhof Schlange stehen. Stunden. Die Koffer gefilzt, in den Geschenken gewühlt. Strenge Fragen, ruppige Anweisungen, im schlimmen Fall Leibesvisitation. Bis auf die Unterwäsche. Man sollte nicht vergessen, daß man an der Grenze zwischen feindlichen Welten war. Tom erinnerte sich an die Rentnerin, die neben ihm mit blasser Nase lautlos zu Boden sank, als auf dem Grund ihrer Tasche die nicht angegebene Märklin-Lokomotive für den Enkel entdeckt wurde. Filmreife Szenen, Stoff für Komödien, wenn es nicht das richtige Leben gewesen wäre. Diese Geschichten ließen die einen kalt, die anderen jedoch nie mehr los.

Hinter der Grenze einmal Gas geben bis zum Anschlag, einmal durchatmen, dann normales Tempo und ein paar Baustellen bis Hannover.

36

Der Überfall kam aus heiterem Himmel. Jemand rief etwas, was Tom nicht genau verstand, es klang wie: »Angriff!« Die Volkspolizisten stürmten mit heruntergeklapp-

tem Visier und erhobenem Schlagstock los. Tom stellte sich, Instinkt aus der Steinzeit, vor Carla, um sie zu schützen. Aber er wurde von ihr weggerissen und zu Boden gestoßen. Er rappelte sich rasch auf die Füße und sah, wie Carla, die Arme auf den Rücken gedreht, von zweien im Laufschritt abgeführt wurde. Er schaute sich nach Andreas und seinem Kamerateam um, das er eben noch die Menschen vor der Nikolaikirche hatte filmen sehen. Aber in dem Chaos auf dem Kirchhof war es nicht zu entdecken. Tom wollte hinter Carla her, vielleicht aus dem nutzlosen männlichen Trieb, sie zu befreien, aber er kam nur wenige Schritte weit. Ein Schlag von hinten, der das Ohr mit einem stechenden Schmerz traf und abglitt auf die Schulter. Einen Augenblick benommen, wurde Tom von vier Armen gepackt und vorwärts gestoßen: »Los, du Dreckschwein, du elendes!« Auf Sächsisch. Er stolperte vorwärts, wurde gegen einen Lastwagen gestoßen, Arme packten ihn von oben und zerrten ihn auf die Ladefläche, Arme von unten schoben nach, eine Hand griff ihm ins Gemächt, so daß er aufjaulte. Er schaute in haßerfüllte Gesichter zwischen Mützenschilden und Kragenspiegeln. Er hörte die Flüche: »Los, du Sau! Beeil dich, du elende Kanaille!« Er sah Carla in einer Ecke der Ladefläche und schlug sich zu ihr durch. Sie schüttelte sich in heulender Verzweiflung.
Verdammte Nazis! dachte Tom außer sich und nahm Carla endlich in die Arme.
Das war nun, überlegte er, als er auf dem losrumpelnden LKW Halt suchte, die Feier des vierzigsten Jahrestages der Deutschen Demokratischen Republik in der Bezirkshauptstadt Leipzig!
Über der Stadt hatte seit dem Morgen Spannung gelegen, aber es hatte geschienen, als werde dieser 7. Oktober 1989 ein friedlicher Tag. Die Staatsgewalt hatte sich unüber-

sehbar hochgerüstet präsentiert, die kritischen Gruppen hatten zurückhaltend Provokationen vermieden.
»Nicht morgen!« hatte auch Juri am Abend vorher die Freunde beschworen. »Wenn der Staatsgewalt ihr Ehrentag vermasselt wird, reagiert sie aggressiv. Zwei Tage danach ist doch wieder ein Montag!«
»Sie sind nervös«, hatte auch Tom vermutet. »Wenn schon der große Bruder heute öffentlich gesagt hat: ›Wer zu spät kommt, den bestraft das Leben‹, dann stehen sie mit dem Rücken zur Wand. Angeschlagene Boxer, ihr wißt ja.«
Von Tag zu Tag hatte sich Tom mehr gewundert, daß in dieser Situation sein Film über den vierzigsten Jahrestag nicht abgesagt wurde. An den Problemen des Staates wäre auch mit geschlossenen Augen niemand mehr vorbeigekommen. Prag ließ die Botschaftsbesetzer in die Freiheit ziehen, Ost-Berlin konnte gerade noch erwirken, daß die Flüchtlinge nicht auf direktem Weg in die Freiheit fuhren, sondern über das heimatliche Territorium geleitet wurden. Das machte die Niederlage eher noch deutlicher.
Rolf hatte sich nach heißen Diskussionen mit den Freunden entschlossen, wie viele den Weg über Prag zu nehmen. Hals über Kopf und mit Handgepäck. Wo er sich jetzt aufhalten mochte, wußte niemand. Etwa schon im Westen? Schon bei Tina in Berlin?
Der LKW mit den Festgenommenen kurvte durch eine Toreinfahrt und hielt abrupt. »Absteigen! Dalli-dalli!« wurde gebrüllt. Tom bekam wieder einen Knüppel ab, diesmal in die Nierengegend. Er konnte Carla nicht festhalten, aber wenigstens in ihrer Nähe bleiben. Hinein in das Gebäude, das er nicht kannte, Treppen hinauf, einen Gang entlang, Aufstellung mit dem Gesicht zur Wand.
Jetzt den grünen Paß und den Presseausweis vorzeigen, überlegte Tom, und sie müßten dich gehen lassen. Und

dann? Was hätte er dann zu berichten gehabt? So ein Erlebnis, dachte er, trotz seiner Wut ganz wertfrei, mußte man doch zu Ende erleben. Das gab's nur einmal, das kam nicht wieder! Eines Tages würde man mitreden können, wenn all die Übervorsichtigen in tausend Ausschmückungen über den berühmten vierzigsten Jahrestag erzählten, den sie in Wahrheit vor dem Fernseher zugebracht hatten. Und außerdem wollte er in Carlas Nähe bleiben. Sie stand einige Meter entfernt mit dem Gesicht zur Wand. Sie schaute herüber, lächelte tapfer, aber eigentlich ratlos und verzweifelt.

Damals noch, bei der letzten Dokumentarfilmwoche, überlegte Tom, als die Freunde ihre harmlose Aktion mit den Luftballons gestartet hatten, da waren die Typen von der Stasi mit ihren brennenden Zigaretten ganz gelassen vorgetreten und hatten den Spuk zerplatzen lassen. Provozierend gelassen. Aber heute? Diese Hektik, diese Gereiztheit, diese Wut, diese hemmungslosen Beschimpfungen! Reagierte so eine Staatsgewalt, die sich ihrer Sache sicher war?

Mit dem Gesicht zur Wand sah Tom mit einemmal deutlich, was ihm bisher entgangen war: Es war nichts mehr wie vorher!

Carla wurde abgeführt, winkte mit den Augen. Kurz darauf führten sie Tom in ein Vernehmungszimmer. Ein trostloser Raum mit trübem Tageslicht, dem eine Schreibtischfunzel etwas aufhalf. Der Beamte mit einem Gesicht, von dem Tom annahm, er werde es trotz der Situation, schon eine Stunde später nicht mehr beschreiben können. Der Mann verlangte wortlos die Papiere. Tom gab ihm nur den Reisepaß, nicht den Presseausweis. Aha, BRD-Bürger!, würde der Mann gleich sagen.

»Aha, BRD-Bürger! Wie kommen Sie in diese ungesetzliche Zusammenrottung?«

»Ich habe nicht gerottet, sondern auf dem Nikolaikirchhof gestanden, als der Angriff erfolgte.«
»Warum auf dem Nikolaikirchhof? Warum nicht anderswo? Warum ausgerechnet an diesem Tag ausgerechnet auf dem Nikolaikirchhof?«
»Mir war kein Verbot zu Ohren gekommen.«
»Machen Sie doch kein Versteckspiel. Sie wissen doch, was es mit der Nikolaikirche auf sich hat.«
Normalerweise stellte man sich jetzt dumm und fragte scheinheilig. Sollten sie doch erklären und ihre Version erläutern! Aber das Spielchen war Tom zu lächerlich.
Der Mann winkte ärgerlich ab, schrieb Toms Personalien auf und gab ihm den Paß zurück: »Sie können jetzt gehen.«
Vor der Tür des Vernehmungszimmers wurde Tom von niemandem in Empfang genommen. In dem Tohuwabohu auf den Gängen hätte er jetzt zum Ausgang gehen und mit seinem grünen Paß wahrscheinlich das Gebäude verlassen können. Aber er schloß sich mehreren Personen an, die von zwei Polizisten eine Treppe hinab und in einen dunklen Kellergang geführt wurden. Sie wurden hineingeschoben in eine ebenfalls dürftig beleuchtete Massenzelle. Gestapo, fiel Tom ein. Wie sich die Bilder glichen!
Tom erblickte Carla. Er drängelte sich zu ihr. Sie nahmen sich in die Arme.
»Schön«, flüsterte sie.
Sie wirkte endlich ruhig.
»Wir errichten in der DDR eine wahrhaft menschliche Gesellschaft«, sagte jemand hinter ihnen. »Hat Erich uns versprochen.«
»Das stammt noch von Walter«, widersprach jemand anderes.
»Ich müßte mal auf den Topf«, flüsterte Carla.

Tom ging zur Tür und klopfte. Ein Wächter öffnete einen Spalt, Tom meldete ihm die Notwendigkeit.
»Jetzt nicht. Soll warten.«
»Zehn Minuten geht's vielleicht noch«, hoffte Carla.
Das war ja alles noch ziemlich harmlos, überlegte Tom. Wenn man dagegen die Schilderungen von monatelanger Stasi-Haft und nächtlichen Verhören las, von Schikanen und Quälereien in Bautzen und Hoheneck, dann war das heute fast wie ein Ausflug zum Festtag der Republik. Und dennoch war es eben im Prinzip überall gleich, in Breschnews Sowjetunion, in Pinochets Chile, in Hitlers Reich, in Honeckers Republik. Das Naturgesetz des Terrors. Und überall die gleichen Visagen der Knechte. Es sollte auch nur keiner glauben, in der selbstgefälligen demokratischen Bundesrepublik ließen sich nicht per Zeitungsanzeige sofort Tausende solcher Typen finden, die wieder von vorn anfingen – wenn man sie bloß ließe!
»Welchen politischen Sinn soll es machen«, rief Tom, »wenn einer festgenommenen Bürgerin die Blase platzt?«
Der Polizist schaute ihn verwundert an, dann winkte er wortlos Carla und übergab sie einer uniformierten Person.
»Ganz schön keß«, wunderte sich ein Mitgefangener.
»Ach was«, wehrte Tom ab. »Man muß doch bei allem noch das Gehirn eingeschaltet lassen.«
Die Stunden tröpfelten. Tom dachte an Andreas und sein Team: Ob sie die Prügelorgie auf dem Nikolaikirchhof gedreht hatten? Die Kassette sicher verwahrt? Von vergleichbaren Fällen wußte man, wie peinlich es der DDR-Führung war, auf Bildschirmen in West und Ost derart vorgeführt zu werden. Wie peinlich der Bericht von Merseburger, als er und sein Team Pfingsten vor zwei Jahren Unter den Linden verprügelt worden waren, weil sie

drehten, wie tausende junge Leute über die Mauer hinweg das Rockkonzert drüben vorm Reichstag mitkriegen wollten. Wenn das schäbige dünne Mäntelchen behaupteter Toleranz öffentlich gehoben wurde, ließ die SED prügeln und machte alles noch viel schlimmer. Manchmal – nein: inzwischen immer – zweifelte Tom an der kollektiven und individuellen Klugheit im Politbüro der SED.

Spät in der Nacht wurden die Inhaftierten aus ihrem Kellerverlies in den Hof getrieben, in dankbar aufgesogene frische Luft. Im Halbdunkel wieder Polizisten mit Helmen, Schilden, Schlagstöcken. Wieder fluchend, pöbelnd, stoßend, prügelnd. Lastwagen standen bereit, Tom konnte sich bei Carla halten. Seine Rolle als männlicher Beschützer kam ihm fast lächerlich vor, aber er spürte, wie Carla ruhiger wurde in seiner Nähe. Fahrt durch die dunkle Stadt. Irgendwo wurde gehalten, ein paar durften absteigen. Ein Stück weiter wieder drei oder vier. Offensichtlich sollten sie sich nicht zu neuen »Zusammenrottungen« vereinigen können. Endlich waren auch Tom und Carla frei.

Zur nächsten Telefonzelle. Sie funktionierte nicht. Zur übernächsten. Die Rezeption des Hotels Merkur mußte lange suchen und klären, bis Tom eine Auskunft bekam: »Ihre Kollegen haben am Nachmittag ihr Gepäck geholt und sind abgereist.«

Mit der Straßenbahn nach Hause zu Juri. Ein Bier erst mal für halbverdurstete Kehlen. Erzählungen.

»Mir war es klar«, sagte Juri.

»Du bist ein Klugscheißer«, fuhr ihn Carla an. »Wir haben nicht provoziert, wir haben bloß unser Recht wahrgenommen, am Feiertag der Republik auf einem öffentlichen Platz zu stehen. Weiter nichts. Und dafür haben sie uns zusammengeschlagen.«

»Das ist eben die Sache mit dem angeschlagenen Boxer«, wiederholte Tom seine These.
»Aber wie geht's nun weiter?« fragte Carla.
»Keine Ahnung«, brummte Juri. »Jedenfalls steht etwas auf der Kippe. Und deswegen, ich muß es wiederholen, akzeptiere ich nicht, daß sich Rolf aus dem Staub gemacht hat. Ich nenne das, verdammt noch mal, Fahnenflucht!«
Carla widersprach ihm heftig: »Es gibt ja noch was anderes außer deiner Revolution.«
»Zum Beispiel?«
»Liebe zum Beispiel.«
Juri winkte ärgerlich ab.
Es war fast zwei Uhr morgens, als Tom Carla einen Gutenachtkuß gab. Sie umarmte ihn und flüsterte in sein Ohr: »Bloß gut, daß du dabei warst.«
Im Hotel meldete Tom ein Gespräch nach West-Berlin an. Vielleicht, dachte er, kriege ich bis morgen heraus, wo mein Team geblieben ist.

37

»Und wohin war damals dein Team?« erkundigte sich Rolf.
»Abgeschoben«, antwortete Tom. »Abgeschoben über die Grenze. Wegen ungesetzlicher Handlungen oder so was. Spät in der Nacht oder früh am Morgen, wie du willst, hatte ich Andreas in West-Berlin an der Strippe. Er war noch halb empört, aber auch schon wieder halb amüsiert. Vopos hatten sie auf dem Nikolaikirchhof festgenommen. Das muß in derselben Minute gewesen sein, als sie Carla und mich griffen.«
»Und die Aufnahmen?«
»Sie beschlagnahmten das Gerät und versuchten, die Kassette rauszufummeln. Das Team verweigerte feixend technische Hil-

feleistung. Als sie endlich die Kamera geknackt hatten, war sie komischerweise schon leer. Die Kassette fand sich auch erst nach der Grenze wieder.«

Bei dem Hochzeitsfest hatte sich, wie selbstverständlich, der »harte Kern« um einen der Tische zusammengeklumpt: Juri, Rolf, Gesine, Carla, also die »Viererbande«, und Tom. Seit Freitag, seitdem Juri mit dem Flugzeug in Leipzig eingetroffen war, gluckten die fünf meistens beieinander. Ihre zwischenzeitlichen Zerwürfnisse kamen nur am Rande zur Sprache, so daß sogar Tom, der viel mehr ein Harmoniemensch als alles andere war, sich manchmal aufgerufen fühlte, an die Streitigkeiten der letzten Jahre zu erinnern, damit nicht alles in rosaroter Soße ertrank.

»Und wie weiter?«

»Als das Team nach Berlin zur Grenze eskortiert werden sollte«, lachte Tom, »kriegten die Vopos ihren verdammten Lada nicht in Gang und mußten ihn vom Klassenfeind anschleppen lassen.«

»Das ist auch kein Auto für geschichtliche Augenblicke«, warf Juri ein.

»Aber ihr müßt euch mal überlegen«, sagte Gesine: »Während sich in Leipzig das Schicksal der Republik entschied, hatte die Staatsmacht immerhin eine Art Auto und mehrere hochqualifizierte Sicherheitskräfte übrig, um ein harmloses BRD-Team aus dem Land zu werfen. Das ist für mich eine der Erklärungen, weshalb sie die Revolution nicht verhindern konnten.«

»Ach was!« rief Rolf: »Sie haben nicht gemerkt, daß es eine Revolution war.«

Juri: »Ich glaube, der Zusammenbruch war so wenig aufzuhalten, daß sie genausogut in aller Ruhe ein Kamerateam nach Berlin eskortieren konnten.«

»Nein, nein, nein!« rief Carla. »Heute tun alle so, als wäre es bloß Formsache gewesen, der wankenden Staatsmacht den Tritt in den Hintern zu geben. War doch ganz einfach, nicht wahr?

Komisch, daß wir nicht früher drauf gekommen sind. Es will ja auch jeder dabeigewesen sein.«
»Du warst jedenfalls nicht dabei«, rief Juri, »als es montags um die Wurst ging!«
»Das behaupte ich ja auch gar nicht. Ich gebe ja zu, daß ich nach der halben Nacht im Knast die Schnauze voll hatte.«
»Nicht die Schnauze«, widersprach Juri: »die Hosen!«
»Ich weiß: Du bist unser Revolutionsheld. Aber auch du hattest Schiß. Heute reden sie alle von der ›sanften Revolution‹, als wär's eine Radtour im Rosental gewesen. Klingt richtig schmusig: ›The Velvet Revolution‹. Aber damals haben wir gesagt: Wenn wir heute wieder hingehen, erschießen sie uns vielleicht. Vielleicht sogar wahrscheinlich. Habt ihr das vergessen?«
Tina drückte sich zu Rolf auf den Stuhl: »Na, mein Bräutigam, erzähl doch noch mal von Prag! Manche kennen das noch nicht.«
»Olle Kamellen«, wehrte Rolf ab.
»Hast du eigentlich Genscher auf dem Balkon erlebt«, fragte Gesine.
»Das weißt du doch, daß ich erst beim zweiten Schub dort war.«
»Und wie war das, als ihr durch Dresden seid? Konnten da welche in den Zug?«
»Ich weiß es nicht. Mich hat auch nur interessiert, daß sie mich nicht rausholten. Außerdem stand alles in der Zeitung. Juri kann mich übrigens ruhig vorwurfsvoll anschauen, aber ich habe am zweiten Oktober neunundachtzig nicht für möglich gehalten, daß die DDR merkt, daß sie am neunten Oktober am Ende ist. Also bin ich abgehauen. Deswegen und wegen Tina. Sonst noch Fragen?«
»Es hat ja auch keiner für möglich gehalten«, räumte Carla ein.
»Keiner!« bekräftigte Rolf. »Oder kann mir einer heute, vier Jahre danach, erklären, warum die Revolution geklappt hat?

Jeder versucht sich das Verdienst an den Hut zu stecken, daß nicht geschossen wurde. Krenz. Die Stasi. Der große Bruder. Aber keiner kann's beweisen. Und es war nicht damit zu rechnen.«

»Es macht dir ja keiner einen Vorwurf«, beschwichtigte Tom.

»Doch!« sagte Juri, »mache ich.«

»Na und?« rief Rolf. »Na und? Es geht um heute. Wer ist denn heute hier und packt an? Carla hätschelt ihre verratenen Ideale. Gesine kommt bloß mal nach Leipzig, um irgendein Grundstück an sich zu bringen. Juri hat frustriert das Weite gesucht. Nur Tina und ich machen hier wie die Verrückten Aufschwung Ost. Wenn alle so wären wie ihr, würden wir das Territorium besser für einen symbolischen Preis von einem Rubel an die GUS abtreten.«

Tina erinnerte daran, daß heute ihre Hochzeit sei. Man möge, schlug sie vor, die Debatten über Politik, die sie unvorsichtigerweise mit geschürt habe, wenigstens bis morgen nach der Hochzeitsnacht einstellen, danach sei es ihr egal. Es gebe jetzt was zu essen, damit die schädliche Wirkung des Ur-Krostitzer Pilsners und des Blauen Würgers zumindest hinausgezögert werde.

»Aber man vergißt's eben nicht so einfach«, sagte Tom.

»Deutsche Schicksale«, spottete Juri.

»Aber damals haben wir oft geheult«, sagte Carla.

38

»Mein alter Herr«, stellte Juri mit spöttischem Unterton vor. Tom erhob sich. Er hatte sich Juris Vater stets ganz anders vorgestellt, als einen untersetzten Mann mit schütterem, angegrautem Haar und rosigem Gesicht, in einem möglicherweise grob karierten, jedenfalls ge-

schmacklosen Hemd mit offenem Kragen. So wie er sich eben einen klassenbewußten Werktätigen seit Kindesbeinen vorstellte. Juris Vater war aber ziemlich schlank, trug den schwarzen Schopf füllig und einen Schnauzbart im Gesicht und war, vielleicht wegen des Sonntags, vielleicht auch noch wegen des gestrigen vierzigsten Jahrestages der Republik, in Schlips und Kragen gekleidet.
»Sind Sie Rolf?« fragte Juris Vater.
»Nein«, erwiderte Juri, »Rolf hat letzte Woche unser Paradies verlassen. Über Prag. Das hier ist Tom.«
Er sagte nicht dazu, daß Tom aus der anderen Welt kam, aus dem Nichtsozialistischen Wirtschaftsgebiet.
»Was verschafft mir die Ehre?« fragte Juri kühl.
»Du wirst überrascht sein, daß ich dich aufsuche.«
Juri nickte.
»Es ist mir auch nicht leicht gefallen. Deine Mutter hat übrigens strikt abgelehnt mitzukommen. Grüßen soll ich aber.«
Juri nickte.
»Es geht ja ganz schön turbulent zu in unserer Republik.«
Das Gespräch wollte einfach nicht in Gang kommen. Tom wußte, wie sehr Juri seinen Vater verabscheute. Daß Gräben zwischen den beiden lagen, die nicht zuzuschütten waren. Daß sie sich über zwei Jahre nicht unter die Augen getreten waren, nicht telefoniert hatten, nicht korrespondiert. Juri schaute seinen Vater an, nicht neugierig, ohne Ausdruck.
»Ich meine, es treibt auf einen Punkt zu«, begann der Vater von neuem. »Ich meine, es ist jetzt kein Spaß mehr. Gestern die Zusammenrottungen auf dem Nikolaikirchhof.«
Juri schaute zu Tom herüber.

Der Vater hatte jetzt den Faden gefunden: »Bisher konnte man vielleicht noch sagen, da gibt es junge Leute, die wollen ihre Kraft messen. Mal ausprobieren, wie weit der Staat und die Partei mit sich spaßen lassen. Wir waren ja auch mal jung, nicht wahr, und haben wider den Stachel gelöckt. Aber irgendwo ist ein Punkt, verstehst du?«
Juri schaute ihn fragend an.
»Was wollt ihr eigentlich?« fragte der Vater.
Erstmals antwortete Juri: »Wir wollen eine deutsche demokratische Republik.«
»Aber ihr lebt in einem Land mit sicheren Grenzen und gesicherten Arbeitsplätzen, ohne Angst vor Arbeitslosigkeit und Ausbeutung, vor Kriminalität und Obdachlosigkeit.«
Gesichertes Dahinsiechen, dachte Tom, Wolf Biermanns Wort.
»Ich will dir mal erzählen«, sagte Juris Vater, dem noch immer nichts zu trinken angeboten worden war: »Wir damals, deine Mutter und ich, haben dieses Land und diesen Staat aus den Trümmern mit aufgebaut. Auferstanden aus Ruinen! Das war verdammt eine harte Arbeit. Und wenn wieder mal einer abhaute ins Land von Kaugummi und Coca-Cola, drei Millionen waren es bis zur Mauer, dann haben wir die Ärmel aufgekrempelt und für zwei gearbeitet.«
»Das habe ich alles in der Schule gelernt.«
»Wir haben es uns wohnlich gemacht. Mein Gott, die Plattenbauweise finde ich auch nicht schön, aber keiner sitzt auf der Straße. Und es ist unser Staat. Nicht der Staat der Monopole. Unserer. Und den wollt ihr nun kaputtmachen.«
»Im Gegenteil. Wir wollen ihn ganzmachen.«
»Kaputtmachen wollt ihr ihn! Aber das findet nicht statt!«

»Woher weißt du das?« fragte Juri.
Sein Vater wandte sich an Tom: »Ist das eigentlich so schwer zu verstehen?«
»Ich kann da nicht mitreden. Ich bin von drüben.«
»Ach so? Aber bei Ihnen werden doch alle brutal verfolgt, die nicht konform sind. Was war denn damals in Wackersdorf? Wer gegen diesen Irrsinn protestierte, wurde als Staatsfeind behandelt. Bis plötzlich der Staat den Irrsinn selbst einsah. Bei Ihnen ist doch jeder ein Kommunist oder etwas noch viel Schlimmeres, wenn er das System der Monopole in Frage stellt. Er braucht nicht mal Bomben zu werfen, er braucht nur zu sagen, er könne theoretisch verstehen, wenn jemand überlege, Bombenwerfen unter bestimmten Umständen für denkbar zu halten – und schon sitzt er in Stammhein. Da seid ihr ganz strikt. Aber wenn bei uns ein paar jugendliche Chaoten auf dem Nikolaikirchhof randalieren und die Genossen der Volkspolizei die ungesetzliche Zusammenrottung mit sanftem Nachdruck auflösen, dann ist das für eure Medien die Vorstufe zum Bürgerkrieg. Finden Sie das logisch?«
Zum Glück verhinderte Juri einen fruchtlosen Disput.
»Ich glaube dir nicht«, sagte er zu seinem Vater. „Ich weiß, daß du dir selbst nicht glaubst. Mein Vater kann nicht so dumm sein. Du weißt wie ich, daß das hier nicht jener Staat ist, den ihr euch mal vorgestellt und für den ihr euch krummgelegt habt. Ihr wolltet einen ganz anderen. Aber nun habt ihr diesen. Und da genießt ihr eure Privilegien. Ihr zählt euch zur herrschenden Klasse. Ihr fühlt euch unangreifbar. Parteisekretär. Kampfgruppenkommandeur. Informeller Mitarbeiter der Stasi, vermute ich mal. Vier-Raum-Wohnung in Grünau mit Fernheizung und Müllschlucker. Ich möchte dort nicht wohnen. Arbeiterintensivhaltung. Aber es ist ein großes Privileg.

Genau wie der neue Lada alle vier Jahre. Und der Ferienplatz auf Hiddensee. Und nun kommt der Punkt: Wenn sich in diesem Staat irgend etwas bewegt, dann kann keiner vorhersagen, in welche Richtung. Vielleicht landen die Funktionäre wieder in einem Altbau mit Kohleheizung, fahren Wartburg oder gar Trabi und machen Ferien im FDGB-Heim in der Altmark. Kann ja sein! Deswegen ist es am besten, es bewegt sich nichts. Am besten keinen Millimeter. So einfach ist das!«

»Ich sehe, wir kommen nicht zueinander«, sagte der Vater. »Es war auch nur ein Versuch. Deine Mutter hat mir übrigens abgeraten.«

Juri stand auf, als wolle er seinen Gast zur Tür bringen, aber der blieb noch sitzen.

»Morgen ist der Tag«, sagte er. »Wenn ihr morgen wieder randaliert, ist unsere Geduld zu Ende. Ich bin zwar nicht befugt, dir irgendwelche Hinweise zu geben. Aber sei versichert: Die Kampfgruppen stehen bereit.«

Tom mischte sich ein: »Was geschieht eigentlich, wenn sich morgen Vater und Sohn auf dem Nikolaikirchhof oder anderswo gegenüberstehen?«

Juri nahm von seinem Schreibtisch eine Leipziger Volkszeitung zur Hand, auf deren zweiter Seite er etwas angestrichen hatte. Er las vor: »›Wir sind bereit und willens, das von uns mit unserer Hände Arbeit Geschaffene wirksam zu schützen, um diese konterrevolutionären Aktionen endgültig und wirksam zu unterbinden. Wenn es sein muß, mit der Waffe in der Hand!‹ Das schreibt ein Genosse von dir, Kommandeur Günter Lutz. Und das ist es, was du meinst. Richtig?«

Die Antwort kam ohne Zögern: »Wenn sich morgen der Kampfgruppenkommandeur und der staatsfeindliche Aufrührer gegenüberstehen, dann gibt der Kampfgruppenkommandeur den Befehl zum Schießen.«

Juri führte seinen Vater zur Tür.
Das ist der Stoff, dachte Tom, aus dem klassische Dramen gemacht wurden. Wer schrieb das auf? Wer würde das eines Tages lesen wollen, wenn man sich später in der DDR dunkel erinnerte: Da war doch mal was!
Tom schaltete den Fernseher ein und suchte die Sendung mit Erich Loest, deren Termin er sich noch zu Hause aufgeschrieben hatte. Das Bild war griesig wie immer, der Ton aber einwandfrei. Loest wurde gefragt, ob er heute, am Tag nach den Jubiläumsfeiern der DDR, Hoffnung habe. Hoffnung auf keinen Fall, antwortete er. Und sprach von der Kraft, die über diesen Jahrestag absolut am Ruder bleiben werde. Der Interviewer widersprach ihm nicht. Juri kam zurück und hörte zu. Es gehe nichts an der SED vorbei, sagte Loest.
»Der wird sich wundern«, schnaubte Juri.
Carla kam hinzu. Sie hatte lange ausgeschlafen nach ihrem Knasterlebnis, wunderte sich, daß Tom schon wieder auf den Beinen war.
»Wer war da?« fragte sie.
»Mein Vater. Er will morgen auf mich schießen.«
»Haben wir was zum Frühstücken?« fragte sie.
Carla mußte sich selbst bedienen, Juri und Tom entschieden sich für ein Bier am hellen Mittag, was sicher auch mit dem Wunsch zu tun hatte, der gespannten Lage lokkerer zu begegnen.
»Ich habe im Hotel ausgecheckt«, sagte Tom, »und möchte ein paar Tage bei euch unterkriechen. Für den Fall, sie wollen mich auch rausschmeißen wie mein Team.«
Juri schaute ihn mitleidig an: »Und du glaubst, bei uns finden sie dich nicht?«
»Es ist ihnen nicht wichtig genug, mich zu suchen. Jedenfalls möchte ich noch ein paar Tage bleiben.«
»Warum?«

»Ich weiß es nicht.«
»Wartest du auf den historischen Moment?« fragte Juri spöttisch.
Carla kam mit Graubrot, Aufschnitt und Tomaten zurück. Sie setzte sich neben Tom und strich ihm über den Arm.
Sie fragte Juri: »Gehst du morgen zur Montagsdemo?«
Juri nickte.
»Aber sie werden schießen«, sagte Carla.
»Ja, sie wollen schießen. Aber ich kann dich beruhigen: In unserem Krankenhaus sind zusätzliche Betten aufgestellt und jede Menge Blutkonserven bereitgehalten.«
»Sehr witzig. Ich möchte nicht erschossen werden.«
»Überleg doch mal: Wenn sie morgen schießen, haben sie vielleicht vorläufig gewonnen. Vorläufig! Aber wenn wir nicht hingehen, haben sie auf jeden Fall gesiegt.«
»Juri, weißt du, was mir auf den Geist geht?« fragte Carla und gab sogleich die Antwort: »Daß du immer alles so schön theoretisch erklären kannst. Ich war gestern und heute nacht in einem brutalen Knast. Das hat mir gereicht. Ich habe jetzt Angst. Ich habe Angst, morgen zu demonstrieren. Auf meinem Grabstein auf dem Südfriedhof würde noch nicht mal stehen, wofür ich gestorben bin. Es würde verboten sein, das draufzuschreiben. Nur die paar Gebildeten würden kombinieren: Todestag neunter Oktober neunundachtzig. Moment mal, da war doch was! Das ist mir zu wenig Ruhm.«
»Und du?« wandte sich Juri an Tom.
»Ob ich mitgehe? Wozu? Das müßt ihr unter euch ausmachen. Außerdem will ich auch übermorgen noch hier arbeiten dürfen. Nein, morgen werde ich mich raushalten.«
»Aber du wirst aufmerksam beobachten«, vermutete Juri spöttisch.

Tom hatte sozusagen Ferien. Sein Kamerateam war hinausgeworfen worden, und ohne Kamera war ein Fernsehjournalist wie ein Blinder. Alle Westjournalisten, lautete ein Gerücht in der Stadt, seien angesichts der Zuspitzung der Lage rausgeworfen worden. Bestimmt hielten sich aber einige unentdeckt auf. Tom hatte plötzlich das Gefühl eines Kundschafters, der mit dem Fallschirm hinter den feindlichen Linien abgesprungen war.
Carla begleitete ihn auf einer ziellosen Autofahrt. Ob er sich täuschte, wußte Tom nicht, aber er glaubte zu spüren, daß sich der Stadt eine Spannung bemächtigt hatte, die zu einer Entladung drängte. Vielleicht waren die Menschen nur auf dem Weg zu normalen sonntäglichen Verrichtungen, zum Stammtisch, zum Friedhof, zum Schrebergarten, um ihn winterfest zu machen. Aber Tom kam nicht von der Vorstellung los, die meisten strebten zu irgendwelchen illegalen Treffs.
Er fuhr mit Carla durch Gohlis, den Vorort seiner Kindheit. Er zeigte ihr das zerrüttete Haus, in dem er mal gewohnt hatte und wo er vor zwei Jahren die alte Dame besucht hatte, die für den Rest ihrer Zeit bewegungsunfähig in der dritten Etage eingesperrt war. Seine Schule zeigte er Carla, seine Kirche, den Ort der Straßenfußballschlachten.
Warum führe ich ihr das vor? dachte er zwischendurch. Wie oft hatte er auf ähnliche Weise einer Frau ersten Einblick in seine unbedeutende Vergangenheit geboten? Zuletzt Tina, in der kurzfristigen, schnell als illusorisch erkannten Hoffnung, nun sei es das letztemal. Heute schon wieder?
Er fuhr die Gohliser Straße hinab zum Nordplatz und der Michaeliskirche.
»Dort«, erklärte er, »haben meine Eltern geheiratet.«
Um die Kirche standen Volkspolizisten.

»Laß uns mal schauen!«
Tom parkte nicht weit weg am Kickerlingsberg, sie kämpften sich in die Nähe des Eingangs, blieben aber stecken, hörten von drinnen nur Wortfetzen und Beifall. Von Mund zu Mund wurde weitergegeben, was geschah: etwas nicht für möglich Gehaltenes! Eine politische Gruppierung stellte sich vor, die nicht von der SED gesteuert war. Neues Forum nannte sie sich.
»Ein Fernsehreporter ohne Kamerateam«, sagte Tom, »ist wie ein Fisch ohne Fahrrad. Hier geschieht etwas, aber weil es niemand filmt, geschieht es eigentlich wieder nicht. Oder höchstens halb.«
Auf dem Küchentisch hatte Juri einen Zettel hinterlassen: »Wir haben Bereitschaftsdienst – für einen nicht näher definierten Fall. Wenn wir Pech haben, treffen wir uns auf dem Südfriedhof wieder!«
Carla brachte einen bulgarischen Weißwein. Zehn Mark, wußte Tom, kostete die Flasche in der Kaufhalle. Er fragte sich seit Jahren, ob ihm bulgarischer Weißwein nicht schmeckte, weil er nicht schmeckte, oder weil es eben bulgarischer Weißwein war. Wahrscheinlich unterlag er einem umgekehrten Placebo-Effekt, und aus einer badischen Flasche hätte ihm derselbe Stoff geschmeckt.
Carla zündete auch Kerzen an und löschte die Lampe, aber Tom blieb von der Stimmung unberührt.
»Ich stelle mir vor«, sagte er, »in wie vielen Wohnungen in der Stadt heute abend diskutiert wird, ob man morgen mitgehen soll oder nicht. Ob sie ihre Kinder mitnehmen sollen oder ob die Kampfgruppen auch auf Kinder schießen würden. Wenn sie bloß nicht alle für sich allein überlegen würden! Wenn sie alle zusammen auf dem Karl-Marx-Platz darüber palavern und abstimmen könnten! Dann, denke ich, wäre alles gelaufen.«
»Ach, Tom!« sagte Carla mit einem Seufzer.

Ich weiß, dachte er. Ich weiß, es ist passiert. Obwohl Carla zu jung ist oder ich zu alt bin. Es ist wieder einmal passiert, gegen jede Vernunft. Es ist so unvernünftig, wie es bei Birgit und Alex war, wie es bei Rolf und Tina war. Es ist total unvernünftig. Und in diesem Fall kommt noch der Altersunterschied hinzu!

»Wo willst du heute nacht eigentlich schlafen?« fragte Carla.

»Jedenfalls nicht in der Küche«, sagte Tom.

39

Ein nutzloser Montag.

Tom hatte immer noch nichts zu tun nach der Ausweisung seines Kamerateams. Er fragte sich, warum er nicht abgereist sei, und fand zwei Antworten: Er wollte einmal ohne Termine vor sich hintrödeln, was ihm daheim in Berlin nie gelang; und er hatte das Gefühl, er könne etwas versäumen. Was, wußte er nicht.

Also genoß er es, sich in seiner Heimatstadt ohne Ziel treiben zu lassen. Sich längst vergangener Momente zu erinnern, belangloser, dennoch unvergeßlicher. Ja, das Fähnchenschwingen – »Winkelemente« nannte man sie erst später – beim Besuch von Wilhelm Pieck. Die Maifeiern, als man trickreich versuchte, auf dem Marsch zur Kundgebung in Hauseingänge abzutauchen und sich über Hinterhofe zu verkrümeln. Aber auch der Taumel der Begeisterung, als die Fußballer von »Chemie« Leipzig, zum erstenmal DDR-Meister, im Triumph heimkehrten vom Endspiel in Chemnitz, doch, es hieß damals noch Chemnitz und nicht Karl-Marx-Stadt. Schließlich der letzte Weg zum Hauptbahnhof, mit Koffern voller »Fluchtgut«,

zum D-Zug nach Berlin. »Wegmachen« nannten das die Sachsen, »Republikflucht« hieß es im Jargon der Organe. Mehr noch als am gestrigen Sonntag, spürte Tom, lag Spannung über der Stadt. Zwar sah er keine Truppen und Panzer und Betriebskampfgruppen, die im Zweifel gut versteckt waren in Kasernen und auf Fabrikhöfen. Aber es gab mehr Volkspolizisten als sonst. Noch mehr. Freilich, einem Besucher von einem fremden Stern, sogar bloß aus einem fremden Land, wäre vermutlich die Spannung entgangen. Spannung sah man nicht.
Tom rief seinen Schulfreund Knut an. Knut hatte kurzfristig eine Stunde, sie verabredeten sich im Burgkeller zum Mittagessen und wurden, nachdem Knut kurz getuschelt hatte, ohne Warten plaziert.
»Wenn du nicht den Auftrag hättest, mich auszuhorchen«, stellte Tom fest, »hättest du nicht ad hoc Zeit für mich.«
»Wir haben analysiert«, schüttelte Knut mit jovialem Blick den Kopf, »daß deine Informationen für uns wertlos sind. Daß du uns nur olle Kamellen erzählst. Daß du uns sogar manchmal absichtlich leimst. Wir haben bessere Quellen.«
»Zum Beispiel?«
»Zum Beispiel diese kleinen Beamten in euren Ministerien, die du mit ein paar hundert Mark im Monat ködern kannst und die sich einzureden versuchen, sie täten es für die Entspannung oder so einen Käse. Nein, dich brauchen wir nicht.«
»Du zerstörst mein Selbstwertgefühl«, schmollte Tom. »Aber sage mir lieber, wie du die Lage in der Republik einschätzt.«
»Kipplig«, antwortete Knut.
»Das überrascht mich. Du meist also, die Republik sei in Gefahr?«

Knut nahm sein obligatorisches überlegenes Lächeln fast ganz aus dem Gesicht und sprach, im Unterschied zu seinem sonstigen selbstsicheren Gehabe, vorgebeugt und leise, wie ein normaler DDR-Bürger.

»Es sind nicht die paar Hanseln, die heute nach den Friedensgebeten wieder durch die Innenstadt latschen werden. Die kann man festnehmen und in die vorbereiteten Internierungslager stecken, draußen auf dem agra-Gelände oder wo sonst. Das ist ja alles organisiert. Das Krebsübel sitzt tiefer. Die Genossen glauben nicht mehr. Verstehst du? Sie haben sich aufgegeben. Der Karren ist im Dreck. Das weiß jeder. Vielleicht außer Erich.«

»Und nun?«

»Ich bin strikt für demokratische Erneuerung«, flüsterte Knut.

»Plötzlich?« rief Tom.

»Psst! Was heißt ›plötzlich‹? Eine Erkenntnis ist selten ein Blitzschlag, meistens ein Prozeß, und der braucht seine Zeit. Aber bei mir ist dieser Prozeß abgeschlossen.«

»Genau heute mittag?« spottete Tom. »Was für ein Zufall!«

»Immerhin haben wir's seit zwei Tagen als offizielle Lehrmeinung: Wer zu spät kommt, und so weiter.«

»Eigentlich bist du zum Kotzen«, sagte Tom.

»Siehst du! Auch eine solche Erkenntnis mußte reifen.«

Vom Burgkeller zog es Tom die paar Meter zur Nikolaikirche. Sie war diesmal schon Stunden vor dem Friedensgebet ziemlich voll, es mochten dreihundert Menschen sein. Tom setzte sich in eine der hinteren Bankreihen und beobachtete, diesmal ohne ein Auge für die berühmte, ungewöhnliche Innenausschmückung mit den Palmwedelkapitellen, die die Kunstführer hervorhoben. Ihm schien, an diesem Montag sei alles anders als sonst. Keine Begrüßungen, keine Umarmungen, keine Gespräche, kein Scherzen zwischen Vertrauten.

Mit einemmal wußte Tom: Die Kirche war besetzt. Es waren nicht die paar Spitzel, die sich seit Jahren montags druntermischten und auf deren schnüffelnde Anwesenheit niemand mehr Rücksicht nahm. Diesmal hatten sie den Ort des Widerspruchs vorsorglich und handfest besetzt.
Sonst geschah vorerst nichts, und Tom ließ seine Gedanken schweifen. Was sollte eigentlich aus ihm und Carla werden? Eine telefonische Beziehung, mit Anmeldung, dringend und für doppelte Gebühr und dennoch mit stundenlangem Warten, mit den niemals schlafenden Lauschern in der Leitung? Treffen am Bahnhof Friedrichstraße, Spaziergänge im trüben Herbst unter den laublosen Linden, ein Museum nach dem anderen, Kneipenhocken, Verabschiedung vor dem Zubettgehen, getrennt nach NATO und Warschauer Pakt? Sooft wie möglich Besuch in Leipzig.
Wie konnte dir das passieren? dachte Tom. Wo du mit deiner Lebenserfahrung doch immer alle vor solch einem Reinfall warnst!
Am Eingang sah er Juri und eilte zu ihm: »Was läuft eigentlich in der Stadt? Weißt du etwas?«
Juri schüttelte den Kopf.
Tom fühlte sich an manche Situation des Reporters vor Ort erinnert: Du versuchst die Lage möglichst plastisch zu beschreiben, aber der Moderator im Studio will von dir Hintergrund, Hintergrund, Hintergrund. Den, möchtest du sagen, kriegt ihr aus den Tickern der Nachrichtenagenturen, ich habe nur zwei Augen und zwei Ohren und keinen Draht.
»Gerüchte«, sagte Juri. »Gerüchte über Truppen und Kampftruppen. Aber nichts Genaues weiß man nicht. Es ist ja auch ganz gleichgültig. Wenn du dich einmal entschlossen hast, machst du heute mit.«

Juri schaute Tom einen Augenblick lang spöttisch an: »Hast du eigentlich gemerkt, daß du nun doch mittendrin bist?«
Tom überlegte einen Augenblick, dann sagte er: »Das ist ja auch in Ordnung so.«
Die Kirche hatte sich gefüllt bis auf den letzten Platz und die Gänge. Von draußen Sprechchöre: »Wir sind das Volk!« und immer wieder »Gorbi! Gorbi!« Juri wollte aus irgendeinem Grund nach draußen, Tom schloß sich ihm an. Sie hatten Mühe an der Tür, wo alles nach drinnen drängte. Der Nikolaikirchhof war gesteckt voller Menschen.
»Wenn sie hier hineinschießen«, rief Juri gegen die Sprechchöre an, »treffen sie mit jedem Schuß. Aber sie können uns niemals alle treffen.«
»Keine Gewalt!« riefen jetzt die Menschen, Juri und Tom fielen in den Ruf ein.
Zum Karl-Marx-Platz. Tausende Menschen schon dort. Am Rande martialisch verkleidete Polizisten mit Helmen, Schilden, Schlagstöcken. Abwartend. Aber die Menschen beachteten die Uniform nicht. Als ein junger Kerl wütend das Wort »Scheiß-Bullen!« herausstieß, nahmen ihn drei, vier andere an beiden Armen und drängten ihn beschwichtigend weg.
Juri begrüßte jemanden, einen Kollegen vermutlich
»Habt ihr den Aufruf gehört?« fragte der. »Von Masur und Lange und ein paar Parteibonzen.«
»Und was haben sie gesagt?«
»Friedlich bleiben! Beide Seiten.«
»Wir sowieso«, sagte Juri.
Die Menschenmenge auf dem Karl-Marx-Platz setzte sich sanft in Bewegung. Man konnte sich dem Strömen nicht entziehen. Irgend jemand in Toms Nähe hatte die Idee, sich bei seinen beiden Nachbarn unterzuhaken. Im Nu bildeten sich zahllose Ketten. Tom hatte links ein junges

Mädchen, rechts einen älteren Mann, wahrscheinlich schon Rentner, am Arm. Zunächst sprachen sie nicht miteinander. Tom ertappte sich dabei, wie er die Ohren spitzte, ob von irgendwo Sirenen zu hören seien oder Panzerketten oder gar schon Schüsse.

Er kam sich plötzlich vor wie in einem Film. Einem utopischen Film. Wenn jemand, dachte er, diese Szene dargestellt und geweissagt hätte, sie werde am 9. Oktober 1989 Wirklichkeit, hätte er sich im günstigsten Fall Gelächter ausgesetzt, im ungünstigeren dem Vorwurf gewissenloser Aufwiegelei.

»Wer bist du denn?« fragte das Mädchen an Toms Arm.

»Ich heiße Tom.«

»Und ich Tamara. Hast du auch so'n Schiß?«

»Aber wie!«

»Das ist gut«, sagte sie.

Auch der Rentner tat jetzt den Mund auf: »Dreiundfünfzig«, sagte er, »haben wir's ja schon mal versucht. Aber das war ja bloß ein kurzes Chaos. Diesmal! Ich glaube diesmal.«

40

»Wo hast du denn so lange gesteckt?« fragte Carla.

Geht die Fragerei jetzt schon los? dachte Tom.

»Auf der Demo«, antwortete er.

»Aber du wolltest doch nicht.«

»Aber ich mußte.«

Carla zog ihn über die Schwelle in den Korridor der Wohnung und nahm ihn in die Arme. So standen sie sicher eine Minute regungslos. Sie suchte mit ihrem Mund sein Ohr.

»Hab ich mir ja gedacht«, flüsterte sie. »Denkst nun, du hast Zeitgeschichte miterlebt.«

»Du wirst dich wundern«, sagte er und führte sie ins Zimmer. »Was heute war, drehen die nicht mehr zurück.«

»Ich hab mir halt Sorgen um dich gemacht. Wie 'ne Ehefrau. Entschuldige.«

»Das ist lieb von dir. Aber ich wollte eigentlich erklären, daß heute was Unglaubliches passiert ist. Sie haben uns nämlich machen lassen. Unglaublich! Die kleine Maus, die neben mir auf dem Ring demonstrierte, zitterte vor Angst, erschossen zu werden. Aber sie ist mit los. Mit feuchten Händen.«

»Du sollst keine fremden Frauen anfassen.«

»Laß doch mal den Unsinn! Sie haben uns nicht erschossen. Vielleicht kriegen wir irgendwann heraus, warum nicht. Eher vermute ich allerdings, wir kriegen es nie heraus. Aber sie haben uns gewähren lassen. Und das drehen sie nicht mehr zurück.«

»Glaubst du wirklich?«

»Nächsten Montag sind auch die dabei, die sich heute nicht trauten. Übernächsten Montag die, die nicht zu spät kommen wollen, damit sie das Leben nicht bestraft. Hinterher werden sie alle behaupten, sie seien schon heute dabeigewesen. Aber das macht nichts. Hauptsache, heute war der Tag.«

»Du bist ja ganz aufgekratzt«, stellte Carla fest. »Willst du noch was essen?«

»Was trinken. Historische Augenblicke machen durstig.«

Noch ehe Tom sein Bier geöffnet hatte, stürzte Juri herein, in seinem Schlepptau ein halbes Dutzend junger Leute, von denen Tom einige kannte, zum Beispiel von der Radfahrt im Rosental oder der mißratenen Luftballonaktion vorm Capitol. Sie wirkten aufgekratzt, ja euphorisch.

»Jetzt drehen Sie's nicht mehr zurück!« rief Juri. »Heute war der Tag!«
»Siehst du!« triumphierte Tom.
Carla schleppte alles Bier aus dem Kühlschrank herbei, indes die Demonstranten in der taufrischen Erinnerung schwelgten. Ein oder zwei taten, als hätten sie heute einen Spaziergang hinter sich gebracht, aber die übrigen widersprachen heftig und bekannten, sich nur in der großen Menge stark und unverwundbar gefühlt zu haben. Sie schätzten die Zahl der Teilnehmer auf mehrere Zehntausend, einer sprach sogar von zweihunderttausend. Juri machte aber sofort den Einwand, man solle die Zahl nicht ohne Not aufblähen, denn die heute dabeigewesen seien, könnten sich dereinst zu einer Art Kaste zählen, fast einem revolutionären Orden. Das sahen die anderen sofort ein.
»Du bist auch mit«, sagte Juri zu Tom mit Anerkennung, »ich habe dich von weitem gesehen.«
»Gib mir das bitte schriftlich!«
»Carla war nicht dabei«, stellte Juri fest, »Rolf schon gar nicht. Gesine überhaupt nicht. Ich halte das nur mal fest für die Annalen.«
Carla hatte nun auch Brot und Schmalz herbeigeschleppt, Tom fiel der Begriff der Marketenderin ein. Einzelne verlangten zum Bier schon Schnaps, zur Feier des Sieges, aber Carla behauptete einfach, es sei keiner im Haus.
»Schön und gut«, sagte sie, als sie saß, »aber mal grundsätzlich: Was wird weiter? Morgen ist doch wieder alles beim alten. Oder hat sich wirklich was geändert? Ich meine, habt ihr jetzt eine Macht? Morgen früh geht ihr wieder eurer Wege und schwärmt von heute abend. Die Genossen sind heute flexibel zurückgewichen und haben euch morgen wieder im Griff.«

Ein johlender Protest entgegnete ihr: »Wir machen weiter! Wir lassen nicht mehr locker! Die haben ausgespielt!«
»Ich sage euch was«, beharrte Carla: »Wenn ich in Berlin durch die Mauer gehe, dann habt ihr gewonnen.«
Sie deutete Tom, mit in ihr Zimmer zu kommen. Sie nahm zwei Flaschen Bier mit, für alle Fälle. Auf ihrem Sofa kuschelte sie sich an ihn.
»Das glaubt uns ja doch keiner«, überlegte sie halblaut, »daß wir uns mitten in diesem Schlamassel verliebt haben.«
»Geschichtsbewußte Menschen hätten auch davon Abstand genommen.«
»Aber wie geht's jetzt weiter?«
»Ich muß morgen zurück. Mein Visum läuft ab. Ich wollte ja ab heute den Film über die Vierzig-Jahr-Feier schneiden.«
»Sehr prosaisch«, sagte Carla und versuchte dabei zu lächeln.
Tom nahm Carla fest in die Arme: »Irgendwann nehme ich dich mit.«
»Ich weiß. Aber heute nacht feiern wir erst mal Abschied.«

41

Diesmal fuhr Tom mit einem völlig neuen Gefühl auf den Grenzkontrollpunkt Heinrich-Heine-Straße zu. Sonst kam er aus der Friedhofsruhe in eine halbwegs muntere Schrebergartenkolonie. Diesmal schien es ihm, er kehre aus einem sprichwörtlich brodelnden Hexenkessel zurück.

»Aus Leipzig?« fragte der Grenzer: »Da war ja ganz schön was los.«
»Das können Sie aber nur aus dem Fernsehen des Klassenfeindes wissen.«
In seiner Wohnung traf Tom niemanden an, den er mit den aufwühlenden Eindrücken der letzten Tage hätte überschütten können. Er rief zunächst im Sender an. Die Ereignisse in Leipzig, seine Festnahme und der Hinauswurf seines Kamerateams hatten für Tom die ganz praktische Konsequenz, daß er den geplanten Film nicht abliefern konnte und folglich kein Honorar bekam, höchstens ein Ausfallhonorar. Tom war zwar nicht wohl bei dem Gedanken, daß er den Freiheitskampf seiner Landsleute in diese schäbige Verbindung brachte, aber schließlich zahlte er eine hohe Miete, an der sich Tina trotz verschiedener Gehaltserhöhungen immer noch mit einem eher symbolischen Beitrag beteiligte. Nicht davon zu reden, daß mit Rolf nun ein dritter Esser durchzufüttern war. Tom bot sich der Redaktion als Augenzeuge der Leipziger Ereignisse an. Die seien der Schnee von gestern, wurde ihm entgegnet. Aber einen Kommentar könne er geben, eine »Einordnung«, wie es im Jargon hieß. Das hätten sie schon gemacht. Außerdem wisse er wahrscheinlich so wenig wie alle anderen. Das hätte noch nie jemanden am Kommentieren gehindert, erwiderte Tom.
Mal ernsthaft: Was hätte er gesagt in einem Kommentar? Daß drüben etwas Unglaubliches geschehen sei, daß aber niemand vorhersagen könne, wie es weitergehe? Solche Kommentare waren herzlich unbeliebt, denn ein Kommentator sollte ja auch ein Stück Lebenshilfe geben und am Ende verbindlich feststellen: So ist es und nicht anders! Sonst konnten sich die Zuschauer ja auch gleich ihre eigenen Gedanken machen.

Tom mußte sich eingestehen, daß sein Einsatz als Reporter in Leipzig ein Flop gewesen war.
Rolf kam nach Hause. Er fiel Tom um den Hals und bestürmte ihn mit einem Dutzend Fragen, die alle denselben Kern hatten: »Wie geht's weiter drüben?«
Jetzt hielt Tom seinen Kommentar, der in die Feststellung mündete: »Es wird alles gut, aber noch weiß man nicht, für wen.«
»Ach, laß deine abgestandenen Witze!«
»Hättest ja noch eine Woche bleiben können!«
»Du redest wie Juri.«
»Juri hat versprochen, mit dir nie wieder ein Wort zu reden.«
»Soll ich dir mal etwas sagen, bevor Tina nach Hause kommt?« fragte Rolf. »Ungefähr zwanzigmal am Tag denke ich, ich hätte bleiben sollen.«
»Und wie oft denkst du, du hättest gehen sollen?«
»Auch ungefähr zwanzigmal.«
Abends, als auch Tina da war, erzählte Tom über die Prügel am Tag der Republik und die Angst am Montag auf dem Ring. Die beiden hörten zu, schauten sich aber meistens versonnen in die Augen und stellten immer weniger Fragen, so daß Tom seine Schilderung bald einstellte. Ganz verbot er sich jedes Wort über die Beziehung zu Carla. Er dachte, er müsse den Spott nicht hören darüber, daß er nun selbst der Versuchung erlegen war, vor der er immer gewarnt hatte: einer grenzüberschreitenden Affäre.
Spät in der Nacht saß er an seinem Schreibtisch und starrte sein Telefon an. Wenn Carla bloß auf Honolulu wäre, sinnierte er, könnte ich jetzt abheben und durchwählen. Aber sie wohnt zu weit weg. Außerdem hatten Carla und Gesine und Juri und Rolf erst vor zwei Jahren, nach der Wohnungsbesetzung, ihren Anschluß beantragt, und Telefon dauerte in der DDR normalerweise fünfzehn Jahre.

42

»Schön, daß du wieder da bist!«

»Ich freue mich auch.«

Was sonst hätte sich in diesem Augenblick sagen lassen? dachte Tom. In ihrer kurzen Laufbahn als Paar waren sie sich ein paar Tage und Nächte nahe gewesen, davon einen halben Tag und eine halbe Nacht im Knast. Einen Monat lang hatten sie seither nicht einmal miteinander telefonieren können, wie es zwei gewöhnliche Verliebte zwischen Berlin und Honolulu eben gekonnt hätten. Nur Briefe hatten sie ausgetauscht, die endlose Tage unterwegs waren zwischen zwei Städten, die ein rüstiges Auto in zwei Stunden verband. Tom hielt Carla in den Armen und küßte ihr Haar und ihre Stirn und ihren Mund und merkte, wie wenig sie ihm erst vertraut war.

»Ich habe die nächstbeste Gelegenheit gesucht, wieder herzukommen.«

»Und welche ist das?«

»Ach, irgend so ein Kram heute abend, über den ich einen Bericht mache. Nordrhein-westfälische Kulturtage. Eröffnung mit Johannes Rau im Opernhaus.«

»Siehst du, die Herrschaften begegnen sich immer noch auf hochoffizieller Ebene.«

»Es ist eben lange beschlossen. Sag, warst du denn wieder mal montags zur Demo?«

Carla schaute Tom spöttisch an: »Ja, ich habe mich wieder getraut. Und ärgere mich, daß ich mich ein einziges Mal nicht getraut habe. Ist das eine ehrenwerte Erklärung?«

Tom nickte nachsichtig und fragte etwas, was ihn schon lange interessierte: »Wovon lebst du eigentlich?«

Carla, wußte er, machte schon viel zu lange eine Musikausbildung und trat viel zu selten hier und dort mit Liedern zum Klavier auf, für weniges Geld, das ihr aber zum Leben auszureichen schien.
»Es wird schwierig, mich zu ernähren«, lächelte sie.

Auf dem Weg durch die Stadt überlegte Tom, ernsthafter als in den vergangenen vier Wochen zu Hause in Berlin, warum er nicht sofort und klipp und klar gesagt hatte, die Annäherung an Carla sei eine erklärliche Folge der Ausnahmesituation in der kurzen, aber brutalen Haft gewesen und habe für die Zukunft keinerlei Bedeutung. Denn nichts zwischen ihnen paßte zueinander, nicht das Alter, nicht die Wellenlänge, nicht die Vorstellung vom Leben. Die ganze Chemie sprach gegen eine Verbindung. Und eine Beziehung über die Mauer hinweg! Toms junge Freunde Birgit und Alex hatten ihm ja die endlosen Schwierigkeiten vorgelebt. Warum nicht lieber das Ende mit Schrecken?
Tom kam vor dem Haus seiner Cousine Waltraut zufällig im selben Augenblick an, da sie aus der anderen Richtung die Tür erreichte.
»Ganz schön was los bei euch«, begann Tom das Gespräch gewohnheitsmäßig erst, als sie drinnen waren.
Trotz der Hunderttausende, die inzwischen Montag für Montag auf dem Ring demonstrierten, konnte er sich noch nicht daran gewöhnen, eine DDR-Bürgerin außerhalb ihrer vier Wände etwas Politisches zu fragen.
»Ich laufe ja inzwischen montags auch mit«, antwortete Waltraut.
»Ach ja?« Tom konnte sich einen anzüglichen Ton nicht verkneifen.
»Ach ja, ach ja! Ihr wißt wieder mal!« Waltraut schüttelte ärgerlich den Kopf. »Ihr drüben wärt natürlich sofort auf den Beinen gewesen. Ihr kämpferischen Demokraten!«

»Und deine Familie?« fragte Tom.
»Normal zerstritten. Mein Gatte kann sich bei aller Kritik an Honecker – nee, neuerdings heißt der Honecker ja Krenz – nicht vorstellen, illoyal gegenüber dem Staat zu sein, der ihn großzügig hat Lehrer werden lassen. Und mein Sohn Birger möchte abwarten, wohin die Waage neigt. Weil er doch noch das Abi vor sich hat.«
Tom war eigentlich wegen eines anderen Themas gekommen, das er nun endlich loswerden mußte: »Eure Tochter hat geheiratet, und ehe du fragst, gegen wen, sage ich es dir: Gegen einen Leipziger Jugendfreund Jürchn aus Hamburg.«
Wie Tom erwartet hatte, schossen seiner Cousine Tränen in die Augen: »Mein Gesinchen! Und ohne die Eltern!«
»Wenn du wissen willst, in welchem Monat sie ist: im vierten. Und es wird ein Mädchen.«
»Ach, wie schön!«
Waltraut sprang auf und lief aus dem Zimmer. Nach kurzem war sie zurück mit einem Kästchen, aus dem sie ein eingewickeltes Etwas nahm und aus den weißen Tüchern befreite.
»Diese Puppe hatte meine Großmutter als Kind. Stell dir vor, die ist demnach fast hundert Jahre alt. Und ich habe immer gesagt: Für mein erstes Enkelchen.«
»Aber die nehme ich nicht mit«, sagte Tom, »die bringst du ihr selbst mit.«
»Na wie denn?«
Tom schaute seine Cousine mitleidig an: »Sag mal, wo lebst du? Denkst du, sie können euch noch ewig einsperren?«
Waltraut schüttelte den Kopf.
»Hör mal zu«, sagte Tom: »Ich habe mich die letzte Zeit in fast allem getäuscht, was in eurem Staat vor sich ging.

Langsam muß ich ja mal was kapieren. Schon wegen der Berufsehre.«
Tom mußte weiter.

Vor dem Opernhaus kam ihm sein Kamerateam entgegengelaufen, als habe es eine ungewöhnliche Nachricht.
»Schon gehört?« rief Andreas: »Sie haben aufgemacht.«
»Wen? Was?«
»Na was schon? Die Grenze! Die Mauer. Wir haben's im Autoradio gehört. Pressekonferenz von diesem Schwadrowski oder so. Es ist passiert.«
»Und du bist sicher?«
»Ich trinke nicht im Dienst.«
Tom faßte einen spontanen Entschluß. Wen interessierte jetzt noch die Eröffnung dieser nordrhein-westfälischen Kulturtage in der Messestadt? Eine Produktion fürs Archiv. Heute abend geschah offensichtlich Geschichte!
»Ab nach Berlin! Dreht, was die Mühle hergibt! Jeder Meter von heute wird Zeitgeschichte.«
Tom fuhr zu Carla, Juri war da.
»Habt ihr gehört?«
»Die sind ausgerastet«, schimpfte Juri. »Die sind total bescheuert. Die Grenze aufmachen, das ist doch in dieser Situation der größte Schwachsinn. Jetzt laufen alle los wie die Lemminge.«
»Die kommen doch wieder«, entgegnete Tom. »Das haben wir doch seit Jahr und Tag gesagt: Sperrt sie nicht mehr ein, dann kommen sie auch wieder.«
Juri schüttelte energisch den Kopf: »Die meisten kommen vielleicht wieder, aber die besten bleiben bei euch.«
Tom mochte sich jetzt nicht mit Juri streiten, dessen Argumente nicht neu und wahrscheinlich nicht mal völlig falsch waren. Heute war Dabeisein Pflicht! Das wiederholte sich ebensowenig wie die erste Mondlandung.

»Komm, Carla, wir fahren los! Steck die Zahnbürste ein! Juri, kommst du mit?«

»Ich habe Nachtdienst.«

»Das ist aber nicht der Grund.«

»Nein.«

Während Carla nebenan packte, schimpfte Juri unaufhörlich: »Genau, wie wir's immer hatten: Wenn das Ende der Fahnenstange erreicht war, gab's ein kleines Zugeständnis. Früher gab's mal einen Posten Golf oder Mazda, da hatte jeder erst mal damit zu tun, einen davon zu erwischen. Und wenn Bananen oder Lederschuhe knapp waren und die Leute maulten, mußte Schalck-Golodkowski losziehen und auftreiben. Und wenn die Stimmung ganz miserabel wurde, gab's 'ne Zeitlang mehr Westreisen. Dann dachten die Bürger, der Erich macht's ja doch nicht so übel, und Erich dachte, die Bürger stehen ja doch hinter mir. So streuten sie sich gegenseitig Sand in die Augen. Und genau das gleiche machen sie heute, wenn sie den Bürgern ihren Herzenswunsch erfüllen: einmal über den Ku'damm! Einmal ins Kranzler! Einmal ins KaDeWe! Bloß gucken. Dann sind sie wieder eine Weile fröhlich und merken nicht, daß ihnen ihr Fabrikschornstein bald auf die Rübe fällt, und halten ein paar Monate die Schnauze. Aber genau das ist es eben nicht!«

»Sondern?« gelang es Tom einzuwerfen.

»Ach, das weißt du doch so gut wie ich. Jeder Mediziner kann dir sagen: Wenn einer lange gehungert hat, mußt du aufpassen, daß er sich nicht vor Gier überfrißt, sonst krepiert er.«

»Ein dramatischer Vergleich!«

Carla mußte mit fliegenden Händen gepackt haben, denn sie stand mit einer Tasche in der Tür und schaute Tom auffordernd an.

»Kommst du wirklich nicht mit?« fragte sie Juri.
Der schüttelte energisch den Kopf.
»Weißt du was«, sagte Tom, »du hast bestimmt recht, aber heute findest du keinen, der es hören will.«
»Vergeßt nicht, das Begrüßungsgeld abzuholen!« rief ihnen Juri hämisch nach.

43

»Ganz schön tote Hose«, befand Tom. »Haben die denn alle nichts mitgekriegt?«
Die Straße der Deutsch-Sowjetischen Freundschaft in Richtung Autobahn Berlin war trübe beleuchtet, wenig befahren und leer von Menschen, wie an jedem beliebigen Donnerstagabend im Herbst. Eine Straßenbahn der Linie 16 kam in Richtung Innenstadt gefahren, fast ohne Fahrgäste. Warum war kein Jubel? Kein Aufruhr? Warum riß niemand das Fenster auf und brüllte die Sensation des Tages hinaus? Die Sensation des Jahrzehnts? Warum schwenkten sie nicht schwarz-rot-goldene Fahnen, mit oder ohne Hammer-Zirkel-Ähren? Warum schob sich nicht eine Wagenkolonne zur Autobahn Richtung Schkeuditzer Kreuz? Hatte niemand etwas gehört? Oder glaubte niemand, was er gehört hatte?
»Also, ich sage dir, als Italien Fußballweltmeister geworden war, da war abends bei uns in Berlin der Bär los! Autokorso, Freudentänze, Freibier und Chianti, Viva Italia bis zum Abwinken. Und hier?«
Carla schwieg, und Tom hatte den Eindruck, sie schwiege beschämt.
»Hast du deinen Reisepaß eingesteckt?« fragte er.

»Einen Reisepaß hat man nicht«, antwortete Carla, »den kriegt man für eine genehmigte Auslandsreise. Damit man keinen Unfug damit macht.«
»Habe ich vergessen«, murmelte Tom.
Erst auf der Autobahn brachte eine Frage von Carla wieder ein Gespräch in Gang: »Und wenn die mich heute abend wirklich nach drüben lassen, lassen die mich dann morgen auch wieder nach Hause?«
»Und wenn nicht?« fragte Tom zurück.
»Meine ganzen Klamotten in Leipzig und ich drüben«, antwortete sie.
Tom mußte plötzlich an das knappe Dutzend Pakete denken, das jahrelang in den hintersten Ecken seiner verschiedenen Keller verstaubt und durchfeuchtet war. Die Klamotten seiner Cousine Waltraut und ihres Mannes Gernot. Das war eine deutsche Geschichte!
Gernot hatte damals zu Ende studiert, um – erst anschließend, wie es sich auch in der gutbürgerlichen DDR noch gehörte! – seine Waltraut zu ehelichen. Einen Monat später war sie schon im dritten Monat. Aber unter einem Dach wohnen konnten die beiden nicht. Sie standen zu weit hinten auf der Liste der Suchenden und hatten kein »Vitamin B«, wie es ihnen das »Bonbon« oder wenigstens eine unübersehbare »gesellschaftliche Aktivität« verschafft hätte. So reifte bei ihnen, wie bei Ungezählten damals, der Entschluß: Raus! Tom, gerade zu Besuch, hatte ihnen dringend ans Herz gelegt, sozusagen stehenden Fußes »wegzumachen«. Keine Vorbereitungen zu treffen, keinen nachbarschaftlichen Verdacht zu wecken, kein Risiko einzugehen. Ab durch die Mitte! Mit dem D-Zug nach Berlin und mit der S-Bahn über die Grenze! Wie es damals Tausende jeden Tag taten. Aber die beiden packten erst einmal Pakete, falteten Handtücher und Bettbezüge, listeten Bücher und Fotoalben auf, stopften

Porzellanvasen mit zerknüllten »Leipziger Volkszeitungen« aus und adressierten alles an Tom im Westen und ein paar andere zuverlässige Anschriften.
Dann der Tag der Flucht! Sonntags in aller Herrgottsfrühe zum Hauptbahnhof. Hätten sie vor der Abreise noch mal ein Radio eingeschaltet, aber sie hatten ja keins mehr, dann hätten sie die weltweite Top-Nachricht des Tages früher erfahren, aber auch den Schock bereits zu Hause erlitten. Statt dessen ereilte er sie erst auf dem Bahnhof in Ost-Berlin, wo es wie ein Lauffeuer loderte: Sie haben die Sektorengrenze dichtgemacht! Waltraut hatte, so erzählte sie Jahre später, noch versuchen wollen, irgendwie rüberzukommen. Konnten die denn so eine riesige Stadt in einer Nacht und einem halben Tag derart umstellen und abriegeln, daß kein Schlupfloch blieb? Aber Gernot hatte sich strikt geweigert: mit einer hochschwangeren Frau! Und wenn sie uns schnappen, hatte er gesagt, kriegen wir in der DDR nie wieder ein Bein auf den Boden. Außerdem: Kann denn die freie Welt, wenn sie sich so nennen will, so was überhaupt zulassen? Müssen nicht Kennedy und Adenauer und die anderen diesen Kommunisten in den Arm fallen? Gibt es denn keinen Vier-Mächte-Status, der das verbietet? Wozu hatte Gernot auch Geschichte studiert?
Die beiden waren in verzweifelter Stimmung abends zurückgefahren, heimgekehrt in Gernots leeres Zimmer, und hatten sich gefühlt wie in einem tiefen schwarzen Loch. In späteren Jahren hatten sie im Westprogramm manchmal die Bilder gesehen von den jungen Leuten, die an jenem dreizehnten August auf den Stacheldraht losgerannt waren und sich ohne Rücksicht auf zerrissene Kleidung und zerkratzte Haut hinübergewühlt hatten, um sich glücklich in die Arme zu fallen und fremde West-Polizisten abzuküssen.

Siehst du, hätten wir bloß auch! Wir waren doch noch jung, erst Mitte Zwanzig.
Sie hatten begonnen, mühsam wieder zusammenzukaufen, was der Alltag erforderte. Und versucht, über das Thema nie wieder zu reden. Auch nicht mit ihren Kindern, als diese alt genug gewesen wären, um zu verstehen.
Nicht daß sie all die Zeit Trabi statt Käfer gefahren hatten und später Wartburg statt Rekord, Urlaub am Goldstrand statt auf Mallorca gemacht hatten, nicht das war es. Tausend Chancen, sagten sie, hätten sie versäumt. Die zweitausend Risiken, sagten sie, hätten sie in Kauf genommen.
Die Fluchtpakete zurückschicken nach Leipzig? Waltraut und Gernot hatten erschrocken abgewehrt: um Gottes willen! Viel zu gefährlich. Da fliegen wir am Ende doch noch auf. Vor zwei Jahren erst hatte Tom begonnen aufzuschnüren und auszusortieren, stockig gewordene Wäsche auf den Müll, Bücher und Fotos immer mal mitgebracht bei Besuchen und Dienstreisen. Unsere deutsche Geschichte ganz am Rande!
Tom schaute auf den Tacho und bremste. Hundertfünfundvierzig konnten teuer werden. Wenn schon die Staatssicherheit nicht mehr funktionierte, so doch bestimmt die Verkehrsüberwachung auf den Transitstrecken, die unabhängig von historischen Augenblicken war.
Carla hatte das Bremsen aufgeschreckt: »Ich habe ein blödes Gefühl. Vielleicht hat ja Juri recht.«
»Ich habe vorhin ausgerechnet: achtundzwanzig Jahre, zwei Monate, siebenundzwanzig Tage.«
»Was denn?«
»Die Mauer. Und heute? Es ist, als ob plötzlich die Sonne im Osten untergeht.«

Im Autoradio gab es Reportagen von der Grenze: Bornholmer Straße, Invalidenstraße, Heinrich-Heine-Straße. Hastige Interviews mit Freudetrunkenen, im Hintergrund Jubel und Hupkonzerte.
»Was empfinden Sie in diesem historischen Augenblick?« fragte der Reporter.
»Durst«, antwortete eine männliche Stimme.
»An so einem Tag«, erklärte Tom, »sind alle verfügbaren Reporter im Einsatz.«
Carla war nicht euphorisch. Hätte sie es sein müssen? Carla war so alt wie die Mauer, ohne Erinnerung an eine Zeit ohne sie. Ihr Leben war eingerichtet worden im Bewußtsein, daß es einen Westen nur im Fernsehen gab. Da wirkte er verwirrend. Schillernd und reich, armselig und brutal. Vor der Tagesschau lockte Jacobs Krönung, nach der Werbung erschreckten Straßenschlachten, Flugzeugentführungen, Rauschgiftsüchtige, Räuber und Einbrecher. Und kamen nicht neunzig Prozent der Katastrophen- und Horrormeldungen aus der »freien Welt«? Wie sollte Carla euphorisch sein?
Vor Berlin belebte sich endlich die Autobahn. Auf den letzten Kilometern war richtig dichter Verkehr, Hupen, Winken, gespreizte Finger zum Zeichen eines Sieges, den noch keiner richtig verstand. Auf der Stralauer Allee der erste Stau. Dann Stop and go, wie man es auf gut international nannte. Carla rang sich ein erstes Lächeln ab. In der Heinrich-Heine-Straße waren sie endgültig eingekeilt zwischen tuckernden, stinkenden Trabis. Lachende Menschen drängten vorwärts, schoben die Autos mit sich, klopften fröhlich aufs Blech, setzten sich auf den Kühler und fuhren ein Stück mit. Manche schwenkten Flaschen und boten daraus rundum Bier und Wein an, auch Schnaps.
»Das ist ja lustiger als am ersten Mai«, sagte Carla trokken.

Endlich der Grenzübergang. Vor ihren Baracken standen Toms langjährige flüchtige Bekannte in ihren olivgrünen oder taubenblauen Uniformen und ließen den Strom an sich vorüberziehen, lächelnd die einen, mit allen Anzeichen tiefer Verständnislosigkeit, ja Verwirrung die anderen.

»Das ist ja hier wie eine Festung«, sagte Carla halblaut.

»Das war auch eine Festung«, bestätigte Tom.

Das Nadelöhr: die Betonbarrieren, die Flüchtende zum zeitraubenden Zickzack zwingen sollten, bis die Sperren ausgefahren und die Bewaffneten herbeigeeilt waren. Kleine Werke der Ingenieurkunst. Nutzlos seit heute abend. Museumsstücke.

»Das ist ja nicht zu fassen«, murmelte Carla. »Warum habt ihr denn so was nie im Fernsehen gezeigt?«

Tom wies auf einen Balkon des ersten Wohnhauses auf der Westseite: »Da oben haben wir gestanden und gefilmt. Eine ganze Dokumentation über die Sperranlagen haben wir gemacht. Weißt du, woher meines Erachtens eure Informationslücke kommt? Ihr habt das nicht wahrhaben wollen!«

Wie ein Korken aus dem Flaschenhals fluppte ihr Auto durch die Mauer in den Westen.

»Hey, das gibt's doch nicht!« rief Carla.

44

Tom wachte davon auf, daß eine Hand verschlafen nach seiner Hand grapschte. Es war dämmerig vor dem Fenster, und er rekonstruierte, es müsse die Abenddämmerung sein und nicht die Morgendämmerung. Er beugte sich über Carla und gab ihr einen Aufwachkuß. »War das

nicht der blanke Wahnsinn?« fragte er. »Echte Zeitgeschichte!«
»Das haben wir doch alles bloß geträumt«, antwortete sie gähnend. »Wir schalten jetzt das Fernsehen an und erfahren, daß es überhaupt nicht passiert ist.«
Tom schaltete erst mal die Nachttischlampe an und küßte Carla ein wenig wacher: »Du wirst es im Fernsehen sehen, und was man im Fernsehen sieht, das war auch so.«
»Glaubst du wirklich, ich habe das alles erlebt?« Sie lächelte ihn an: »Auch meinen ersten Beischlaf im freien Westen?«
»Bitte! Hättest du vielleicht einen dezenteren Ausdruck für einen Koitus!«
Es klopfte an die Tür, und ehe Tom »Herein!« rufen konnte oder auch »Nein!«, stand Rolf im Zimmer: »Sag mal, war das nicht der helle Wahnsinn?«
»Ungefähr meine Worte«, bestätigte Tom.
»Oh, Damenbesuch?« fragte Rolf.
»Hallo, Rolf!« rief Carla.
Vom Schlag getroffen, so nannte man, wenn auch etwas übertrieben, eine Reaktion, wie sie Rolf zeigte. Aufgerissene Augen, ebensolcher Mund, mindestens sekundenlang.
»Das ist ... äh, außergewöhnlich«, fiel ihm nur ein.
»Wir waren die ganze Nacht auf dem Ku'damm«, sprudelte Carla, nun schlagartig munter, »alles voll Zonis, alles voll Freibier, wildfremde Menschen fielen sich um den Hals. Es war wie nach einem gewonnenen Krieg. Oder einer Weltmeisterschaft.«
»Wir waren an der Heinrich-Heine-Straße«, berichtete Tom, »und haben jeden einzelnen mit Handschlag begrüßt. Ach, was! Abgeknutscht, totgedrückt. Ich glaube, heute nacht hätte jeder Bundi jedem Zoni unbesehen

Kontovollmacht erteilt und den Hausschlüssel ausgehändigt.«
»Wir sind eben ein Volk«, betonte Carla feierlich.
»Aber muß das gleich so weit gehen«, fragte Rolf, »daß Ihr hier zusammen in der Heia liegt?«
Carla nickte: »Wir nehmen die Vereinigung ernst.«
Beim Frühstück in der Abenddämmerung schmückten sie die Erlebnisse der Nacht weiter aus. Tom und Carla hatten sich nicht lösen können vom Grenzübergang und von den immer neuen Hunderten und Tausenden, die herüberdrängten. Viele zögernd und unsicher, als tasteten sie sich auf vermintes Gelände vor, erst angesichts des West-Jubels erleichtert und davon angesteckt, bald in wildfremden Armen liegend. Chöre wurden angestimmt, strandeten aber im allgemeinen Jubel: »So ein Tag ...« Einen Reporter hatten Tom und Carla aus der Nähe beobachtet und belauscht, vielleicht war es derselbe, den sie schon im Autoradio gehört hatten. Er fragte die Herüberdrängenden mit unerschütterlicher Konsequenz immer wieder, was sie in dieser Stunde empfänden. Alle stammelten etwas Erwartetes, was auch den Wissensdurst des Reporters befriedigte; er gab erst vorübergehend auf, als ein junger Mann ihm ins Mikrofon berlinerte: »Eure Currywurst soll wat bessa sein wie bei Konopke uff da Schönhausa.«
Rolf erzählte von der Trabi-Parade auf dem Ku'damm und davon, daß er und Tina vereinzelt West-Bürger das ulkige Autochen, das sie für ein Goggomobil hielten, hatten erklären müssen. Auch auf dem Ku'damm sei es die ganze Nacht lang zu spontanen Verbrüderungen gekommen.
»Wenn die erst mal kapieren«, warf Rolf ein, »daß wir bleiben!«

Tina kam nach Hause, todmüde von dem Arbeitstag nach durchfeierter Nacht.
»Aha!« sagte sie, als sie Carla begrüßte, »du also hier.«
»Um alle Anzüglichkeiten überflüssig zu machen«, erklärte Tom: »Carla und ich, ihr versteht.«
»Es bleibt ja in der Familie«, bemerkte Rolf anzüglich.
»Sagen wir«, verbesserte Tom, »es bewegt sich zwischen zwei Wohngemeinschaften.«
Sekt kam auf den Tisch zur Feier des Tages, »Henkell trocken« war im Haus, »Rotkäppchen« wäre angemessener gewesen. Das Telefon klingelte, es war Gesine. Sie sprudelte in Toms Ohr, daß sie die Berliner Vorgänge einfach phantastisch finde und so bald wie möglich kommen wolle, sie habe nur ein gewisses Handicap durch die dauernde Übelkeit, die ja eigentlich auf einen Jungen schließen lasse. Tom mußte daran denken, daß Waltraut hochschwanger die Flucht aus der DDR versucht hatte, behielt den Gedanken aber für sich, weil es wieder mal nur auf einen Generationskonflikt hinausgelaufen wäre: Wir damals und ihr Schlaffis heute! Vielleicht, sagte Gesine, könne man ja auch bald wieder nach Leipzig fahren. Und sie lasse alle grüßen.
»Willst du denn zurück?« fragte Tom und schaute Rolf an.
»Natürlich! So bald wie möglich. Sobald ich dem Braten traue.«
Tom beobachtete, wie Tinas Züge Widerspruch ankündigten.
»Ihr werft mir ja vor, ich sei zu früh abgehauen«, fuhr erst einmal Rolf fort. »Aber ihr werdet mir nicht vorwerfen, zu spät zurückgekehrt zu sein.«
»Und was willst du dort?«
»Anpacken. Bitte frag mich nicht, was ich anpacken will! Aber ich finde etwas.«

»Willst du im Ernst in euer Drecknest zurück«, fragte Tina lauter als normal.
»Wieso Drecknest?«
»In diesen Braunkohlenmief? Auf diese Schlaglochpisten? Hinter diese bröckelnden Fassaden? In diese kümmerliche Kaufhalle? Zu diesen stieseligen Genossen? In dieses Wellental der Lebensfreude?«
Gut ausgedrückt, dachte Tom.
»Aber das ändert sich jetzt!« widersprach Rolf.
»Nee! Noch lange nicht. Vielleicht in zwanzig Jahren. Ich sage dir jedenfalls: Ohne mich!«
»Dann eben ohne dich!« entgegnete Rolf so rasch, als habe er die Antwort schon im Kopf gehabt.
»Na gut«, betonte Tina drohend.
Carla kam dem verfahrenen Dialog zu Hilfe, indem sie fröhlich ankündigte: »Was mich angeht, bin ich erst mal raus aus dem verrosteten Käfig und möchte eine Reise machen.«
»Wie wär's mit Bad Salzuflen?« fragte Tina bissig.
»Venedig«, erklärte Carla.
»O nein!« stöhnte Tom. »Da war ich doch vor kurzem mit jemandem.«
Wieder klingelte das Telefon, diesmal war es Tinas Mutter aus Düsseldorf, Tom reichte den Hörer gleich weiter. Tina kam nicht groß zu Wort, nur kurz und in Abständen: »Aber das ist doch eine tolle Sache ... Ach was, das bißchen Begrüßungsgeld können wir uns noch leisten ... Nein, die bleiben nicht alle im Westen ... Die kannst du doch nicht mit den Asylanten vergleichen. Hör mal, was liest du denn für Zeitungen! ... Ach so, na dann! ... Bis die ersten in Düsseldorf ankommen, könnt ihr ja nach Holland flüchten ... Jaja, ich passe schon auf mich auf. Man erkennt sie ja auch ganz leicht an den abgetragenen Mänteln ... Ja, gute Nacht. Wirklich, gute Nacht!«

»So ein dummes Zeug!« schimpfte Tina, als sie aufgelegt hatte. »Deutsche Spießer in Reinkultur! Keinen blassen Schimmer. Waren in ihrem Leben noch nie in Berlin. Geschweige denn ein paar Kilometer weiter.«
»Aber alles Wahlberechtigte«, warf Tom ein.
»Weißt du, was in diesem Moment ihre Hauptsorge ist? Daß es uns Milliarden und Abermilliarden kosten wird, wenn die Wiedervereinigung kommt. Also bloß keine Experimente!«
»Ich dachte«, warf Rolf dazwischen, »so seien nur wir.«
»Übrigens habe ich meinen Eltern die ganze Zeit noch kein Wort über unsere gefährliche Liaison erzählt. Sie wären gestorben vor Angst.« In der ›heute‹-Sendung die Bilder von der vergangenen Nacht.
»Da steckten wir mittendrin«, rief Carla. »Vielleicht sehen wir uns!«
Bei der Wetterkarte fragte Tom: »Also, wohin fahren wir beide nun?«
»Wohin du willst. Ich war noch nirgendwo.«

45

»Warum hieß die Bastille eigentlich Bastille?« fragte Carla.
»Keine Ahnung«, antwortete Tom. »Wahrscheinlich hieß sie schon vorher so.«
»Wenn man's genau nimmt«, sinnierte Carla, »war die Bastille für die Pariser vor genau zweihundert Jahren, was für uns heute die Nikolaikirche ist.«
»Bißchen weit hergeholt«, murmelte Tom uninteressiert.
»Kann ja sein. Aber warum haben sie sie dann gesprengt, anstatt ein Denkmal draus zu machen?«

»Frag mich bitte nicht so schwere Sachen!«
»Du bist Journalist.«
»Eben, deswegen.«
Es goß in Strömen. Wie damals in Venedig, fiel Tom ein. Er und Carla hatten sich hinter die Fensterscheibe eines Bistros gerettet und schauten durch den perlenden Regen dem Verkehr um die Säule zu, die an den Kampf um die Bastille erinnern sollte. Carla fand es neu, am hellen Vormittag Alkohol zu trinken, noch dazu einen, der wie verdünnte Magermilch aussah und süßlich nach weihnachtlichen Anisplätzchen schmeckte. Das sei aber nun die große Welt, auf die sie so versessen gewesen war, hatte ihr Tom erklärt.
»Also«, forderte ihn Carla auf, »was ist mit dem Ding?«
»Also, wenn es sein muß, denke ich mal, nach jeder Revolution – oder dem, was sich dafür ausgibt – kommt die Bilderstürmerei. Nun bin ich ja auch nicht der Meinung, man hätte nach fünfundvierzig Hitlers Reichskanzlei rekonstruieren sollen. Aber noch weniger natürlich das Stadtschloß sprengen. Was wiederum demnächst bei euch drüben losgeht, wird ähnlich schwachsinnig. Sie werden nicht nur die Lenindenkmäler schleifen, sie werden auch vor dem braven Karl Marx nicht haltmachen, der das alles gar nicht so gemeint hatte. Die Aufpasser werden sich selbst überholen, und die Hirnlosigkeit wird Triumphe feiern. Vermute ich mal.«
»Aber stell dir vor, unsere Revolution hätte nicht in der wunderschönen Nikolaikirche begonnen, sondern in Bautzen. Im gelben Elend. Das will doch wirklich keiner mehr sehen.«
»Ich finde«, antwortete Tom, »was abreißen, was umbenennen, was überpinseln, das heißt doch immer auch, vor was weglaufen. Als könnte man mit der Abrißbirne Ge-

schichte bewältigen. Aber ehrlich gesagt, wollte ich jetzt gar nicht über so was diskutieren.«
»Dann darfst du dir keine geistig bewegliche Freundin halten.«
Diese spontane Reise nach Paris. Aus dem Stand. Eigentlich kein Problem, abgesehen vom Geld. Aber durfte Carla ohne Reisepaß und Visum nach Frankreich einreisen? Würde es dem Paßkontrolleur auf dem Flughafen, der nach dem großen Europäer Charles de Gaulle benannt war, klarzumachen sein, daß die junge Frau mit der Kennkarte der République Démocratique Allemande seit ein paar Tagen dazugehörte? Tom war sehr im Zweifel. Er hatte beschlossen, von Tegel nach Frankfurt zu fliegen und mit einem Mietwagen billiger Kategorie weiterzufahren. Auf der Autobahn bei Saarbrücken hatte er der fassungslosen DDR-Bürgerin nicht ohne einen gewissen Stolz vorgeführt, daß man an der Grenze zwischen den ehemaligen Erbfeinden mit lässiger Handbewegung durchgewunken wurde. Das sei eben anders, hatte er ihr genüßlich erklärt, als an Friedensgrenzen zwischen sozialistischen Bruderländern.
Paris! Carla im Rausch. Trotz des Herbstwetters. Die berühmten Plätze, die man beim erstenmal nicht auslassen durfte. Die Champs-Elysées rauf und runter, oben vierzehnmal um den Arc de Triomphe, unten um die Place de la Concorde. Auf den Montmartre und in Sacré Cœur, Sacré Kitsch, ein Muß. Auf dem Montmartre-Friedhof. Heinrich Heine beim ersten Paris-Besuch nicht die Aufwartung machen zu lassen, wäre ihm mindestens als Fauxpas erschienen, eher noch als Verrat am Geist schlechthin. Carla also berauscht und nicht zu ermüden, bis morgens um halb vier in einem Jazzkeller alter Schule nicht weit vom Boule Miche. Tom mußte sich manchmal

bei den Ohren nehmen, spürte den Abstand von zwanzig Jahren, freundlich gerechnet.
»Kannst du dir das eigentlich leisten«, fragte Carla an der Bastille, »ich meine finanziell?«
»Eigentlich nicht. Aber ihr macht ja zum Glück nicht alle Tage Revolution. Sonst würde es ins Geld reißen.«
»Kann ich dir was erstatten?«
»Euer Spielgeld kennen die hier nicht.«
»Dann kann ich mich nur mit Naturalien erkenntlich zeigen.«
»Gern. Ich habe, davor, noch einen krönenden kulturellen Abschluß geplant: heute abend in die Oper. Sie singen französisch, aber der Text ist in allen Sprachen blödsinnig. Die Kostüme sollen nett sein.«
Der Blick aus dem Bistro-Fenster bewog sie, dem Regen weiterhin aus dem Weg zu gehen und sich von innen zu befeuchten.
»Wir haben eben immer gedacht, ihr könnt euch alles leisten«, griff Carla den Gedanken ans Geld auf.
»Wir haben ja auch immer so getan. Volle Plastiktüten aus dem Intershop, Abendessen im Interhotel, Ersatzteile fürs Auto. Es gab sogar welche, die haben für den Besuch bei den armen Verwandten ein größeres Auto gemietet. Alles zusammen ergab ja auch ein angenehmes Gefühl der Überlegenheit, die die meisten fälschlicherweise auf ihre persönlichen Fähigkeiten zurückführten anstatt auf die Zufälligkeit ihres Wohnsitzes.«
»Wir haben Wochen vor dem Westbesuch Fleisch und Wein und Radeberger gehortet. Und manche haben sich von Freunden oder Kollegen den Lada ausgeliehen, um nicht mit ihrem Trabi vorm Hauptbahnhof vorzuknattern.«
»Du mußt aber zugeben, daß auf diese Weise beide Seiten ein gutes Gefühl hatten.«

Als es nur noch nieselte, machten sie sich auf den Weg zur Ile St. Louis, die zu Toms Lieblingsvierteln der Stadt gehörte. Sie bummelten, er erklärte nichts mehr, da er das Gefühl hatte, Carla mochte nur noch genießen. Außerdem hatte er auch fast alles angebracht, was er wußte, und begann sich zu wiederholen.

»Ich möchte rasch zurück nach Leipzig«, sagte sie unvermittelt. »Ich weiß nicht, was ich dort will, aber ich habe das Gefühl, wir müssen jetzt etwas tun. Wir haben schon zuviel Zeit vertrödelt. Wir haben immer gesagt, wir können ja sowieso nichts machen außer unseren kleinen ungehorsamen Aktiönchen. Wir können uns nicht zusammenschließen. Warum denn nicht? Jetzt haben's welche gemacht, und es ging! Wir fanden uns mutig, aber heute wissen wir, daß wir viel zu zaghaft waren. Wir müssen jetzt dringend was tun. Wir haben ja erst den Anfang geschafft.«

»Aber der Anfang ist der Höhepunkt«, erwiderte Tom mit einem etwas dozierenden Ton, der ihm selbst auffiel.

»Jaja, ich habe auch gelesen, daß Revolutionen siegreich sein können, aber nicht erfolgreich. Aber diesmal machen wir was draus.«

Als sie sich für die Oper umzogen, küßte sie Tom auf den Bauchnabel: »Wie wär's, wenn du mitmachtest? So ein erfahrener Demokrat!«

»Um Gottes willen! Eher tue ich mich wieder mit Tina zusammen.«

46

»Leg doch mal einen Zahn zu!« drängte Rolf zum wiederholten Male.

»Hör mal zu, mein Freund!« wies ihn Tom endlich zurecht und hielt den Gasfuß konsequent bei hundertundfünfundzwanzig: »Erstens ändert eine Revolution zwar die Grundlagen des Staatswesens, aber nicht die zulässige Höchstgeschwindigkeit. Zweitens frage ich mich, mit welchem Westgeld du meine Strafe bezahlen willst. Und drittens: Wenn du es so eilig hast, warum bist du dann ein paar Tage vor der Revolution abgehauen?«
Rolf ging auf diesen seinen wundesten Punkt nicht ein, nur auf den zweiten: »Kriegst einen Schuldschein. Irgendwann kann ich den einlösen.«
Carla meinte zu alldem nichts.
Sie waren auf dem Weg von Berlin nach Leipzig, gerade hatten sie die Elbbrücke bei Dessau überquert, wo man in der Tat langsamer fahren mußte, damit sie nicht vierundvierzig Jahre nach dem Krieg schon wieder einstürzte.
Rolf waren vor der Einreise in die DDR bei Drewitz immer mehr kleine Schweißperlen auf die Stirn getreten, aber er hatte Tom gebeten, die Heizung abzudrehen, und wacker bestritten, daß die Rückkehr in den vor genau vierundvierzig Tagen fluchtartig verlassenen Staat seine Nerven auf eine harte Probe stellte. Der Grenzposten in seinem Kabäuschen hatte nach einem flüchtigen Blick in die Papiere mit gleichgültiger Geste einen Stempel in Toms Paß gedrückt und das Auto mit den dreien durchgewunken. Eigentlich, hatte Tom gedacht, mußte es den Mann frustrieren, an dieser jahrzehntelang mit allen Schikanen verteidigten Grenze nur noch den Grußaugust zu spielen.
»Ich erzähle dir jetzt ein Gleichnis, damit du verstehst, warum ich nicht schneller fahre«, kündigte Tom an und erhöhte unmerklich auf ungefähr hundertdreißig. »Der Gefreite B. – er hat mir die Geschichte selbst erzählt, und der wirkliche Name ist der Redaktion bekannt – mußte in

den letzten Monaten des Zweiten Weltkriegs vom Heimaturlaub zurück an die Ostfront. Aber er wollte sich nicht mehr auf den letzten Drücker erschießen lassen. Zum Feind überzulaufen, das wußte er, fehlte ihm der Mut, auch traute er dem Iwan einfach nicht. Also hielt er sich in gebührender Entfernung von der Front auf, meldete sich hier und da bei einer Wehrmachtsdienststelle und gab an, seine Einheit zu suchen, faßte Proviant, wärmte sich auf und fuhr weiter. Mehrere Wochen lang. Bis ihn auf einem Bahnhof die Kettenhunde schnappten, die Feldgendarmerie mit dem Blechschild um den Hals. Sie schauten in seine Papiere und sagten bloß: Ach, du armes Schwein! Und buchteten ihn ein. Der Gefreite war froh, weil er glaubte, er habe damit den Krieg überstanden. Aber die Sache kam anders und er vor ein Kriegsgericht. Dieses war aber nicht an der Ostfront, wo sich so mancher Landser in dieser Weise herumtrieb, sondern aus irgendeinem Grund in Straßburg. Also wurde der Gefreite von zwei Feldgendarmen, die ihn Tag und Nacht bewachten, mit der Eisenbahn von der Ostfront ins Reich und quer durch dasselbe nach Straßburg gebracht. Das dauerte, angesichts der Auflösung aller Ordnung, ungefähr eine Woche. Ungefähr auf der Höhe von Eisenach fragte der Gefreite die Feldgendarmen, mit denen er sich ein bißchen angefreundet hatte, ob es nicht ein großer Blödsinn sei, mitten im abschließenden Ringen des Deutschen Reichs zu dritt zu einer völlig überflüssigen Kriegsgerichtsverhandlung zu fahren, anstatt an der Front das letzte zu geben. Aber die beiden Feldgendarmen gestanden unter dem Siegel der Verschwiegenheit, sie seien froh, auf diese elegante und obendrein legale Art und Weise dem Erschossenwerden zu entgehen. Ob sie denn damit etwas anderes täten, fragte er, als er getan habe. Nein, im Prinzip nicht, aber sein Versuch sei eben illegal gewesen. Also fuhren sie nach Straßburg, um dem Recht Genüge zu tun, während an der Ostfront ohne die drei das welthistorische Ringen in seine entscheidende Phase trat.«

»Und hat der Gefreite überlebt?« fragte Carla teilnahmsvoll.

»Er wurde verurteilt und wiederum von zwei Feldgendarmen in ein Straflager der Wehrmacht ins Emsland gebracht, wo er das Kriegsende überlebte. Aber das war ja nicht, worauf ich hinaus wollte.«

»Sondern?« fragte Rolf.

»Ich wollte darauf hinweisen, daß bei jedem Zusammenbruch im großen ein ungeheures Beharrungsvermögen im kleinen zutage tritt. Selbst wenn eines Tages die Welt untergeht, werden zum Beispiel Behörden weiterhin Mahnbescheide abschicken.«

»Ach so.«

»Und ihr werdet auch noch froh sein, daß nicht bei jeder Revolution gleich der Strom abgeschaltet wird und die Brötchen knapp werden.«

Tom fuhr nun hundertfünfunddreißig. Er verstand Rolfs Unruhe. Rolf wollte nach Hause. Rolf wurmte, trotz aller wortreicher Erläuterungen und Verteidigungen, daß er Tage vor der Revolution klein beigegeben hatte und nach Prag gereist war. Die dageblieben waren, fürchtete Rolf, würden auf ewig mit Fingern auf die Kleingläubigen zeigen. Mit Recht, hatte Tom geantwortet, aber er hatte eingeräumt, daß er selbst in vergleichbarer Lage vielleicht genauso gehandelt hätte. Und daß es purer Zufall gewesen sei, daß er, Tom, als Fremder am entscheidenden Tag unter den Zehntausenden gewesen war, die es erzwungen hatten.

Eine grüne Uniform stand auf der rechten Fahrbahn, eine winkende Kelle wies auf den Parkplatz ein.

»Bitte mal rechts ranfahren!«
»Siehste!« sagte Tom und dachte: In letzter Zeit häuft sich's irgendwie.
»Bitte mal die Papiere!«
Rolf war ausgestiegen und um das Auto herumgelaufen: »Sagen Sie mal, haben Sie nichts anderes zu tun?«
Der Volkspolizist musterte Rolf, als fühle er sich von ihm bei der Ausübung einer obrigkeitlichen Tätigkeit belästigt.
»Haben Sie eigentlich mitgekriegt«, fuhr Rolf lauter fort, »daß sich in unserer Republik gewisse Veränderungen abspielen?«
»Aber nicht im Straßenverkehr«, erwiderte der Volkspolizist.
»Alles ändert sich«, beharrte Rolf, »da spielt Ihr beschissener kleiner Straßenverkehr überhaupt keine Rolle.« Der Volkspolizist verhaftete nicht, sondern wandte sich wieder an Tom: »Sind Sie mit einer gebührenpflichtigen Verwarnung von vierzig D-Mark einverstanden?«
»Sie verderben die Preise«, antwortete Tom.
Der Volkpolizist lächelte eine Sekunde lang: »Es gibt, wie gesagt, gewisse Veränderungen.«
Ein paar Kilometer fuhren sie schweigend weiter, bis Rolf wieder den Mund aufmachte. »Das darf wirklich nicht wahr sein. Ich werde mich beim Staatsrat beschweren. Und die vierzig Mark kriegst du wieder.«
»Zu welchem Kurs?«
»Rolf, dein Auftritt war bestimmt nicht schlecht«, gab Carla zu, »aber man muß dem Genossen doch zugute halten, daß er formal im Recht war. Darum ging's ja in Toms Geschichte mit dem Gefreiten. Es kann nicht wegen jeder Revolution Unrecht plötzlich Recht sein.«
Tom hatte die Lehre aus der Geschichte anders gemeint als weiland Filbinger, aber er schwieg.

»Ein Vopo kann überhaupt nicht recht haben!« protestierte Rolf. »Das ist schon vom Ansatz her falsch.«
Das Auto tuckerte jetzt mit lärmenden Reifen und fast erlaubten hundertzehn, weil die Fahrbahn hier besonders kaputtgefahren war. Das Schkeuditzer Kreuz kündigte sich an. Tom schaute auf die Uhr und schaltete kurz vor der vollen Stunde für die Nachrichten ein. Früher hatte man bei DDR-Reisen auf seiner Skala den RIAS oder SFB gesucht, um sich den Tatsachen zu nähern; jetzt schien es aufschlußreich, einen hiesigen Sender zu hören: Die fingen plötzlich an zu melden, was war! Sie machten diesmal damit auf, daß Hans Modrow als neuer Regierungschef vereidigt worden sei. Sie sprachen wirklich wie im Westen flapsig vom Regierungschef und nicht vom Vorsitzenden des Ministerrates der DDR. Was war bloß plötzlich in sie gefahren?
»Der Modrow ist auch einer von den Alten«, maulte Rolf.
»Aber wenigstens einer von den anderen Alten«, widersprach Carla.
»Ist euch eigentlich aufgefallen«, fragte Tom, »daß euer Erich am achtzehnten Oktober zurückgetreten ist, am gleichen Tag, an dem achtzehnhundertdreizehn auch Napoleon vor Leipzig kapituliert hat?«
»Ach, du mit deinen Spitzfindigkeiten!«
»Olle Kamellen!«
»Also«, fragte Tom: »Was gibt's für neue Geschichten?«
»Eine total neue DDR«, antwortete Rolf.
»Ach ja?«
Tom umrundete erst mal vorsichtig mit vierzig das südwestliche Ohr des Schkeuditzer Kreuzes, dessen tückisches Pflaster ihm früher mehrmals fast zum Verhängnis geworden wäre.
»Ich mache jetzt ein Statement«, kündigte Tom an, als er die sichere Fahrbahn Richtung Osten unter sich hatte:

»Ich habe mich bekanntlich total geirrt über das, was in diesem Herbst bei euch bevorstand. Trotzdem wage ich wieder eine Prognose. Habt ihr bemerkt, daß sie anfangs auf dem Ring gerufen haben: Wir sind das Volk! Letzten Montag im Fernsehen: Wir sind ein Volk! Ich sage euch: Eure Leute werden ihre olle DDR in den Hintern treten und mit fliegenden Fahnen überlaufen zur D-Mark. Im Vergleich dazu wird Hitlers Anschluß Österreichs eine besonders schwere Zangengeburt sein. Und unsere Kapitalisten reiben sich schon die Hände und werden euch über den Tisch ziehen, daß es schnurbst. Denkt an meine Worte!«

»Quatsch!« sagte Rolf.

Wieder mal hinein in die vertraute, geliebte, gehaßte Stadt. Über die Straße der DSF, deren vollen Namen »Straße der Deutsch-Sowjetischen Freundschaft« nie jemand aussprach, nicht nur aus Zeitersparnis, wohl auch der Ehrlichkeit halber. Tom versuchte an Äußerlichkeiten abzulesen, daß plötzlich alles anders sei, aber äußerlich war nichts anders. Freitagnachmittag wie jeden Freitag, die Wochenendschlange von Trabis und Wartburgs vor der Tankstelle Ecke Roscherstraße neben der großen Esse.

»Aber es hat sich was verändert«, beharrte Rolf, beinahe trotzig, als habe er Toms Gedanken erraten.

Juri war zu Hause. Er begrüßte die Ankömmlinge in unterschiedlicher Weise. Carla bekam ein anerkennendes und völlig unerotisches Küßchen auf die Wange. Tom einen festen Händedruck mit ebensolchem Blick in die Augen. Rolf eine hochgezogene Braue.

»Bist du also wieder an Bord, nachdem das Schiff doch nicht gesunken ist?«

»Ehe ihr mit Tiervergleichen Positionskämpfe austragt«, ging Tom dazwischen, »möchte ich euch an etwas erinnern: Das Ende war schwierig, aber kein Vergleich mit dem Anfang. Also reißt euch zusammen!«

»Dann frage ich Rolf ganz kooperativ«, fragte Juri, »was er tun will. In seine volkseigene Gießerei zurückgehen und sich im Büro melden?«

»Jetzt wart's doch mal ab! Ich bin seit zehn Minuten wieder hier. Und ich habe ja noch ein paar Mark auf dem Konto zurückgelassen.«

»Apropos«, sagte Tom: »Vierzig Mark für den Strafzettel. Aber bitte D-Mark!«

47

»Essen fassen!« rief Rolf.

»Wir bitten zu Tisch«, verbesserte Tina ihren seit wenigen Stunden angetrauten Ehemann. »Mensch, wir sind nicht bei der NVA«, flüsterte sie ihm zu.

Tom studierte die Menüfolge. Nicht besonders originell, war sie im Geist der Zeit DDR-nostalgisch. Sie begann mit der unvermeidlichen Soljanka, die von den Speisekarten der Neuen Länder unmerklich verdrängt worden war. Als Zwischengang Kapernklopse (in Klammer: auch Kaliningrader Klopse), die die Gastgeber mit Sicherheit nur des Namens wegen eingebaut hatten. Zur Ente konnte man konventionell Thüringer Klöße und Rotkraut haben, aber auch völlig unpassend Stäbchenkartoffeln und Letscho. Zum Nachtisch, wiederum unvermeidlich, die sächsischen Quarkkeulchen. Als Getränke wies die Karte Radeberger Pilsner und Meißner Wein des Jahrgangs 89 aus, danach Original Muckefuck sowie Wilthener Weinbrand.

»Ich habe den Eindruck«, bemerkte Tinas Vater beim Suppelöffeln zu Rolf, der ihm gegenüber saß, »ihr vermißt eure DDR doch schmerzlich.«

Rolf nickte zustimmend: »Vor allem das Wir-Gefühl fehlt uns. In einer sozialistischen Wartegemeinschaft vor einer gastronomischen Einrichtung zu stehen, bis man plaziert wird. Freitagnachmittag von fünf bis halb sieben vor der Tankstelle. In der Schlange im Kaufhaus Centrum, wenn Rauhfasertapete reingekommen ist. Das schmiedet zusammen. Wo gibt es heute noch solche Situationen?«
»In jedem Stau«, erwiderte Tina. »Das hattet ihr früher nicht.«
»Aber das ist ja gerade symptomatisch für die Vereinsamung, daß jeder allein in seinem Blechkäfig sitzt.«
»Warum habt ihr eigentlich nicht am dritten Oktober geheiratet?« fragte Tinas Mutter, »das ist doch der Tag der Einheit.«
Rolf schüttelte den Kopf: »Der dritte Oktober ist eine Bonner Erfindung. Unser Tag war der neunte.«
»An dem du nicht hier warst!« rief Juri.
»Nun hör mal damit auf!« rief Carla, die von ihrem Platz am Tischende den Disput mitgekriegt hatte: »Rolf ist erstens wiedergekommen und hat zweitens seither eine Menge hier auf die Beine gestellt. Während du dich vornehm zurückgezogen hast, als es nicht nach deinem Kopf ging.«
»Nach unseren Köpfen«, verbesserte Juri. »Wir haben uns doch alle das gleiche vorgestellt. Damals.«
»Schnee von gestern«, winkte Carla ab.
»Bitte! Wir feiern Hochzeit«, erinnerte Tom energisch. »Und wenn es auch die letzte Gelegenheit ist: Heute bitte keinen Streit!«
Zwischen Hauptgang und Nachtisch klingelte es an der Wohnungstür. Carla ging aufmachen und brachte einen Herrn herein, der nur kurz für einen verspäteten Gast gehalten wurde.
»Mein Name ist Müller-Vorwerk«, stellte er sich vor, als er an Rolf verwiesen worden war. »Sie sind, wie ich weiß, der Mieter dieser Wohnung. Ich wollte mich bekannt machen als neuer Besitzer dieser Immobilie.«

»Sehr freundlich«, erwiderte Rolf, »aber wie Sie sehen, feiern wir gerade.«
»Geburtstag?«
»Schlimmer. Hochzeit.«
»Das ist ja ein gutes Omen«, strahlte Herr Müller-Vorwerk und schüttelte Tina und Rolf die Hände. »Alles Erdenkliche für Sie! Ich möchte auch nicht lange stören, muß heute noch zurück nach Hamburg. Vielleicht können wir ein paar Minuten?«
Rolf gab Tom einen Wink, ins Nebenzimmer mitzukommen.
»Ja, also«, begann Herr Müller-Vorwerk, »die Bausubstanz ist ja noch hervorragend. Zum Glück hat man vor hundert Jahren solider gebaut als in der DDR, nicht wahr? Aber leider hat man in den letzten vierzig Jahren hier alles verkommen lassen. Es fühlte sich ja keiner zuständig. Manchmal denke ich, die DDR-Bürger haben sich wohl gefühlt in ihrem Dreck.«
Tom beobachtete, wie Rolf mit dem Kiefer mahlte, als wolle er etwas einwerfen.
»Na ja«, fuhr Herr Müller-Vorwerk locker fort, »nun haben wir ja andere Verhältnisse. Aus dieser alten Immobilie werden wir ein Schmuckkästchen machen. Verlassen Sie sich darauf! Da kommt eine anständige Heizung rein, ein Aufzug …«
»Ich brauche keinen Fahrstuhl«, wandte Rolf ein.
»Sie vielleicht nicht, aber die Mieter der Appartements, die ich im Dachgeschoß einrichten werde.«
»Aber da wohnt doch schon jemand.«
»Noch.«
»In Zeiten wie diesen kann nicht alles bleiben, wie es seit dreißig Jahren ist. Wir wollen doch etwas aus der Immobilie machen, und da muß eben auch …«
»Wo wollen Sie denn hier einen Fahrstuhl einbauen?«
»Nach unseren Plänen müßte er dort gebaut werden, wo jetzt Ihre Toilette ist. Die würde mit dem Bad zusammengelegt in

Ihre jetzige Küche, während das anschließende Zimmer Küche würde.«
»Das sollte aber Kinderzimmer werden. Meine Frau ist im vierten Monat.«
»Oh! Herzlichen Glückwunsch! Und alles Gute für den kleinen Erdenbürger! Machen Sie sich bitte keine Sorgen, alles wird einvernehmlich geregelt.«
»Aber die Pläne scheinen ja schon fertig zu sein.«
»Mit irgendwas muß man schließlich anfangen. Aber nun feiern Sie bitte weiter, hier ist mein Kärtchen, wir hören voneinander, ja?«
Sie geleiteten Herrn Müller-Vorwerk zur Tür und schauten sich, als er draußen war, ein paar Augenblicke an. Rolf studierte das Kärtchen: »Anlageberater. Soso. Als DDR-Bürger hätte ich noch vermutet, daß so einer die städtischen Gärtner berät. Aber wir haben ja jeden Tag hinzugelernt.« Dann platzte er plötzlich heraus: »Ich könnte mich in den Arsch beißen! Warum habe ich die Bude nicht beizeiten selbst gekauft? Das Geld irgendwie zusammengekratzt?«
»Du brauchtest jeden Pfennig für dein Geschäft«, sagte Tom.
»Ach was! Das hier wäre das Geschäft gewesen. Die waren doch damals froh, wenn einer die heruntergekommenen Klitschen für ein paar Mark kaufte und sie aufmöbelte. Hätte man bloß gewußt, wie das alles läuft!«
»Du gehörst so oder so zu den Gewinnern«, sagte Tom.
»Und womit? Mit Recht, mein Lieber. Ideen. Risiko. Arbeit, Arbeit, Arbeit. Es geht, wenn man nur will. Und deswegen fuchst es mich tierisch, daß wir immer noch aufgekauft werden von Anlageberatern. Wie Indianerland für Glasperlen.«
»Ihr seid eben keine Gegend«, sagte Tom, »sondern Anschlußgebiet. Aber ihr wolltet es ja so.«
Tina hatte dafür gesorgt, daß für Tom und Rolf je zwei Quarkkeulchen warm standen. Alle anderen waren schon bei Muckefuck und Wilthener Weinbrand angelangt, manche steckten

sich dazu eine der F 6 an, die auf den Tischen lagen. Tom berichtete Juri, was der unangemeldete Gast gewollt hatte. Rolf stopfte seine Quarkkeulchen stumm in sich hinein und schenkte sich anschließend einen Schwenker randvoll mit Weinbrand ein. Dann verschaffte er sich löffelklopfend Gehör.
»Liebe Freunde, ihr habt euch sicher schon gefragt, warum Tina so blendend aussieht. Man sagt ja, es bekomme einer Frau gut.«
»Aha! Oho!«
»Wir wissen übrigens schon, daß es ein Mädchen wird.«
Jubel brach los, Beifall wurde geklatscht, Gläser wurden geschwenkt und geleert und nachgefüllt.
»Wie hast du das gemacht?« rief es von zwei Seiten gleichzeitig.
»Und noch etwas: Heute nachmittag auf dem Karl-Marx-Platz, ich meine natürlich den Augustusplatz, eine Demo zum Gedenken an den neunten Oktober neunundachtzig. Ich weiß zwar auch nicht, wem es nützt, aber ich habe gerade beschlossen: Ich gehe hin!«
»Was war denn eben los?« wurde gefragt. »War der Typ vom Verfassungsschutz?«
»Schlimmer«, antwortete Rolf, »er hat dieses Haus hier gekauft.«
Juri verschaffte sich Gehör: »Laßt mich was sagen. Eine Art Reminiszens. Damals, in der Nacht vom fünften auf den sechsten September siebenundachtzig, Erich wurde gerade in Bonn hofiert, woran heute die Gastgeber nicht mehr erinnert werden möchten, damals also haben wir vier diese Wohnung hier besetzt. Illegal. Tom war dabei, das war wirklich Zufall, und wenn er's geahnt hätte, wäre er vielleicht an dem Abend nicht gekommen. Aber uns kam er recht: Die Anwesenheit eines journalistischen Klassenfeindes verlieh uns einen gewissen Schutz. Tom war der Meinung, die Wohnungsbesetzung werde auf keinen Fall klappen, so was könnten sie sich nicht gefallen lassen. Wir widersprachen ihm heftigst und selbstbewußt. Heu-

te kann man es ja ruhig zugeben: Wir rechneten auch nicht damit, daß es klappt. Wir wissen auch immer noch nicht, warum es klappte. Was wir aber wissen: Eine Aktion wie unsere war zwar kein Baustein der Revolution, aber ein Sandkorn. Immer mehr von uns haben immer öfters ausprobiert, ob nicht doch etwas geht. Nein, ihr braucht an dieser Stelle nicht zu klatschen. Ich will auf etwas ganz anderes hinaus. Gesine ist ja bald darauf weg aus Leipzig. Ich selbst bin inzwischen auch nicht mehr hier. Carla wohnt woanders in der Stadt. Von uns Ursprünglichen lebt nur noch Rolf in diesen vier Wänden. Aber jetzt muß er sich Gedanken machen, wie lange noch. Denn es kann sein, daß die glorreiche neue Zeit ihn auf die Straße befördert. Jetzt könnt ihr klatschen.« Es klatschte natürlich niemand.

48

»Einen ganzen Staat stellen wir gerade von den Füßen auf den Kopf«, wunderte sich Juri, »und was veranstaltet ihr zur selben Zeit? Einen Garten der Lüste! Carla mit Tom, Rolf mit Tina, und ich will gar nicht wissen, was in Berlin los ist, wenn Tom mit Tina allein ist.«
»Die Hölle ist los«, raunte Tom.
»Juri ist ja bloß neidisch«, maulte Carla, »weil er das Problem nicht hat.«
»Jedenfalls nicht in dieser Form«, gab Juri zu.
Tom nahm die Frage zum Schein ernst: »Alle Erfahrung zeigt doch, daß in den bewegtesten Zeiten auch die besten Liebesgeschichten spielen. Vom Winde verweht. Klassisch. Wenn die Kraniche ziehen. Jules und Jim. Wenn ich nachdenke, fallen mir heute abend hundert Beispiele ein. Also, was wundert dich?«

»Nichts«, bekannte Juri. »Ich genieße es, in so einem freudigen Haus zu leben.«
»Und damit sind wir wieder bei der Politik«, gähnte Carla: »Was gab's heute? Außer Montagsdemo?«
»Wir waren in der Runden Ecke«, erklärte Juri. »Da saßen sie nun, die Ober-Stasis des Bezirks, vor denen wir jahrelang gezittert haben, und gaben sich bescheiden. Hatten immerhin charaktervoll ihr SED-Abzeichen nicht vom Revers genommen. Verteidigten sich halbherzig. Es griff sie aber auch niemand so richtig an. Was ich mich die ganze Zeit fragte: Warum sind wir da nicht früher hingegangen?«
»Ja, warum?«
»In Berlin, in der Normannenstraße, war auch noch keiner. Wir tun, als hätten wir gewonnen, aber lassen diese Brüder einfach weitermachen. Vielleicht hören sie uns in dieser Minute noch ab. Weißt du, was ich glaube? Die haben jetzt fast zwei Monate Zeit gehabt, alles Brisante, alle belastenden Akten beiseite zu schaffen. Jetzt finden wir bloß noch, was wir finden sollen. Damit wir uns gegenseitig zerfleischen. Was Wichtiges kommt nur noch raus, wenn es gebraucht wird.«
»Ich hoffe, du hast nicht recht«, sagte Tom.
Tom war, wieder mal, seit über zwei Wochen in der Stadt, aus der man nun Tag für Tag berichten konnte, ohne jemanden fragen zu müssen, ob man dürfe und was man dürfe. Wo jeder an jeder Straßenecke auf jede Frage in jedes Mikrofon hineinblies, was ihn jahrelang beschwert hatte. Nun endlich! Aber war das noch spannend? Früher, entsann sich Tom, nein, nicht früher, sondern vor kurzem, da war der Reporter stolz und froh gewesen, wenn ein genehmigter Interviewpartner sich traute, eine Kritik so zu verklausulieren, daß Hellhörige ahnen konnten, er sei nicht völlig parteikonform. Nicht

zu reden von den Sternstunden mancher Reporter mit einem offenherzigen Havemann; Sternstunden, die mit Rauswurf enden konnten. Aber nun? Tag für Tag das aufgeregte Gequatsche der jahrelang vorsichtig Verstummten. Doch die Sender wollten es und konnten nicht genug davon kriegen: DDR-Bürger, die mutig nachtraten, da die Gefallenen sich nicht mehr wehren konnten. Gestern erst: Rücktritt von Krenz samt ZK und Politbüro. Der Typ mit dem Pferdegebiß, hatte ein Passant ins Mikrofon gehöhnt. Seine Zahnstellung war gewiß nicht Krenzens schwerster Mangel, da hätte sich anderes sagen lassen. Darüber ein vorsichtiger Originalton Ost – aber vor der Wende! Manchmal dachte Tom, sie würden nicht lange brauchen, um wieder stromlinienförmig zu reden und zu denken. So wie es im übrigen auch die meisten im Westen taten. Freiwillig.

»Auf dem Karl-Marx-Platz heute nachmittag«, erzählte Juri, »sind wir zum erstenmal richtig angegriffen worden. Von den Rechten. Ihnen gefiel unser Plakat nicht: ›Für eine andere DDR!‹ Sie wollten was anderes: Deutschland, einig Vaterland!«

»Ob die überhaupt wissen«, fragte Rolf, »daß diese Zeile von einem Kommunisten stammt?«

»Übrigens«, berichtete Juri, »habe ich bei den Rechten auch Gesines Bruder gesehen.«

»Das paßt«, nickte Tom.

Mehrere Abende lang hatten sie am selben Tisch diskutiert. Friedensandacht, Montagsdemo, Lichterkette: schön und gut! Aber inzwischen steckten andere ihre Claims ab, schufen sich Posten, sicherten sich Einfluß. Geht in eine Partei und reißt das Maul auf! hatte Tom geraten. Carla und Rolf waren sich einig geworden, in die SPD einzutreten. Die könne auch nicht schlimmer sein als die anderen und sei jedenfalls nicht mit dem Makel behaftet,

ein Verein der alten Blockflöten zu sein. Noch diese Woche wollten sie sich anmelden.
Eine neue Reportage über die Stadt! dachte Tom noch einmal. Vor wenigen Tagen hatte das DDR-Fernsehen einen Film gesendet, ungewöhnlich und erstaunlich wie vieles in diesen aufregenden Tagen. Einen Film über den trostlosen Zustand der Stadt, in der rund siebzigtausend Wohnungen nicht vor dem Verfall zu retten seien, wenn nicht bald etwas geschehe. So einen Film, hatte Juri zu Tom gesagt, hättest du mal machen sollen! Der Chefarchitekt der Stadt hatte, wahrscheinlich erstmals, öffentlich Klartext geredet und die Frage der Reporterin provoziert: »Nun sind das ja Erkenntnisse nicht von gestern und heute, warum kommt man erst jetzt darauf?«
Darauf die klassische Antwort des Chefarchitekten: »Sie drehen den Film auch erst jetzt.«
Verdammt, wir hätten früher gekonnt! dachte Tom. Aber das durfte man nicht öffentlich sagen.
Nach Mitternacht verabschiedete sich Juri ins Bett, auch Carla ging schlafen: »Komm bald!«
»Du kannst die Sache mit Tina nicht so schleifen lassen«, sagte Tom, als er mit Rolf allein war.
»Was soll ich denn tun?«
»Dich entscheiden. Statt dessen stellst du dich seit zweieinhalb Wochen tot und verteidigst dich bequem damit, daß man von Leipzig nach West-Berlin nicht telefonieren kann.«
»Kann man auch nicht.«
»Dann heb deinen faulen Hintern hoch und fahr rüber! Seit Jahren habt ihr gebarmt: Wenn wir bloß reisen könnten! Jeden Mist haben wir für euch erledigen müssen: Ersatzteile, Fachliteratur, Behördenauskünfte. Inzwischen bin ich überzeugt, ihr habt es genossen, daß ihr euch hinter euren Mauern um manches nicht selbst kümmern mußtet.«

»Okay, okay! Ich fahr hin. Aber ich weiß ja noch gar nicht, was ich ihr sagen soll.«
»Egal. Ich garantiere dir: Noch eine Woche Tauchstation, und du kannst Tina vergessen. Das hat sie nicht nötig.«
Carla hatte das Licht noch nicht gelöscht. Ihr Nachthemd hing einladend über der Stuhllehne. Sie zählte die Sekunden laut mit, bis Tom ausgezogen war und unter die Decke kam. »Du hast mich wieder mal die vorletzte Manneskraft gekostet«, stöhnte er danach.
»Schließlich könnte ich auch deine Tochter sein.«
»Dann wäre es strafbar. Meinst du eigentlich, es wird was mit uns?«
»Es ist doch schon was.«
»Ich meine, ob du meinst, daß es was bleibt.«
»Wenn du keine Jüngere findest.«
»Carla!«
Bis vor einem Monat war das Liebe mit Mauer dazwischen gewesen. Tom hatte öfters als sonst an seine Freunde Birgit und Alex in Berlin denken müssen, die Jahre durchgehalten hatten, er im Ost-Knast, sie in West-Freiheit, aber in freiwilliger Beschränkung: Durchhalten! Die bringen uns nicht auseinander! Das war eine Geschichte! Nun plötzlich war alles so einfach. Zu einfach? Ohne Reiz? So einen Gedanken würde Carla nicht mal im Ansatz verstehen.
»Ich fahre mit dir auch noch nach Venedig«, versprach Tom, »aber erst mal muß ich wieder ein paar Honorare anschaffen.« Carla schlief jedoch schon.

49

Tom hatte den Sessel links gepackt, Rolf rechts, Juri hielt von hinten die Rückenlehne im Gleichgewicht. Außerdem besorgte er die medizinische Überwachung des Transports, wobei er ein bißchen wichtig tat mit seinen dauernden Pulsmessungen. Auf jedem Treppenabsatz mußten sie eine Pause einlegen. So schleppten sie die alte Dame die drei Etagen hinunter und über den Hof auf die Straße, wo Toms Auto parkte. Sie waren ins Schwitzen gekommen, trotz dezemberlichen Fröstelwetters, denn die alte Dame war, vornehm umschrieben, etwas stark. Nach knapp zehn Minuten saß sie angeschnallt auf dem Beifahrersitz, so daß die Fahrt beginnen konnte.

»Da haben Sie sich was aufgehalst«, bemerkte sie, etwas keuchend, aber heiter.

Gestern war Tom mal wieder in »seinem« Haus gewesen, wo sich seit dem Besuch vor über zwei Jahren nichts zum Besseren gewendet hatte. In der ersten Etage hatte er nur einen beiläufigen Blick durch die offene Tür »seiner« Wohnung geworfen und weitere Verwüstungen registriert. Es waren nun auch die alten Stromleitungen von der Wand gerissen worden, die niemand mehr hätte verwenden können. In der dritten Etage hatte er geklingelt und die alte Dame begrüßt, die ihn sofort wiedererkannte: »Ach, der kleine Thomas aus der ersten!« Im Fernsehen begann gerade die Übertragung vom Brandenburger Tor, das heute mit großem Brimborium eröffnet wurde. Tom hatte der Übertragung eigentlich ausweichen wollen, aus Angst, das geballte Pathos der letzten Tage und Wochen beginne seine Sinne zu vernebeln. Zumal er wußte, wie anfällig er selbst dafür war. Das Brandenburger Tor! Macht das Tor auf! Mr. Gorbatshev, open this gate! Wie hätte man da trockenen Auges zuschauen können?

Kohl und Modrow, Momper und Krack, Genscher im hellen Mantel unübersehbar, unwichtigere hatten sich hinzugedrängt, Tausende Berliner auf beiden Seiten, alle

im Regen. Schwarz-rot-goldene Fahnen auf beiden Seiten, viele mit runden Löchern an der Stelle des ausgeschnittenen »Spalterwappens«. Sprechchöre: »Deutschland, Deutschland! Helmut, Helmut!« Zwei Reporter ruderten in der Menge und suchten verzweifelt nach ihren Kameras, aber entweder die Reporter oder die Kameras waren von der Menge abgedrängt worden. Reden wurden gehalten, die meisten merkwürdig blaß in diesem historischen Augenblick. Als endlich der Kanzler, alle überragend und verdrängend, durch das Tor schritt, konnte Tom trotz bester Vorsätze den Kloß im Hals nicht vermeiden. Er schaute verstohlen zu der alten Dame, sie hatte Tränen in den Augen. »Wissen Sie noch, beim letztenmal«, fragte Tom, »da haben Sie gesagt: einmal noch durchs Brandenburger Tor!«
Sie schüttelte den Kopf: »Aber daß ich das noch erlebe! Wenigstens im Fernsehen.«
Tom überlegte nicht: »Und wenn wir nun wirklich morgen hinfahren?«
»Ach, Sie sind ja völlig meschugge.«
Nun waren sie auf dem Weg zur Autobahn. Die alte Dame schaute stumm aus dem Autofenster, schüttelte nur ab und zu den Kopf. Wenn sie dir letztesmal nichts Falsches gesagt hat, dachte Tom, und wenn ich die vergangenen zwei Jahr hinzuzähle, war sie über ein Jahrzehnt lang nicht mehr auf der Straße. Wahrscheinlich registrierte sie stumm, welche Häuser seither abgebrochen waren, welche verlassen, welche Läden geschlossen, welche Fenster zugemauert, welche Dächer eingesunken, welche Gärten überwuchert. Ja: Ruinen schaffen ohne Waffen!
Auf die Autobahn im Mini-Konvoi, Tom vornweg, Rolf in seinem Wartburg hinterher. Inzwischen war ja Berlin–Leipzig–Berlin Toms persönliche Hausstrecke gewor-

den, er konnte die Ausfahrten in der richtigen Reihenfolge auch umgekehrt hersagen, kannte die schlimmsten Schlaglochstrecken, war fest überzeugt, kein weiteres Mal geblitzt zu werden und rechts ranfahren zu müssen.

Die alte Dame beendete ihr Schweigen und plauderte, vielleicht etwas zusammenhanglos: »Ich habe ja als Kind noch Max Liebermann erlebt, wie er sein Haus neben dem Brandenburger Tor verließ und mit seinem Dackel spazierenging. Meine Eltern waren kaisertreu bis in die Knochen und hielten sich an das Urteil von Willem Zwo, Liebermanns Malerei sei Rinnsteinkunst. Als junges Mädchen war ich progressiv und habe mit ihnen darüber gestritten. Nach meiner Hochzeit bin ich dann weg von Berlin und nach Leipzig. Na, das war vielleicht ein Schlag ins Kontor! Ich meine gar nicht den Dialekt, den fand ich lustig. Aber die Enge! Dabei waren die Leipziger schon heilfroh, nicht in Dresden leben zu müssen. Na ja, nach dem Krieg war ich nie wieder in Berlin. Eigentlich müßte ich jetzt vor Aufregung einen Herzschlag kriegen.«

»Bitte erst am Brandenburger Tor«, bat Juri, »da ist die Charité gleich um die Ecke.«

»An der Charité war einer meiner Onkels als Anästhesist«, fiel ihr ein. »Aber ein anderer Onkel, der es nicht so weit gebracht hatte, war viel interessanter: Der war Wärter im Stadtschloß. Zwar nur am Hintereingang, und wir kamen auch nicht bis in die kaiserlichen Gemächer. Aber wir konnten den Klassenkameraden die intimsten Geschichten von Hofe erzählen.«

»Es ist«, verglich Juri, »als hätte man Zugang zu Wandlitz gehabt.«

Auf jedes Berliner Stichwort hatte die alte Dame eine Erwiderung, so daß unversehens Adlershof und Treptow

kamen. Etwa vom Alexanderplatz an schaute sie wieder schweigsam und ließ Tom ihre Gedanken raten. Dieser Palast der Republik! Brauchte man da einen Pförtner-Onkel für die Hintertür? Was gab es dort zu sehen außer Heizungsrohre? Das Außenministerium, der unansehnlichste Schuhkarton der Republik. Sie wandte sich uninteressiert ab. Erst Unter den Linden kehrte Wohlgefallen in ihre Züge zurück.
Stau, Stau, Stau! Es schien, als seien die Menschen aus Europa bis zum Ural aufgebrochen, um das Wunder zu bestaunen: Ein offenes Tor!
Tom verhandelte mit einem Volkspolizisten, damit sie auf den Pariser Platz fahren und ihren Rollstuhl auspacken durften. Die alte Dame schaute sich um, wie auf der Suche nach den Fassaden, die der Krieg zerbombt und der Nachkrieg geräumt hatte. Liebermanns Haus und die Botschaften, das Adlon und die Kunstakademie, von der bloß noch ein heruntergekommenes Hinterhaus stand.
»Wenn das Brandenburger Tor nicht mehr wäre«, sagte sie, »wüßte ich nicht, wo ich bin.«
Rolf gab die Richtung an: rüber!
»Ich bleibe auf dieser Seite«, bestimmte Juri.
»Jaja, ich verstehe dich«, spottete Tom: »Du willst nicht mit Rauschgift willenlos gemacht und in die Bundeswehr verschleppt werden.«
»Geht mal ruhig!« sagte Juri.
Einmal noch durchs Brandenburger Tor! Zweimal: einmal hin, einmal zurück. Dann war der Wunsch der alten Dame erfüllt. Sie strahlte in sich hinein, und Tom dachte unpassenderweise an den Begriff: die Herrlichkeit geschaut.
Rolf verabschiedete sich leise von Tom: »Was mache ich, wenn mich Tina rausschmeißen will?«

»Überzeugungsarbeit leisten«, riet Tom.
Heimfahrt. Es wurde kaum gesprochen. Was denn auch? überlegte Tom. Es war alles gesagt worden in den letzten Tagen und Wochen, von Politikern, Journalisten und Menschen. Alle klugen Gedanken waren x-mal wiederholt worden, die meisten dummen ebenso. Eigentlich hätte man einer Institution die Macht einräumen müssen, für eine bestimmte Zeit jede öffentliche Äußerung zu diesem Thema zu untersagen.
Zu Hause fanden sich zwei Nachbarn, um die alte Dame mit hinaufzutragen in ihre dritte Etage. Alle vier Träger wurden noch zu einer Tasse Kaffee eingeladen.
»Bitte handeln Sie jetzt aber nicht nach dem berühmten Motto«, bat Tom: »Venedig sehen und sterben!«

50

Gesine stürzte mit offenen Armen auf Tom und Carla zu und fiel beiden gleichzeitig um den Hals: »Mensch, haben wir uns ewig nicht gesehen!«
»Was suchst du Hochschwangere denn bei den Kommunisten?« Jürchn kam gemessenen Schrittes hinzu.
»Jürchn, sogar du in der Ostzone?« stichelte Tom. »Du hast doch tausend Eide geschworen: Nie wieder!«
»Ich habe gesagt: Nur solange die Roten an der Macht sind.«
»Kommt doch heute mit zu uns«, schlug Gesine vor. »Mama hat schon die Gans im Rohr.«
»Bei anständigen Familien«, rügte Tom, »gibt's die Gans am ersten Feiertag.«
»Kommt ihr nun?«

»Heiligabend ist der geheiligte Tag des Familienstreits, da wollen wir nicht schlichten.«

Sie zwängten sich durch die Tür. Tom hatte gezögert, mit Carla zur Christmette in die Thomaskirche zu gehen. Das roch ihm penetrant nach Nostalgie. Ja, früher! Toms Familie war nicht »heilich« gewesen, wie man auf gut Sächsisch zu Frömmigkeit und Bibeltreue sagte, aber es gab eben im Leipziger Bürgertum vielfach die Tradition, am Heiligabend zu den Thomanern zu gehen. Seit Ulbrichts Zeiten war dies obendrein eine der wenigen gefahrlosen Möglichkeiten gewesen, durch stumme Anwesenheit zu demonstrieren, wo man innerlich stand. Das hatte nun keiner mehr nötig. Als Vehikel dieser Revolution war die Kirche von vielen nur mißbraucht worden, denn was scherte Juri und seine Freunde der liebe Gott? Bald würden die Kirchenschiffe wieder westlich leer sein. Gesine trug ihren schwangeren Bauch so demonstrativ vor sich her, daß tatsächlich ein paar Christenmenschen eng zusammenrückten und ihr einen Platz schufen. Die drei anderen suchten sich Stehplätze an der Wand, zum Anlehnen.
Als auf der Empore die Jungen in ihren Matrosenanzügen zusammenströmten, konnte Tom eine gewisse Rührung doch nicht verhindern. Da droben hätte seine Großmutter ihren kleinen Thomas so furchtbar gern stehen sehen, damals. Aber der mäßig geratene Enkel hatte nur Fußball im Kopf, Straßenbahnfahren, Dampflokomotiven, noch keine Mädchen, aber Winnetou und den Wilden Westen. Die Thomaner mußten ohne ihn singen und sangen daher vermutlich besser.
Wenn Tom es recht bedachte, sträubte er sich dagegen, wieder ganz gefangen zu werden von dieser heruntergekommenen Stadt. Das klang ihm fatal nach »Rückkehr zu

den Wurzeln«. Außer Erinnerungen und ein paar mehr oder weniger nahestehenden Menschen hatte er hier nichts und niemanden. Übrigens auch kein Haus, kein Grundstück und keinen Besitz, im Unterschied zu seinem Freund Jürchn und vielen anderen, die sich jetzt genießerisch die Hände rieben in Erwartung eines plötzlichen, nie mehr für möglich gehaltenen erklecklichen Gewinns.

»Also, morgen zu Stolle und Muckefuck kommen wir«, mußte Tom beim Abschied versprechen.

Er wartete vor der Kirche noch auf den Kantor, der an einem Tag wie diesem besonders viele Hände zu schütteln hatte. »Na, was sagen Sie? Nun hat es sich gelohnt, daß wir hier durchgehalten haben!«

Auf dem Weg durch die Innenstadt giftete Carla: »Nun kommen sie angereist aus Hamburg und schnüffeln, was sie an sich bringen können.«

»Das ist nur der Anfang«, prophezeite Tom. »Überleg doch mal: Wir stehen hier vor einer Tabula rasa, in jeder Hinsicht und auf jedem Gebiet. Wer jetzt nicht zugreift, den bestraft nun wirklich das Leben. Sie werden euer Land unter sich aufteilen, eure Fabriken an sich reißen, eure Parteien okkupieren. Und nur wer sich ihnen als erster an den Hals schmeißt, hat die Chance, mitgezogen zu werden.«

»Nein, ich glaube dir nicht«, widersprach Carla. »Ich will dir nicht glauben. Das ist unser Land, das geben wir ihnen nicht.«

»Das nehmen sie sich.«

Der Weihnachtsmarkt vor dem Alten Rathaus machte Feierabend. Kinderparadies, damals: kümmerliches Angebot an Nachkriegswaren, kaum Spielzeug, gerade mal Lebkuchen, ein wenig Tannengrün, ein wenig Licht, ein wenig Lautsprechergedudel, aber unvergeßlich seligmachende Stimmung für einen kleinen Jungen. Tom und Carla blieben vor einer Bude mit Weihnachtsschmuck stehen: Pyramiden, Schwibbögen, Nußknacker, Räuchermännchen, Engelskapellen mit rosigen nackten Hintern, Weihnachtsengel: in offiziellem DDR-Deutsch, im Geist des Atheismus zeitweise wirklich als »geflügelte Jahresendfigur« bezeichnet, ein Wort wie eine bösartige Karikatur aus dem westlichen Arsenal der Gehässigkeiten. Waren sie schön oder waren sie geschmacklos? Wo kamen alle diese Mangelwaren plötzlich her? Im fernen Kalifornien hätte Tom ganze Geschäfte voller erzgebirgischen Weihnachtsschmucks leerkaufen können, »Made in GDR«, zu Hause in West-Berlin ebenso, aber in Leipzig hatte er seit Jahren kein solches »Jahresendgerät« mehr im Laden gesehen, jedenfalls nicht über dem Verkaufstisch, höchstens als Bückware. Es war fast wie drüben nach der Währungsreform, als es von einem Tag auf den anderen alles gab.

Einen Glühwein, einen Kräppel für jeden und noch einen Glühwein. Zu Hause wartete ohnehin niemand, Juri hatte sich für diesen Tag zum Dienst einteilen lassen.

»Du bist wie zwischen Baum und Borke«, überlegte Carla. »Du weißt nicht, ob es mit der DDR weitergeht. Du weißt nicht, ob es mit uns beiden weitergeht.«

»Laß mich eine Prognose wagen: Mit der DDR geht es bald zu Ende, mit uns beiden fängt es erst richtig an.«

»Warum?«

»Was uns anbetrifft: Weil alles gegen uns spricht. Weil du zu jung für mich bist oder ich zu alt für dich bin. Weil wir völlig unterschiedliche Lebenserfahrungen haben. Weil wir völlig unterschiedliche Erwartungen haben. Weil wir in keiner Weise zueinander passen.«

»Dann bin ich ja beruhigt.«

51

Der vielstimmige Lärm, der aus der Wohnzimmertür auf den Hausflur drang, ließ erkennen, daß hier eine Familie miteinander das Fest des Friedens feierte. Er ebbte ab, als Carla und Tom eintraten und Waltraut sie vorstellte: »Mein Cousin Tom aus dem Westen und seine, wie sagt man, Lebensabschnittsgefährtin aus dem Osten. Und das hier, Tom, sind mein Schwager Sieghart und seine Frau Elvira. Wir streiten gerade.«

»Über die Botschaft aus Bethlehem an unsere heutige Zeit, nehme ich an.«

»Über Politik«, bestätigte Gesine. »Onkel Sieghart ist der Ansicht, daß die DDR ... Er kann es dir ja selbst sagen.«

Sieghart hatte eine verblüffende Ähnlichkeit mit seinem Bruder Gernot, der neben ihm saß. Tom kannte ihn bisher nur aus Erzählungen: Sieghart, der Parteisekretär, verstrickt in ein Geflecht gesellschaftlicher Aktivitäten und Beziehungen, auf allen Ebenen mindestens halb wichtig, die viertelwichtigen Bereiche ließ er seine Frau Elvira abdecken. Solange die DDR lebe, hatten Waltraut und Gernot vermutet, würden ihre Verwandten wie Fettaugen auf jeder noch so mageren Brühe schwimmen.

»Ich bin der Ansicht«, verkündete Sieghart, »daß wir selbst unseren Staat reformieren werden. In unserer Partei stehen ungezählte Genossen Gewehr bei Fuß, die schon lange nicht mehr zufrieden sind mit dem Kurs der Führung.«

»Lauter Duckmäuser, die sklavisch mitgemacht haben«, rief Gesine, »weil's so schön bequem war.«

»Die ihn mitgemacht haben, weil es unverantwortlich gewesen wäre, in einer kritischen Phase der Führung in den Rücken zu fallen.«

»Euer Laden war vom ersten Tag an in einer kritischen Phase«, rief Jürchn. »Wann wäre denn Ihrer Meinung nach die richtige Zeit gewesen?«

»Bald.«

»Also stimmt's doch: Wer zu spät kommt ...«

Waltraut und ihre Schwägerin trugen Kaffee und Stolle auf. Die Gleichberechtigung der Geschlechter hatte den Frauen hier ermöglicht, auch als Kranfahrerinnen zu arbeiten, ging aber nicht so weit, daß sie sich beim Weihnachtskaffee bedienen ließen.

»Heißt es nun ›der Stollen‹ oder ›die Stolle‹?« fragte Tom, um wieder mal von einem fruchtlosen Streit abzulenken.

»Die Stolle!« riefen Gernot und Sieghart solidarisch wie aus einem Mund, und Gernot: »In Dresden können sie ihr Kauderwelsch reden, aber in Leipzig heißt es: ›die Stolle‹!«

»Aber darum ging's ja nur am Rande«, führte Sieghart zu dem alten Thema zurück, während also die Stolle aufgetan wurde. »Es geht darum, wie wir bei allen notwendigen Veränderungen das verteidigen, was wir geschaffen haben.«

»Was, um Gottes willen, soll denn das sein?« rief Gesine entgeistert, »da fällt mir doch nur der grüne Rechtsabbiegerpfeil ein.«

Gernot haute jetzt mit der Faust auf seinen Tisch: »Heute ist Weihnachten, und das hier ist immer noch mein Haus! Also hört auf mit dem närrischen Gezänk!«

»Unser Haus«, verbesserte Waltraut. »Wir sind verheiratet.«

»Genaugenommen«, ergänzte Elvira, »gehört die Hälfte uns. Sieghart ist ein Sohn derselben Eltern.«

»Jetzt aber mal sachte!« rief Gernot. »Wer hat denn die letzten zwanzig Jahre die Bude hier in Schuß gehalten? Wer hat Fenster und Türen gestrichen? Mauern verputzt?

Den Keller trockengelegt? Dachrinnen abgedichtet? Lauter Arbeiten, für die ich weder geboren noch ausgebildet bin. Sogar Dachziegel habe ich ausgewechselt. Unter Einsatz meines Lebens, wie ich betonen möchte.«

»Das haben wir auch anerkannt«, bestätigte Sieghart, »aber unseren Auftrag dazu hattest du nicht.«

»Auftrag?« rief Gernot perplex. »Was heißt denn hier Auftrag? Wenn ich es nicht gemacht hätte, ohne Auftrag, wäre die Bude zusammengekracht! Und außerdem habe ich alles aus eigener Tasche bezahlt.«

»Dafür hast du mietfrei drin gewohnt. Mit Garten, ohne Nachbarn.«

Gernot schüttelte den Kopf, als könne er ein solches Maß an Unverständnis nicht verstehen: »Aber von dem bißchen, was ich dafür rechnerisch als Miete hätte zahlen müssen, hätte ich das Haus doch nie unterhalten können.«

»Aber du hast, im Unterschied zu mir, keine Miete bezahlt.«

»Ich habe sie in Form von Arbeit am Haus bezahlt.«

»Dafür bist du ja nun Besitzer eines halben Hauses.«

»Eines ganzen Hauses, mein Lieber!« rief Gernot. »Das wollen wir doch erst mal sehen!«

Die Stimmung war spürbar gekippt. Alle mampften stumm ihre Stolle und spülten mit Kaffee nach. Gespräche über die Zeiten, die neuen wie die alten, erstarben jeweils im Ansatz. Als Tom gerade entschlossen war, mit Carla aufzubrechen, kamen ihnen Sieghart und Elvira zuvor.

»Das ist ja unglaublich!« echauffierte sich Gernot, als sie gegangen waren. »Jahrelang haben sie mich verspottet, weil ich die Bruchbude in Schuß hielt. Wir schenken dir unsere Hälfte, haben sie gesagt. Hätte ich mir das bloß schriftlich geben lassen! Aber wer denkt an so was?«

»Warum hast du's dir nicht schriftlich geben lassen?«
»Mein Gott, ich wollte, daß mein Bruder in der Verantwortung für das Haus blieb. Für alle Fälle.«
»Und nun ist ein Fall eingetreten«, stellte Jürchn nüchtern fest: »Da ihr's nicht mit Brief und Siegel habt, daß er verzichtet, gehört ihm das halbe Haus. Basta.«
»Aber die haben sich doch nie drum gekümmert!« rief Waltraut. »Die haben uns noch vergackeiert mit unserem Handwerkertick. Ich kann beschwören, daß sie x-mal gesagt haben, sie wollen nichts damit zu tun haben.«
»Ihr habt ja in Gottes Namen moralisch recht«, gab Jürchn zu, »aber recht haben und Recht kriegen, das sind bekanntlich zwei Paar Schuhe.«
»Also«, fragte Gesine: »Was machen wir?«
Jürchn nahm eine wichtige Miene an und schaute über seine Brillengläser hinweg in die Runde: »Ihr kauft ihnen ihre Hälfte ab.«
»Nie!« riefen Waltraut und Gernot.
»Doch. Ihr kratzt jeden roten Heller zusammen, den ihr besitzt oder pumpen könnt, und kauft ihnen ihre Hälfte ab. In einem halben Jahr sind Immobilien hier so teuer, daß ihr es nicht mehr bezahlen könnt.«
»Genau!« rief Gesine begeistert. »Kauft es ihnen jetzt ab! Dann sind sie Nese und beißen sich in den Hintern!«
»Dieses Objekt hier«, dozierte Jürchn, »in dieser Lage, mit dieser Bausubstanz, da könnt ihr überhaupt nichts falsch machen.«
»Das kommt mir nicht in die Tüte«, grollte Gernot.
Birger, der Sohn des Hauses, trampelte herein. Tom fand ihn auffällig verändert. Er trug die Haare kurz geschoren und an den Füßen hohe Schnürstiefel.
»Was ist das für eine Uniform?« stellte sich Tom unwissend.
Birger schaute ihn verwundert an: »Wir sind für ...«

»Aha. Mein Freund Juri hat mir erzählt, ihr hättet ihn und seine Freunde auf der Montagsdemo angerempelt, weil sie für eine andere DDR demonstrierten. Stimmt das?«
»Na klar! Verkappte Kommunisten. Hier will keiner mehr eine DDR. Nicht diese und nicht eine andere.«
»Und wenn sie doch einer will, haut ihr ihm demokratisch in die Fresse. Ist das die neue politische Kultur?«
»Wir sind lange genug geschurigelt worden«, antwortete Birger und trampelte die Treppe hinauf.
Waltraut begann den Tisch abzuräumen, eine gute Gelegenheit zum Aufbruch.
»Wird das jetzt alles hier so?« fragte Carla im Auto.
»Ich könnte es mir vorstellen«, sagte Tom. »Diese Leute können sich jetzt endlich so geben, wie sie sind.«
»Aber wir haben doch immer gedacht, solche hätten wir gar nicht.«
Sie fuhren etwa zwei Kilometer schweigend.
»Mann o Mann«, sagte Carla, »da haben wir uns was eingebrockt.«

52

»Ist euch eigentlich aufgefallen«, fragte Tom in die Runde, »daß wir vier zum erstenmal wieder komplett sind?« Er nahm den Zeigefinger zu Hilfe: »Gesine, Carla, Juri, Rolf.«
Silvesterabend. Rolf war nachmittags aus Berlin zurückgekehrt. Juri hatte sich diesmal nicht zum Dienst einteilen lassen. Carla hatte, wie meistens, frei. Gesine war, zusammen mit Jürchn, einer weiteren kontrover-

sen Familienfeier entflohen und hatte sich den alten Freunden angeschlossen. »Rolf, nun gesteh doch mal«, drängte Carla neugierig, »was mit dir und Tina ist!«
»Alles paletti«, erwiderte Rolf. »Aber jedesmal, wenn ich ganz vorsichtig das Stichwort ›Umzug nach Leipzig‹ andeute, fällt der Vorhang. Das ist für sie nach wie vor wie Verbannung an die Lena. Warum nicht gleich Sibirien? Da ist nichts zu machen!«
»Und nun?«
»Und nun versuchen wir eine Wochenendbeziehung.«
»Genau wie wir«, warf Carla ein. »Tom will auch nicht ganz nach Leipzig. Manchmal denke ich, wir haben Krätze oder so was.«
»Am praktischsten wäre es doch«, gab Juri zu bedenken, »Tom tut sich wieder mit Tina zusammen und Rolf bandelt mit Carla an. Dann hätten wir außerdem fast alle Kombinationen durch.«
»Du redest wirklich wie ein Blinder von der Farbe«, sagte Carla.
In Wahrheit hatte Tom beinahe in Leipzig Wohnsitz genommen. Seit Wochen berichtete er Tag für Tag aus der Stadt, denn mit einemmal war alles interessant, was hier passierte. Auf Schritt und Tritt begegnete Tom in der Stadt Kollegen, von denen einige vor Monaten noch nicht hundertprozentig sicher gewesen waren, ob sich Leipzig mit »b« buchstabierte, die aber jetzt gefragte Experten für die veränderten Verhältnisse waren. Alle Kanäle barsten vor Berichten von »drüben«, und wer immer bereit war, endlich den Schnabel aufzumachen und über seine vermaledeite DDR zu piepsen, konnte sicher sein, auch über den Sender zu gehen.
»Was hast du eigentlich vorhin in dein Zimmer geschleppt?« fragte Juri.

Rolf hatte in der Tat fast eine Stunde lang Kartons über Kartons aus seinem Wartburg entladen und die Treppe hinaufgebuckelt. Hilfe hatte er dankend abgelehnt.
»Ware«, erwiderte Rolf knapp.
»Was für Ware?«
»Textilien.«
»Nun stell dich nicht an!«
Rolf holte einen Karton und riß ihn auf: T-Shirts mit bunten Aufdrucken, I Love New York und so weiter, einfache Qualität, wie Tom mit einem Blick erkannte.
»Und was willst du mit dem Ramsch?« fragte Carla.
Rolf schaute sie mitleidig an: »Ich stelle mich an die Ecke Grimmaische Straße und frage, ob es jemand geschenkt haben will.«
»Okay, okay! Aber woher willst du wissen, was das Zeug überhaupt kostet?«
Rolf lachte: »Es wird sich zeigen, was die Leute dafür zu zahlen bereit sind.«
»Aber ... aber da könnte ja jeder kommen.«
»So ist es! Aber wer zuerst kommt, mahlt zuerst.«
»Also, da ihr sowieso keine Ruhe gebt, erzähle ich euch alles. Die Idee hatte Tinas Chef. Jetzt muß man drüben einsteigen, hat er gesagt, mit irgendwas. Hauptsache, man kommt vor den anderen. Jetzt muß man Pflöcke einschlagen und Claims abstecken. Sobald es geht, wird er übrigens eine Anwaltskanzlei in Ost-Berlin aufmachen. Und mir hat er ein paar D-Mark gepumpt, damit ich Ware kaufen konnte. Einen Wartburg randvoll für den Anfang.«
»Und damit stellst du dich ab morgen auf die Straße?«
»Und damit stehe ich ab morgen auf der Straße.«
»Das ist ja zum Kotzen«, rief Juri.
»Wieso?«

»Wir haben hier eine Revolution gemacht, und was machst du? Du hökerst mit minderwertigen Textilien und ziehst den Leuten das Geld aus der Tasche.«
»Erstens«, erwiderte Rolf gelassen, »werde ich von der Revolution nicht satt. Zweitens übernehme ich eine pädagogische Aufgabe, denn die Leute müssen so schnell wie möglich auf einfachstem Level lernen, mit der Marktwirtschaft umzugehen. Und drittens haben unsere Bürger alle viel zuviel D-Mark in der Schublade, totes Kapital, das umgehend in den Wirtschaftskreislauf muß.«
»Hast du das alles in den paar Tagen im Westen gelernt?«
»Es ist einfacher, als du denkst. Und die Verästelungen demokratischer Systeme habe ich mir als zweites Thema für später vorgenommen.«
Juri wandte sich angewidert ab. Carla stupste Tom: »Sag du mal was dazu! Du weißt doch immer alles.«
Tom verstand die Ironie und stellte lieber eine Erkundigung an: »Ich kenne das Zeug, das du da verkaufen willst. Es läßt sich vielleicht dreimal waschen, dann fällt es auseinander. Hast du damit kein Problem? Ich meine, als ehrbarer Kaufmann?«
»Wenn ich auf der Straße kaufe«, erwiderte Rolf gelassen, »muß ich wissen, daß ich Ramsch kriege.«
»Aber die Leute denken doch, was aus dem Westen kommt, Made in Taiwan und so, muß auch was sein.«
»Lernprozeß.«
»Du bist eine ziemliche Wildsau!« rief Juri dazwischen.
Rolf schaute ihn ernst an: »Juri, wir sind alte Freunde, aber überlege dir bitte, was du sagst! Zur Sache: Du weißt so gut wie ich, was in diesem Land hier gelaufen ist. Wer sich D-Mark beschafft hatte, auf welchem krummen oder geraden Weg auch immer, war der King. Und ließ es die anderen saftig spüren. Wie oft haben wir

gebettelt um einen Handwerkerbesuch. Um ein Stück Wasserrohr. Um ein paar Bremsklötze. Immer die gleiche Frage: Wie zahlen Sie? Immer der gleiche Frust: Ohne blaue Fliesen schaust du in die Röhre. Jetzt bin ich mal am längeren Hebel. Jetzt wollen sie meine Scheiß-T-Shirts. Und dafür müssen sie blechen. Hätten ja selbst drauf kommen können. Das Zeug wird dir drüben hinterhergeschmissen. An der Grenze kontrolliert keiner mehr richtig, haben alle die Schnauze voll. Also? Ich hab's gemacht. Jetzt sollen sie mal ihre D-Mark abliefern!«

Schweigen.

Tom setzte durch, daß trotz des schlechten Empfangs alle zusammen »Dinner For One« anschauten. Erstens gehörte es für ihn zum Silvesterabend wie für andere das Bleigießen, zweitens schätzte er richtig ein, daß das Stück etwas half, die Gereiztheit aus der Runde zu nehmen.

»Ich wage mal eine Prognose«, sagte Tom anschließend. »Professionelle Zukunftsforscher machen ja ihre Prognosen, um zu warnen und zu verhindern, daß sie sich bewahrheiten. Ich wage mal die Prognose, daß ihr und alle anderen, die geholfen haben, dieses System zu Fall zu bringen, binnen kurzem so miteinander zerstritten sein werdet, daß keiner mehr dem anderen das kleinste Fitzelchen Ruhm gönnen wird.«

Rolf und Juri, plötzlich wieder einer Meinung, nickten heftig zustimmend.

Als um Mitternacht die Raketen in den Himmel schossen, nicht so viele wie in West-Berlin, standen Tom und Carla umarmt auf dem Balkon und stupsten sich mit den Nasen.

»Ich wette zehn Mark Ost«, flüsterte sie, »daß wir heute in einem Jahr noch zusammen sind.«

»Für zehn Mark Ost kann ich mir in einem Jahr aber nichts mehr kaufen.«
»Ihr elenden Materialisten!«

53

»Alex!« warnte Tom in einem Tonfall wie: Jetzt reicht's aber! »Alex, die DDR liegt, wie du bestimmt in der Zeitung gelesen hast, in den letzten Zügen und hat derzeit andere Sorgen, als einen jungen Mann festzunehmen, der letztes Jahr freigekauft worden ist. Sie pfeift aus dem letzten Loch und hat kein Interesse, sich dabei noch einen wie dich aufzuhalsen.«
»Du hast ja recht«, gab Alex zu, »aber das Gefühl, verstehst du, unten im Magen.«
Das Gefühl. Natürlich kannte Tom das Gefühl. Jeder, der mal in diesem Staat gelebt und ihn, auf welchem Weg auch immer, irgendwann hinter sich gelassen hatte, kannte das Gefühl, mit dem man sich seither dieser besonders unfreundlichen Grenze näherte. Da mochten alle Papiere in Ordnung sein, Visum und Aufenthaltsgenehmigung, da mochte der Kofferinhalt unbeanstandbar sein, keine Druckerzeugnisse, Medikamente nur für den Eigenbedarf und um Gottes willen kein schwarz getauschtes Ostgeld. Trotzdem: Mit jedem Meter, den diese Grenze nahte, stieg der Puls. Wenn die dich auf dem Kieker haben, brachte Jürchn dieses kollektive Hilflosigkeitsgefühl der Ex-Zonis auf den Punkt, können die dir auch was. So war das gewesen.
Alex war vor etwas mehr als einem Jahr freigekauft und aus dem Rummelsburger Knast entlassen worden. Abgeschoben mit dem berühmten Bus über Herleshausen nach

Gießen, der an der Grenze seine DDR-Kennzeichen gegen unauffällige aus der BRD eintauschte. Ein anderer als Alex wäre vielleicht sofort nach der Maueröffnung am neunten November losgerannt, nach Hause zu den Eltern, aber Alex hatte dem Braten lange nicht getraut. Heute nun endlich! Mit seiner Birgit, mit Tom und Carla war er auf dem Weg zum Übergang Bornholmer Straße.
»Ich nehme an, du hast uns drei als Sicherheitseskorte mitgenommen«, vermutete Tom.
»Bilde dir bloß keine Schwachheiten ein!« maulte Alex. »So ein berühmter Journalist bist du nicht. Da müßtest du Nowottny heißen oder so.«
Im Stau vorm Übergang beobachtete Tom aus den Augenwinkeln, wie Alex unruhig seine Hände knetete, so daß die Knöchel weiß hervortraten. Aber da mußte der Junge nun durch. Er hatte weit Schlimmeres hinter sich gebracht, hier ging es nur um ein bißchen Psyche.
»Hast du eigentlich das Gefühl«, fragte Tom, »nun, wo alles offen und kinderleicht ist, daß du mit deinem Fluchtversuch zu teuer bezahlt hast? Nach dem umgekehrten Motto: Wer zu früh kommt, und so weiter.«
»Nix da! Ganz im Gegenteil. Heute, weißt du, latscht jeder hin und zurück über die Grenze. Ich damals hab wenigsten noch was dafür tun müssen.«
»Ich verstehe. Aber ob dich in fünf Jahren noch einer versteht.«
Der Grenzer schaute flüchtig in die Pässe.
»Ist das nicht langweilig geworden«, fragte Tom, sozusagen mit journalistischem Interesse, »bloß noch durchzuwinken?«
»Stinklangweilig«, bestätigte der Grenzer. Dann fühlte er sich noch zu einer Erläuterung bemüßigt: »Ich meine, rein professionell. Man fühlt sich überflüssig. Ist man ja auch, Gott sei Dank.«

»Geht's dir nun besser?« fragte Tom nach der Grenze.
Alex ging es besser.
Carla hatte keine Lust zu einem familiären Nachmittag mit Kaffee und Kuchen, zumal sie Alex' Familie nicht kannte. Man verabredete, in zweieinhalb Stunden Alex und Birgit zur Rückfahrt abzuholen.
»Was machen wir bei dem Dreckswetter?« fragte Tom.
Carla hatte keinen Plan. Sie hatte, wie viele in den Bezirken, ein gespaltenes Verhältnis zur Hauptstadt: Hätschelkind der Partei, geldfressender Moloch, der den anderen auf allen Gebieten nur den schäbigen Rest ließ, Fußballmeister durch von allen als verbürgt angenommene Manipulationen. Freiwillig war Carla nie hergefahren, hatte auch auf dem Weg an die Ostsee nie Station gemacht.
Tom schlug das Pergamonmuseum vor, dort war er lange nicht gewesen, Carla hatte es erst einmal besucht, mit der Klasse vor zehn Jahren.
Als sie hinter dem Markttor von Milet standen, traf sich Tom bei einem Gedanken und sprach ihn aus: »Das gehört uns nun bald alles wieder.«
»Was denn?« fragte Carla.
»Diese ganzen alten Trümmer.«
»Was meinst du: gehört euch?«
»Wirst schon sehen.«
Carla funkelte ihn an: »Kriegen wir wenigsten ein paar Glasperlen dafür? Ihr werdet euch wundern! Wenn ihr uns aufgekauft habt, dann lassen wir euch nämlich bluten. Verlaß dich drauf!«
Tom lenkte rasch mit archäologischen Details von der furienartigen Attacke ab, Carla schien auch befriedigt und stieß nicht nach.
Auf den Stufen des Pergamonaltars fragte sie: »Was meinst du, wie wir künftig verfahren sollen?«

Tom hätte am liebsten geantwortet: wie bisher. Aber die Frage mußte endlich einmal ernsthaft besprochen werden. Sie waren nunmehr vier Monate zusammen oder »gingen miteinander«, wie die prosaische Umschreibung eines Zustandes hieß, bei dem es auf das Gehen am wenigsten ankam. War das schon genug Zeit, um sich Gedanken über eine gemeinsame Zukunft zu machen? Konnte man sich nicht noch eine Weile treiben lassen? Gerade von Carla hatte Tom angenommen, sie stochere in ihrem ungeordneten Leben herum, ohne klare Ziele und feste Vorstellungen.
»Müssen wir uns jetzt schon festlegen?« fragte er.
»So langsam wird's Zeit. Ich gehe auf die dreißig.«
»Ach Gottchen! Also ziehst du zu mir nach Berlin.«
Carla schaute ihn ungläubig an: »Ich zu dir? Und was mache ich dort?«
»Und was soll ich bei dir in Leipzig?«
»Du bist doch sowieso meistens bei mir.«
»Aber ich will nicht wieder Wurzeln schlagen.«
Sie schaute ihn spöttisch an: »Red dich doch nicht raus! Es hat dich ja längst gepackt.«
Patsch! Darüber, merkte Tom, mußte er erst mal eine Weile nachdenken.
Als sie Alex und Birgit wie verabredet von seinen Eltern abholten, hatte Tom den Eindruck, der Nachmittag habe beide Nerven gekostet, aber er fragte nicht danach.
Nach kurzem begann Alex von selbst: »Nun muß ich mich schon dafür rechtfertigen, daß ich nach der Abschiebung ein paar D-Mark gekriegt habe. Einfach so auf die Hand. Ihr da drüben! Ihr habt ja schon vergessen, wie es ist. Ich glaube, ich geh da nicht wieder hin.«
Tom wollte von Alex die Stelle gezeigt bekommen, an der er damals versucht hatte, über die Mauer zu klettern.

»Aber wenn du wieder feuchte Hände kriegst, dann laß es lieber sein.«
Diese Mauer, die niemanden mehr aufhielt! Dieses Sinnbild des Sinnlosen. Wie viele Jahre mochte es dauern, bis die Menschen über Bilder dieses abstrusen Bauwerks nur noch kopfschüttelnd lachen würden? Bis sie sich fragen würden, wie jemals jemand so etwas hatte im Ernst bauen können?
»Ja, ich war voll wie tausend Mann«, erzählte Alex. »Ihr wißt ja, am nächsten Morgen sollte ich zur Fahne. Da bin ich ausgerastet. Ich glaube, ich wollte, daß sie mich greifen und einbuchten. Ich weiß es nicht mehr.«
»Richtig heldenhaft war es nicht«, bemerkte Birgit.
»Immerhin«, widersprach Tom, »immerhin hat er was gewagt.«
Birgit widersprach erneut: »Aussichtslos gegen eine Mauer zu rennen, ist keine revolutionäre Tat.«
»Wenigstens«, rief Alex ärgerlich, »habe ich nicht dumm rumgesessen und gewartet!«
Später, zu Hause, als auch Tina da war, nahm Tom sie beiseite und fragte, was nun werden solle mit ihr in Berlin und Rolf in Leipzig, der ab und zu kam, um Nachschub für seinen Bauchladen zu holen, T-Shirts, Socken, inzwischen auch Handschuhe.
Tina zog die Schultern hoch und tat gleichgültig.
»Tina, du bist gerade fünfundzwanzig und in deinem Job schon ziemlich weit. Was versäumst du denn, wenn du hier aussteigst und es mal dort versuchst?«
»Ich habe lange über alles nachgedacht und will das nicht hier ausbreiten. Wenn dich jemand fragt, dann sag: Ich kann den Dialekt nicht ertragen.«
»Ich werde Rolf ausrichten, daß du noch mal ernsthaft darüber nachdenkst und dir schon ein Wörterbuch besorgt hast.«

»Berichte ihm, was du willst.« Sie lächelte ihn endlich mal an: »Ganz schön anstrengend, ewig den Postillon d'amour zu spielen.«

54

»Ich müßte so tun, als wäre ich zufällig vorbeigekommen und stehengeblieben.«

»Tu's doch!« erwiderte Rolf.

»Wirklich, es geniert mich, mit so einem fliegenden Händler per du zu sein.«

Tom hatte sich schon seit längerem mal anschauen wollen, wie Rolf mit seinem Tischchen in der Petersstraße stand und T-Shirts, Socken und seit der Kälte auch Handschuhe feilbot. Abends zu Hause berichtete er stets, das Geschäft laufe ausgezeichnet und er müsse die nächsten Tage schon wieder nach West-Berlin und Nachschub fassen.

»Wieviel soll'n so eens hier machen?« fragte eine Passantin und zeigt auf die T-Shirts.

»Fuffzn Mark«, erwiderte Rolf.

»West?«

»Wenn schon.«

»Und woher weeß ich, ob das zuviel ist?«

»Ob's Ihnen zuviel ist, das müssen Sie wissen«, sagte Rolf. Die Frau breitete ein T-Shirt aus, hielt es sich vor die Brust und sinnierte: »Für zehn würd ich's nehmen.«

»Dreizehn«, sagte Rolf. Der Kauf wurde besiegelt.

»Die hat schon ein Stück Marktwirtschaft kapiert«, lobte Rolf, als die Frau gegangen war. »Die meisten fragen noch, ob das der vorgeschriebene EVP ist. Ich sage: Einzelverkaufspreis gibt's nicht mehr, jetzt verlange ich, was ich kriege, und Sie bezahlen, was es Ihnen wert ist. So geht das aber nicht, sagen die meisten. Also: Es soll alles geben, genau wie im Westen, es soll auch alles immer geben und nicht als Bückware unterm Ladentisch, aber bitte zu vorgeschriebenem EVP! So wollen sie es haben!«

»Nimmst du es ihnen übel?«

»Warum soll ich? Ich kauf die Dinger für zweifuffzich.«

»Fühlst du dich als Gauner?«

»Die haben alle soviel Westgeld in der Schublade! Außerdem können wir den Markt nicht den anderen überlassen. Sieh dich mal allein in dieser Straße um, wer da alles steht, unbelästigt von unseren wackeren Volkspolizisten, die seit der Revolution auf Tauchstation sind. Die Fidschis mit ihren Zigaretten. Die Brothändler von drüben stellen sich sogar frech vor die Bäckereien. Nicht zu reden von den Hütchenspielern. Über die regen sich die Leute auf: Festnehmen, einsperren, ausweisen! Wer so blöd ist, auf Hütchenspieler reinzufallen, gehört selbst eingesperrt, aber in eine geschlossene Anstalt. Nein, du mußt selbst ein Geschäft aufziehen, anstatt zu maulen.«

»Eine Lebensaufgabe ist das hier aber nicht«, sagte Tom. Er wußte, daß Rolf nach seiner Rückkehr aus Berlin auch versucht hatte, wieder den alten Posten als Ingenieur in der Gießerei anzutreten, daß er aber auf strikte Ablehnung gestoßen war. Da könne ja jeder kommen! Die anderen hätten, als es schwierig wurde, durchgehalten, und nun, da es wahrscheinlich noch schwieriger würde, könne ja wohl kein Zweifel bestehen, zu wem der Betrieb halte.

»Wenn du hier so stehst«, sagte Rolf, »kommst du ins Grübeln. Ich habe mir überlegt: Womit verdienst du in Leipzig künftig Geld? Ich meine richtiges Geld?«

»Außer mit Klamotten? Natürlich mit Gebrauchtwagen.«

»Richtig. Du kannst demnächst jede noch so klapprige Blechbüchse zu Phantasiepreisen losschlagen. Was noch?«
»Reisebüro.«
»Richtig. Nachholbedarf. Überallhin, wo es unter südlicher Sonne billig Bier und Schweinebraten gibt. Was noch?«
»Versicherungen.«
»Richtig. Du solltest eigentlich Geschäftsmann werden. Man muß ihnen eine Höllenangst einreden, wie gefährlich das Leben in Freiheit jetzt wird, und sie unterschreiben jeden Vertrag. Was noch? Mal was Seriöses!«
»Keine Ahnung.«
»Schau dich um!«
Tom schaute sich um.
»Schau nach oben!«
Tom schaute nach oben: »Fernsehschüsseln.«
»Ich meine was Seriöses: Fenster!«
Tom schaute ratlos.
»Jawohl: Fenster!«
»Wie kommst du darauf?«
»Ich stehe hier von morgens bis abends und gucke in die Luft«, erklärte Rolf. »Vorhin guckte ich mir dieses Fenster da drüben an. Wo die Gardine raushängt. Das ist bestimmt sechzig, siebzig Jahre alt. Das schließt nicht mehr. Da pfeift's rein. Da entweicht Energie. Das muß ausgetauscht werden.«
»Und das willst du machen.«
»Leipzig hat gut eine halbe Million Einwohner. Rechne mal vorsichtig pro Einwohner vier Fenster zu Hause und zwei auf Arbeit. Macht rund drei Millionen Fenster. Niedrig gerechnet, muß die Hälfte ausgetauscht werden. Wenn du an jedem nur fünfzig Mark verdienst, sind das hundert Millionen.«

»Toll!« mußte Tom zugeben. »Selbst wenn du nur die Hälfte der Aufträge kriegst ...«
»Du kannst mich ruhig verarschen. Vor zwanzig Minuten habe ich beschlossen, eine Firma für neue Fenster aufzumachen. Wozu bin ich Ingenieur?«
»Du spinnst«, sagte Tom.
Eigentlich war er in der Innenstadt unterwegs, um Motive für eine Reportage zu suchen. Was war neu im Straßenbild? Ein paar fliegende Händler, Blumenstände, besagte Hütchenspieler. Noch kein neues Lokal. Kein neues Geschäft. Nur ein paar schreiend bunte Werbeplakate. Erste gebrauchte Opel und Ford. Es sah aus, als sei die Revolution vom vergangenen Herbst über die Stadt hinweggegangen und habe keine Spur hinterlassen. Keine sichtbare. Wenn man berichten wollte, was anders geworden sei, mußte man also mit den Leuten reden über das, was man neu-deutsch ihre »Befindlichkeit« nannte. Fast alle waren, wie Tom bei seinen vielen Kurzberichten immer wieder feststellte, spontan bereit, ihr Innerstes nach außen zu kehren und die Verhältnisse, die sie so lange geduldet hatten, in scharfen Worten zu geißeln. Aber wie es weitergehen sollte ...
Eine einleuchtende, nachdenkenswerte Antwort hatte ihm vor einigen Tagen eine junge Frau auf die Frage gegeben, was sie sich denn im Herbst vorgestellt hätte, was künftig anders werden solle.
»Wir wußten erst mal nur«, hatte sie geantwortet, »was nicht mehr so bleiben sollte. Nicht mehr bespitzelt werden. Nicht mehr jedem mißtrauen müssen. Nicht mehr eingesperrt sein. Nicht mehr heucheln. Nicht mehr liebedienern. Was statt dessen kommen sollte, wußten wir nicht.«
Tom wanderte durch die Stadt und fühlte sich etwas ratlos.

»Rupert Reiser, Rechtsanwalt«: Diese Alliteration stand auf einem provisorisch wirkenden Schild an einem Hauseingang. Rupert Reiser? Reiser? Rupert? Vor fast vierzig Jahren hatte Tom mit einem Rupert Reiser auf der Straße Fußball »geknöchelt« und in den Trümmern Buntmetall gesammelt. Rupert Reiser, Nachbar in der Straße und auf der Schulbank.

Tom stieg die drei Treppen hinauf und betätigte eine asthmatisch röhrende Klingel. Die Tür öffnete sich, ein Gesicht schaute ihn längere Zeit prüfend an. Tom lächelte.

»Thomas?« fragte das Gesicht.

»Rupert?«

»Wahnsinn. Nach so vielen Jahren.«

»Hast dich aber auch nicht verändert.«

»Ist das'n Kompliment?«

Tom wurde hineingebeten in das ebenfalls provisorisch wirkende Büro: »Hab grade Besuch, aber wir sind quasi fertig.«

Tom wurde mit einer gutaussehenden Dame bekannt gemacht, die auch Reiser hieß. Sie flachsten zu dritt ein wenig über das baustellenartig verstaubte Flair des Büros, aber Rupert ließ sich nicht von der Prognose abbringen, hier sei die Keimzelle einer der wichtigsten und erfolgreichsten Anwaltskanzleien der Stadt.

»Weeßte, wer das war?« fragte Rupert lachend, als er die Dame zur Tür komplimentiert hatte.

»Deine Schwester – wenn ich nicht von damals wüßte, daß du nur 'n Bruder hast.«

»Das war Astrid, meine geschiedene Frau. Ich kann dir jetzt nicht meine Lebensgeschichte erzählen, das müssen wir mal nachholen. Aber als ich vor zehn Jahren von einer Dienstreise ins NSW nicht in die DDR zurückkehrte und Astrid hier blieb, wurden wir ferngeschieden. Soeben haben wir uns zum erstenmal wiedergesehen. Wegen irgendeiner Erbschaftsangelegenheit.«

»Rupert, ich bestätige dir, was du zu hören wünschst: Solche Geschichten gibt's nur im Kino. In einem Russenfilm vielleicht.«

»Ähmd, wie wir Sachsen sagen.«

»Willst du sie nochmals heiraten?«

»Bist du verrückt?«

Tom machte wieder einmal die Beobachtung, daß alte Freundschaften auf Anhieb wieder funktionierten. Er rechnete nach, daß sie sich vor genau sechsunddreißig Jahren zum letztenmal gesehen hatten. Diese paar Jährchen würden sie bei Gelegenheit und vielen Bieren aufarbeiten müssen, vielleicht in Hennebachs Gosenschänke, aber ansonsten, schien ihm, konnten sie an der Stelle weitermachen, wo sie damals aufgehört hatten.

»Meinst du«, fragte Tom, »in dieser Bude unterm Dachjuchhe kann man eine Anwaltskanzlei eröffnen?«

»Grade!« schwärmte Rupert. »Das ist ideal. Du mußt dir vor Augen halten, daß im Osten jeder eine Heidenangst vor allem hat, was mit Justiz zu tun hat. Das muß ich dir nicht erklären. Aber bald werden sie damit umgehen müssen. Schon wegen der ganzen Streitigkeiten um Häuser und Grundstücke! Was meinst du, wie es da auf die armen Leute wirkt, wenn sie in einem marmorgetäfelten Tempel von einer durchgestylten Vestalin angeflötet werden? Da möchten sie auf dem Absatz kehrtmachen. Nix da! Diese verstaubte Bude hier, ohne Fahrstuhl, ohne Acryl, mit einer freundlichen alten Anwaltsgehilfin ...«

»Würdest du auch eine freundliche junge nehmen?«

»Kennst du eine?« schoß Rupert wie ein Adler auf Tom los.

»Nee. Das war bloß so.«

»Im Moment würde ich sowieso jede nehmen, die ein bißchen von dem Kram versteht und nicht schielt. Aber die mußt du importieren, die gibt es in der DDR nicht.«
Inzwischen, berichtete Rupert noch, gebe es eine Menge Anwälte, die im Osten ihre Chance sähen, aber viele davon seien solche, die im Westen nie eine Chance gehabt hätten. Sie seien durchaus vergleichbar den Rittern der schnellen Mark, die nach dem Prinzip der verbrannten Erde hier drüben rasch ein Schäfchen ins trockene brächten, um sich vor dem absehbaren Scheitern und solange sich die Justiz noch nicht auf sie eingeschossen habe stillschweigend zurückziehen.
»Gibt's denn auch ein paar Ehrliche?« fragte Tom.
»Natürlich. Mich zum Beispiel.«
Sie verabredeten sich für den übernächsten Abend zu einer ausführlichen Aufarbeitung der paar Jahrzehnte.

55

»Aber ja, die Augen sind vom Vater«, stellte Waltraut fest, »aber alles andere ist von unserer Seite.«
Jürchn schien nicht gewillt, irgendwelche Ansprüche durchzupauken. Gesine warf ihm einen Blick zu: Laß sie reden, es ist ihr Ehrentag! Tom hatte den Anfang einer Glosse im Kopf. Das Baby schaute, wie Babys schauen, und machte ein weiteres Bäuerchen.
»Und wenn sie eines Tages mal erwachsen ist«, schwärmte die Großmutter, »wird sie die Geschichten hören, als seien sie aus grauer Vorzeit: von dieser Mauer und diesem Honecker und so. Ist es nicht phantastisch?«
Zum Mittagessen hatte es Rinderschmorbraten in Rotweintunke mit Klößen gegeben, als Nachtisch eine Wein-

schaumcreme. Waltraut hatte alles selbst gemacht, Ehrentag hin, Ehrentag her. Immerhin für acht Personen, das Baby natürlich nicht mitgerechnet. Nun war Zigarettenpause oder Weinbrandpause oder beides, je nachdem.
»Dein Bruder wird hundertprozentig wieder mit dem Haus anfangen«, hatte Jürchn seinen Schwiegervater Gernot schon beim Frühstück gewarnt. »Ich rate dir noch mal: Zahl ihn aus, ehe es zu teuer wird!«
»Keinen Pfennig!« hatte Gernot geschäumt. »Keinen Finger haben sie krumm gemacht die ganzen Jahre.«
Nun, in scheinbar entspannter Verdauungsstimmung, war es tatsächlich wieder soweit.
»Wir müssen noch mal über das Objekt reden«, begann Sieghart und vermied das diskriminierende Wort »Haus«.
»Was gibt's da zu reden?« fragte Gernot schroff.
»Ich weiß, ich weiß! Du hast uns jahrelang hier rausgedrängt ...«
»Was soll das heißen? Ihr habt euch selbst rausgehalten. So herum wird es ein Schuh. Alles habt ihr uns allein buckeln lassen. Jede Renovierung. Jeden Behördenstreit. Alles.«
»Komm mir bitte nicht so!« rief Sieghart. »Ihr habt Wert darauf gelegt, allein und bequem hier zu wohnen. Wir waren es, die sich all die Jahre als Mieter rumgeschlagen haben. Zum Dank wollt ihr uns jetzt rausdrängen!«
Gernot wirkte perplex: »Rausdrängen? Das ist ja wohl die Höhe! Wie oft habe ich dich gebeten, dich zu beteiligen? Weil es doch Vaters Haus ist. Ausgelacht hast du mich! Die alte Bude!«
»Das habe ich nie gesagt!«
»Tom!« Gernot schaute Tom mit einer Mischung aus Empörung und Selbstgerechtigkeit an: »Tom, was sagst du dazu?«

»Ich kenne eure Verabredung nicht.«
»Es gibt keine Verabredung.«
»Dann nehmt euch einen guten Anwalt. Ich kann euch einen empfehlen, Rupert Reiser, Leipziger mit Westerfahrung, noch einigermaßen preiswert, vermute ich ...«
»Ich will keinen Rechtsanwalt!« rief Gernot. »Ich will mein Recht!«
»Wie willst du das ohne Rechtsanwalt kriegen? Wo du es schon mit Rechtsanwalt voraussichtlich nicht kriegst?«
»Ist das die neue Ordnung?«
Gesine erinnerte gerade zur rechten Zeit daran, daß das Baby Bewegung brauche. Tom und Carla schlossen sich dem Maispaziergang an.
»Früher war das anders«, schimpfte Gesine unten auf der Straße: »Früher waren sie politisch uneins, aber die Familienfeste waren wie mit Zuckerguß überzogen.«
Sie schlugen den Weg zum Clara-Zetkin-Park ein, wo, wie angekündigt, der Erste Mai auf eine völlig neue Weise begangen werden sollte, mit Buden und Bauchläden, in einer Mischung aus Jahrmarkt und Trödel. Tom konnte es sich noch nicht recht ausmalen, zu eng waren seine Vorstellungen von Erstem Mai und DDR verbunden mit den Bildern von fähnchenschwingenden Blauhemden drunten auf dem Karl-Marx-Platz und mechanisch winkenden Graugesichtigen auf der Tribüne. Aber im Clara-Zetkin-Park war wirklich Unordnung, ja, Chaos. Fliegende Händler, deren Gewerbeschein man nicht hätte verlangen dürfen, verkauften Waren, deren Herkunft man nicht hätte erfragen dürfen. Mittendrin Rolf, mit Bauchladen.
»Hey!« Gesine hatte ihn entdeckt.
»Hey!« antwortete Rolf.
»Was treibst du denn hier?«
»Marktwirtschaft en detail.«

»Brav!« lobte Gesine.
»Und die Liebe?«
»Hat Pause«, antwortete Rolf.
»Und die Fenster?« fragte Tom.
»Du wirst lachen: Nächste Woche geht's los. Wollte bloß noch den Ersten Mai mitnehmen. Aber dann!«
Jürchn ließ es sich erklären, war beeindruckt und wollte Einzelheiten hören. Sie luden Rolf ein, nach dem Verkauf des letzten T-Shirts zu der Geburtstagsfeier zu stoßen.
»Der schafft's«, nickte Jürchn fachmännisch.
Als sie zur Feier zurückkehrten, waren die Verwandten wieder im Streit um das Haus auf die Straße und zu ihrem Auto gestürmt. Gernot konnte nicht verhehlen, daß er sich als Sieger der Auseinandersetzung fühlte. Die Buttercremetorte stand bereit.
Tom hatte unvorsichtig versprochen, zum fünfzigsten Geburtstag seiner Cousine Waltraut eine Art Laudatio zu halten. Ihm war klar, daß man ausgerechnet in diesen Zeiten ausgerechnet in der Noch-DDR nichts reden und nichts schreiben konnte, ohne ringsherum anzuecken. Während er die fette Torte aß, überlegte er noch hin und her, alles ganz anders zu machen oder sogar ganz zu lassen, aber dann kehrte er zu einem Vorsatz zurück: jawohl, Fett! Gib ihnen ihr Fett!
Er schlug an sein Glas und wartete auf Ruhe, die sich widerwillig einstellte: »Heute vor vierzig Jahren, erinnere ich mich«, er hatte gelernt, immer persönlich zu beginnen, »am ersten Mai fünfzig, gab mir meine Cousine Waltraut eine Lektion. Auf dem Marsch unserer Schule zur Maikundgebung auf dem Karl-Marx-Platz sah ich sie aus einem Hauseingang heftig winken. Ich dachte, sie sei verletzt oder irgendwie anders indisponiert, und rannte zu ihr. Aber sie sagte nur beiläufig: Willst du mit denen mitlatschen? Wir machen uns einen schönen Tag. Wenn

sie schon ihren Ersten Mai genau auf meinen Geburtstag legen. Es war, wie man errechnen kann, ihr zehnter. Wir feierten von ihrem Taschengeld im Café Corso, sie spendierte ein halbes Schweinsohr für jeden, damals eine richtige Anschaffung. Diese kleine Szene heute vor vierzig Jahren ist mir in Erinnerung geblieben, und ich habe mich immer gefragt: Wie konnte so ein unbekümmertes kleines Mädchen lernen, in dieser DDR zurechtzukommen? Als Journalist verallgemeinere ich sogleich die Fragestellung: Wie konnte man – man! – in der DDR zurechtkommen? Ich persönlich hatte die Gnade der frühen Flucht. Aber was wäre aus mir geworden, hier? Eine rhetorische Frage, gewiß, aber ich habe sie mir hundertmal gestellt.«

Die Zuhörer wurden unruhig, jetzt schon, Tom merkte wieder mal, wie er am Publikum vorbeiredete.

»Da mir keiner das Gegenteil beweisen kann, nehme ich mal zu meinem Vorteil an, ich wäre in irgendeiner Art von stummem Widerstand untergetaucht. Aber wer sagt, daß ich nicht ein SED-Funktionär geworden wäre? Weiß ich's denn? Oder noch schlimmer: Ich wäre ein Mitläufer geworden! Einer der Millionen, für die heute der Satz gelten kann: Wer nie etwas gesagt hat, braucht auch seine Worte nicht zu fressen. Nun, da alles vorbei ist, behaupten die einen, sie seien sowieso dagegen gewesen, und die anderen, sie seien eigentlich dagegen gewesen. Und jeder sonnt sich in dem Glanz, bei der Beseitigung des Unrechts geholfen zu haben. Und sei es nur, indem er den Demonstranten nicht in den Arm gefallen ist. Nein, ich glaube, es wird selten so viel gelogen wie nach gewonnenen Kriegen und nach erfolgreichen Revolutionen. Die Mißachtung einer roten Ampel damals wird nachträglich zu einem Akt des Widerstands gegen den Weltkommunismus.«

Eigentlich hatte Tom jetzt unter Einbeziehung der Jubilarin einen eleganten Bogen zur Zukunft schlagen wollen, aber er vermißte schmerzlich, daß er sich nicht ein paar Stichworte aufgeschrieben hatte. Auch verstärkte sich sein Gefühl, daß es die Gäste drängte, endlich wieder zu ihren unterbrochenen Gesprächen zurückzukehren. Er machte schnell Schluß.
»Ich möchte warnen. Denn ich beobachte schon folgende Prioritätenliste von Wünschen: Erstens Menschenwürde. Zweitens freie Wahlen. Drittens Reisefreiheit. Viertens gebrauchten Opel. Fünftens Jacobs Kaffee immer. Sechstens BILD-Zeitung täglich. Siebentens BILD-Zeitung frei Haus. Paßt auf! will ich sagen. Danke für die Aufmerksamkeit.«
Der Beifall hielt sich in Grenzen, es wurde Kaffee nachgeschenkt, auch noch mal Kuchen aufgetan.
»Wißt ihr, was man jetzt machen muß?« war Jürchn schon wieder mitten in einem Thema.
Sie schauten ihn erwartungsvoll an, als brächte er irgendeine Art von Heil.
»Demnächst kommt die Umstellung auf D-Mark«, erklärte er. »Sie werden euch für euer Spielgeld richtiges geben. Zu irgendeinem Kurs, der in jedem Fall zu günstig sein wird.«
»Eins zu eins ist der einzig richtige Kurs!« rief Gernot.
»Ja, von wegen«, entgegnete Jürchn. »Dann ist unsere D-Mark im Eimer und ihr mit.«
»Wir haben für unser Geld genauso hart arbeiten müssen wie ihr!«
»Laß mich doch mal zum Thema kommen! Der D-Mark-Kurs steigt immer noch. Was machen wir also? Richtig! Wir kaufen billig DDR-Mark und bunkern sie. Und am Tag X tauschen wir sie zurück in D-Mark. Und haben mit einem Federstrich ein Vermögen gutgemacht.«

»Das ist doch Beschiß!« rief Gernot.
»Natürlich. Aber legaler. Also? Wer stellt sein Konto als Depot zur Verfügung?«
In die Stille hinein klingelte es, Rolf kam, wie versprochen, noch auf ein Bier oder ein Stück Torte.
»Ich suche gerade einen Komplizen«, erklärte ihm Jürchn, »ich brauche nichts weiter als das Konto eines seriösen DDR-Bürgers für eine gewinnträchtige Transaktion.«
»Da mache ich mit!« versprach Rolf, »worum geht's?«
»Solche Leute braucht das Land«, lobte Jürchn.

56

Ob das die richtige Methode sei, eine Widerstrebende für sich zu gewinnen, überlegte Tom und spürte ein Mißbehagen. Aber sein Schulfreund Rupert hatte nicht lockergelassen und tagelang angerufen: eine Anwaltsbüroleiterin mit Berufserfahrung und sogar mit persönlichen Beziehungen zu Leipzig? Die müsse er kennenlernen! Unter irgendeinem Vorwand, einer zufälligen Dienstreise nach Berlin, werde er abends in Toms Wohnung vorstellig.
Genaugenommen bereute Tom inzwischen, Tina überhaupt in diesem Zusammenhang erwähnt zu haben. Was ging es ihn an, daß Rupert händeringend eine solche Kraft suchte? Was ging es ihn an, daß Rolf mit Haut und Haaren an der Vorstellung hing, er müsse jetzt vor Ort mit anpacken? Tina sträubte sich nach wie vor mit Händen und Füßen dagegen, »in die Zone« überzusiedeln. Na und? Die beiden waren erwachsene Menschen, zumindest dem Alter nach, und mußten ihre Probleme

selbst lösen. Hatte sich Tom nicht viel zu oft in anderer Leute Angelegenheiten gemischt, als Schlichter, als Vermittler, als Überbringer, als Helfer, der oft am Ende von beiden Seiten eins auf die Nase bekam, weil es nicht ausgegangen war wie erhofft? Aus dem Familienzwist um das Haus seiner Verwandten hatte er sich ja, wie ihm schien, geschickt und konsequent herausgehalten. Aber hier, dachte er spöttisch, geht wieder mal der gute Mensch mit dir durch.
»Mein Schulfreund Rupert«, stellte Tom vor. »Ich habe dir schon erzählt: Das ist der Irre, der zurück ist und eine Kanzlei aufbaut.«
Rupert hatte, auf Toms ausdrücklichen Wunsch, keine Blumen und kein Konfekt mitgebracht, um sich nicht verdächtig zu machen.
»Ich kenne auch so einen«, sagte Tina, »fast hätte ich gesagt: so einen Bekloppten.«
»Wieso bekloppt?« fuhr Rupert auf, um auch gleich fortzufahren: »Jetzt ist die Zeit, etwas zu starten! Goldgräberzeit! Kalifornien! Forty-niner! Jetzt tummelt sich alles im Osten, Gauner, Halsabschneider, Geschäftemacher. Sie ziehen die Leute über den Tisch, daß es nur so schnurbst. Also brauchen die auch seriöse Anwälte.«
»Und woran sollen die armen, unerfahrenen Menschen drüben erkennen«, fragte Tina, »ob der ehrliche Anwalt, der vor ihnen sitzt und Süßholz raspelt, ein Gauner ist?«
»Eben!« rief Rupert und bezog es nicht auf sich: »Deswegen muß ja jemand wie ich eine seriöse Kanzlei aufbauen.«
Jetzt reicht's mit der Eigenwerbung, dachte Tom und fragte, ob sie was zu essen auf den Tisch stellen sollten. Das lehnte Rupert vehement ab und lud in ein Lokal ein, dessen Wahl er Tina überließ.

»Da Ihre Kanzlei vermutlich noch in den Kinderschuhen steckt«, lächelte sie, »schlage ich unseren preiswerten Griechen um die Ecke vor.«
Während sich Tina ausgehfertig machte, beschwor Tom seinen Freund, sich etwas zu zügeln und nicht mit Tür und Fenstern gleichzeitig ins Haus zu fallen, denn der Punkt sei nun erreicht, da Tina Verdacht schöpfen und sich verscherbelt fühlen müsse. Auf dem Weg zum Griechen und auch noch bis zum ersten Glas Retsina hielt sich Rupert daran und erzählte von seinem letzten Urlaub auf Kreta, wo es ihm gut gefallen habe, bis auf die vielen Menschen am Strand, wobei er freilich zugeben müsse, daß er selbst zur Fülle beigetragen habe und sich kaum beschweren dürfe. Und ähnliche Belanglosigkeiten.
»Was würden Sie denn zahlen?« fragte Tina.
»Was?!«
»Sie sind doch nicht gekommen, um mir völlig wertfrei über die Schönheiten Ihrer heruntergekommenen Heimatstadt vorzuschwärmen. Ich weiß, daß das ein stinkiges Nest ist, in dem die Menschen einen entsetzlichen Dialekt sprechen.«
»Ä nee! Gloobn Se wärglich?«
»Also, Sie wollen mir meine konkrete Frage nicht beantworten. Ich kann Ihnen auch sagen, ich würde sowieso nicht hingehen. Erzählen Sie noch ein bißchen von Kreta! Wenn man an die Südküste geht, ist es doch mit den Touristen noch erträglich oder? Ich höre immer, daß in entlegenen Klöstern noch die alte Gastfreundschaft herrsche. Ist das so?«
»Da war ich leider nicht.«
»Sehen Sie!«
Als Tom spät am Abend und nach mehreren Flaschen Wein Rupert mit der Aufforderung verabschiedete, sich unten ein Taxi heranzuwinken und sein Auto morgen

früh abzuholen, sagte er: »Ich glaube, es wird mit ihr. Hättest nur fix reagieren müssen, als sie nach dem Gehalt fragte.«
»Erinnere mich nicht! Ich könnte mich in den Hintern beißen!«
»Warst schon in der Schule nicht der schnellste. Ich weiß auch nicht, ob ich mich von dir vertreten ließe.«

57

»Das ist ja wie in einem schlechten Agentenfilm«, spottete Tom: »Sogar auf dem Friedhof lauert dein ständiger Schatten.«
»Ich hab dich zufällig reingehen sehen und gewartet«, beteuerte Knut.
»Nehme ich dir nicht ab.«
»Was hast du denn da drin gewollt?«
»Wenn du das nicht selbst weißt, bist du ein ziemlicher Scheiß-Agent.«
»Ach, hör doch auf mit dem Schnee von gestern!«
Tom war auf dem Friedhof gewesen, weil die alte Dame aus dem dritten Stock zu Grabe getragen wurde. Im ersten Augenblick, als er die Todesanzeige erhielt, hatte er gedacht, es habe mit der Fahrt nach Berlin zu tun, mit der Aufregung nach dem jahrelangen Abgeschiedensein. Aber die Tochter hatte Tom das Gegenteil versichert. Diese Reise in ihre lebenslang geliebte Heimatstadt habe in gewisser Weise einen Schlußpunkt gesetzt. Doch sie habe fast täglich davon gesprochen. Nicht, daß sie bewußt gemeint habe, danach sei es Zeit für sie, nicht: Venedig sehen … Aber seither sei sie von einer bemerkenswerten Gelassenheit, ja Abgeklärtheit gewesen.

Der Pfarrer am Grab hatte das Übliche geredet, was sollten die armen Kerle auch anderes tun, wenn sie nicht gerade ein treues und ihnen vertrautes Glied ihrer Gemeinde aus dem Leben zu verabschieden hatten. Tom hatte dabeigestanden und gedacht: Die Geschichte ihres letzten Besuchs am Brandenburger Tor, die müßte man jetzt erzählen, die würden die Trauergäste verstehen. Aber man konnte ja nicht dem Mann ins Handwerk pfuschen, beziehungsweise ins Mundwerk. Er solle doch mal wieder zu Besuch kommen, hatte die Tochter zum Abschied gesagt, das Haus werde vermutlich noch in diesem Jahr rekonstruiert, das sei doch eine Sensation für alle alten Bewohner, zu denen er schließlich zähle.

Nun also Knut.

»Nach Beerdigungen muß ich immer was essen und trinken«, schlug Tom vor, »weil ich dann immer besonders dankbar bin, daß ich das noch kann.«

»Ich würde mit dir lieber unter freiem Himmel reden.«

»Das wollten früher immer nur wir Bespitzelten«, flachste Tom.

Knut schien aber heute ausgesprochen allergisch gegen Toms Scherze.

»Also machen wir einen Frühlingsspaziergang.«

Tom schlug vor, mit dem Auto zum Rosental zu fahren und dort, Jahrzehnte nach der Kindheit, mal wieder in Ruhe die altvertrauten Pfade zu betreten. Da waren sie als Steppke in Kießlings Karussell gefahren, möglichst ohne zu zahlen. Da hatten sie verbotenerweise auf den Wiesen Fußball gespielt und vor dem immer lauernden und überfallartig zugreifenden Parkwächter ihren Ball in Sicherheit gebracht, der ihnen ebenso wertvoll war wie das klapprige Vorkriegsfahrrad, denn für beides gab es auf legale Weise keinen Ersatz. Und natürlich hatte jede Familie das Stückchen »Grabeland«, auf dem sie ihr

Weißkraut und ihre Tomaten anbauten, die mit den damals noch reichlich anfallenden, dennoch stets umkämpften Pferdeäpfeln gedüngt wurden. Aber Knut war vermutlich nicht gekommen, um Reminiszenzen an die gemeinsame Kindheit auszutauschen.

»Also, du hast mich bespitzelt«, eröffnete Tom.

»Das ist kein schönes Wort.«

»Es ist auch keine schöne Tat.«

»Aber du wußtest es doch immer.«

»Deswegen hast du auch nie etwas Verwertbares von mir erfahren.«

»Da wäre ich nicht so sicher«, trumpfte Knut ein bißchen drohend.

Tom war bei diesem Thema nicht zu bluffen. Wie lange war es erst her, daß Knut großspurig verkündet hatte, Tom sei keine Quelle verwertbarer Informationen? Und in der Tat war er sicher, Knut bei diesem Spiel stets nur mit Abgestandenem gefüttert zu haben.

»Wenn eines Tages deine Akte geprüft wird«, versuchte es Knut noch mal, »kommst auch du nicht so einfach raus.«

Tom winkte ab: »Ich bin ziemlich sicher. Ich habe keine Angst vor meiner Akte. Aber wovor hast du Angst?«

»Angst ist das falsche Wort. Ich weiß bloß nicht, wie ich mich verhalten soll.«

»Und das willst du jetzt von mir wissen?«

»Paß mal auf! Ich schätze die Zukunft so ein, daß unsere politische Führung vielleicht vor Gericht kommt, weil ein paar Fanatiker Rache geschworen haben. Vielleicht läßt man sie aber auch laufen. Jedenfalls wird man sie kaum verurteilen können, weil sie sonst ins Plaudern kämen, und das täte einigen eurer Großkopfeten überhaupt nicht gut. So. Die Hauptamtlichen aus dem Stasi-Apparat haben nur eine Chance: zusammenhalten wie Pech und

Schwefel! Wie die SS nach dem Krieg. So. Aber was machen wir IMs?«
»Ihr Armen!« rief Tom.
Knut konnte darüber nicht lachen: »Du warst ja nie in der Situation!«
»Nein!« antwortete Tom nachdrücklich. »Ich habe mich nie in die Situation gebracht. Ich gebe zu, das war im Westen leichter. Da wurde man zwar, gerade in meinem Beruf, auch ab und zu gefragt, aber nicht gedrängt und schon gar nicht bedroht und erpreßt. Aber erzähl mir doch bitte nicht, du hättest gar keine andere Möglichkeit gehabt! Sonst müßte ich weinen.«
»Ich mußte es machen!« rief Knut. »Sonst wäre nichts aus mir geworden.«
Tom blieb stehen und schaute seinen alten Schulfreund Knut von oben bis unten und zurück an. »Was ist denn Großartiges aus dir geworden?«
Knut antwortete nicht darauf, und Tom ließ die Frage auf sich beruhen. Zu Zeiten der DDR hätte er es gern gewußt und hatte von Knut immer ausweichende Antworten erhalten. Jetzt dachte er: Belassen wir's dabei! Es interessiert mich nicht mehr.
»Weißt du, aus mir ist ja auch nichts Großartiges geworden«, fuhr Tom im Weitergehen fort. »Nicht mal Intendant. Und du? Wenn du wenigstens die linke Hand irgendeines Ministers geworden wärst, könnte man sagen: aufs falsche Pferd gesetzt, aber immerhin im Sattel gesessen und nicht hinterhergelatscht. Findest du, es hat sich gelohnt?«
»Es war ja nicht die Frage«, verteidigte sich Knut, »ob du weiter aufsteigen wolltest, sondern ob du ins Bodenlose abstürzen wolltest.«
»Die Frage wird uns noch lange beschäftigen«, prophezeite Tom, »und am Ende wird sich herausstellen: Ihr habt es auch gern gemacht!«

Tom mußte daran denken, daß er zum letztenmal im Rosental vor ziemlich genau drei Jahren gewesen war, mit den Freunden auf der Radtour, aufgehalten durch eine hochnotpeinliche Befragung seitens der Staatsgewalt. »Wir warnen Sie!« Was mochte der Typ jetzt tun? Damals der ständige Schatten von Juri und Rolf und Carla und Gesine. Gehörte er zu der Pech-und-Schwefel-Bande, von der Knut sprach, oder war er auf dem Absprung in die freie Marktwirtschaft? Ja, diese Leute hatten damals Angst und Beklemmung verbreitet, bei den meisten mehr, bei den wenigeren weniger. Und es mußte ihnen Spaß gemacht haben, diese Angst zu verbreiten. Sie hatten es nicht nur getan, um die Errungenschaften zu verteidigen, nicht nur, um der Partei zu demonstrieren, daß sie auf der »richtigen Seite« standen: Es mußte ihnen auch der sprichwörtliche innere Reichsparteitag gewesen sein!
Aber immer öfter kam Tom die Frage in den Sinn: Was hat es ihnen genützt?
»Was würdest du an meiner Stelle tun?« fragte Knut.
»Jedenfalls nicht lügen. Ihr habt peinlich Buch geführt über alles, und du bist nicht so wichtig, daß man deine Papiere beizeiten hat verschwinden lassen. Wenn du lügst, fällst du garantiert auf die Schnauze.«
»Ich frage mich, ob ich mit einem großen Befreiungsschlag alles zugeben soll.«
»Aha! ›Outing‹ nennt man das neu-deutsch. Ich rate dir: Laß es sein!«
»Warum?«
»Wenn du jetzt alles zugibst, zwingst du ein paar Leute, es ebenfalls zu tun. Und das kann dich eines Tages teuer zu stehen kommen. Denn in ein, zwei Jahren kommt die Schwamm-drüber-Phase. Dann werden sie auf beiden Seiten merken, daß sie sich brauchen. Und dann

wird Rache genommen an solchen Störenfrieden wie dir.«
Warum, dachte Tom, gibst du diesem Hundling auch noch gute Ratschläge? Wahrscheinlich, überlegte er, weil alles genausogut umgekehrt sein könnte.
»Vielleicht übersehen sie mich ja«, sinnierte Knut.
»Sie haben dich schon entdeckt«, sagte Tom.
»Was??«
»Letzte Woche rief mich einer an vom Verfassungsschutz: Ob ich dich kenne.«
»Und was hast du gesagt?«
»Die volle Wahrheit. Aber erst mal habe ich natürlich aufgelegt und zurückgerufen. Konnte ja sein, der Mann war gar nicht, wofür er sich ausgab. Das lernt man bei uns im Kino, dir werden sie's in der Ausbildung beigebracht haben.«
»Laß doch mal den Quatsch! Was wissen sie?«
»Ich nehme an: alles. Er hat's mir nicht verraten. Du mußt jetzt abwarten.«
Schweigend gingen sie fast einen Kilometer, bis Tom einen Gedanken nachschob: »Was bin ich froh, daß es nicht umgekehrt gekommen ist: Ihr besetzt uns!«
Bevor etwa Mitleid mit dem Klassenkameraden und seiner vertrackten Situation aufkommen konnte, zog Tom das zäh gewordene Gespräch in die Richtung gemeinsamer Erinnerungen.
»Weißt du noch, der Schneewinter sechsundvierzig«, fragte er, »als wir uns hier durchs Rosental förmlich durchkämpfen mußten in die Schule?«
»Und einer aus unserer Klasse mußte auch im Winter barfuß gehen, weil er effektiv keine Schuhe besaß. Wenn du das heute jemandem erzählen willst, tippt er sich an die Stirn!«
»Und die Russenkinder, die uns auflauerten und vermöbelten. Immer drei gegen einen.«

»Der Sozialismus war eben überlegen.«
»Die Söhne von Offizieren trugen die Uniformen ihres Vaters in klein.«
»Jetzt mußt du bloß noch sagen: Aber schön war's trotzdem.«
Sie kehrten über die Parthebrücke zurück in bewohntes Gebiet.
Tom hatte noch eine Frage: »Warum ist hier eigentlich alles so verlottert? Schau dir diesen Fluß an! Voller Müll und Unrat. Ich verstehe ja, daß ihr auf dem Gebiet der High-Tech nicht mit den Japanern mithalten konntet. Aber euer Land ein bißchen aufräumen: Das hättet ihr doch hingekriegt!«
Knut überlegte sehr lange, bis er sagte: »Ach, weißt du.«
Tom fuhr ihn zurück zu seinem Auto.
»Weißt du, wer wieder da ist?« fragte er unterwegs: »Unser Klassenkamerad Rupert Reiser.«
»Ach du grüne Neune! Das war bis zu seiner Flucht auch einer meiner Kunden.«
»Ruf ihn an und sag, beim zweitenmal würdest du ihn nicht wieder bespitzeln. Oder so was Ähnliches.«

58

Nach der Taufe ins Wahllokal: Zwei bedeutsame Handlungen an einem Vormittag!
Gesine hatte darauf bestanden, ihr erstes Kind, wenn schon nicht in Leipzig geboren, hier taufen zu lassen: in der gemeinsamen Heimatstadt der Eltern. Tom hatte sich zur Patenschaft überreden lassen; auch der Hinweis, er sei gleich nach dem Abitur aus der Kirche ausgetreten,

wurde von der Familie beiseite gewischt und dem Pfarrer verschwiegen. Also hielt Tom den brüllenden Säugling übers Becken und gelobte, seine Erziehung im christlichen Glauben stets aktiv zu fördern.
Auf dem Heimweg schritten Waltraut und Gernot zur demokratischen Handlung. Birger, ihr zügig nach rechts abgedrifteter Jüngster, hatte sich auf den Sohlen seiner Fliegerstiefel schon wieder abgesetzt, um mit seinen Kumpanen noch auf den letzten Drücker Wähler für die DSU zu gewinnen. Fast ein wenig feierlich wie eine Kirche betrat die Familie, soeben noch Taufgesellschaft, das zum Wahllokal umfunktionierte Schulzimmer. Waltraut und Gernot ließen sich ihre Stimmzettel aushändigen, die anderen schauten versonnen lächelnd zu, wie man einem Kleinkind bei den ersten wackligen Schritten auf seinen zwei krummen Beinen zuschaut. Was sie wohl wählen? dachte Tom, als die beiden in den Kabinen verschwunden waren.
»Zettelfalten« hatte dieser Vorgang in der DDR geheißen, ein zynisches Wort für einen betrügerischen Vorgang. Fast auf den Tag ein Jahr war es her, daß seine Freunde am Abend der Kommunalwahl die Auszählung der Stimmen überwacht hatten. Natürlich war massiv betrogen worden. Natürlich hatten am Tag danach völlig andere Zahlen in der Leipziger Volkszeitung gestanden. Aber jeder, den sie in den folgenden Wochen darauf ansprachen, hatte fast erstaunt geantwortet: »Ja und? Wußtet ihr das etwa nicht?«
Juri hatte vor dieser neuen Wahl kritisiert, da stünden die Parteien auf den Straßen und verteilten Fähnchen ans Stimmvieh, so wie früher zu allen möglichen Gelegenheiten »Winkelemente« ausgeteilt wurden. Woran merke man nun den Unterschied zwischen diktatorischen und demokratischen Fähnchen? In seiner Partei, der Leipziger

SPD, schilderte Juri aus eigenem Erleben, habe man sich ruckzuck entschlossen, für die heutige Kommunalwahl einen »Westimport« aufzustellen. Einen zweifellos hochqualifizierten und erfahrenen Kommunalpolitiker aus Hannover, der den Leipziger Genossen klargemacht habe: Er sei nicht gekommen, um sich einem parteiinternen Auswahlverfahren zu stellen, sondern um ohne Wenn und Aber zum Kandidaten für die Wahl des Oberbürgermeisters gewählt zu werden. Das könnten sie sich jetzt in Ruhe überlegen, er gehe so lange mit seiner Frau spazieren, um einen Eindruck von der Stadt zu gewinnen. Sie hätten sich's überlegt, berichtete Juri, und festgestellt, daß sie vermutlich keine andere Wahl hätten, wenigstens keine bessere. Was daran auszusetzen sei, hatte Jürchn gefragt. Nichts, hatte Juri geantwortet, es sei nach der Euphorie der Revolution bloß eine Frage der Gewöhnung.

»Was habt ihr gewählt?« fragte Gesine neugierig, als ihre Eltern die Kabinen verließen.

»Geheim!« raunten beide.

»Stellt euch nicht an! Früher habt ihr immer offen die Nationale Front angekreuzt.«

»Eben.«

Mit dem Kinderwagen vorneweg durch den Frühlingstag. Jürchn schob stolz. Seine beiden Söhne aus erster Ehe waren schon auf der Universität. Gesine betonte stets, sie sei keineswegs in eine intakte Beziehung eingebrochen, das könne man nach aller Erfahrung auch gar nicht, sondern Jürchns erste Frau habe bereits die Wohnung verlassen gehabt. Tom beobachtete belustigt den stolzen angejahrten Vater. Waltraut und Gernot hinterdrein. Es mußte einem Schwiegersohn doch Statur verleihen, wenn er aus derselben Generation kam wie Schwiegermutter und Schwiegervater.

»Und ihr?« fragte Jürchn, als habe er Gedanken gelesen: »Kein Kind?«
»Wir? Mal sehen, ob ich es noch schaffe«, wich Tom aus. Die verdammte Frage! Carla wollte, was denn sonst? Carla war achtundzwanzig inzwischen. In ruhigen Augenblicken malte es sich Tom recht idyllisch aus, hoppehoppe Reiter, aber wenn er sein Alter hochrechnete, bis das Kind Konfirmation oder gar Abitur …
Zu Hause Kaffee und Kuchen. Es war bös verleumderisch, daß sächsischer Kaffee so dünn gebrüht werde, daß man das Streublumendekor auf dem Grund der Meißner Tasse erkenne: »Bliemchengaffee«. In sächsischem Kaffee stand der Löffel! Und über sächsischen Kuchen brauchte man ohnehin kein überflüssiges Lobeswort zu verbreiten.
»Was machen eigentlich Rolfs Fenster?« fragte Jürchn: »Hat er schon einen Kunden?«
»Zwei, soviel ich weiß«, sagte Tom. »Und beides Großkunden. Je vier Fenster.«
»Ich kann's mir noch nicht vorstellen«, sagte Gesine.
»Bei Henry Ford konnte sich's auch keiner vorstellen«, verglich Tom.
Ein typischer Familienfesttag. Sie klebten an den Stühlen, tranken Kaffee, Schnäpschen, Kaffee, Schnäpschen, Kaffee, Schnäpschen, redeten und überlegten, warum sie mit diesem Nachmittag nicht etwas Vernünftiges angefangen hatten. Die Großmutter schwenkte den Enkel, der eine Zeitlang vergnügt quietschte, bis er quengelig wurde. Die Großmutter schwenkte engagierter, der Säugling brüllte, die anderen schauten immer genervter herüber. Ihre Diskussionen, die sich natürlich um Politik drehten, versuchten den Säugling in der Phonzahl zu übertreffen.
»Mit Rolf muß ich noch über das Geld reden«, sagte Jürchn so nachdrücklich, daß jeder verstand: Er ärgerte sich, seine Schwiegereltern nicht vom Geschäft ihres Le-

bens überzeugen zu können, schwarz getauschte DDR-Mark bis zur Wirtschaftsunion auf ihrem Konto zu bunkern. Wenn das so einfach ginge, hatten Waltraut und Gernot eingewandt, hätte doch der Gesetzgeber einen Riegel vorschieben müssen. Jürchn hatte gelacht und ihnen aufgezählt, wer allein seiner Kenntnis nach für diesen Tag X krumme, aber legale Geschäfte vorbereitete. Gewinn ohne Arbeit und ohne Risiko. Nein, Waltraut und Gernot waren nicht bereit.

»Was ihr da vorhabt«, sagte Gernot jetzt verächtlich, »ist eine Schweinerei.«

»Die Schweinerei«, erwiderte Jürchn ungerührt, »besteht höchstens darin, daß es legal ist. Nicht mitzumachen, wäre Dummheit.»

Jürchns Statement bewirkte eine längere Pause.

»Es gibt aber auch ein paar Ehrliche«, warf dann Carla ein.

»Gibt es«, bestätigte Jürchn. »Gibt es hundertprozentig. Für jeden, den du mir nachweist, bekommst du eine West-Mark.«

Beim Abendessen lief der Fernseher, wegen der Wahlergebnisse. Waltraut hatte eine formidable frühlingshafte Salatplatte angerichtet, als wolle sie demonstrieren, was es inzwischen im Lande alles gab. In fast ganz Sachsen lag die CDU vorn. Die Prophezeiungen verschiedener Experten, das »rote« Land habe auch übers Dritte Reich und die DDR seine Färbung behalten, war widerlegt.

»Wie hieß es früher immer an der Grenze?« erinnerte Tom: »Bitte rechts ranfahren! Es ist euch einfach nicht auszutreiben!«

Waltraut hatte zur Feier des Tages Münchner Löwenbräu besorgt, aber Jürchn wußte wieder etwas besser: Sie sollten um Gottes willen ihr eigenes Zeug trinken, Ur-

Krostitzer und Sternburg und so weiter, sonst würden sie hier schnell alles zugrunde richten.
»Hey«, rief Carla, »wir sind ja gar nicht so schlecht!«
Auf dem Schirm die Wahlergebnisse aus Leipzig, sie sahen, anders als im übrigen Land, die SPD auf dem ersten Platz. Der West-Import schien sich bewährt zu haben.
»Hast du die gewählt?« fragte Gesine leicht angewidert.
»Freilich.«
»Was findest du an denen?« fragte Jürchn.
»Das frage ich mich manchmal auch. Juri und ich sind zu den Sozis, weil die keine Blockflöten sind. Da kamen die Genossen aus der BRD und waren sehr nett und lobten unsere schöne Revolution über den grünen Klee. So was hätten sie selbst auch gern mal gemacht, aber im Westen sei das ja nicht nötig. Dann haben sie sich angeschaut, wie sie den Laden am besten in den Griff kriegten, wen sie wo einsetzen konnten, wen von uns sie für welchen Posten brauchten und wen von uns sie besser an die Wand drängten oder gleich aus der Tür. Da hatten wir blöden Ossis das Gefühl, eben doch kein befreites Land, sondern ein Anschlußgebiet zu sein.«
»Seid ihr ja auch«, sagte Jürchn. »Ihr habt es bloß noch nicht kapiert.«
»Also, jetzt hört's aber auf!« Gernot schlug mit der flachen Hand auf den Tisch, daß die Tassen hüpften. »Da sehnt man sich ja fast nach den alten Zeiten, da hätten wir dich den Genossen von der Volkspolizei übergeben.«
»Ihr versteht mich nicht«, erwiderte Jürchn. »Ich will euch doch bloß auf die Sprünge helfen. Alle klopfen euch auf die Schultern, weil ihr so eine tolle Revolution gemacht habt. Ganz allein. Die meisten bei uns waren auch ehrlich davon begeistert. Aber jetzt ist Schluß mit der Duselei, jetzt kommt das Geschäft. Jeder weiß das. Nur ihr

mit euern staunenden blauen Augen glaubt immer noch, ihr wärt unter die Wohltäter gefallen.«
Waltraut und Gernot bestanden darauf, das Baby zu baden und zu wickeln.
»Meine Eltern machen mir Sorgen«, bekannte Gesine, als sie draußen waren. »Sie sind mit der DDR nicht zurechtgekommen, und jetzt kommen sie schon wieder nicht zurecht. Meine Mutter sagt, sie muß im Betrieb schon wieder genauso die Klappe halten, damit sie sichergeht, ihre Arbeit zu behalten. Und meinen Vater macht es fertig, daß seine Schüler ihn jetzt höhnisch fragen, warum er bis zum Herbst so einen stromlinienförmigen Unterricht gehalten hat. Dabei haben sie alle stromlinienförmige Aufsätze geschrieben. Ich habe das Gefühl, meine Eltern sitzen in der Ecke und warten auf den Lohn dafür, daß sie immer stumm geduldet haben.«
»Sie glauben wirklich noch ans Gute«, ergänzte Jürchn. »Sie haben noch nicht begriffen, daß jetzt tatsächlich die Wolfsgesellschaft kommt, vor der sie immer gewarnt wurden, und daß die nur für Wölfe angenehm ist.«

59

»Um eine schöne Frau muß man sich bemühen«, erklärte Tom, aus einer langen und vielseitigen Erfahrung schöpfend.
»Was soll ich denn noch alles machen?« fragte Rolf und zählte auf: »Jeden Tag schreibe ich einen Brief. Alle drei Tage stehe ich im Postamt Schlange, um sie anzurufen. Jedes zweite Wochenende fahre ich zu ihr nach Berlin. Hast du noch 'ne zündende Idee?«
»Blumen zum Wochenende. Wirkt Wunder.«

Tom in seiner Lieblingsrolle als lebenserfahrener Ratgeber. In Berlin lag ihm Tina mit der lange gereiften Erkenntnis in den Ohren, daß das Leben ohne Rolf doch nur eine halbe Sache sei. War Tom jedoch ein paar Tage in Leipzig bei seiner Carla, zog ihn Rolf beiseite und bedrängte ihn, nach der Rückkehr ein gutes Wort für ihn einzulegen.
»Ich bin nicht dein Brautwerber«, sagte Tom. »Polier deinen ollen Wartburg, klettere aus deiner Arbeitskluft in ein anständiges Gewand, kauf dreißig rote Rosen und wirf dich auf die Autobahn! Wenn ich wetten müßte, würde ich ohne Zaudern zehn Mark darauf setzen, daß sie dich anhört, bevor sie dich rausschmeißt.«

Rolfs Zimmer hatte sich in ein Büro verwandelt, mit zwei Karteikästen, vier Ordnern, einer Schreibmaschine. Jeden Abend bis in die Puppen hockte er dort, schrieb Rechnungen, führte Buch, füllte Bestellzettel aus, stellte Wochenpläne zusammen. Die allererste Zeit hatte es ausgereicht, die Fenster, die ein Lastwagen aus dem Hessischen anlieferte, in Gesines ehemaligem Zimmer zu stapeln bis zum Tag der Montage. Inzwischen hatte Rolf zwei Straßen weiter ein Lager im Hinterhof gemietet. Seit zwei Wochen hatte er einen ersten Mitarbeiter, einen etwa vierzigjährigen ehemaligen Arbeitskollegen aus der Gießerei, die Rolf nach der Rückkehr aus West-Berlin nicht wieder hatte einstellen wollen. Es gefiel ihm zugegebenermaßen, gerade von dort jemanden abgeworben zu haben, wenn er auch bestritt, es habe direkt mit Rache zu tun. Seit einer Woche besaß die Firma ein Transportfahrzeug, einen gebrauchten Barkas, nächsten Monat sollten sie Telefon bekommen.
»Wenn du bald im Geld badest wie Dagobert Duck«, warnte Tom und betrachtete das Chaos auf Rolfs Schreibtisch, »dann vergiß nicht, ein paar Mark für die

Steuer zurückzulegen. Denn sie werden dich erst loben als leuchtendes Beispiel für Mut und unternehmerische Initiative, aber anschließend ziehen sie dir das Fell über die Ohren.«
»Du unterschätzt mich«, lächelte Rolf. »Ich kann mich so blöd stellen, daß sie mich laufen lassen müssen. Und wenn sie hartnäckig sind, hetze ich die freie Presse unserer Stadt auf, die neuerdings ganz heiß darauf ist und sich auch traut, den Behörden an den Karren zu fahren. Du brauchst also keine Angst um mich zu haben.«
Es klingelte an der Wohnungstür, Carla ging aufmachen.
Tina betrat Rolfs Zimmer.
Rolf schaute sie fassungslos an.
Tina lächelte.
»Hier, ich hab Rosen mitgebracht«, sagte sie. »Du steckst sicher so in der Arbeit, daß du nichts vorbereiten konntest.«
»Vorbereiten wofür?« fragte Rolf, immer noch reglos auf seinem Schreibtischstuhl sitzend.
»Für deinen Antrag.«
Endlich sprang Rolf auf und stürzte in Tinas Arme.
Tom und Carla schauten sich gerührt an und nahmen sich bei den Händen.
Als Rolf aus Tinas Armen zurückkehrte, hatte er ein leichtes Glitzern in den Augenwinkeln: »Ihr habt mich da reintappen lassen. Ihr habt natürlich alle Bescheid gewußt und habt euch auf mein dummes Gesicht gefreut!«
»Nicht umsonst«, nickte Tom.
Wieder versank Rolf in Tinas Armen.
»Sollen wir gehen?« fragte Tom.
»Ein Gentleman«, sagte Carla, »fragt nicht, sondern verschwindet lautlos.«
Als sie später zu viert bei einer Flasche Wein saßen, erzählte Tina: »Wenn erst mal die Idee da ist, dann macht

sie sich irgendwann selbständig. So ähnlich muß es sein, wenn du ein Haus besichtigt hast und anfängst, über die Wände nachzudenken, die du versetzen lassen willst. Irgendwann kommt der Punkt, da mußt du das Haus kaufen, weil du eigentlich schon drin wohnst. Über den Wechsel nach Leipzig habe ich so lange nachgedacht, bis ich mit dem Kopf schon hier war und nur noch die Koffer packen mußte.«

»Du kannst auch bei mir arbeiten«, bot Rolf begeistert an.

»Danke! Ich habe schon was.«

»Was denn?«

»Eine neue Anwaltskanzlei braucht mich dringend als Büroleiterin. Am fünfzehnten fange ich an.«

Rolf schüttelte ein ums andere Mal den Kopf: »Und ihr habt mich alle ins Messer laufen lassen. Das zahle ich euch heim.«

Tom blinkerte Tina zu: »Hast du schon eine Wohnung gefunden?«

Sie blinkerte zurück: »Erst mal gehe ich ins Hotel.«

Rolf merkte es gerade noch, kurz bevor er auffahren wollte.

»Ist es nicht beglückend«, fragte Tom mit salbungsvoller Stimme, »das Glück zweier junger Menschen mitzuerleben?«

60

Ob Rupert und Astrid als letzte Gäste eintrafen, konnten die Gastgeber nicht so recht überblicken, denn das Hochzeitsfest war ein wenig ihrer Kontrolle entglitten. Die beiden Neuankömmlinge gratulierten stürmisch und entschuldigten sich vielmals für ihr Spätkommen; ein Rechtsanwalt unter den Verhältnissen der neuen Länder sei eben vierundzwanzig Stunden im Dienst, und auch in der verbleibenden Zeit könne er nicht einfach abschalten.

»Wenn ihr mal euer Geschenk sehen wollt«, sagte Rupert und zog das Hochzeiterpaar zum Fenster.

Da stand er vor der Tür: der Trabi! Eine mausgraue Pappe. Held ungezählter Witze, darin von arabischen Sultanen verwechselt mit Spielzeugen für ihre Kinder, aber auf irgendeine wundersame Weise immer Sieger gegen die Daimlers und Porsches auf der Transitautobahn.

»Das ist eine Gemeinheit«, schimpfte Rolf, »mir die Karre vor die Tür zu stellen!«

»Wir wollten ihn noch herausputzen«, erklärte Rupert unbeeindruckt, »mit einer großen schwarzrotgoldenen Schleife ganz rum, aber die hatten sie nur in kleiner.«

»Dieser Autoersatz«, schimpfte Rolf weiter, »war ein Stück unserer Identität als DDR-Bürger. Ein Trabi ist kein Scherzartikel.«

»Wir haben den Motor noch mal durchsehen lassen«, erklärte Rupert, »so daß er gut und gern noch mal zehntausend Kilometer mitmacht. Steuer und Versicherung für ein Jahr sind bezahlt.«

»Ich glaube, du verstehst mich nicht: Ich lehne das ab!«

»Kannst du gar nicht: geschenkt ist geschenkt.«

Der Besitzer des Trabis schloß die Tür auf, stieg ein und fuhr los.

»Mist«, bedauerte Rupert, »daß der gerade jetzt kommen mußte.«

Tina platzte vor Lachen, während Rolf so wirkte, als bliebe er verstimmt. Rupert packte indessen sein wirkliches Hochzeitsgeschenk aus, einen Umschlag, der mit einer schwarzrotgoldenen Kordel umwickelt war, wie sie Tom von den Presseausweisen bei Staatsempfängen kannte.

»Wir schenken euch hiermit für fünf Jahre«, verkündete Rupert mit feierlichem Tremolo, »kostenlose juristische Vertretung in allen Dingen des Lebens. Zum Beispiel Scheidung einschließlich der Unterhaltsregelung, die bekanntlich meistens der schwierigste Teil ist.«

»Danke, keine weiteren Beispiele!« wehrte Rolf ab.

»Schadenersatzklagen von Kunden«, sagte Tina, »wären an sich das Wichtigste. Ist das mit drin?«

»Alles«, schwor Rupert. »Und ich will euch auch sagen, was mich zu diesem ungewöhnlichen und risikoreichen Geschenk bewog, das mich leicht ruinieren kann: Es war vor drei Jahren Tina, die den Mut hatte, mit mir und meiner Kanzlei ins kalte Wasser zu springen. Wir wären auch beinahe ersoffen. Aber nun schwimmen wir alle.«

»Was hast du dir vorgestellt«, fragte Tom, wieder mal mit journalistischer Neugier, »als du zurückkamst und anfingst?«

»Jedenfalls nicht soviel Arbeit«, gestand Rupert. »Ich konnte mir nicht vorstellen, daß die Leute in diesem Maße versuchen würden, sich gegenseitig zu bescheißen. Wessis gegen Ossis, Ossis gegen Wessis, Wessis gegen Wessis, Ossis gegen Ossis. Ich glaube, daß die Ossis inzwischen mithalten. Ich bin ja von Berufs wegen skeptisch und glaube von vornherein erst mal nur an die Prozeßfähigkeit der Menschen. Aber was ich hier erlebe, sichert langfristig meine Existenz.«

Tom fragte Tina, ob sie ihren Wechsel von Berlin hierher irgendwann bereut habe.

»O ja. Jeden Abend. Wenn mein Chef tobte, weil die alten roten Socken bei Gericht mauerten. Wenn das Katasteramt auch beim siebzehnten Anruf beteuerte, sie seien der Akte so dicht auf der Spur, daß sie schon ihren Atem spürten. Wenn die Treuhand mit treuem Augenaufschlag versicherte, sie habe den Bewerber aus dem Westen in keinster Weise bevorzugt. Und wenn abends zu Hause mein Rolf erklärte, er werde seinen Fensterladen endgültig hinschmeißen, wenn er nicht endlich ein paar

Leute fände, die für gutes Geld bereit wären, bei ihm zu arbeiten. O ja, ich bin mit der naiven Vorstellung angereist, daß hier nun alle voller Begeisterung in die Hände spucken und das Bruttosozialprodukt steigern würden. Ich habe ekelhaft viel lernen müssen.«

»Weißt du, was mich am meisten wundert?« fragte Rolf. »Daß es uns dreiundneunzig so vorkommt, als sei neunundachtzig schon mindestens fünfzig Jahre her. Wir waren ja vorhin zwischendurch dieses halbe Stündchen auf dem Karl-Marx-Platz – komisch, Augustusplatz geht mir immer noch nicht freiwillig über die Lippen – und haben uns die Demo zum vierten Jahrestag angeschaut. Auch wieder so 'ne Sache: Angeschaut haben wir, nicht demonstriert. Ein paar tausend Unverdrossene. Ein paar davon mit Fahne, und welche Fahne? Dreimal dürft ihr raten. Die PDS! Aber manche haben diesen Witz gar nicht verstanden. Vielleicht waren es viertausend Leute alles in allem. Dabei hätte heute jeder Zeit gehabt, sogar der VfB spielt auswärts, geregnet hat's auch nicht. Und wäre nur die Hälfte der Unzufriedenen in der Stadt gekommen, wäre der Platz schwarz von Menschen gewesen. Ich fand's richtig rührend, wie sie den Herbst neunundachtzig wieder herbeireden wollten. Aber es hilft nichts: Die Revolution ist von ihren Kindern entlassen worden.«

Tom hätte gern noch eine Frage in den Raum gestellt, für ihn die Frage der Fragen: Warum hat es eigentlich damals funktioniert? Warum hat es keiner aufgehalten? Aber erstens gab es darauf bekanntlich keine Antwort oder nur sehr viele Antworten, vor allem von denen, die der Geschichte einreden wollten: Ich war's! Und zweitens hatte sich die Hochzeitsgesellschaft schon wieder den eigentlichen Fragen des Lebens zugewandt.

»Ich habe da schon einen Fall für dich«, sagte zum Beispiel Rolf und beugte sich zu Rupert, »wo einer nicht bezahlt, weil es angeblich durch das neue Fenster zieht.«

»Und? Zieht es?«

»Natürlich zieht es. Aber du mußt ihm das jetzt widerlegen. Kostenlos.«
Rupert schmunzelte: »Du mußt dein Geschenk erst mal richtig durchlesen. Es geht nur um aussichtsreiche Fälle.«

61

Carla schien skeptisch zu sein und nicht recht zu wissen, was sie von der Unternehmung halten sollte, zu der Tom sie mitnehmen wollte. Die meisten Freunde und Bekannten, denen sie davon erzählten, nickten zwar anerkennend und bekannten, sofort mitmachen zu wollen, fügten aber merkwürdig rasch hinzu, ihr vollgepackter Terminkalender lasse ihnen keine Luft. Nur wenige fragten ohne gespieltes Verständnis: »Was bringt denn das, die Mauer entlangzulaufen? Jetzt, wo sie endlich abgerissen wird!«
Die Idee war nicht neu und Tom natürlich nicht ihr Erfinder. Filmemacher, Fernsehreporter, Buchautoren, Fotografen hatten es vorgemacht, und vor fast drei Jahren hatte Tom selbst schon einmal begonnen, an freien Tagen West-Berlin zu Fuß zu umrunden, vom Brandenburger Tor aus im Uhrzeigersinn an der Mauer entlang. Er war ziemlich weit gekommen, ganz untenherum und rauf bis in den Norden von Spandau, zu dem Havelstrand mit dem merkwürdigen Namen Bürgerablage. Die Revolution hatte sozusagen seine Berlin-Umrundung gestoppt. Jetzt schien es ihm einen Sinn zu ergeben, von vorn zu beginnen und den Eindruck dieses Bauwerks, das zu den bekanntesten und verdammtesten der Erde gehörte, noch einmal im Stadium des Vergehens in sich aufzunehmen. Mit Start am geschichtsträchtigen dreizehnten August.

»Wenn du nichts anderes zu tun hast«, hatte Rolf achselzuckend gesagt.
Zum Glück hatte Tom genug zu tun. Auch für ihn schlug sich die Nach-Wende-Zeit in höheren Honorarabrechnungen nieder. Dennoch wollte er sich die Zeit für die Mauer-Wanderung nehmen. Sogar ohne den üblichen Verwertungsdruck, den ein Journalist bei allem spürte, was über Brötchenholen hinausging. Kein Film, keine Serie, kein Buch, kein Fotoband: zweckfreies Erleben, einfach für den eigenen Kopf. Der Gedanke, etwas Unwiderrufliches zum letztenmal zu sehen. Vielleicht sogar, neu für Tom, die Überlegung, eines Tages den Kindern authentisch beschreiben zu können, wenn sie das Thema in der Schule dranhatten.
Die Frage war diesmal, anders als zu DDR-Zeiten, ob man die Mauer – beziehungsweise ihren ehemaligen Verlauf – innen abschreiten sollte wie damals oder außen, was ja jetzt möglich war. Oder ob man wechseln sollte, beliebig oder in bestimmten Abständen. In diesem Punkt mußte man sich vor der ersten Etappe festlegen, wenn das Unternehmen eine gewisse Konsequenz haben sollte. Tom hatte sich entschieden, wie beim vorigen Mal die Perspektive des Eingemauerten einzunehmen, also des Westberliners, der jedoch paradoxerweise nicht der Eingeschlossene gewesen war.
»Ob ich da ganz mit rumlatsche«, bemerkte Carla zweifelnd und ein wenig maulig.
»Zwingt dich ja keiner«, erwiderte Tom etwas gereizt, denn es ging um ein Lieblingsprojekt. »Aber denk dran, daß du zu einer Handvoll Menschen gehören wirst, die das jemals gemacht hat.«
Das Brandenburger Tor hatten sie hinter sich, das Lenné-Dreieck umschritten. Wie schnell wurde doch Aktuelles altbacken und scheinbar Wichtiges zur Fußnote! Tagelang,

wann war das eigentlich gewesen, hatte den Fernsehnachrichten der Kampf ums Lenné-Dreieck die Aufmacher geliefert. Warum eigentlich? Tom brachte es gerade noch zusammen. Nebenan der Potsdamer Platz, wohin nun wieder der Nabel der Welt verlegt werden sollte.
»Ich würde aber hier gern mal rüber nach Mitte, in den Osten«, sagte Carla.
»Aber wir haben doch gesagt, wir bleiben in West.«
»Hast du gesagt. Aber wenn wir durch Mitte gehen, können wir ein Stück abschneiden.«
Tom seufzte tief und blieb stur in West.
»Weißt du noch«, fragte Carla, »was du am dreizehnten August einundsechzig gemacht hast? Ich habe in die Windeln gemacht, aber du?«
»Natürlich weiß ich das noch. Wie heute. Semesterferien, ich machte in Paris Urlaub fast ohne Geld. Ich aß zu Mittag in der Rue de la Huchette, das ist heute eine Edeladresse, aber damals kriegte man beim Algerier ein Couscous mit einem Quart rouge für fünf Francs. Als ich aus dem Lokal trat, rief ein Zeitungsverkäufer aufgeregt etwas von ›Berlin‹ und von ›séparé‹ und von ›mur‹. Ich gab dem Jungen mein Zigarettengeld für seine Zeitung und wollte den Text nicht wahrhaben. Ich las viermal, fünfmal und hoffte immer noch, mein Schulfranzösisch spiele mir einen Streich. Aber es half nichts. Mauer in Berlin! Und ich stand in der Rue de la Huchette mit einem Brett vorm Kopf.«
»Komisch, alle Oldis können dir noch genau erklären, wo sie es am dreizehnten August erfahren haben.«
»Es gibt ein paar solche Daten. Zum Beispiel weiß noch jeder, wo er vom Kennedy-Mord erfuhr. Ich könnte dir das Lokal in Schwabing zeigen, in dem es plötzlich mucksmäuschenstill wurde und dann ein Palaver anhob: Krieg! Das bedeutet Krieg!«

Die Mauerspechte hinterm Haus der Ministerien. Mauerspechte: Ob sich so ein Wort länger halten würde als die Mauer, die sie mit Hammer und Meißel atomisierten? Wendehals: Ob der Begriff Eingang finden würde in den allgemeinen Sprachgebrauch, wo man schon lange einen griffigeren, böseren Begriff suchte anstelle des farblosen Anpassers? Was gab es nicht alles festzuhalten aus dieser umstürzlerischen Zeit? In ein paar Jahren würden viele bedauern, daß alles so verteufelt schnell ging.

Einige hundert Meter Mauer stehenlassen, als Mahnmal für die Ewigkeit: Das konnte man verlangen, wenn man sie nicht vor der eigenen Haustür und täglich vor der Nase hatte. Eine symbolische Linie, vielleicht ein Metallband, in den Boden einlassen, dort wo die Mauer verlief: eine interessante Idee, wenn man nicht täglicn das Metallband auf dem Weg zur U-Bahn unter den Füßen hatte, obwohl man doch nie wieder daran erinnert sein wollte. Der Künstler hatte es gut, er konnte unter Hinterlassung seines Metallbands zurückkehren nach Zehlendorf oder nach New York.

Die Zimmerstraße. Welcher Zimmer? Tom kannte keinen, nach dem man hätte eine Straße benennen können.

Am Checkpoint Charlie sagte Carla: »Vielleicht nicht bei Kennedy, aber bei der Mauer hätte es auch Krieg geben können.«

»Glaube ich nicht. Ich glaube, das war ein einvernehmliches Spiel.«

Aber schön waren die Archivbilder immer wieder: wie die US-Panzer in Drohgebärde auf den weißen Strich zurasselten, kreischend und mit der Akkuratesse eines Weitspringers den weißen Balken trafen, das Kanonenrohr wütend hoben. Und drüben natürlich die anderen. Sie hätten sich noch, wie manche Vögel in der Balz, um-

drehen und gegenseitig mit irgendeiner übelriechenden Flüssigkeit bespritzen müssen.
»Peter Fechter«, erklärte Tom vor dem Holzkreuz mit den Daten und dem Kranz, »nie gehört? Den haben eure Grenzer abgeknallt und liegenlassen, bis er verblutet war.«
»Pech für ihn«, sagte Carla.
»Findest du das eine geschmackvolle Bemerkung?«
»Meine Grenzer waren das nicht«, giftete Carla. »Ich war, wenn du mal nachrechnest, gerade ein Jahr alt. Und außerdem sind auch Grenzer erschossen worden. Von euch.«
Tom ließ das Thema fallen.
Übergang Heinrich-Heine-Straße, vertrauter Warteplatz für häufige Grenzgänger. Beinahe per du gefühlt hatte man sich mit den Grenzern und Zöllnern, obwohl man vermieden hatte, sie nach ihrem Familienstand zu fragen oder den Vornamen der Kinder. Tom mußte an ihre enttäuschten Gesichter denken, als sie ihn hier erfolglos nach den staatsgefährdenden Schriftstücken gefilzt hatten, die ihm in Leipzig untergeschoben worden waren. Von wem eigentlich? Tausend Jahre schien das her!
»Habt ihr inzwischen einen Verdacht«, fragte Tom, »wer eure Gruppe unterlaufen hatte?«
»Ist das noch interessant?« fragte Carla.
Tom schritt weiter wacker aus: »Bis zur Oberbaumbrücke könnten wir es heute schaffen.«
Aber Carla blieb stehen: »Eigentlich ist das völlig bekloppt, was wir hier machen.«
»Wieso?«
»Als euer Carstens durch die BRD gewandert ist, konnte man vielleicht noch darüber lachen. Aber du hast einen formidablen Tick. Du spurtest diese Mauer entlang wie auf der Suche nach deinem verpaßten Leben. Das ist doch nicht normal!«
Tom schaute sie verwundert an.

»Und wozu soll man ein Stück dieser elenden Mauer stehenlassen«, fragte Carla. »Weg mit dem Ding! Weg damit! Wir wollten es nie haben. Ein paar Fotos für die Historiker, das reicht. Baut von mir aus ein Stück auf dem Ku'damm auf, wenn es euch so gefällt. Wir brauchen das nicht!«

»Aber«, sagte Tom, »aber das Ding hat schließlich euer Leben bestimmt. Und unseres zum Teil auch.«

»Eben! Deswegen soll es weg! Ohne Rückstände. Ich bin jetzt mit dir bis hierher gelaufen, aber das genügt. Du kannst von mir aus weiterhasten, zwanzigmal im Uhrzeigersinn und zwanzigmal zurück. Aber ohne mich!«

Carla wollte zurück ans Brandenburger Tor, sie nahmen ein Taxi. Sie lief am Pariser Platz über die nicht mehr gesperrte Grenze nach Westen und wieder zurück. Wieder hin und wieder zurück. Und noch mal. Beim viertenmal blieb Tom auf der Ostseite stehen und wartete. Beim fünftenmal begann er mitzuzählen. Beim siebenundzwanzigstenmal hielt er Carla an.

»Jetzt reicht's aber«, sagte er, »jetzt wird's krankhaft.«

»Noch einmal.«

Als sie zurückkam, fiel sie ihm in die Arme: »So, das waren achtundzwanzigmal, einmal für jedes Jahr, jetzt ist Schluß! Und du läßt mich bitte in Frieden mit diesen ollen Kamellen!«

62

»Diesen Typ da hinten«, versuchte sich Tom zu erinnern, »den kenne ich irgendwie.«

»Mir kommen sie beide bekannt vor«, erwiderte Rolf. Sie saßen in einer Gaststätte, die die überkommene Bezeichnung »gastronomische Einrichtung« in vollem Umfang rechtfertigte. Sie waren, wenn auch nach kurzem Warten, plaziert worden. Sie hatten sich die beiden Gerichte aus dem Kopf schlagen müssen, die sie nach dem Studium der Speisekarte eigentlich am meisten gereizt hatten: nicht mehr vorrätig. Das Bier kam aus dem Westen und war ein paar Grade zu warm. Tom hatte sich damit abgefunden, daß wieder mal eine seiner Prognosen falsch gewesen war: die Prognose nämlich, daß sich die Einführung der Marktwirtschaft als erstes in der Eröffnung lauter schnuckliger Kneipen und Lokale niederschlagen werde. Die Leute hatten viel Geld in der Tasche und wollten es ausgeben! Woran also lag es, daß immer noch meistens die Faustregel galt: So schlecht wie eh und je, nur dreimal so teuer wie vorher?

»Jetzt weiß ich, wer die beiden sind!« fuhr Rolf hoch.

»Wer?«

»Der rechte war unser ständiger Schatten. Erinnerst du dich? Radfahrt im Rosental. Kirchentag in Berlin. Konzert in der Michaeliskirche. Und wo noch überall. Der Schnüffler. Und weißt du, welche Unverschämtheit der letzte Woche besaß?«

Tom wußte es natürlich nicht.

»Ich erzähle es dir. Er klingelte bei uns und stellte sich erstmals mit Namen vor. Er sei jetzt Agent einer Versicherungsgesellschaft.«

»Was denn, was denn: der Stasi?«

»Du sagst es: der Stasi! Er versuchte mir zu erklären, was mir schon aufgefallen war: daß jetzt alles anders sei. Vor allem unsicherer. In der DDR habe man immerhin, bei allen einzuräumenden Nachteilen, abends auf die Straße gehen und nachts ruhig schlafen können. Nicht zuletzt, betonte er, aufgrund seiner und seiner Kollegen Arbeit. Aber jetzt müsse man sich buchstäblich gegen

alles absichern. Dabei müsse man allerdings auf der Hut sein vor Geschäftemachern aus dem Westen. Er erzählte mir die Geschichte von einem Gauner aus München, der einem ehrlichen Arbeiter in Schönefeld so viele Policen aufschwatzen wollte, daß die Prämien sein Einkommen überstiegen hätten. Na ja, das sind so Dönekens für die Bild-Zeitung, ganz so blöd sind unsere Werktätigen nicht. Nachdem ich bis dahin aus Interesse zugehört hatte, bot ich dem Stasi an, ihn zu verprügeln.«
»Ist er darauf eingegangen?«
»Er wollte nicht.«
»Darauf hätte ich keine Rücksicht genommen.«
»Jedenfalls schmiß ich ihn raus«, berichtete Rolf, »aber denk nicht, die Geschichte sei damit beendet. Eine Woche später kam der andere. Der rechte da drüben. Stellte sich als Versicherungsagent aus Nürnberg vor. Es sei zur Zeit leider ganz furchtbar in den neuen Bundesländern: Lauter windige Typen versuchten, die unerfahrenen Leute über den Tisch zu ziehen. Ihm sei – und jetzt kommt's! – sogar ein Fall bekannt, in dem ein Stasi-Spitzel seine alte Adressenkartei mißbrauche, um seine ehemaligen Opfer als Kunden zu werben.«
»Ich blicke durch. Und dieser Mann aus Nürnberg schien dir gleich vertrauenswürdig«, vermutete Tom.
»Kein Wessi scheint mir vertrauenswürdig. Was glaubst du, wie mich die Lieferanten meiner Fenster am Anfang naßgemacht haben! Pitschnaß. Pudelnaß.«
»Und du glaubst also«, fragte Tom, »diese beiden Typen da drüben ...«
»Ich glaube nicht«, antwortete Rolf, »seit ein paar Minuten weiß ich jetzt.«
Rolf stand auf und trat an den Tisch der zwei Versicherungsagenten. Sie hatten ihr Essen serviert bekommen,

Ente mit Rotkohl und Klößen, ein Standardgericht aus alten Zeiten.
»Guten Appetit!« wünschte Rolf und kippte seinem ehemaligen Schatten das Essen ins Gesicht.
Der sprang auf, aber ehe er den Mund aufmachen konnte, erkannte er Rolf und blieb ratlos stumm.
Die Gäste schauten gebannt bis belustigt, der Wirt kam eilig herbei, um zu schlichten.
»Es ging nicht gegen Ihre Ente«, versicherte Rolf. »Es war nur höchste Zeit, sonst hätte ich kotzen müssen.«
Er hob die Lautstärke: »An diesem Tisch läßt sich nämlich etwas Hochinteressantes beobachten. Eine Kumpanei zwischen gleichen Brüdern, die am gleichen Strang ziehen. Ideologiefrei. Profitorientiert. Dieser eine da, müssen Sie wissen, war Stasi-Spitzel. Der andere ist sein Geschäftspartner von drüben. Sie verkaufen Versicherungen. Dabei ziehen sie gemeinsam mit einem Trick die doofen Ossis über den Tisch. Sie scheinen gut zusammenzupassen. Wie Schalck-Golodkowski und seine Freunde, bloß zwei Etagen niedriger.«
Unerwartet klatschten einige Gäste Beifall.
Rolf nahm das zweite Tellergericht und kippte es dem Wessi über die Krawatte. Ich hätte was anderes gemacht, dachte Tom, nicht wieder das gleiche.
»Wegen der Reinigung können Sie sich an meine Versicherung wenden«, sagte Rolf.
Die beiden Agenten rafften ihre Unterlagen in ihre Aktenkoffer und verließen hastig das Lokal.
Rolf legte fünfzig Mark auf den Tisch: »Es geht bestimmt nicht gegen Ihre Ente.«
Später, draußen an der frischen Luft, räkelte er sich in der Sonne: »Mann, das tat mal gut!«
»Aber was hat es gebracht?«

»Innere Hygiene«, antwortete Rolf. »Ich hätte ihnen sogar noch ein paar in die Fresse hauen sollen. Wahrscheinlich wäre ich sogar vor Gericht freigesprochen worden.«
»Das glaube ich nun wieder nicht«, schätzte es Tom ein, »ihr dürft unser Rechtssystem nicht gleich überfordern.«

63

»Ich hätte mich heute zum Dienst einteilen lassen sollen«, knurrte Juri. »Diesen sogenannten Tag der Einheit kannst du nur mit viel Arbeit überstehen.«
»Weil du ein solches Seelchen bist«, erwiderte Tom, »gehe ich sogar mit dir im Rosental spazieren. Damit du mir nicht depressiv wirst. Ich wüßte heute wirklich was Besseres zu tun.«
In der Tat hatte Juri mit derartigen Anzeichen des Abscheus diesem dritten Oktober entgegengesehen, daß Tom befürchtete, der Freund werde sich betrinken und mit öffentlichen Unflätigkeiten seine Festnahme zu provozieren versuchen. Deswegen begleitete er ihn auf diesem Herbstspaziergang durch den Stadtwald, wo im Zweifel niemand von irgendwelchen Ausbrüchen Notiz nahm.
»Ich sage dir, sie lassen uns über die Klinge springen«, schimpfte Juri.
»Im Gegenteil«, widersprach Tom, »ihr führt diese Übung freiwillig und begeistert vor.«
»Ach, wir wissen doch überhaupt nicht, was uns geschieht.«
»Ihr wollt doch nur, daß euch möglichst viel versprochen wird. Wart mal die Wahlen ab!«

Sie ergingen sich also in konträren, jedenfalls pauschalen Behauptungen, eine so polemisch wie die andere, aber die Stimmung, Juris Stimmung, war nicht so, daß man hätte nüchtern argumentieren können.
Juri holte aus und stieß mit dem Fuß gegen einen Stein, der auf dem Weg lag, für seine Verhältnisse eine außerordentlich heftige Gemütsregung. Tom hatte seit der Revolution beobachtet, wie Juri, der früher die Freunde immer wieder zu versteckten oder auch offenen Kundgebungen des Unwillens getrieben hatte, immer stiller und lethargischer geworden war. Montags war er noch lange Zeit pflichtgemäß zum Friedensgebet in die Nikolaikirche und anschließend zur Kundgebung auf den Karl-Marx-Platz gegangen, aber immer öfter hatte er sich und die anderen gefragt, was damit eigentlich noch zu erreichen sei. Denn längst seien im Osten doch die Claims abgesteckt, die Einflüsse zementiert, die Posten verteilt. Und mit dem Argument, man brauche demokratie-erfahrene und marktwirtschaft-gestählte Kräfte, würden auf allen Ebenen die demokratie-unerfahrenen und planwirtschaft-geschädigten Ossis an den Rand gedrängt.
Tom und Juri stiegen den Berg hinauf, der auf Stadtplänen einfallslos »Rosentalhügel« hieß, im Volksmund der »Scherbelberg« oder »Monte Scherbelino« war, weil er aus dem Müll früherer Jahrzehnte aufgeschichtet war. In Toms Kindertagen hatte sich hier winters die Jugend des gesamten Leipziger Nordwestens zu einem bescheidenen Rodelvergnügen getroffen, während man sommers im benachbarten Teich Kaulquappen fangen konnte.
»Wir hatten geglaubt«, ließ Juri sein Thema nicht los, »wir könnten hier was Eigenes ausprobieren.«
»Ach, ihr Armen! Als historisch gebildeter Mensch erinnerst du dich natürlich an Schwarzenberg. Nicht mal in

diesem winzigen Nest, das die Russen und die Amerikaner aus Versehen nicht besetzt hatten, ist so was gelungen. Und nun ein ganzes Land, größer als Holland. Habt ihr gedacht, die lassen euch ein bißchen rumprobieren und schauen wohlwollend zu?«
»Manchmal überlege ich ernsthaft wegzugehen.«
»Das wäre wenigstens insofern heilsam«, sagte Tom, »als du feststellen würdest, daß es nirgendwo dein kleines kuscheliges Utopia gibt.«
Sie waren oben auf dem Hügel angelangt, wo bis zum Krieg mal ein hölzerner Aussichtsturm gestanden hatte, seit ein paar Jahren einer aus Stahl.
»Du bist so beschissen abgebrüht«, sagte Juri.
Ja, das stimmte.
Manchmal erschrak Tom selbst. Wo waren sie eigentlich geblieben, die Ideen zum Beispiel von Basisdemokratie und Mitbestimmung? Man hatte sich nie davon verabschiedet, sie waren einfach unterwegs verlorengegangen. Unmerklich hatte man sich daran gewöhnt, daß alles blieb, wie es immer gewesen war. Frei nach Bert Brecht: Es geht auch anders, aber so geht es auch.
Rolf. Beim gemeinsamen Frühstück hatte er geradezu barsch den Gedanken zurückgewiesen, den heutigen Feiertag anders zu begehen als mit verschärfter Arbeit. Zwei seit Wochen vertröstete Kunden waren heute endlich dran, bevor sie zur Konkurrenz abschwirrten. Mit seinen Fenstern hatte Rolf begonnen, sich sprichwörtlich dumm und dußlig zu verdienen. Marktlücke entdeckt! Jeden Monat stellte er einen neuen Mann ein. Anfangs, gab er zu, war nicht nur er selbst von Lieferanten betrogen worden, er hatte auch seinerseits einige Kunden behumst. Aber nur aus Unerfahrenheit! Sie entschädigen wollte er allerdings nicht, denn damit hätte er etwas eingestanden. Nur in einem Fall hatte ein Kunde gegen ihn geklagt, und

trotz Ruperts günstiger Prognose hatten sie sich auf einen nicht so billigen Vergleich einigen müssen. So sei eben die neue Zeit, betonte Rolf, jeder müsse auf seine Weise Federn lassen, bis er selbst das Rupfen beherrsche.
Wenn ich mich zwischen meinen zwei Freunden entscheiden müßte, dachte Tom, würde ich wohl versuchen, aus den beiden einen zu backen.
»Und eine eigene Praxis?« fragte Tom.
Juri lachte, aber nicht lustig: »In der Klinik bricht sowieso bald alles zusammen, wenn noch mehr eine Praxis eröffnen.«
»Aber ist es ausgerechnet dein Job, den Zusammenbruch aufzuhalten?«
»In der ollen DDR«, sinnierte Juri, »waren wir wenigstens noch solidarisch. Deswegen haben wir überlebt. Jetzt sucht jeder seinen kleinen Vorteil. Deswegen werden wir nicht überleben.«
»Juri! Mir kommen die Tränen! Was sollen denn diese larmoyanten Sprüche? Früher mußte man auch seinen Vorteil suchen. Sogar mal eine Wohnung besetzen. Jetzt sucht man ihn eben auf andere Weise.«
Nicht daß Tom von seinen eigenen Argumenten begeistert gewesen wäre. Er sah ja selbst, wie hier im Chaos aus Ende und Anfang Ganoven jeglicher Couleur ihre Raubzüge unternahmen. Wie sie billigst an sich brachten, was anderen mal teuer gewesen war. Wie sie rasch Rechte und Genehmigungen erschlichen, die in einem Jahr, bei richtigem Hinsehen und ordentlichen Verhältnissen, niemand mehr gewähren würde oder erteilen dürfte. Wie sie mit hehren Worten auf den Lippen Betriebe totsanierten, damit sie ihnen bloß keine Konkurrenz mehr machen konnten.
Manchmal, dachte Tom, müßte man ohne Pause brechen.
»Wenn du was werden willst«, sagte er trotzdem zu seinem niedergeschlagenen Freund, »dann geh hin und

mach das Maul auf! Wenn du aber bleiben willst, was du bist, dann erkläre dich damit für zufrieden!«

»Ich weiß, so einfach ist das.«

»Im Prinzip ja.«

Irgendwie, dachte Tom, muß Juri von seinen Eltern erblich vorbelastet sein. Was immer man denen mit Recht hatte vorwerfen können: Sie zeigten Konsequenz. Als Kommunisten der ersten Stunde nach fünfundvierzig, sagten sie, wollten sie nicht mehr abtrünnig werden. Sprachen, wie Juri berichtete, mit tiefem Abscheu von den Krenzens und Schabowskis, die sich mit voller Brust an den einstigen Klassenfeind rangeschmissen hätten. Die um den Nachweis wetteiferten, daß sie das Hauptverdienst am Ende des Staates hätten, dessen Privilegien sie doch bis zum Schluß in vollen Zügen ausgekostet hätten. Und dabei hatte einer vielleicht bloß im richtigen Augenblick einen Zettel nicht richtig gelesen. Sie selbst, sagten Juris Eltern, hätten nichts mehr zu gewinnen, weshalb sie auch keine Veranlassung sähen, ihrer Überzeugung zu kündigen. Und wer wisse denn übrigens, ob diese Überzeugung mitsamt der dazugehörigen Partei tatsächlich schon für alle Zeiten auf dem sprichwörtlichen Müllabladeplatz der Zeit gelandet sei!

»Deine Eltern«, sagte Tom, »finde ich zum erstenmal ehrenwert. Aber du bist noch zu jung, um dich so bockbeinig anzustellen wie sie.«

»Ich weiß, die neue Kardinaltugend heißt Flexibilität.«

64

»Was glaubt ihr eigentlich, mit eurem Protest erreichen zu können?« fragte Tom in die Runde.

»Die Rücknahme der Entscheidung«, erklärte forsch einer der Jungen im Matrosenanzug.
»Sie können uns nichts aufzwingen«, ergänzte einer.
»Es geht nicht über die Köpfe der Betroffenen«, ein Dritter.
Wieder der erste: »Hier hat sich nämlich was geändert, falls sie es noch nicht mitgekriegt haben.«
Tom verkniff sich alles, was ihm auf der Zunge lag. Die eifrigen jungen Thomaner durfte man nicht beschädigen in ihrem Glauben an das Gute im Menschen und das Gerechte in den neuen Verhältnissen. Sie schienen überzeugt, unter den neuen demokratischen Gegebenheiten könne man gegen ihren strikten Willen nicht ihren Kantor rauswerfen. Dagegen demonstrierten sie mit selbstgemalten Plakaten im Rathaus.
»Aber er hat doch mit der Stasi zusammengearbeitet«, spielte Tom den Advocatus diaboli, »erschreckt euch das nicht?«
Der zweite Thomaner sah Tom mitleidig an: »Mann, das wußte doch jeder!«
In der Tat wußte jeder: Wer hier ein öffentliches Amt bekleiden wollte, durfte die Berührung mit den Tentakeln dieser widerwärtigen Krake nicht scheuen. Die Frage war nur: Tat er es freudig oder widerwillig, beschädigte er willentlich Mitmenschen oder versuchte er sie zu bewahren. Letzten Endes: Auf welcher Seite stand er?
»Macht euch das wirklich überhaupt nichts aus?« bohrte Tom weiter. »Sagt keiner von euch: Der hätte sich weigern müssen?«
»Sagen Sie mal, wo kommen Sie eigentlich her?«
»Ist ja gut!«
Man hätte beizeiten erfahren sollen von dieser Aktion. Toms Kamerateam drehte nämlich indessen verabredete Einstellungen im Hauptbahnhof, wo die Leere trostlos

machte. Größter Kopfbahnhof Europas! Tom erinnerte sich an die Nachkriegszeit, als erstmals wieder Leipziger Messe war. Damals führten hölzerne Stege über die Trümmer des zerbombten Querbahnsteigs, und es regnete durch das zusammengestürzte Dach. Aber das Leben hatte gequirlt! Und heute?
Tom im Rathaus, Team auf dem Bahnhof, Reporter ohne Kameramann, Seemann ohne Schiff.

Verabredung zum Vorgespräch mit Lange, dem Kabarettisten. Er wohnte im Süden, in einem eindrucksvollen alten Mietshaus mit nur leicht abgeblätterter Fassade. Tom ließ sich, hintenraus zum Garten, den Küchenbalkon zeigen, den Lange in seinem Programm beschrieben hatte. Da hing wirklich das warnende Schild an der Balkontür: Betreten auf eigene Gefahr! Die Absturzgefahr war offensichtlich und glaubhaft.
»Bei der Revolution«, sagte Tom, als sie am Wohnzimmertisch saßen und die schwarze Katze um ihre Beine strich, »da haben Sie eine wichtige Rolle gespielt.«
»Eine kurze Rolle. Der Aufruf hat ein wenig geholfen, das denke ich schon.«
Die bekannte Geschichte: Sie hatten am neunten Oktober gesagt, es dürfe auf keinen Fall Blut fließen, und hatten den Aufruf verfaßt. Damit er gehört wurde, mußte jemand Prominentes dabeisein: Masur. Damit der Text verbreitet wurde, mußten noch einige andere sich trauen mitzuspielen.
»Aber wer hat nun wirklich die Revolution gemacht?« fragte Tom.
»Tausende haben sie gemacht. Sie hatten keinen Kopf, sie hatten nur ein Haus: die Nikolaikirche.«
»Sind Sie heute enttäuscht?«
»Ich bin Optimist. Ich war immer Optimist.«
»Warum ist der ganze Umbau so schwierig?«

»Weil er ein erstmaliges Experiment ist. Es gab Tausende von Büchern über den Aufbau des Sozialismus. Aber es gibt nicht eines über seinen Abbau.«

»Denken Sie manchmal«, fragte Tom, »man hätte schon früher etwas tun können?«

»Hinterher: ja.«

Jetzt müßte von ihm die Frage kommen, dachte Tom, warum eigentlich der Westen samt seinen Journalisten nicht früher etwas getan hatte. Warum sie zu Ulbrichts und Honeckers Zeiten so viele kritische Themen übergangen hätten. Nehmen wir bloß, erinnerte sich Tom, die Sprengung der Leipziger Universitätskirche auf Ulbrichts Geheiß, eine Kulturbarbarei ersten Ranges. Bis auf ein paar nüchterne Zeitungsartikel und ein paar mahnende Briefe hatte man im Westen dazu geschwiegen. Lange hätte also jetzt fragen können: Warum habt ihr nichts gesagt in euerm angeblich so freien, angeblich so mutigen West-Fernsehen?

Aus dem neuesten Programm von Lange und seinem Partner Böhnke wollte Tom gern das »Vorstellungsgespräch« drehen, eine besonders böse Satire auf die neue Zeit: Ein Ex-DDR-Bürger bewirbt sich um einen Posten bei einer West-Firma und wird von einem leitenden Mitarbeiter derselben befragt. Kirchlich gebundenes Elternhaus, daher nicht in den Jungen Pionieren und der FDJ, keine Jugendweihe, in keiner der Blockflöten-Parteien, nicht mal im obligatorischen FDGB. Daher trotz bester Fähigkeiten keine Karriere. Der Mann aus dem Westen hört mit wachsender Skepsis zu, schließlich gibt er dem Unbeugsamen zu bedenken: Wenn man sich immer verweigert, nie einen Kompromiß eingeht, gerät man eines Tages in den Verdacht, man sei ein Querulant und gar nicht interessiert am Vorwärtskommen. Daher der Rat des erfahrenen Westbürgers: Machen Sie sich's

nicht so schwer bei der Bewerbung, schreiben Sie SED rein!«
»Ja, das können wir drehen«, sagte Lange. »Die Nummer, die steht.«
»Nun aber noch mal«, beharrte Tom beim Abschied: »Wer hat die Revolution gemacht?« Lange lachte: »Ja, wer hat wirklich die Revolution gemacht? Eine Menge Leute klopfen sich heute an die Brust. Wissen Sie, was mich erstaunt? Früher dachte ich immer, Geschichte würde erst gefälscht, wenn die Beteiligten tot sind.«
»Ach, ewig diese alten Geschichten«, seufzte abends Carla, als Tom erzählte, »können wir nicht mal was Neues erfinden? Können wir nicht mal nach Amerika fahren?«
»Wenn du mir sagst, wovon.«
»Du verdienst doch.«
Tom war nach den Gesprächen heute nicht zum Scherzen zumute. Auch nicht oder schon gar nicht bei diesem Thema. Denn Carla verdiente immer noch nur sporadisch, mit Musikunterricht und gelegentlichen Auftritten, und schien in dem Bewußtsein zu leben, einen gut verdienenden Lebensgefährten zur Seite zu haben. Wie früher: BRD-Bürger hatten's doch! Sie hatten immer Geld gehabt. Richtiges. Woher? Na, sie hatten's eben. Schließlich waren sie aus dem Westen.
»Es war doch nur ein Scherz«, entschuldigte sich Carla.

Am nächsten Morgen mit Kamerateam in die Baumwollspinnerei. Doch, sie dürften natürlich alles drehen, was sie für wichtig hielten, das sei jetzt anders geworden. Den leeren Fabrikhof, die verlassenen Hallen, die stillstehenden Maschinen. Man könne ja nichts dafür. Man habe schließlich bis zur letzten Minute geackert und geschuftet, um die Pläne zu erfüllen. Habe all die Jahrzehnte so manche Devisenmark reingeholt. Habe sich oft und oft grün und blau geärgert, daß die Produkte, die – bitteschön! – Weltmarktniveau hatten, billig-billig verschleudert wurden für diese gottverdammte Valuta. Aber nun könne man eben nicht mehr mithalten. Man habe schon einen Haufen Leute vor die Tür setzen müssen, man fühle sich in der Fabrik regelrecht einsam. Aber billiger als billig gehe nicht.

Tom fragte nach Zahlen, denn eine Reportage ging nicht ohne konkrete Zahlen. Aber da war es wieder wie früher: Man sei nicht auf dem letzten Stand, und ehe man ihm was Falsches sage ... Er müsse auch verstehen, man sei an Auflagen gebunden, vielleicht frage er mal weiter oben. Alles sei ja auch im Fluß, man könne mit Zahlen Investoren verprellen, die bei der Treuhand Interesse angemeldet hätten. Jedenfalls sehe es nicht so schlecht aus, wie es aussehe.

Andreas mit seiner Kamera hatte sich selbständig gemacht, um Motive zu suchen. Wann hätte es das gegeben im verflossenen Zeitalter der Genehmigungen und der Betreuer!

Tom sei ja vor ein paar Jahren schon mal hiergewesen, man erinnere sich, er habe eine persönliche Beziehung zu dieser Fabrik, ob er denn noch mal die alte Wohnung besichtigen wolle, wo seine Großeltern gewohnt hätten oder sonstige Verwandte?

»Ach nein«, sagte Tom.

Warum laufe ich wieder mal der eigenen Vergangenheit nach? fragte er sich. Und warum renne ich dieser DDR hinterher? Gut, ohne sie wäre es ein ganz anderes Leben geworden, aber einmal mußte doch Schluß sein. Carla hatte wahrscheinlich recht.

»Schöne Bilder«, sagte Andreas. »Ich habe mit der ganz langen Tüte eine Frau gedreht, die einsam über den lee-

ren Fabrikhof auf die Kamera zukommt. Super! Dann die stehengebliebene Uhr mit dem blinden Glas. Die angerosteten Eisenbahnschienen. Die kleine Birke in der Dachrinne. Weißt du, woran mich das erinnert? Ich habe mal einen Film über Bodie gemacht, das ist eine Ghost-Town im Osten von Kalifornien. Da war auch so eine Stimmung, bloß noch Abendlicht dazu, aber sonst: original!«
»Ich freu mich schon auf den Schneidetisch«, sagte Tom.

Der Kantor bemühte sich um einen Scherz zur Begrüßung, konnte aber seine gedrückte Stimmung nicht verheimlichen.
»Ich habe Ihre Jungs gesehen«, sagte Tom, »die legen sich mächtig ins Zeug. Was ist nun eigentlich gewesen?«
Es gab erst mal Kaffee und Kuchen.
»Mal ganz banal gefragt: Konnte man sich in Ihrer Funktion dieser Zusammenarbeit entziehen?«
Der Kantor schaute Tom fast mitleidig an: Wo leben Sie eigentlich?
»Sie reden nicht gern drüber?«
»Zur Zeit nicht. Aber lassen Sie mich Ihnen dies sagen: Die Thomaner durch diese Zeit zu bringen, wäre nicht mit vornehmer Zurückhaltung gelungen. Da konnte man sich nicht verweigern. Interessanterweise war mein jahrelanger Widerpart auf der anderen Seite auch daran interessiert, daß der Chor nicht beschädigt wurde. Ich glaube sogar, er mochte unsere Musik.«
Eine Chorprobe in der Thomasschule hatten sie drehen wollen, Schüleralltag, eine Motette in der Thomaskirche. Aber das Thema hatte sich eben gewandelt, das kam vor in dieser besonders schnellebigen Zeit. Die Modelleisenbahn des Kantors im Nebenzimmer wollte auch nicht mehr recht zu den neuen Verhältnissen passen. Sie verabredeten nur ein Interview.

»Zu DDR-Zeiten wollte ich es Ihnen nie sagen«, rückte Tom heraus, »damit es nicht wie Anbiederung aussah. Aber vor vierzig Jahren waren wir mal zusammen in derselben Kirchengemeinde, und ein paarmal habe ich für Sie den Blasebalg der Orgel getreten.«
Hans-Joachim Rotzsch tat, als fielen ihm Schuppen von den Augen: »Deswegen kam mir Ihr Fuß so bekannt vor!«

»Solche Leute haben doch bei uns wie die Maden im Speck gelebt«, urteilte Juri abfällig beim Abendbrot.
»Das hätten sie anderswo erst recht«, erwiderte Tom, »weil sie einfach gut waren. Seid doch froh, daß sie geblieben sind, sonst hättet ihr selber singen müssen!«
»Jedenfalls hatten sie ihre Privilegien und sollten mal überlegen, ihre Nationalpreise zurückzugeben.«
»Warum?« mischte sich Carla ein. »Erstens haben sie das Geld schon längst ausgegeben, und zweitens müßte dann jeder Werktätige seine Prämien aus dem sozialistischen Wettbewerb ebenfalls zurückzahlen. Denn wo liegt der Unterschied?«
»Es gibt hier genug Durcheinander und Gegeneinander«, wandte sich auch Tom gegen Juri. »Diese ganze Stasi-Jägerei ist doch Grund genug, euch so in die Haare zu kriegen, daß ihr nicht mehr zu entwirren seid. Ihr merkt offenbar gar nicht, mit welchem Genuß sich die Wessis im Sessel zurücklehnen und zuschauen. Und nun willst du auch noch den gemeinen Sozialneid kultivieren.«
»Schwamm über alles?« fragte Juri.
»Schwamm über das Unwichtige«, erwiderte Tom.
»Ist es auch unwichtig, daß einer als Informant unterschrieben hat?«

»Wenn du mich schon fragst: Mich interessiert nicht, ob einer unterschrieben hat und mit wem er geredet hat ...«
»Sondern?«
»... sondern ob er immer und ohne Zweifel auf der richtigen Seite stand.«
Carla war dafür, das Thema endlich abzuschließen. Wenigstens für heute abend, denn morgen werde es unweigerlich wieder irgendwo auftauchen, übermorgen auch, in zwanzig Jahren wahrscheinlich immer noch.
»Aber diese Thomaner«, schloß Tom ab, »haben mir richtig gut gefallen. Sie haben mich daran erinnert, wie ich als Junge glaubte: Was nicht sein darf, kann auch nicht sein.«

65

Das Wort »Eskorte« fiel Tom ein: Hatte Jürchn so was wie Bodyguards um sich geschart bei seinem ersten offiziellen Besuch im Haus seiner Familie?
Heimlich war Jürchn in den letzten Monaten natürlich schon mehrere Male dort gewesen. Hatte sich umgesehen im Treppenhaus, im Keller, auf dem Boden und im Garten. Hatte sich jedesmal den ganzen Abend und den halben nächsten Tag geschüttelt vor Entsetzen über den maroden Zustand der Immobilie. Nun, da der Rückgabeantrag lief, wollte er für klare Verhältnisse sorgen und, wie er betonte, die Mieter nicht länger im Ungewissen lassen. Rupert hatte er als Rechtsbeistand mitgenommen. Und Tom? Natürlich, um im geeigneten Augenblick zu drohen, die ganze Sache sei es wegen der Bedeutung pars pro toto wert, mal an die Öffentlichkeit gebracht zu wer-

den. Wozu sonst war auch ein Journalist tauglich? Man brauchte unter seinen Freunden und Verwandten einen Arzt, einen Zahnarzt, mehrere Anwälte, einen Versicherungsagenten und verschiedenes mehr, aber ein Journalist war gemeinhin zu nichts nütze, allenfalls wenn er Eintrittskarten für teure und ausverkaufte Veranstaltungen besorgen konnte. Tom ärgerte sich, daß er mitgegangen war.

»Ob es richtig war, alle vorher anzuschreiben?« zweifelte Jürchn auf dem Weg. »Wahrscheinlich knallen sie uns die Tür vor der Nase zu.«

»Mit mir wäre so ein Überfall nicht zu machen gewesen«, erklärte aber zum wiederholten Male Rupert.

»Kommt mir vor«, brummte Tom, »als solle das Haus ausgeräuchert werden.«

»Wäre vielleicht das beste«, erwiderte Jürchn. »Nichts getan, seitdem wir weg sind. Jaja, ich weiß, es gab keine Farbe zu kaufen. Aber Unkraut zupfen, das hätten sie mal machen können, dafür hätten sie keine Devisen gebraucht.«

Wie mochte die bevorstehende Invasion auf die Bewohner wirken? Drei Mann hoch: Jürchn, der irgendwann mal aus der Stadt weggegangen war, um ein Wessi zu werden. Rupert: ebenso. Tom: ebenso. Dieser Besuch mußte den Mietern vorkommen wie eine feindliche Besetzung, da biß die Maus keinen Faden ab. Auch wenn auf Anraten des lebenserfahrenen Anwalts alle drei so leger gekleidet waren, daß ebenso lebenserfahrene Mieter schon auf den ersten Blick die Absicht merken mußten.

»Ja, kommen Sie rein«, nickte der Mann im Parterre.

Seine Frau hatte in der guten Stube nur für einen Gast eine Kaffeetasse vorgesehen und rüstete rasch nach.

»Also, der Antrag läuft«, erläuterte Jürchn, »und wird ohne Zweifel durchgehen. Dann muß mit dem Haus etwas geschehen.«
»Da sind wir sehr dafür. Wir fühlen uns ja hier auch nicht wohl. Noch nicht mal der Vorgarten ist ein bißchen in Ordnung.«
»Das Ganze kostet natürlich ein paar Mark«, deutete Jürchn zurückhaltend an.
»Natürlich. Da müssen Sie ganz schön investieren.«
»Das kann selbstverständlich nicht allein auf meinen Schultern lasten.«
»Das ist mir klar. Aber da gibt es ja genaue gesetzliche Vorschriften.«
»Da kennen Sie sich ja aus«, lobte Jürchn jovial.
»Na klar! Was glauben Sie denn, wie wir sonst untergebuttert werden!«
In der ersten Etage hatte Jürchn mit seiner Familie bis zur Flucht gewohnt. Rückkehr nach Jahrzehnten. Tom kannte das Gefühl und war gespannt. Es machte jedoch niemand auf. Jürchn schaute Rupert, dessen Büro die Ankündigungen verschickt hatte, vorwurfsvoll an, aber Rupert zuckte mit den Achseln. In der zweiten Etage öffnete eine junge Frau, hinter der mit neugierigen Augen, aber stumm zwei kleine Kinder hervorlugten. Sie hatte keinen Kaffee vorbereitet und wirkte beschäftigt.
»Ihnen ist ja sicher klar«, fing Jürchn auch hier an, »daß es nicht so bleiben kann, wie es ist.«
»Auf keinen Fall«, bestätigte die Frau, »aber um diese Sachen kümmert sich mein Mann. Der hat bloß heute Spätschicht.«
»Ich dachte«, lächelte Jürchn, »im Sozialismus waren Mann und Frau gleichberechtigt.«
Sie lachte, als habe er einen Scherz versucht.
Jürchn gab auf.

In der dritten Etage wurden sie nicht reingelassen.
»Die Wohnung ist meine«, sagte der Mann im Unterhemd, »und das Haus gehört nach meiner Kenntnis der LWB, seitdem es keine KVW mehr gibt. Reden können wir miteinander, sobald ich von irgendwoher was Schriftliches kriege.«
»Aber wenn ich Ihnen versichere, das ist das Haus meiner Familie und wird es wieder sein.«
»So lange können wir nun auch noch warten.«
»Es wäre besser für Sie, sich nicht auf die Hinterbeine zu stellen. Am Ende sitze ich nämlich am längeren Hebel.«
Der Mann schlug die Wohnungstür zu.
»Die werden sich noch wundern!« schäumte Jürchn.
»Stell es dir nicht so einfach vor!« riet Rupert.
»Und was soll ich nun berichten?« fragte Tom.
Jürchn blieb wortkarg auf dem Weg in die Innenstadt, wo er seine Begleiter zu einem Essen einlud, das wahrscheinlich als eine Art Siegesmahl geplant gewesen war.
»Wozu brauchst du eigentlich das Haus?« fragte Tom bei der Vorspeise.
»Brauchen? Das ist ja wohl nicht die Frage. Es gehört mir. Und wenn ich es in die Luft sprenge: ich will es zurückhaben.«
»Ich habe in Köln eine Freundin«, erzählte Rupert, »die hat Anspruch auf ein knappes Dutzend Häuser hier. Aber sie hat verzichtet. Sie verkauft jedes Haus zum symbolischen Preis von einer Mark an die Bewohner.«
»Schön blöd«, spottete Jürchn.
»Sie sagt, sie hat ein Haus in Köln und kann sowieso nicht in zweien oder in zwölfen wohnen.«
»Das kann sie ja machen, wie sie will«, stellte Jürchn gereizt fest, »aber wenn alle verzichten, dann bestätigen sie im nachhinein, daß die Enteignungen in Ordnung waren. Oder?«

»Bestechende Konstruktion«, lobte Tom.
Es war einer der Augenblicke, da er froh war, kein Haus und keine Fabrik und keinen Acker und keine Wiese zurückfordern zu können. Er erinnerte sich gut an die Diskussionen mit Jürchn noch vor drei Jahren, als dieser Stein und Bein schwor, seinen Fuß nie wieder auf mitteldeutschen Boden zu setzen. An seine Beteuerungen, er sei heilfroh, die alte Bruchbude vom Hals zu haben. Diese Schwüre waren nun hinfällig, im selben Moment, da ein »Anspruch« zu vermuten war. Dieses Zauberwort der Vereinigung: Anspruch!
»Diese Leute heute«, sagte Jürchn, »die haben jahrzehntelang für eine lächerliche Miete gewohnt und haben trotzdem alles verkommen lassen. Sollen sie jetzt dafür belohnt werden? Ich will ihnen ja nichts Böses. Ich will bloß, daß sie sich angemessen beteiligen. Das meiste muß sowieso ich aufbringen.«
Tom hob sein Bierglas: »Der Typ in dem Unterhemd, der wird dir noch viel Spaß machen.«

66

»Dreimal dürft ihr raten, wer das U-Boot in unserem Kreis war!«
»Hör auf damit!« rief Juri.
»Wollt ihr es alle nicht wissen?« blitzte Gesine in die Runde.
Warum sie so früh ihre Stasi-Akte hatte einsehen können, wußte sie nicht. Das Gesetz schrieb bestimmte Dringlichkeiten vor, die im Fall von Gesine offenbar gesehen wurden. Vielleicht hing es auch damit zusammen, daß sie besonders früh und besonders energisch die Akteneinsicht

verlangt hatte. Vielleicht war es aber nur Zufall, wie so manches in diesen Tagen der Wirrnis.
»Ich will es nicht wissen!« stellte Juri laut und energisch fest.
Gesine schaute in die Runde: »Sonst jemand?«
Der Konflikt war absehbar gewesen und schien unausweichlich. Gesine hatte sehr energisch darauf bestanden, daß »der Lump«, wenn sie ihn denn enttarnen konnten, an den Pranger gestellt würde. Juris Argument, man fange wieder mal nur einen Kleinen, während die Großen laufengelassen würden, akzeptierte sie nicht: Jeder habe denjenigen zu fangen, dessen er habhaft werden könne. Es sei nun mal nicht ihre Aufgabe, Erich Honecker vor Gericht zu bringen; und es sei nicht ihre Schuld, daß die »Siegerjustiz« versage, die sich eigentlich diese Aufgabe gestellt habe. Genau hier setzte Juris Widerspruch ein: Ehe man sich nur an die kleinen Fische traue, solle man den ganzen Schwarm ziehen lassen, das sei ehrlicher. Rolf schwankte zwischen den Ansichten von Gesine und Juri, gab aber offen zu verstehen, daß es für ihn heute keine Frage von Bedeutung mehr sei. Carla schließlich wollte endlich von alledem nichts mehr hören.
»Was mich immer wieder wundert«, sagte Juri: »Wo hatten sie das Personal her, um so unwichtige Leute wie uns zu beschatten? Wir waren nicht Havemann. Wir waren nicht Heym. Wir waren nicht mal Krawczyk. Unser bißchen Aufmüpfigkeit konnte nicht das ganze Land infizieren, höchstens unsere unmittelbare Umgebung. Solche wie uns gab es viele. Wo hatten sie, verdammt noch mal, die Leute her?«
»Die haben wir alle selber bezahlt«, antwortete Rolf, »du hast einen mit durchgefüttert, ich einen, jeder von uns einen.«
»Ihr lenkt ab!« protestierte Gesine.

»Also, wer war's?« fragte Rolf.
»Udo.«
»Bist du sicher?« fragte Rolf.
»Er muß es gewesen sein. Es gibt keinen anderen, auf den alle Hinweise so zutreffen.«
Nach einer nachdenklichen Pause fragte Tom, wer denn dieser Udo sei und ob er ihn kenne. Ja, er habe ihn sicher bei der einen oder anderen Gelegenheit kennengelernt, bei einer der »subversiven« kleinen Aktionen. Ein abgebrochener Student von ungefähr sechsundzwanzig Jahren, der unübersehbar psychische Probleme gehabt und sich vor der Revolution mit wechselnden Jobs über Wasser gehalten habe. Eine Existenz, die es theoretisch in der DDR nicht gegeben habe. Inzwischen hätten sie ihn aus den Augen verloren.
Carla erinnerte sich: »Wir haben ihn immer für ein armes Schwein gehalten.«
»Er war ein gemeines Schwein«, stellte Gesine nachdrücklich fest.
»Aber jedenfalls ein kleines Schwein«, beharrte Juri, »und deswegen sollten wir ihn laufenlassen.«
»Hat er euch denn geschadet?« fragte Tom.
»Er hat es versucht«, erklärte Gesine, »und auch der Versuch ist strafbar.«
Juri wurde jetzt laut: »Das kann doch nicht wahr sein, daß wir uns in so ein Würstchen verbeißen, während die echten Schweine schon wieder ihre Seilschaften organisiert und ihre Auffangnetze gespannt haben. Ihre alten grenzüberschreitenden Kontakte nutzen. Ihre neuen Firmen aufziehen, mit denen sie ihre alte Spezialität vermarkten: Sicherheitsdienst. Dagegen ist offenbar kein Kraut gewachsen. Aber gegen Udo!«
»Ich sag's noch mal«, widersprach Gesine: »Jeder hat auf seiner Ebene Klarheit zu schaffen. Und wenn die anderen

zu schlapp sind oder selbst zu tief drinstecken, kann das für mich kein Hinderungsgrund sein.«
»Und was willst du tun?« fragte Tom.
»Mir das Früchtchen vorknöpfen.«

67

»Immer bin ich es, der eine Rede halten soll«, wehrte Tom ab, »bloß weil ich der Älteste bin.«
»Eben«, bestätigte Alex, »von uns allen wirst du noch die wenigsten Gelegenheiten dazu haben.«
Diesem Argument konnte Tom nicht widersprechen.
Er stand auf: »Wir wünschen dem jungvermählten Paar, nämlich Birgit, der stattlichsten Braut in diesem Lokal, und Alex, dem bestgewachsenen Bräutigam an diesem Tisch, von Herzen alles Erdenkliche. Prosit!«
Er setzte sich wieder.
Das Dutzend Freunde lachte, nach kurzer Verblüffung protestierte Birgit: »Wir haben ein halbes Lokal gemietet auf unsere Kosten, und das soll eine Rede sein?«
»Das Lokal kostet dich nichts«, widersprach Tom, »weil du hier kellnerst, und die Speisen und Getränke kriegt ihr zum Selbstkostenpreis.«
Birgit und Alex hatten sich im Urlaub zur Heirat entschlossen. Sie waren, zum erstenmal, dorthin zurückgekehrt, wo sie sich noch unter den alten Verhältnissen kennen- und liebengelernt hatten: an den bulgarischen Goldstrand. Kennengelernt, ohne zunächst zu ahnen, daß sie in derselben Stadt, aber nicht auf derselben Seite der Mauer wohnten; liebengelernt, ohne in ihrem Rausch von Glücklichsein vorherzusehen, welche Widerstände sich ihnen in den Weg stellen würden. Widerstände ganz

konkreter Art in Form vier Meter hohen Betons, Widerstände aber auch – und fast noch mehr – in Person ihrer Eltern und der meisten ihrer Freunde, die nicht verstanden, daß man ausgerechnet grenz- und systemüberschreitend sein Herz verschenken mußte, da es doch auf jeder Seite so nette Jungs und Mädels gab.
»Hat es euch denn gefallen in Bulgarien?« fragte Carla.
»Es war toll!« schwärmte Alex. »Wirklich toll. Ich wurde diesmal behandelt wie ein richtiger Mensch. Ich weiß nicht, woran das lag. Ich habe mich doch kaum verändert in den paar Jahren. Aber irgend etwas an mir muß die Bulgaren außerordentlich beeindruckt haben.«
»Du bist reifer geworden«, vermutete Tom.
»Im Gegenteil«, widersprach Birgit.
»Dann bist du sympathischer geworden.«
»Das hat sich gerade so gehalten«, sagte Birgit.
»Wenn ich gehässig wäre«, sinnierte Alex, »würde ich sagen, es lag diesmal an der D-Mark. Aber das kann nicht sein. Die Bulgaren sind doch so ein nettes Volk!«
»Aber mal im Ernst«, sagte Birgit ernst: »Wenn du dich noch erinnerst, wie sie bis neunundachtzig uns Wessis die Schuhe geleckt und die Ossis in den Hintern getreten haben, dann möchtest du heute ohne Pause brechen.«
»Aber unsere Ossis«, ergänzte Alex, »lassen die Bulgaren jetzt ganz schön tanzen für die paar D-Mark. Mit breitem Feixen genießen sie die Rache des kleinen Mannes.«
»Wir waren ja nur wegen der Nostalgie dort«, beschloß Alex das Thema. »Noch mal so eine Nacht am selben Strand, ihr versteht. Aber ich schätze, da gehen wir nie wieder hin.«
Heute abend wurden Birgit und Alex und ihre Gäste, um genau zu sein, vom Lokal freigehalten. Birgit hatte jahrelang, nachdem sie im Streit zu Hause ausgezogen war, hier das Geld für Leben und Studium verdient, und drei

Abende die Woche bediente sie auch heute noch, während sie sonst an ihrer Examensarbeit schrieb. Alex jobbte neben dem Studium als Taxifahrer und beschrieb oft das Gefühl, das er anfangs gehabt hatte, wenn er auf dem Weg vom Wedding oder Tiergarten oder Kreuzberg nach Mitte oder zum Prenzlauerberg über den imaginär gewordenen Riß fuhr, der durch die Erde geführt hatte und heute noch durch die Köpfe ging. Alex hatte sich daran gewöhnt und wurde manchmal erst fünfhundert Meter danach gewahr, daß er wieder »hüben« oder »drüben« war. Mit einer Ausnahme: Er umfuhr sorgfältig die Stelle, an der er damals »mit voller Birne« gegen die Mauer gerannt war, um ohne langes Federlesen von den Organen abgeführt zu werden: Endstation Zuchthaus Rummelsburg.

»Was macht eigentlich euer Spiel?« erinnerte sich Tom.

»Nichts«, antwortete Alex, »so was ist heute out.«

Nachdem Alex freigekauft worden war und das Thema noch fast ohne Unterbrechung in seinem Kopf herumspukte, hatte er die Idee zu einem Würfelspiel gehabt. Arbeitstitel: »Nix wie raus!« Bis zu sechs Mitspieler konnten mit ihrer Figur auf dem Spielbrett jeweils einen anderen Weg aus der DDR suchen. Man konnte auf Nummer Sicher gehen und einen Ausreiseantrag stellen oder sich freikaufen lassen. Man konnte den schnellsten, aber fast aussichtslosen Weg über die Mauer wählen oder im Kofferraum über die Transitautobahn. Man konnte den eher exotischen Versuch machen, durch die Donau zu schwimmen oder mit dem Ballon über die Grenze zu fahren. Vor den Erfolg hatte der Erfinder des Spiels jedoch viele Tücken gebaut, die durch Würfelglück, taktisches Geschick und Wissen zu überwinden waren. Vor dem 89er Herbst hatte Alex eine Reihe von Herstellern für sein Spiel interessieren können.

»Davon will heute keiner mehr was wissen«, resignierte er. »Vielleicht wenn es Zeitgeschichte geworden ist.«
»Was Ähnliches«, sagte Tom: »Ich wollte nach der Mauer noch mal die Strecke ablaufen, wo sie gestanden hatte. Einmal ganz rum. Carla ist nach der Heinrich-Heine-Straße ausgestiegen und wollte mich zum Psychiater schicken. Ich bin bis zur Sonnenallee in Neukölln. Da fand ich mich dann selbst nicht mehr ganz dicht. Wo sie doch endlich weg war, die Mauer! Ich fürchte bloß, wir sind dabei, alles zu schnell zu verdrängen. Wie nach dem Krieg.«
»Aber ein gesunder Organismus«, erwiderte Alex, »stößt alles Kranke schnell ab.«
Der Gedanke brachte Tom darauf, doch noch ein paar Sätze zu reden, zumal er vorhin nicht nur die Zuhörer enttäuscht, sondern sich auch einer Verpflichtung entzogen hatte.
»Nein, wir wollen keine Nostalgie«, sagte er, als alle zuhörten. »Wir sind froh, daß wir diesen Schlamassel hinter uns haben. Wir wollen daran denken wie an einen überstandenen Scharlach. Auch der wird erst hinterher schön. Aber wir können es natürlich nicht abstreifen. Wir können uns nicht dazu verdonnern, es aus dem Gedächtnis zu streichen. Euch wird euer Leben lang der Goldstrand nicht aus dem Kopf gehen, aber auch nicht der Knast in Rummelsburg. Dann müßt ihr euch gegenseitig fest in den Arm oder sonstwohin kneifen und sagen: Es ist vorbei, es ist vorbei, es ist vorbei! Aber auf der anderen Seite: Wir haben's miterlebt! Keine große Zeit, beileibe nicht, abgesehen vom viel zu kurzen Herbst neunundachtzig. Hoffentlich kommt alles nicht noch mal. Aber es war unsere Zeit. Euern Kindern und Enkeln werdet ihr eines Tages davon erzählen, wenn sie abends nicht einschlafen können. Und sie werden staunen und euch viel-

leicht sogar bewundern. Ich wünsche euch viele Enkel. Prosit!«
Sie aßen und tranken reichlich und alle guten Gewissens gegenüber dem Wirt, denn sie wußten, daß Birgit hier wirklich jahrelang geschuftet hatte.
»Tolle Rede!« dankte Birgit.
»An irgendeiner Stelle war sie aber nicht logisch«, gab Tom zu.
»Hat keiner gemerkt«, sagte Birgit. »Wenn du mal heiratest, solltest du die Rede selbst halten. So wie du kann das einfach keiner.«

68

Der Südfriedhof. In etwas detaillierteren Stadtführern wurde, zumal er zu Füßen des unvermeidlichen Völkerschlachtdenkmals lag, sein Besuch angeraten wegen des zur Zeit der Anlage ganz neuartigen parkähnlichen Charakters. In der DDR wurde die Gedenkstätte für die Leipziger Antifaschisten und Kommunisten als weiterer Anziehungspunkt herausgestellt. Tom war alle Jahre immer wieder gekommen, um bei verschiedenen Gräbern nach dem Rechten zu sehen. Beim Nebeneingang an der Leninstraße, so hieß sie ja lange, war ein Blumenladen, der, so weit die Erinnerung reichte, dasselbe karge Sortiment führte, im wesentlichen eigentlich Erika. Nun quollen Schaufenster und Tische förmlich über von Blumen, und die Straße vorm Laden war umbenannt in Prager Straße.
Carla, Juri und Tom suchten auf der weitläufigen Anlage die Sektion, wo Udo heute beerdigt werden sollte. Udo, der Verräter.

Gesine war nicht mitgekommen. Sie war erschrocken, vielleicht betroffen oder sogar entsetzt darüber, wie ihre Enttarnung des Stasi-Spitzels gewirkt hatte. Wie fast alle Ertappten, hatte Udo rundheraus abgestritten, irgend etwas mit einer solchen Sache zu tun gehabt zu haben. Verwechslung, Manipulation, böswillige Unterstellung, Denunziation durch falsche Freunde, Fälschung von Protokollen! Für wie wichtig er sich halte, hatte Gesine gefragt, daß er glaube, die Stasi hätte mitten im Untergang Zeit gefunden, ausgerechnet seine Akte zu manipulieren? Wozu denn? Um die Schuld des ganzen Systems auf seine schmächtigen Schultern zu wälzen? Udo war ins Schwimmen geraten, hatte eine Zeitlang Widerstand geleistet, dann hatte er Gesine rausgeworfen.
Bald darauf hatte er sich aber an Juri gewandt und um ein Gespräch gebeten. Unter vier Augen hatte er alles zugegeben und seine Lage erläutert, die Probleme mit dem Studium, die Probleme mit seiner Psyche, die Juri längst kannte und als Mediziner besser einzuschätzen wußte als die anderen. Auch wenn es keiner verstehe, so Udo, habe er eben ein Stück Wichtigkeit verspürt, das ihm plötzlich zugewachsen sei, nach Mißerfolgen auf allen Feldern. Mies habe er sich schon gefühlt bei alledem, aber den Mut zum Absprung habe er nie gefunden. Und nach der Revolution? hatte Juri gefragt. Hatte sich Udo im Ernst vorstellen können, unerkannt durch die Maschen zu schlüpfen? Das gelang doch höchstens Größeren, Wichtigeren, Raffinierteren, Skrupelloseren. Nein, Udo hatte gewußt, daß es eines Tages passieren mußte, und Angst gehabt.
»Ein Blödsinn, sich wegen so was aus dem Fenster zu stürzen«, erregte sich Carla. »Die richtigen Kundschafter und Kämpfer an der unsichtbaren Front werden immer frecher und verlangen Pension. Bald wollen sie auf Emp-

fängen ihre alten Orden tragen dürfen. Aber dieses harmlose Würstchen macht einfach Schluß.«
»Wo willst du die Grenze ziehen?« fragte Tom mehr sich selbst als die anderen. »Was ist mit den Typen, die uns noch am Tag ihrer Republik, zwei Tage vor dem Ende, zusammengeknüppelt und mit ihrer Fäkalsprache überschüttet haben?«
»Man müßte miteinander reden«, sagte Juri.
»Jaja, ganz frei und offen«, höhnte Carla. »Weißt du, was das bringt? Die zwei, drei Sensiblen bringen sich dann, wie gesehen, ums Leben. Aber die anderen lachen sich tot über die Eifrigen, die da aufarbeiten wollen«, sie betonte die Vokabel mit Genuß, »und gehen ihren alten oder neuen Geschäften nach. Vergiß es!«
An Udos Grab standen wenige Menschen, in der Mitte unverkennbar die Eltern. Sie musterten die unbekannten Ankömmlinge mißtrauisch, als fürchteten sie, die Beerdigung solle von dem jetzt zuständigen Geheimdienst observiert werden. Juri machte sich und die anderen bekannt, aber die frostige Stimmung änderte sich nicht, wurde eher noch kälter, als habe sie nun einen offensichtlichen Grund. Der Gedanke lag auf der Hand, die drei Freunde würden als verantwortlich für den Tod empfunden. Sie fühlten sich unausgesprochen zum Gehen aufgefordert. Ein schlechter Redner sprach zu lange und verstrickte sich in seinen Argumenten, so daß am Ende nur noch die neue Zeit zu verantworten hatte, daß Udo mit dem Leben nicht zurechtgekommen war. Der Abschied war grußlos.
»Ich habe heute etwas beschlossen«, sagte Juri auf dem Weg zum Ausgang: »Ich gehe weg.«
»Warum?« fragten Carla und Tom gleichzeitig.
»Natürlich nicht wegen dieses Udo, der ein falsches Schwein war, aber vor allem ein armes Schwein. Diese

Geschichte ist allerhöchstens der berühmte Tropfen im Faß.«
»Also, was ist es?«
Juri überlegte seine Antwort erst eine Weile: »Ich finde, es ist seit dem berühmten Herbst alles schief gelaufen. Es gibt keine Idee mehr. Keinen Maßstab. Keine Solidarität. Nur noch eine Währung. Ich weiß, es wurde alles so gewollt und demokratisch beschlossen. Deswegen kann ich gar nichts dagegen einwenden. Aber ich mag nicht mehr. Um es auf den einfachsten Nenner zu bringen: Das hatte ich mir nicht vorgestellt, deswegen gehe ich.«
Tom war nicht überrascht, höchstens davon, daß Juri so lange durchgehalten hatte. Trotz seines unübersehbaren, steigenden Widerwillens. Seine Patienten hatte er immer als Argument angeführt, und so wie Juri konstruiert war, schien das Argument glaubhaft.
Sie hatten auf dem Rückweg unabsichtlich einen anderen Weg zum Ausgang genommen und waren bei der Gedenkstätte für die Leipziger Antifaschisten vor dem Krematorium angelangt. Sie blieben davor stehen, redeten aber nicht darüber.
»Es ist wirklich alles demokratisch beschlossen und in Ordnung«, beteuerte Juri noch einmal, »und es ist allein meine Schuld, daß ich es nicht mehr ausstehen kann.«
»Was denn nicht?« fragte Carla.
»Wo soll ich anfangen?«
»Sag's doch mal ungeordnet!«
»Ungeordnet: Ich habe mal überlegt, wem es hier und heute, wenn er nicht gerade siebenundvierzig und arbeitslos ist, schlechter geht als früher. Ich kenne persönlich keinen. Und unser Freund Rolf sucht für seinen Fensterladen Leute. Aber was höre ich von allen Seiten? Nölen, nölen, nölen! Volkssport Nummer eins. Tom, du bist das doch auch längst leid und nur zu höflich, es zu

sagen. Andererseits will ich ja nicht einseitig sein: Wir werden aufgekauft wie eine Kolonie und untergebuttert wie Anfänger, weil wir nicht clever genug sind. Unsere Fußballmannschaften werden bestraft, weil sie sich von Geschäftemachern haben abzocken lassen. Oder ganz was anderes: Unser Spionagechef, der mir von Herzen unsympathisch ist, steht vor einem Gericht in Düsseldorf, aber eurer kommt nicht vor ein Gericht in Dresden oder Cottbus. Bloß weil ihr gewonnen habt? Wer erklärt mir einfachem Gemüt das Rechtstaatliche daran? Okay, ich mache Schluß, ihr wißt, was ich meine.«
»Und wohin gehst du?« fragte Carla.
»So weit wie möglich.«
»Weg aus Deutschland?«
»Weit weg aus Deutschland.«
Tom las ein paar Namen auf dem Mahnmal für die Antifaschisten und hätte gern gewettet, ob diese Gedenkstätte auch noch der allgemeinen Bilderstürmerei zum Opfer fallen werde. Aber das war jetzt nicht die Frage.

69

Es war absehbar gewesen, daß die Familienfeier zu einer Abrechnung würde. Tom hatte eigentlich auch nicht kommen wollen, aber dem halbrunden, fünfundfünfzigsten Geburtstag von Gernot hatte er sich nicht unter irgendeinem Vorwand entziehen können.
Wenn er sich fragte, warum der Kontakt mit seinen nahen Verwandten trotz häufiger Anwesenheit in der Stadt weitgehend eingeschlafen war, fielen ihm bei längerem Nachdenken unterschiedliche Gründe ein, spontan aber dieser: Die ständigen Klagen gingen ihm auf die Nerven!

Er hatte den Eindruck, Waltraut und Gernot seien früher mit ihrem Leben besser zurechtgekommen. Da war eben alles seinen sozialistischen Gang gegangen, da waren wenige Entscheidungen zu treffen gewesen, da war die berufliche und private Existenz in keiner Weise in Frage gestellt worden. Der Verwandte aus dem Westen war willkommen gewesen mit seinen kleinen Geschenken und seinen hautnahen Beschreibungen so exotischer Regionen des Globus wie Norditalien oder Oberösterreich. Geschenke wurden gewechselt, Autoersatzteile und Christstollen. So war das Jahr um Jahr gegangen. Aber jetzt brauchte man den Verwandten aus dem Westen nicht mehr, höchstens noch als Klagemauer.

Übrigens zeigte auch Gesine, die voll integrierte Westlerin, aus ganz anderen Gründen eine spürbare Zurückhaltung gegenüber ihrem »Onkel Tom«. Sie wollte nämlich nicht mehr daran erinnert sein, daß er ihr nach der Flucht die Hand gehalten und Herberge gewährt hatte. Natürlich hatte sie nicht wochenlang apathisch im Gästebett gelegen, sondern die Sache mutig angepackt und allein bewältigt.

Kurz und gut, Tom wäre lieber nicht gekommen, und er kam auch mitten hinein in eine Auseinandersetzung.

»Unsere Kinder«, sagte Gernot in ziemlicher Erregung, »haben damals dafür büßen müssen, daß wir sie zur Konfirmation geschickt haben. Wenn ihr eure Kinder heute zur Jugendweihe schickt, ist das für mich ein Hohn auf unsere Vergangenheit. Aber passieren kann ihnen natürlich nichts. Nachdem wir eure Partei abgeschüttelt haben, kann man ja leicht mutig sein!«

»Wahrscheinlich wählt ihr auch PDS«, vermutete Waltraut angeekelt.

»Und wenn?« fragte ihre Schwägerin geradezu aufsässig.

»Weil es Schwachsinn ist, jene zu wählen, die uns in den Schlamassel reingeritten haben!«
»Die anderen reiten uns aber aus dem Schlamassel nicht raus!« rief Sieghart triumphierend.
»Guten Tag«, sagte Tom mit Nachdruck und in der Hoffnung, den Streit wenigstens kurz zu unterbrechen. Er gratulierte Gernot mit einem Blumenstrauß, denn jedes andere Geschenk, hatte er überlegt, konnte heute mißverstanden werden: Glaubst du, das kriegen wir hier nicht inzwischen?
»Da du alles hast«, sagte Tom, »wünsche ich dir, daß du es behältst.«
»Wenn du wüßtest, wie ich zu kämpfen habe. Meine Schüler sind heute aufsässig und widerborstig und fragen mich: Was haben Sie in der DDR gemacht? Aber was haben sie selbst gemacht? Verzeiht den harten Ausdruck: Sie haben den Arsch zusammengekniffen. Wie wir alle.«
Tom schaute zu Waltraut. Er wußte, was sie dachte. Sie hatte ihre Stelle verloren. Wegrationalisiert. Was sollte sie beginnen mit Anfang Fünfzig? Juri hatte gefragt: Wem geht es denn heute bei uns schlechter als vorher? Waltraut ging es besser. In fast jeder Hinsicht. Italienurlaub. Ölheizung. Geschirrspüler. Bloß das verdammte Gefühl, nicht mehr nützlich zu sein!
Kaffee und Kuchen dämpften vorübergehend die familiäre Spannung, aber so sicher wie das Amen in der Kirche, dachte Tom, kommt bald das Thema Haus. Es kam.
»Noch mal das Haus«, sagte Sieghart. »Wir sehen uns ja nicht mehr oft, deswegen müssen wir die Frage mal regeln.«
Gernot klang aggressiv: »Da gibt es nichts zu regeln.«
»O ja! Fifty-fifty. Du kennst die Rechtslage.«

»Rechtslage! Daß du mir wieder damit kommst! Wo du so ein glühender Verfechter der alten Zustände bist.«
Gleich kommt der Running-gag der Familienfeiern, spürte Tom: großer Abgang durch die Mitte.
Sieghart lächelte überlegen: »Heute geht es strikt nach den Buchstaben des Gesetzes.«
»Deinen Zynismus finde ich zum Kotzen!«
Sieghart stand wortlos auf und zog seine Frau mit.
»Du hörst von meinem Anwalt«, rief er noch vom Korridor.
Das war schon wie Dallas, fand Tom.
Dem Abgang folgte die Stille.
Nach längerer Zeit sagte Jürchn: »Hättet ihr auf mich gehört.«
»Wir fechten das durch«, beharrte Gernot.
Wieder Stille, in die hinein die Tür ging, denn der Sohn des Hauses kam. Birger gab seinem Vater einen Geburtstagskuß und überreichte ihm eine Flasche Schnaps, die er in seinem genervten Zustand achtlos beiseite legte.
»Ist hier eine Beerdigung?« fragte Birger.
Tom konnte diesen jungen Kerl, mit dem er leider entfernt verwandt war, von Jahr zu Jahr weniger ausstehen. Er glaubte sich zu erinnern, Birger sei schon als Kleinkind ein widerliches, verzogenes Balg gewesen, aber er stellte fairerweise in Rechnung, daß er vielleicht ungerecht den heutigen jungen Mann in den Zweijährigen hineinprojiziere. Deutlich erinnerte er sich jedoch an die systemkonformen Verhaltensweisen des Oberschülers bis ganz zum Ende, die er immer mit dem angepaßten Klima des Elternhauses entschuldigt hatte. Nun lief Birger aus dem Ruder.
»Was macht deine Anzeige?« fragte Tom im Bewußtsein, das Fest noch weiter zu zerstören.
»Welche Anzeige?«

»Komm! Spiel nicht Kasperletheater. Ich rede von der Anzeige wegen eurer krummen Touren. Ich finde es überhaupt eine fabelhafte Mischung: Tagsüber mit einer Drückerkolonne unterwegs und abends mit deinen rechten Socken. Eins von beiden könnte ich ja noch nachvollziehen, was nicht heißt verstehen. Aber abends Ausländer anmachen und tagsüber deutsche Volksgenossen bescheißen: Das geht mir nicht in den Kopf.«
»Tom!« mahnte erschrocken Waltraut.
»Du solltest lieber sagen: Birger! Und dir überlegen, wie ihr den so hingekriegt habt.«
»Laß mal!« Birger gab sich überlegen. »Solche wie er haben irgendwann ausgespielt.«
Die Tür krachte hinter ihm zu.
»Muß das denn sein«, klagte Waltraut, »an Gernots Geburtstag?«
»Ich weiß, man muß mit ihm reden. Ihm geduldig zuhören. Ihn ernst nehmen. Sich in seine Argumente hineindenken. Er hat bestimmt eine schwere Kindheit gehabt. Kein elterliches Vorbild. Immer nur Anpassung vorgelebt bekommen. Aber es tut mir leid: Bei Dummheit muß ich einfach passen.«
Tom hatte genug. Er aß seine Torte nicht auf und ließ seinen Kaffee stehen.
»Mußt du schon weg?« fragte Waltraut.
»Ja, dringend«, sagte Tom.
Er schloß die Tür leise.

70

An der Railway Station, hatte Juri am Telefon gesagt, wir treffen uns an der Station, die ist im Center von Kingman,

es ist ja bloß eine kleine Town, aber das Hospital ist etwas außerhalb, das findet ihr nicht so schnell. Nun standen Carla und Tom also an der Station und warteten auf Juri. Das war so gemeint! Wahrscheinlich hatte er noch einen Fall von Emergency zu verarzten, denn pünktlich war er sonst immer gewesen.
Das alte Stationsgebäude mit einem Hauch von Westernfilm. Auf dem Bahnsteig hätte man ohne große Umbauten drehen können, wie die drei Bösen, Unrasierten ausstiegen und den Guten, Blondäugigen ins Visier nahmen. Und dann erst die Güterzüge! Sechs gelbe Lokomotiven der Santa Fé. Der endlose Bandwurm der Güterwaggons. Tom, Eisenbahnfan seit Kindernachmittagen auf dem Leipziger Hauptbahnhof, fühlte sein Herz schneller schlagen. Sogar Carla wandte sich nicht ab, schaute, wenn schon nicht mit leuchtenden Augen, so doch mit freundlicher Anteilnahme dem Zug hinterher.
Der Entschluß zu der Amerika-Reise war eine Sache von Minuten gewesen. Die Meldung in der ›heute‹-Sendung, der Dollarkurs sei auf seinem historischen Tiefstand. Ein Blick von Carla, ein Blick von Tom, synchrones Nicken. Man hatte seit langem irgend etwas machen wollen. Zum Glück besaß Carla den roten Reisepaß, sie hatte ihn gleich nach der Vereinigung beantragt, in der kühnen Hoffnung, ihn bald einmal einzusetzen. Zufällig ein Lastminute-trip nach Los Angeles, nicht auszuschlagen. Mietwagen mittlerer Kategorie. Und los! Tom war in seinem Element, Carla aufgekratzt und unsäglich glücklich.
Drei Tage am Strand von Newport Beach, zur Akklimatisierung, leichter Sonnenbrand trotz bedeckten Himmels. Dann durch die heiße Wüste nach Kingman, Arizona, um Juri zu besuchen.
»Hey, ihr Leute !« rief Juri.

Sie fielen sich zu dritt in die Arme wie nach jahrelanger Trennung.
Tom sah Juri von oben bis unten an. »Wirkst aber noch ziemlich German.«
»Solltest mich mal sonntags in meinen Cowboy boots sehen. Machen wir einen Ausflug?«
Sie machten einen Ausflug, Juri spielte den Bärenführer. Kingman, erklärte er, habe eine für diese Gegend normale Geschichte: Zeltlager der Bahnarbeiter, dann Bahnstation, dann Städtchen. Wenn anderswo ein Schloß der Blickfang sei, dann in Kingman eben eine riesige Dampflokomotive. Er zeigte sie ihnen.
»Und jetzt«, kündigte er an, »fahren wir ein Stück die berühmte alte Route sixty-six. Ihr wißt Bescheid?«
Carla mußte es erklärt bekommen, Tom hatte verschiedenes vor Augen, Steinbecks »Früchte des Zorns« samt der Verfilmung mit Henry Fonda. Die berühmte Straße wand sich aus der Ebene über steile Kurven in die heißen Berge hinauf, und Juri erzählte, daß damals, in den dreißiger Jahren der katastrophalen Staubstürme, viele Flüchtlinge aus dem Mittelwesten mit ihren überladenen Vehikeln nach Hunderten von Meilen hier endgültig gescheitert waren und mancher Familienvater sich sogar am Ende das Leben genommen habe. Carla war beeindruckt, vielleicht sogar wirklich.
»Ehe ihr mich ausfragt«, sagte Juri zwischendurch: »Ich fühle mich hier sauwohl. In der Zeitung steht nur alle paar Wochen eine Meldung über Deutschland, meistens etwas über Rechtsradikale, aber ich will es hier auch gar nicht so genau wissen. Später vielleicht wieder. Jetzt nicht.«
»Aber daß wir uns wieder mit Erich rumplagen müssen, weißt du?«

»Ja, so was meldet sogar das Blättchen von Kingman. Vielleicht wegen des schönen Fotos mit der geballten Faust. Ob das ein Filmkomiker sei, haben sie mich gefragt.«
Sie hatten den Paß erreicht und fuhren rechts ran, um den atemberaubenden Blick nicht an sich vorbeistreifen zu lassen.
Ein wenig zu demonstrativ, schien es Tom, betonte Juri seine Abnabelung von zu Hause. Aber großem Engagement folgte oft übergroße Enttäuschung, danach Flucht ins Gegenteil. Man muß ihn einfach lassen, dachte Tom.
»Ich wette, Hony kommt frei«, schob Juri ärgerlich nach, »aber unser kleiner Spitzel hat sich umgebracht.«
Kurz hinter dem Paß: Oatman. Wenn damals die klapprigen Autos bis hierher nicht zusammengebrochen waren, hatten die Flüchtlinge das Gröbste hinter sich. Dann kam nur noch, ein paar Meilen weiter, der Eintritt ins gelobte Land Kalifornien, den freilich die Kalifornier zu verhindern trachteten, notfalls mit Knüppeln und Pistolen. Oatman heute: eine wieder zum Leben erweckte Ghost Town.
Juri hielt an der kleinen Post-Office und machte seine Freunde bekannt mit Dee Dee, der jungen Frau hinterm Schalter, die den Gästen aus Germany ihre oft erzählte Geschichte noch einmal erzählen mußte: Wie sie als kleines Mädchen mit den Eltern nach Kalifornien gefahren sei und genau hier, in den Bergen von Oatman, gedacht habe, da möchte sie eines Tages leben. Nun sei sie hier! Und vielleicht bleibe sie für immer.
»Lauter Verrückte«, sagte Juri draußen. »Aber wißt ihr, was mir hier gefällt: Sie denken dabei fast alle positiv. Was mir am Ende zu Hause am meisten auf die Nerven ging, das habe ich erst hier begriffen: die Selbstbespiege-

lung, die Wehleidigkeit, die permanente Nabelschau. Hier habe ich erst mal tief durchgeatmet.«

Im einzigen Hotel und zentralen Gebäude des Städtchens bunte Typen, Whisky trinkend am hellen Tag. Der Pianist spielte für neue Gäste jedesmal den Ohrwurm von der »Route 66« und bekam einen weiteren Bourbon. Im ersten Stock zu besichtigen das Hochzeitszimmer von Clark Gable und seiner früh verstorbenen Frau.

Nachmittags heimwärts auf einem Umweg über Lake Havasu City, wo ein verrückter Reicher oder reicher Verrückter tatsächlich die echte London Bridge von der Themse an einen eigens angelegten See am Colorado River hatte versetzen lassen.

»Wir können ihm aus Leipzig noch ein paar Kirchen liefern«, meinte Carla, »damit sie nicht doch noch zusammenkrachen.«

Zurück in Kingman, beim zeitigen Abendessen, sagte Juri: »Es tut gut, einen Entschluß umgesetzt zu haben. Nicht dauernd zu reden und zu wägen und zu prüfen. Dir, Tom, wird es auch erst richtig gut gehen, wenn du dich entschlossen hast, in Leipzig zu leben. Oder es endgültig sein zu lassen.«

»Aber mir geht es gut«, widersprach Tom.

»Richtig gut, sagte ich. Ich habe mal ein paar Semester Psychologie studiert. Du kannst mir glauben.«

»Und zweitens«, ergänzte Carla, »mußt du dich für eine Frau entscheiden.«

»Ich weiß. Aber für welche?«

Las Vegas, hatte Tom beschlossen, aber ihr noch nicht verkündet, sollte die nächste Station nach Kingman sein. Und was tat man schon in Las Vegas, außer Geld zu verspielen und die Show von Siegfried & Roy zu bestaunen? Tom verkniff sich, zugegebenermaßen mit Mühe, eine Anspielung auf seinen Plan.

Zum Glück wurde das Essen aufgetragen. Juri hatte für seine Gäste aus dem verwöhnten Kontinent das edelste Restaurant der Stadt ausgesucht, wenige Schritte vom Bahnhof. Sie lobten es ohne Unterlaß, so daß Juri am Ende mißtrauisch wurde und um Beendigung bat.

»Hörst du von deinen Eltern?« fragte Tom.

»Sie wissen nicht, wo ich bin.«

»Und wann kommst du mal wieder?«

»Wenn ich unstillbare Sehnsucht bekomme«, erwiderte Juri.

Las Vegas: Für den feierlichen Akt im engsten denkbaren Kreis, zelebriert in einer der zahllosen und bekannt kitschigen Wedding Chapels, war es endlich Zeit. Der Entschluß stand lange fest: Wir bleiben zusammen. Auch nach dem heftigen Streit, den es unmittelbar vor der Reise noch gegeben hatte, als nämlich Carla en passant mitgeteilt hatte, sie sei in die PDS eingetreten. Warum denn das, um Gottes willen? Aus Protest. Niemand könne so schön protestieren. Aber diese Leute seien doch schuld am ganzen Schlamassel, der jetzt mühsam aufgeräumt werden müsse! Das sei wohl wahr, aber daran, daß überhaupt aufgeräumt werden müsse, seien sie nicht schuld, denn die Revolution hätten sie bestimmt nicht auf dem Gewissen und könnten daher die neuen Verhältnisse als einzige ehrlich kritisieren. Im übrigen gehe es ja nur darum, Widerstand anzumelden. Das habe man in der DDR versucht, und was damals richtig gewesen sei, könne ja nicht plötzlich falsch sein. Tom hatte sich die Haare gerauft, am Ende jedoch aufgegeben und der Meinung zugenickt: Eine tolerante Beziehung hält so was aus!

Juri hatte Spätdienst in der Klinik und fragte, ob die Freunde bei ihm wohnen wollten. Nein, das Nachtleben von Kingman reize sie nicht besonders, vielleicht kämen sie aber am Ende ihrer kleinen Rundreise noch mal vor-

bei. Heute würden sie lieber die nächste größere Stadt ansteuern.
Carla, die in Geografie schon in Deutschland nicht gut war, fragte nicht nach dem Namen der Stadt, und Tom verriet ihr natürlich nicht, daß es Las Vegas war, gut hundert Meilen zu fahren.

71

Als Gründungsdatum seiner Firma hatte Rolf naheliegenderweise den Tag ansehen können, da er sein Gewerbe angemeldet hatte. Oder den Tag, da er dem ersten Kunden das vom Zahn der Zeit zernagte Fenster durch ein neues mit Thermopen ersetzt hatte. Auch der Tag wäre in Frage gekommen, an dem die erste Zahlung auf seinem Konto eingegangen war. Aber er hatte sich auf einen anderen kapriziert. Auf den Tag im März neunzig, da er mit seinem Bauchladen voller T-Shirts und Socken aus West-Berlin in der Petersstraße gestanden und im Angesicht der zerbröselten Hausfront gegenüber plötzlich die Idee gehabt hatte: Neue Fenster braucht das Land! Das war der richtige Jahrestag! Und weil Tom diesen historischen Augenblick miterlebt hatte, war er aufgefordert worden, für die Betriebsfeier einen angemessenen Ort auszuwählen.
Angemessen schien Tom die »Funzel«. Denn dort, in einem Hinterhof der Nikolaistraße in der Innenstadt, probierte ein anderer auf anderem Gebiet die Marktwirtschaft. Für Tom ein Youngster, für Rolf etwa ein Altersgenosse, einer, der es mit Kabarett, Kleinkunst und Kneipe versuchte. Der unverblümt betonte, daß er vor allem Geld verdienen wolle, nicht hochsubventioniert

wie die Überlebenden des verflossenen Kulturbetriebs, sondern auf eigenen Füßen. Tom hatte durchaus ein paar Bedenken gegen den Pragmatismus des Jungunternehmers, aber hier schien der Ort zu sein, ein solches Jubiläum zu feiern.
Drei Tische waren reserviert, denn Rolfs Belegschaft war inzwischen auf siebzehn Mann angewachsen, darunter eine Frau, nämlich Tina, seine eigene, die das Büro führte.
Rolf mußte eingangs ein paar Sätze reden, was ihm nicht behagte, da er sich mehr für einen Handelnden hielt. Mit Tina und Tom hatte er beraten, wie er seine Leute anreden solle, zu denen er ja nicht einfach »meine Leute« sagen konnte. »Werktätige« war out, als Ironie wäre es nicht angekommen. »Kollegen« hätte den Chef auf eine Stufe mit seinen Leuten gestellt; diese Zeiten waren vorbei, außerdem hatte es auch damals nicht funktioniert. Also doch »Mitarbeiter«, diese blutleere Vokabel?
»Liebe Aktivisten einer neuen Zeit«, begann Rolf und erntete tatsächlich Lacher, »die Geburt unseres Betriebs ist drei Jahre her. Nein, eigentlich die Zeugung. Sie fand statt, als ich mit diesem meinem väterlichen Freund in der Petersstraße stand und erklärte, ich werde der Fensterkönig der Stadt. Oder so ähnlich. Mein väterlicher Freund hielt es für unmöglich und mich für übergeschnappt. Einer der vielen Punkte, in denen er sich geirrt hat. Das also war die Zeugung. Bis zur Geburt hat es damals weniger als neun Monate gedauert. Vielleicht war deswegen die erste Zeit wie im Brutkasten. Nach einem Jahr habe ich ernsthaft überlegt aufzugeben. Was mich zum Weitermachen bewegte, war ausschließlich die Frage, wer meine Schulden bezahlen würde. Ich machte also weiter und lernte dabei auch die erste Lektion der

Marktwirtschaft: Große Schuldner haben großen Kredit. Ich kann euch, ganz unter uns, versichern, daß ich sehr großen Kredit habe. Mein zweites Problem war, mich von den Lieferanten aus dem Westen nicht mehr übers Ohr hauen zu lassen. Aber das haben wir ja alle lernen müssen. Die Euphorie der Vereinigung streng abzugrenzen von der knallharten Kolonisation des Anschlußgebiets. Haben wir gelernt, ist abgehakt. Mein drittes Problem war dann, genug Leute zu finden, die bereit waren, mit mir und meiner Frau die Ärmel hochzukrempeln. Seien wir mal ehrlich: Der Durchschnittszoni wollte erst mal dafür belohnt werden, daß er in der Republik in keiner Weise aktiv war und damit den Zusammenbruch des Systems ermöglicht hat.«
An dieser Stelle klatschten Jürchn und Gesine.
»Ein paar von Ihnen haben wir deswegen aus den alten Bundesländern abwerben müssen. Aber nun«, wollte Rolf zum Ende kommen, aber sein Mobiltelefon piepte. Tom hatte ihm x-mal gesagt, er solle nicht kindisch sein Spielzeug immer mit sich tragen, aber es piepte, bis Rolf den richtigen Knopf gefunden hatte und weiterreden konnte: »Aber nun feiern wir den dritten Jahrestag und haben uns fest etabliert in dem undurchsichtigen Gestrüpp aus Steuern und Subventionen und lassen uns, um mit einem gut sächsischen Wort zu enden, nicht mehr die Margarine von der Bemme nehmen.«
Alle klatschten, auch Tom, obwohl er die Rede zu holzschnittartig fand. Der Wirt beziehungsweise Kabarettist beziehungsweise Unternehmer kam gratulieren und gab eine Runde aus.
»Wie war ich?« fragte Rolf.
»Du bist kein Redner«, erwiderte Tom.
»Ich weiß. Schönen Dank noch mal, daß du mir in meiner Sache geholfen hast.«

Das hatte Tom ungern getan. So wie immer, wenn er gebeten wurde, mal irgendwo anzurufen und seine Nachfrage mit dem Hinweis zu verbinden, er erkundige sich auch aus journalistischem Interesse. Diesmal also bei Rolfs Bank. Rolf hatte ein Grundstück gekauft und angezahlt, um zu expandieren, und wartete auf die Grundbucheintragung. Solange sie dauerte, zeigte sich die Bank vorsichtig bei der Gewährung eines Kredits, den Rolf dringend brauchte, um die Gehälter zu bezahlen.

»Diese importierten Wessis«, hatte Rolf gelästert, »halten dir Vorträge über Marktwirtschaft und Mut und Unternehmergeist. Aber wenn sie dir kurzfristig einen Überbrückungskredit gewähren sollen, telefonieren sie zehnmal angstvoll mit ihrer Zentrale in Frankfurt oder München, ehe sie mit schweißnasser Hand eine Unterschrift leisten.«

Tom war bis zum Filialleiter vorgedrungen und hatte ihm erläutert, man suche für eine Fernsehsendung Beispiele dafür, daß wirtschaftliche Initiativen ehemaliger DDR-Bürger aufgrund restriktiver Anwendung von Vorschriften gefährdet würden. Es hatte geklappt.

Die Firmenfeier konnte als gelungen bezeichnet werden. Es wurde gegessen und getrunken wie sonst nicht, wenn es aus eigener Tasche zu bezahlen war. Aber darauf kam es heute nicht an. Als die Gesellschaft aufbrach, war allerdings Rolfs neues Auto weg. Sie suchten die Nikolaistraße und den Brühl und die umliegenden Straßen ab, aber es war bald alles klar. Sie riefen die Polizei zum Tatort.

»Was war es denn für einer?« fragte der Polizist.

»Mercedes S 500«, antwortete Rolf.

»Oje! Der wird mit falschen Schildern auf dem Weg zur Grenze sein.«

»Dann halten Sie ihn auf! Wofür bezahlen wir Sie denn?«
Tom hatte den Eindruck, daß dem Polizisten verschiedenes auf der Zunge lag und er es mühsam runterschluckte.
»Wie konnte der denn geklaut werden«, warf Tom dem Polizisten vor, »bei den ganzen Diebstahlsicherungen.«
»Ein teures Auto muß von Spezialisten auch geklaut werden können«, erklärte ihm der Polizist, »damit ein neues teures Auto gekauft werden kann.«
»Jedenfalls«, tröstete Tom, »gibt es inzwischen in Leipzig genug Taxis, so daß wir wenigstens nicht laufen müssen.«
»Sehr witzig«, giftete Rolf.
Das Taxi war auch ein Mercedes.
Zu Hause saß Rolf stumm vor einem Whiskyglas und knetete seine Finger. Tom versuchte sich in ihn hineinzudenken. Der erste Mercedes! Wenn ihm wenigstens ein Opel oder ein Mitsubishi geklaut worden wäre! Aber ein Mercedes! Wer es zu etwas gebracht hatte, mit Fenstern oder Koteletts, machte durch die Wahl der Automarke darauf aufmerksam. Auch Hitler hatte ja Mercedes gefahren, und Adenauer hatte Mercedes gefahren. Mercedes war jedenfalls nicht nur eine Automarke, sondern auch was Irrationales. Und nun Rolfs Mercedes: geklaut!
»So ein S-Klasse-Mercedes«, versuchte Tom zu erklären, »ist eben immer gefährdet. Er macht begehrlich. Andererseits: Vernünftigen Menschen kommt er vor wie ein Saurier kurz vorm Aussterben. Ich würde ihn nicht klauen, ich würde ihn höchstens heimlich lila anmalen.«
»Ach, hör doch auf!«
Tom hörte auf. In Wahrheit bedauerte er nämlich, daß Rolfs Jubiläum so geendet hatte.

72

Drewitz, fand Tom, war seit dem letztenmal noch weiter verfallen. Er scherte mit seinem gemieteten Möbelwagen aus dem Strom in Richtung Berliner Ring aus und schlüpfte durch eine Lücke im Absperrgitter hinein in die ehemalige Grenzabfertigungsanlage. Wie viele Fußballfelder hätten auf den Beton gepaßt? Wie viele Fahrspuren hatte es gegeben? Welcher Stau trotzdem damals, im Transitverkehr am Freitagnachmittag! Die Olivgrünen, die einwinkten in die Schlangen. Die Kabinen, in die man seinen Paß verschwinden sah. Die Laufbänder, auf denen die Papiere ihre Inhaber überholten. Die gelangweilte Bewegung, mit der man gnädig entlassen wurde in Richtung Marienborn oder Wartha. Wie lange war das her? Fünfzig Jahre? Oder gar erst vier?
Tom hielt an und lief ein paar Schritte. Scherben knirschten unter seinen Sohlen. Der Vergleich mit amerikanischen Geisterstädten kam ihm in den Sinn, aber er tat ihn sofort beiseite, denn keine Geisterstadt auf der Hochzeitsreise, weder an der Route 66 noch sonstwo, war ihm so mausetot vorgekommen. In Drewitz, hatte er gelesen, sollte jedoch neues Leben aufblühen. Ein Einkaufspark sollte entstehen, was sonst? Für teure Millionen ein Park, wie immer mehr eröffnet wurden, so daß es bereits Wetten darüber gab, welche als erste wieder schließen müßten. Das Kaufen war ja nur die eine Seite des Wirtschaftslebens, das Verdienen die andere.
Weiter auf der Autobahn. Eine besondere Reise. Eine von Dutzenden zwischen Berlin und Leipzig und Berlin, aber diesmal ein Umzug!
Was willst du eigentlich dort? überlegte Tom zum hundertstenmal. Deinem Beruf nachgehen kannst du in jeder

Stadt, in der etwas los ist und die technische Möglichkeit besteht, einen Fernsehbeitrag abzuspielen. Warum also? Da war etwas in Bewegung. Im Kommen. Da war Stoff. Das ernährte einen Journalisten. Das war's, redete er sich ein. Nichts anderes.
Carla? Nun ja, sie wollte nicht weg, noch nicht. Sie hatte sich – zum wievielten Male eigentlich? – in den Kopf gesetzt, ihr Studium doch noch zu Ende treiben zu lassen. Anschließend, hatte sie versprochen, kannst du dir aussuchen, wohin wir gehen. Bloß nicht gerade nach Kingman, Arizona.
Noch ein paar Tage vor dieser Fahrt war Tom der nostalgische Gedanke gekommen, er kehre nun auf dem Weg zurück, auf dem sie vor vierzig Jahren nach Berlin geflüchtet waren. Diesmal nur nicht in der Eisenbahn und mit den paar Koffern voller »Fluchtgut«, das in Wahrheit der Rest ihrer bürgerlichen Existenz gewesen war. Diesmal wurde ein Hausstand transportiert, ganz legal und angstfrei über die Autobahn. Also keine Vergleiche!
Ein bißchen verrückt bist du ja doch, dachte Tom. Für Gesine und Jürchn ergab ihr Umzug ins alte Haus der Familie einen Sinn, denn sie hatten mehrere Immobilien zurückerhalten oder zu erwarten. Jürchn hatte seine berufliche Aktivität inzwischen völlig in die lange geschmähte Heimatstadt verlegt, die er eigentlich nie wieder hatte betreten wollen. Wie recht hatte doch der gescheiterte Marx: Das Sein bestimmt das Bewußtsein!
Der Möbelwagen zuckelte, Tom war es nicht gewohnt und mußte sich in die Wange kneifen, damit ihm nicht die Augen zufielen. Es war einfach eine Frage des Geldes, eine Umzugsfirma hätte das Mehrfache verlangt. Aber es war auch eine besondere Erfahrung, mit so einem langsamen Auto unterwegs zu sein. Da fiel einem noch mehr auf, wie sich hier die Sitten gewandelt hatten. Früher wa-

ren sie mit ihrem Trabi vorneweg gestunken, übers Lenkrad gebeugt, als könnten sie damit ihren Autoersatz auf die erlaubten hundert hinaufkitzeln. Heute schossen sie mit ihrem gebrauchten Ford oder neuen Nissan blinkend von hinten heran, als wollten sie einen in den Straßengraben fegen. Und im Unfallbauen waren sie Weltmeister geworden, unterstützten mit ihrer Ausrottungsquote die ohnehin bedenkliche Entleerung der neuen Länder.
Tom kam unfallfrei nach Leipzig und steckte kurz hinter der Stadtgrenze im ersten Stau. Er blieb fröhlich, denn er sagte sich, zwanzig Jahre Staus seien nun mal der Preis der Freiheit und des Aufschwungs Ost. Er probierte andere Umwege als letzte Woche, geriet aber in neue Baustellen. Es waren nicht einzelne Staus, die sich aneinanderreihten, es war der Stau an sich und schlechthin.
Carla empfing den Heimkehrer mit Küssen und Sekt und Küssen.
»Wie geht es dir?« fragte er.
»Wenn du meinst, ob es schon strampelt: nein.«
»Ich sage dir, ich bin zu alt dafür.«
»Immerhin hast du den ersten Schritt geschafft.«
Sie nahmen sich bei der Hand und schritten durch ihre neue Wohnung. Altbau, renoviert. Ein bißchen groß wieder mal, Tom schaffte es einfach nicht kleiner. Drei Zimmer vorn, eineinhalb hinten, der typische enge Korridorschlauch zu Küche, Bad, Balkon. Endlich das eigene Nest! Nicht mehr zu Besuch. Rolf hatte versprochen, mit einigen seiner Leute nach den letzten Fenstern des Tages eine Sonderschicht einzulegen und den Möbelwagen auszuräumen.
»Jemand von der Kirche war vorhin schon hier«, berichtete Carla etwas verwundert, »die sind schneller als das Finanzamt.«
»Ich bin wieder eingetreten«, sagte Tom.

»Wie bitte?«
»Ja. Nach dreißig Jahren bin ich wieder Mitglied.«
»Ach du kriegst die Motten!«
»Du brauchst keine Angst zu haben. Ich will mich nicht oben versichern, weil ich mein letztes Stündlein nahen fühle. Wir gehen auch nicht sonntags zum Gottesdienst. Es ist nur ein Akt der Solidarität. Schau mal: Als die Revolution gelungen war, haben sie alle den Pfarrern die Füße geküßt, aber heute versuchen sie ihnen auf die Zehen zu treten. Deswegen.«
»Siehst du«, erwiderte Carla nach dem ersten Schrecken, »du in der Kirche, ich in der PDS: Ich glaube, es war wirklich eine Revolution und hat zu einer pluralistischen Gesellschaft geführt.«
Aus heiterem Himmel fing sie an zu heulen, wie es eben in anderen Umständen oft geschah.
»Mäuschen, was hast du denn?«
»Mäuschen, Mäuschen!« schluchzte sie. »Jetzt bin ich Hausfrau und Mutter.«
»Noch nicht.«
»Aber fast. Kinder, Küche, Kirche. Auch noch Kirche! Ich hätte es mir denken können. Dabei waren wir mal so emanzipiert!«
»Du wirst eine große Musikerin, glaub mir!«
»Ich weiß«, zischte sie, »wie Clara Schumann.«
»Wir schaffen das schon. Ich bin ja auch nicht Scholl-Latour.«

73

»Ich muß mich mal ausheulen«, schluchzte Waltraut und begann sofort damit.

Carla führte sie wie eine Kranke ins Wohnzimmer und bettete sie schräg aufs Sofa.
»Glas Sekt?« fragte Tom.
»Schnaps«, erwiderte Waltraut.
»Ist's passiert?« fragte Tom.
Waltraut nickte.
Nun gehörten Waltraut und Gernot zu den Verlierern. Jedenfalls, wenn man alles gegeneinander aufwog. Gernot hatte zwar noch seine Arbeit, aber Waltraut ihre schon lange nicht mehr und keine neue in Aussicht. Und nun war das Haus weg. Das Familienerbstück. Zwangsversteigert.
»Wenn Ihr bloß beizeiten was aufgenommen hättet und eure Verwandten ausbezahlt!« sagte Carla.
»Hättet, hättet! Gesine und Jürchn hätten uns ja vielleicht noch beispringen können, aber die kümmern sich ja nur um seine Häuser und Grundstücke. Unser Erbe ist für die doch nostalgischer Blödsinn.«
»Jürchn hat euch aber dringend gewarnt«, erinnerte Tom.
»Dafür können wir uns jetzt nichts mehr kaufen. Wir haben uns nicht vorstellen können, wie eure Gerechtigkeit aussieht. Wir sind eben die Neger.«
»Ich weiß nicht, ob diese Gerechtigkeit ungerecht ist«, zweifelte Tom. »Sie schert allerdings Gerechte und Ungerechte über einen Kamm. Streng nach Vorschrift. Wahrscheinlich hat der Richter – oder war es eine Richterin? – sogar bedauert, was er entscheiden mußte.«
Waltraut bestätigte das: »Sie hat so was angedeutet. Aber das hilft uns auch nicht weiter. Wir müssen uns jetzt eine Wohnung suchen. Weißt du was? Wenn wir das alles gewußt hätten, dann hätten wir liebend gern auf diese ganze Revolution verzichtet.«

»Man kann euch ja wenigstens nicht vorwerfen«, sagte Carla spitz, »ihr wärt vorneweg marschiert.«
Bei Licht betrachtet, mußte die Zwangsversteigerung Gernot ein paar Mark aufs Konto gebracht haben. Wieviel, würde ewiges Familiengeheimnis bleiben. Jedenfalls genug, um eine Wohnung einzurichten. Das Hauptproblem war wirklich, daß die beiden fürs jahrzehntelange Stillhalten nun endgültig nicht belohnt worden waren. Daß ihre roten Verwandten mit ihrer frechen Klage obsiegt hatten. Das würden Waltraut und Gernot vermutlich bis ans Ende ihrer Tage nicht verwinden.
Waltraut richtete sich von ihrem schrägen Lager auf und schenkte sich selbst noch einen Schnaps ein.
»Und dann noch die Sache mit Birger«, klagte sie.
Birger war nun angeklagt wegen Körperverletzung, gemeinschaftlich begangen an zwei vietnamesischen Zigarettenhändlern. Rupert hatte die Verteidigung übernommen und versuchte Birger darauf zu trimmen, daß ihn nicht die ausländischen Gesichter gereizt hätten, sondern die Tatsache geärgert, daß hier schwarzes Geld verdient und der verschuldete Staat um seine Steuern betrogen wurde. Wenn es Sachsen gewesen wären, hätte er genauso hingelangt.
»Ich weiß noch«, erinnerte sich Carla, »wie wir Birger damals bequatscht haben, mal eine unserer Aktionen mitzumachen. Nein! Das sei kriminell. Er halte sich an die Gesetze. Außerdem sei die DDR auch sein Staat. Wenn es was zu verändern gäbe, dann nicht durch Aktionen auf der Straße. Das sei Sache der Partei. Ich denke manchmal, ihr müßt irgendwas falsch gemacht haben.«
»Was heißt falsch gemacht?« fragte Waltraut. »Wir waren genau wie alle andern. Fast alle anderen.«
»Eben«, sagte Carla.

74

»Find ich richtig nobel von dir, daß du zur Hochzeit extra aus Amerika kommst!«

»Ich wollte nur mal ausprobieren«, wiegelte Juri ab, »ob man wirklich von Amerika nach Leipzig kann, ohne durch 'ne Mauer zu müssen. Manchmal glaube ich's noch nicht.«

Tom war zum Flughafen Schkeuditz gekommen, um Juri in Empfang zu nehmen, denn alle anderen steckten tief in den Festvorbereitungen für morgen, von denen man sich klugerweise fernhielt. Deswegen fuhren die zwei in die Innenstadt, fanden einen Parkplatz am Neuen Rathaus und machten einen Bummel.

In dieser Zeit durch die Innenstadt zu gehen, bedeutete einen Slalom um Bauzäune, Kräne und Betonmischer. Jahrzehntelang verstaubte Fassaden stachen plötzlich ins Auge, protzten mit frisch vergoldeten Schnörkeln und nagelneuen Dachrinnen. Die ersten Neubauten schoben sich dazwischen. Restaurants lockten Gäste über die Schwelle, Geschäfte für weniges Notwendige und vieles Überflüssige zogen Geld aus den Portemonnaies. Das Verkehrsverbot für Kraftfahrzeuge wurde großzügig mißachtet und lax überwacht.

»Bist du wenigstens beeindruckt?« fragte Tom.

»Im Vergleich mit Kingman, Arizona, ist es toll.«

»Und im Ernst?«

»Es ist alles genauso geworden, wie wir es uns nicht vorstellen wollten, aber wie die Leute es sich wünschten.«

»Das gehört zu den wenigen Sachen, die ich euch richtig vorhergesagt habe.«

»Stimmt. Wir haben ja auch schnell gemerkt, daß wir Tagträumer waren. Unser kleines Häuflein bei der Demo,

mit den rührenden Schildern ›Für eine andere DDR‹. Angemacht, angepöbelt, angerempelt. Die D-Mark hatte längst gewonnen. Aber sie wissen bis heute nicht, wer den Wahlspruch auf ihren Transparenten gedichtet hat: ›Deutschland, einig Vaterland!‹ Ein Kommunist! Wenn du ihnen das sagst, hauen sie dir eins aufs Maul.«
Sie waren an der eingerüsteten Thomaskirche vorbei ans ehemalige Kaufhaus Topas gelangt, dessen Turm frisch vergoldet wurde und an ein barockes Schloß in Disneyland erinnerte, und gingen die Klostergasse hinein, am Paulaner vorbei, der in frischem Glanz erstrahlte und wieder seine angestammte Biermarke ausschenkte. Vieles war wieder wie früher, als hätte die kurze Unterbrechung den Kräften der Beharrung nichts anhaben können. Aber der Kaffeebaum, das Traditionslokal aus dem Reiseführer, verstaubte hinter einem Gitterzaun; der Bund hatte es aus der Erbmasse der DDR übernommen und wollte es, wie zu hören war, nur für möglichst teures Geld an die Stadt verkaufen. Barthels Hof nebenan war wenigstens in vollem Umbau.
»Sehr schön!« lobte Juri, »aber alles ausverkauft. Den Einheimischen gehört bloß noch der Bürgersteig.«
»Ach ja! Wie auf dem Ku'damm oder der Zeil oder der Kö«, erwiderte Tom. »Wir sind ja nicht im Reservat.«
Juri blieb stehen: »Da hast du eigentlich recht. Aber bei uns in Kingman, verstehst du, ist das eben noch anders.«
Juri wollte etwas essen, die Bordverpflegung war ihrem Namen gerecht gewesen. Tom schlug das Mövenpick vor, weil dort wie kaum irgendwo anders die neue Zeit zu studieren und genießen war. Man hatte am Eingang zu warten, bis man plaziert wurde, aber im Unterschied zu früher wurde tatsächlich für raschesten Umschlag der Plätze gesorgt, so daß man sich beinahe genierte, in Ruhe zu kauen. Tom machte den Freund auf die jungen Herren

mit den tragbaren Telefonen aufmerksam, die Vertreter der neuen Zeit und des modernen Zeitmangels. Tom hätte sich nicht gewundert, wenn einige von ihnen aufgeregt nur in eine Attrappe gequasselt hätten.
»Ich habe gelesen«, zitierte Juri, »hier gehört inzwischen das meiste der Mafia.«
»Das sind die Themen, die euer Provinzblättchen an den Ossis interessiert: Die Mafia hat schon alle Verkehrsampeln unter Kontrolle, die Stasi hat in Turtle-Verkleidung die Kanalisation besetzt, und die Neonazis haben Geheimtreffs in Papierkörben.«
»Was macht eigentlich der VfB?« wich Juri aus, um sich nicht weiter veralbern zu lassen.
»Er spielt morgen bei Eintracht Frankfurt und wird wahrscheinlich eins auf die Mütze kriegen.«
»Steigt er wieder ab?«
»Ein Wunder wäre das Gegenteil.«
Einen Wunsch hatte Juri nach dem Essen, weil gerade Freitagnachmittag war: in die Thomaskirche zur Motette der Thomaner. Das gehörte sich, wenn man von Berlin oder Kingman wieder mal zu Besuch heimkehrte. Das mußte eigentlich stets so gewesen sein, überlegte Tom, seit Jahrhunderten, ganz gleich, wer regierte oder unterdrückte. Wenn man hier auf der Bank saß und zuhörte, sich auch verzaubern ließ, kamen von selbst die Gedanken an einst und jetzt und später und daran, wie es war und wie es eigentlich sein sollte. Viele und vor allem Junge hatten Tom in all den Jahren bestätigt: Hier war ein besonderer Ort, wo man nicht an draußen dachte, wo man das Gefühl hatte, mit allen anderen unausgesprochen übereinzustimmen, und nicht überlegen mußte, worin man übereinstimmte.
»Was macht der Kantor?« erkundigte sich Juri, als der Gesang beendet war.

Der frühere Kantor, der entlassene Kantor. Es war immer noch, aber immer seltener ein Streitpunkt, ob er zu Recht entlassen worden sei. Die Meinungen standen sich unversöhnlich gegenüber, Pharisäer nannten Kompromißler Kompromißler, Kompromißler nannten Pharisäer Pharisäer, dazwischen gab es nur Uninteressierte. Tom hatte sich angewöhnt, nur die eine Frage für wichtig zu halten: Hatte einer auf der falschen Seite gestanden oder auf der richtigen? Auf der richtigen waren Fehler zu verzeihen.

»Der Kantor«, antwortete Tom, »lehrt jetzt in Salzburg, und der neue ist, wie du gehört hast, ausgezeichnet.«

»Es ist schön wieder hier«, gestand Juri, »aber bleiben möchte ich nicht. Hier war mal ein Aufbruch, aber dann sind sie knüppelhart rechts rangefahren. Es hat mal einer gesagt, unsere Revolution hatte die richtigen Verlierer, aber die falschen Gewinner. Und deren Siegesrausch möchte ich mir nicht aus der Nähe anschauen.«

Es wurde Zeit, zu Rolf und Tina zu fahren, um sich nicht der Fahnenflucht beim Polterabend bezichtigen zu lassen.

»Wenn ich zurückdenke«, überlegte Tom im Auto, »ist das schon eine komische Geschichte mit euch vieren. Erinnere dich an den Abend nach unserer berühmten Radtour im Rosental. Das war noch vor der Wohnungsbesetzung. Versuch dir vorzustellen, was ihr euch damals vorgestellt habt. Wie es weitergehen sollte. Und halt dir vor Augen, was aus jedem von euch vieren geworden ist. Darüber könntest du einen Roman schreiben.«

»Und du, du warst in unserem Spiel nur Beobachter und wurdest manchmal für unsere Zwecke ausgenutzt. Gabst immer verkehrte Prognosen und Ratschläge. Aber unmerklich bist du hineingerutscht. Heute könnte man dich auf Plakaten als Galionsfigur Optimismus Ost verkaufen.«

»Juri, Optimismus ist angeboren. Wie abstehende Ohren.«

75

Das Hochzeitsfest bog in die Zielgerade und begann zu lärmen. Tom half den Gastgebern bei der Bemühung, einigen der jüngeren Gäste Mineralwasser als Alternative schmackhaft zu machen.

Das Fernsehen war kurz eingeschaltet worden. Erstens aus Neugierde, ob man auf den Bildern von der schlecht besuchten Leipziger Kundgebung zum Jahrestag der Revolution zufällig zu sehen sei, was nicht der Fall war. Zweitens um zu erfahren, wie der VfB heute beim souveränen Spitzenreiter Eintracht Frankfurt gespielt habe. Die Leipziger hatten mit 1 : 2 verloren. In der 85. Minute hatten sie noch zum 1 : 1 ausgeglichen, aber drei Minuten vor Schluß ein zweites Tor kassiert.

»Wessis wäre das nie passiert!« wütete Rolf. »Aber die Bundesliga ist ja froh, wenn sie wieder unter sich ist.«

»Wieso?« fragte Tina.

»Zonis bringen doch keine Zuschauer.«

Tina hatte einen Trost: »Wenn der VfB wieder absteigt, können die paar guten Leute vielleicht bei uns anfangen.«

Tinas Eltern und Rolfs Eltern hatten sich in eine Sofaecke zurückgezogen und begannen allem Anschein nach, gute familiäre Bindungen zu knüpfen. Noch tasteten sie sich vorsichtig ab, versuchten Vorurteile und Empfindlichkeiten der einen und anderen Seite auszumachen und zu berücksichtigen, stimmten aber in einer Ansicht nahtlos überein: Tina sei – Geschäft hin, Geschäft her – alt genug für ihr erstes Kind und vielleicht bald zu alt. Alle vier fanden es bedauerlich, daß aus dem Westen das materialistische Denken herübergeschwappt sei und die jungen Leute nur noch Geldverdienen im Kopf hätten. Anerkennende Blicke streiften Carla, die ihren Zustand, selbst wenn ihr daran gelegen gewesen wäre, auch mit geschickter Kleidung nicht mehr hätte kaschieren können.

Tom half in der Küche Nachschub bereiten.
Tina fand es schade, daß das Kind nicht am heutigen Jahrestag geboren wurde, am neunten Oktober.
»Das können wir aber nicht dem Kind anlasten«, meinte Tom.
»Und das Studium?« fragte Tina, Weißbrot aufschneidend.
»Wird durchgezogen«, versprach Carla. »Irgendwie. Auch wenn diese sozialistische Errungenschaft der Kinderkrippen endgültig abgeschafft ist.«
»Dafür habt ihr jetzt zwanzig Fernsehprogramme.«
»Aber kein Sandmännchen mehr.«
»Das kommt wieder. Ihr könnt ja nicht nur den grünen Abbiegerpfeil in die Vereinigung einbringen.«
»Den Krabbensalat«, fragte Carla, »habt ihr den aus der Kaufhalle?«
»Den haben wir aus der Kaufhalle«, bestätigte Tina, »und wenn du zur Kaufhalle erst mal ›Supermarkt‹ sagst, dann haben wir die Vereinigung geschafft.«
»Ich schätze, das heißt bald wieder ›Kaufhalle‹«, erwiderte Carla, »nicht aus Trotz, sondern aus Tradition.«
»Heitmann, Heitmann!« hörte Tom, mit dem Krabbensalat zurück im Wohnzimmer, Rolf rufen: »Wir brauchen keinen Quoten-Ossi! Wir wollen nicht aus Nettigkeit vorgeschoben werden. Wir wollen gut sein! Ich will keine Aufträge wegen des gemeinsamen Schicksals unterm Joch der Partei. Sondern weil wir, verdammt noch mal, besser sind!«
»Hört, hört!« rief es aus dem Zimmer nebenan, und Rolf bekam zu seiner Überraschung klatschenden Beifall aus allen Räumen.
»Ost-Fenster für Ost-Menschen!« bestätigte Tom und stellte den Salat auf den Tisch.
Rolf nahm es zur Hälfte ernst: »Zum Beispiel unser neuer Lieferant, der pokert schon genauso widerlich um Preise und Rabatte wie der alte im Westen. Aber jetzt macht's mir Spaß!«
»Warum sollten wir im Osten auch einen Deut schlechter sein?« fragte Jürchn in die Runde.

»Genetisch schon mal im Gegenteil«, bestätigte Gesine ihren Mann.
»Und außerdem«, unterstützte Rupert: »Wer im Blauhemd durch die neue Zeit marschiert ist, fürchtet Marx und sonst nichts auf der Welt.«
Das Hochzeitsfest war entlassen in die Turbulenz. Nichts stellte sich mehr dem Strom von »Rotkäppchen« in den Weg. Nur die Elternpaare in ihrer Sofaecke bildeten noch eine Insel der Ernsthaftigkeit. Die Jüngeren kraftmeierten um die Wette und beschworen ihren unausweichlichen Sieg beim Wettstreit der zwei deutschen Himmelsrichtungen.
Tom hatte sich mit Juri zurückgezogen: »Keine Lust, zurückzukommen?«
»Erst mal alles vergessen, was war«, antwortete Juri.

Band 12383

Anthony Mancini

Die Patin

Ein ungewöhnlich spannender Roman aus dem New Yorker Mafiamilieu

Maria Falcone, auch La Cumare genannt, ist die Patin der Sullivan Street im New Yorker Little Italy. Ihre Stärke und Machtbesessenheit hatte sie aus ihrem kleinen neapolitanischem Dorf in das reiche und mächtige Amerika geführt. Kurze Zeit später dirigiert sie dort ein einflußreiches kriminelles Imperium.
Ihr Sohn Angelo, als Priester zu einer Kirchengemeinde in Little Italy berufen, gilt als rechtschaffener Mensch; aber auch er hat tödliche Schwächen, die nicht nur ihn selbst, sondern auch die Patin zu zerstören drohen. Und plötzlich steht er vor der schrecklichen Wahl, entweder seine Blutsverwandten oder seine Glaubensgeschwister zu verraten…

BASTEI LÜBBE